어린이문학을
보는 시 각

어린이문학을 보는 시각

초판 1쇄 발행 2005년 7월 20일
초판 3쇄 발행 2018년 2월 27일

지은이 ● 김이구
펴낸이 ● 강일우
편   집 ● 김민경 박상육 김세희 최은영 김지선
미술·조판 ● 김성미 한충현
펴낸곳 ● (주)창비

등록 1986년 8월 5일 제85호
주소 10881 경기도 파주시 회동길 184
전화 031-955-3333
팩스 031-955-3399, 3400
홈페이지 www.changbikids.com
전자우편 enfant@changbi.com

어린이문학을 보는 시각

김이구
평론집

창비

어린이문학에는 특별한 것이 있다

21세기에도 여전히 문학이라니, 낡지 않았는가. 문득 이런 생각이 들 때가 있다. 멀티플렉스 상영관이 지척에 널려 있고 정보통신 기술의 비약적 발전으로 유비쿼터스 실현이 코앞에 다가온 시대에 문학이란 너무도 심심하고 고리타분하지 않은가.

그렇지만 이러한 시대 환경은 하나의 조건일 뿐, 문학이 낡아야 할 이유는 되지 못한다. 더구나 어린이문학은 국내외를 막론하고 오늘날 여전히 푸릇푸릇한 생성기에 있다. 가지 않은 길이 너무나 많은 것이다.

최근 7, 8년간 나는 어린이문학에 관한 글을 주로 써오면서 설레고 벅찬 시간이 많았다. 마치 거두어들일 열매가 많은 과수밭에 들어선 듯, 어느 길로 방향을 잡아도 탐스러운 과일들을 따서 바구니를 가득 채울 수 있을 것 같았다. 젊은 열기와 신선한 체취가 창작과 출판의 현장에서 물씬 풍겨 나오고 있었고, 어린이문학의 새로운 시대를 예감케 하는 작품들도 속속 발표돼 나왔다. 이러한 성장과 확장의 기운은 이제 바야흐로 조정기에 접어든 듯하지만, 우리 어린이문학이 돌이킬 수 없게 새로운 단계에 들어서서 세포분열을 계속하고 질적 전환을 이루어가고 있는 것 또한 분명한 사실이다.

우리 사회에는 아직도 어린이문학을 가벼이 보고 알맹이 없는 유치한 문학쯤으로 여기는 한심한 인식이 남아 있다. 하지만 어린이문학이야말로 삶의 모든 문제를 다루면서 성인문학이 가질 수 없는 매력과 마력(魔力)까지 발휘할 수 있는 장르다. 어린이문학의 1차 독자가 어린이라고 해서 어린이문학이 심오한 깊이에 이를 수 없다고 본다면 그것은 큰 착각이다. 오히려, 맑고 간결한 어린이문학의 언어에 도달하기가 지난하기 때문에 심오한 어린이문학이 쉬이 나오지 않는다고 하여야 할 것이다.

어린이문학은 어린 독자들과 교감하는 문학이라는 점에서 행복하다. 그만큼 더 오랜 세월 독자의 가슴에 머물면서 삶을 일구어내게 될 테니까. 애석하게도 비평은 어린이 독자를 곧바로 향하고 있지 않지만, 누구든지 읽기 시작하는 그 순간부터 비평 활동도 이미 시작되는 것이라 하겠다. 세계가 나날이 좁아지고 각국의 문학 생산을 거의 시차 없이 향유할 수 있게 된 요즈음, 인류 보편의 심성과 가치에 더 가까이 다가갈 수 있는 양식으로서 어린이문학의 존재를 다시금 인식할 필요도 있다. 제각각의 모습과 목소리로 나설지라도, 이 갈라진 세계를 다르면서도 하나인 평화의 세상으로 엮어나갈 수 있는 것이 어린이문학이 지닌 힘이다.

우리 어린이문학의 역사가 짧다고는 할 수 없지만, 어린이문학이 다양한 갈래로 가지쳐 나가면서 풍성하게 내용을 채우기 시작한 지는 채 10년이 되지 않는다. 판타지 형식이 창작의 활로로 대두하면서 새로운 인식을 보여주는 움직임들이 있었고, 그림책의 분화 발전은 눈부실 정도로 빠르게 진행되었다. 역사소설과 과학소설, 유년동화, 옛이야기, 청소년소설 장르에서는 전통에 대한 의식이 대체로 미미한 가운데 중심과 주변에서 각개

약진이 이루어져 두꺼운 지층을 쌓아가고 있다. 이제 비로소 어린이문학이 명실상부하게 근대문학으로서 성립하는 단계에 올라서고 있다고 할까.

이러한 건설기 혹은 전환기에는 자그마하게만 보이는 창작의 새로운 시도나 개척적인 도전 하나하나가 다 소중한 역사가 된다. 그런만큼 지금 어린이문학의 대지에서 푸른 뜻을 품고 길을 나선 이들에게는 여러 갈래 길이 열려 있고, 여행의 기쁨과 보람도 크지 않을 수 없다. 그러나 약속의 땅이 보장된 길은 드물고, 쉽게 거둔 열매는 빨리 상한다. 무엇보다도 어린이문학이라는 '동네'에 갇힌 의식부터 훌훌 벗어던져야 할 것이다.

살아 움직이는 오늘의 현실에 긴밀하게 대응하면서 양식의 발전을 이뤄가는 것이 어린이문학의 주요한 과제이지만, 어린이문학의 영역을 여기에 국한할 것은 아니다. 문학을, 예술을 갱신하는 힘의 뿌리는 인간됨의 더 깊은 곳에 닿아 있다. 오로지 글로 하는 것만이 문학이랴! 요즘에는 비록 활발하게 작품을 발표하지 않지만, 권정생 선생은 변함없이 참된 어린이문학을 몸으로 살고 있다고 생각한다. 이라크 파병 반대와 반전(反戰) 평화운동에 나선 박기범이 끊임없이 몸짓으로 보여주는 것, 이웃이 된 아이들 곁을 떠나지 않고 공동의 기억을 쌓아가는 김중미의 삶이 무언으로 이야기하는 것 역시 이 시대에 씌어지는 빛나는 어린이문학이 아닌가.

그동안 나는 어린이문학에 알게 모르게 스며 있는 몇 갈래의 고정관념으로부터 자유로운 자리에서 어린이문학을 바라보고자 애써왔다. 낡아버린 유산은 과감히 버리고, 새로운 경향들에는 그에 걸맞은 자각이 있기를 바랐다. 많이 조심스럽기는 했지만, 그렇다고 목소리를 낮추지는 않았다. 글을 쓰는 동안 긴장을 늦출 수 없도록 관심을 가져준 여러 벗들과 비판자들에게 두루 감사한다.

2005년 7월
김이구

차 례

제1부
전환기, 길이 열린다

우리 어린이문학은 이전 시대의 유산에 붙들려서든지
아니면 현실의 겉만 핥고 있어서든지, 변화한 사회와
변화한 아이들에 대응하는 인식의 전환이 미약했다.
그러한 인식의 전환이 우선 철저해야 하지만, 새로운
인식이 고착되어 다시 살아 움직이는 현실을 제대로
읽어내지 못한다면 그것을 또 깨고 갱신해야 한다.

우리 동시와 근대 의식

동시집은 읽기 지루한 책이다. 많은 작품을 빼곡하게 실은 책도 그렇고, 그림을 많이 넣어 눈을 시원하게 해주는 책도 마찬가지다. 그렇지만 좋은 점도 있으니, 어려운 말이 거의 없고 이해하기도 대체로 수월해, 웬만큼 내용이 있는 책이면 하루 저녁에 한 권을 어렵지 않게 읽어낼 수 있다.

동시 읽기의 지루함에서 나를 구제해주는 것은 간혹 만나는 아주 좋은 동시들이다. 특히 좋은 작품을 좋은 해설이나 비평과 함께 읽을 때, 동시 읽는 즐거움은 배가된다. 내 기억에 남아 있고 나를 퍽 행복하게 해주는 작품들을 떠올려보면 이렇듯 대개 그 동시의 맛과 뜻을 제대로 짚어주는 '도우미'를 만난 덕이 크다. 적실한 감상을 곁들여 작품의 핵심을 짚어주는 비평을 읽으면 시 한구절 한구절이 가슴속으로 절절하게 스며들어오고, 흐릿하던 시의 육체가 풋풋하게 살아 움직이는 '생물'로 다가온다.

그렇지만 좋은 동시를 만났을 때도 나에겐 무언가 갈증 같은 것이 남아 있었다. 그것은 이를테면, '근대를 보는 감각'에 대한 것이다. 개항기 무렵 문명개화와 척사(斥邪)의 충돌 이래 20세기 초반을 지나면서부터는 '근대'

란 좋으나 싫으나 우리 몸의 일부가 되었다. 우리 사회에 일어난 변화의 핵심인 '근대'의 과제는 우리 동시에도 종요로운 도전이 됨은 분명하지 않겠는가. 이 '근대'를 어떻게 살 것인가를 시와 비평을 통해 엿보고자 할 때 갈증은 쉬이 가시지 않았다.

근대 부재, 근대 부정의 형식

신현득 시인의 「옥중이」(1961)는 필자가 이오덕 선생의 글 「열등의식의 극복」(1976)에 인용된 것으로 처음 읽은 이래 죽 기억에 남아 있는 작품이다. 어째서 이 작품이 강한 인상을 남긴 것일까? 전문은 다음과 같다.

—옥중아, 옥중아,
너는 커서
뭐 할래.

—보리밥 수북이 먹고
고추장 수북이 먹고
나무 한 짐

쾅당!
해 오지.[1]

....

1 이오덕 「열등의식의 극복」, 『시정신과 유희정신』, 창작과비평사 1977, 33면에서 재인용. 신현득 대표동시선 『옥중아, 너는 커서 뭐 할래』(청동거울 2000)에는 행과 연 가르기가 조금 다르다. "옥중아 옥중아/너는 커서 뭐 할래?//보리밥 수북이 먹고/고추장 수북이 먹고/

이오덕 선생은 이 작품을 인용한 다음에 "물질과 외형적 위세 같은 것에 대한 추호의 비굴감도 없는 이런 의식의 확립이야말로 민족과 아동의 주체를 회복하는 길이 될 것이다"라고 쓰고 있다. "추호의 비굴감도 없"는 그 당당함이야말로 이 작품을 가슴에 각인시키는 핵심이 아닌가 싶다.

1982년 신현득론으로 비평활동을 시작한 한 평론가는 고백하기를 1980년 초 이 동시를 만나서 "신선한 충격"을 받았고, 그로 인해 삶의 진로를 바꾸었다고 한다. 「옥중이」는 "문학의 언저리를 서성이던 내게 아동문학으로 진로를 바꾸게 한 결정적 계기가 되었다"는 것이다.[2]

어른과 아이의 문답 형식인 이 동시가 매력적인 것은, 아이에게 묻는 물음이 가장 일반적이며 상투적인 질문 가운데 하나이면서도 그에 대한 아이의 답변이 당당하고 씩씩하게 돌아온다는 점 때문이다. 이 망설임 없고 자신감에 찬 대답은 "보리밥"과 "고추장" "나무 한 짐"이라는 우리 전통의 삶의 양식에 대한 간극 없는 일치 속에서 나온다. 또한 장황한 비유나 가식적인 동심의 자취가 조금도 없기에, 어른 독자든 아이 독자든 여러 준비 단계를 거치지 않고도 직관적으로 받아들일 수 있다.

그런데 이 동시엔 '근대'라는 시간이 없다. 근대의 변화를 부정하거나 배제한 것이 아니라, 아예 근대에 대한 의식이 들어 있지 않다. '근대'를 무엇으로 정의하느냐는 얼마든지 다양할 수 있지만, 상식적으로 보아 개항 이후 한국사회가 바깥 문물·사조와 충돌 교섭하면서 초래된 온갖 물질적 정신적 변화를 모두 근대의 범주로 놓을 수 있을 것이다. "오빠는/이층집 읍내 중학교에,/까만 양복에 까만 모자 쓴/중학생이 된다 하고,"(신현득 「기다려지는 봄」, 1961)와 같이 이층건물 학교가 들어서고, 아이들이 학교에 가고

<hr />

나무 한 짐/쾅당! 해오지."(88면).
2 김용희 「옥중아, 너는 커서 뭐 할래」, 신현득 대표동시선 『옥중아, 너는 커서 뭐 할래』 320~21면.

교복 입은 중학생이 되는 것도 근대적 제도 속에 편입된 새로운 삶의 모습이다. 그런데 「옥중이」는 근대적 시간의 흐름 속에 서 있지 않다. 시간의 변화가 휘두르는 삶의 굴곡을 전혀 대면하려 하지 않는다. 보리밥과 고추장 수북이 먹고, 나무 한 짐 드높이 지고 와서 "쾅당" 부려놓겠다는 것은 현재 시간대의 삶이 지속된다는 믿음에서 출력된 것일뿐더러, 그 현재 시간대조차 근대적 변화가 스며든 삶의 구성물들이 포함되지 않은 세계다.

옥중이의 씩씩함과 당당함을 '물질과 외형적 위세 같은 것'에 대비해서 더욱 도두 놓을 수 있겠지만, 정지된 시간을 벗어날 때 과연 근대적 삶의 도전들을 제대로 수용하고 극복해낼 것인지 의심스럽다. 아이가 보는 세계의 이러한 제한성을 간과하고서 이야기되는 "민족과 아동의 주체 회복"[3]은 일면적일 수밖에 없으며, "옥중이라는 산골 아이의 순수 의지"를 가리켜 "의미로움을 넘어 자못 신성하기까지 하다"[4]는 상찬 역시 오히려 아이의 삶을 "동심의 순진무구 상태"[5]에 유폐시킬 따름이다. 그 단순명료한 정신주의에는 난마와 같은 근대의 생활세계와 마주쳐서 능동적인 생성과 변형을 일으켜나갈 만한 회로가 전혀 내장되어 있지 않다.

샐러드는 잘 먹어도
김치는 싫어하는 아이들아
케첩은 잘 먹어도
된장 고추장은 싫어하는 아이들아

딱 한 번만이라도 좋으니

....
3 이오덕 「열등의식의 극복」 33면.
4 김용희 「옥중아, 너는 커서 뭐 할래」 322면.
5 같은 곳.

16

된장 고추장에
푸르딩딩한 풋고추
푹 찍어 먹어 보자

아려 오는 혀와 입술
타오르는 목구멍
입 크게 벌리고
허 —
숨을 내뱉으면
혀 밑으로
끈끈하고 맑은 침이 고이리라

바로 그 때
시원한 나박김치 국물
몇 숟갈 떠먹어 보자
그래도 맵거든
백두산 천지를 마시듯
후루룩 들이켜 보자.[6]

    김은영의 「김치를 싫어하는 아이들아」에는 샐러드나 케첩 같은 서양음
식을 좋아하는 아이들이 나온다. 시대에 따라 입맛이 바뀌기는 길들여진
입맛이 없는 아이들이 먼저다. 시인은 이 아이들에게 된장 고추장을 푹 찍
어 매운 풋고추를 먹어보라고 권유하고 있다. "자꾸만 풍기는 빵 냄새 / 으

6 김은영 동시집 『김치를 싫어하는 아이들아』, 창작과비평사 2001, 54~55면.

으, 빵 냄새"(성명진 「빵 냄새」)[7]에서 보듯 서양문명 내지 근대문명은 오래전에 생활 자체가 되어, 대부분 즉자적인 몸의 감각까지 지배해 들어오고 있다. 그 위력은 굴러온 돌이 박힌 돌을 밀어내는 역전 현상을 일으켜, 이제 "김치를 싫어하"고 "된장 고추장을 싫어하"는 전통의 패배로까지 나타난다. 「김치를 싫어하는 아이들아」는 그런 아이들을 계몽하고자 하는, 전통적 삶의 가치와 멋을 아는 이의 목소리로 되어 있다. 혀끝을 쉽게 유혹하는 달콤하고 바삭한 맛에 대해 혀가 아리고 목구멍이 타는 풋고추의 참맛을 일러주는 것에서 나아가, "백두산 천지를 마시듯 / 후루룩 들이켜 보자"고 말하는 것은 그 속에서 정신적 기상(氣像)을 보고 있기 때문이다.

이 시가 발딛고 있는 세계는 일상 현실의 모습을 한 근대세계이지만, 그것은 토종과 구별되는 외래 또는 서양 것으로서의 근대다. "우리 나라 벌들은 / 자꾸 쫓겨나서 / 지금은 두메 산골에서만 살지 / '벌'이라는 한 글자 이름마저 / 서양 꿀벌에게 빼앗기고 / 이름 석 자 '토종벌'로 불리면서"(「빼앗긴 이름 한 글자」)[8]에서 이미 선명하게 드러냈던 것처럼, 외래-토종의 대립은 토종의 자리에서 선악의 대립으로 인식될 따름이다. 서양 것들이 토종을 밀어내고 우위를 점령하고 있는 현실을 몹시 안타까워하면서, 토종의 순수성, 자아의 순수성을 노래하고 있다. 이러한 순결주의에는 내 몸에 들어와 나의 일부가 된 타자(他者)들을 보는 시선이 들어 있지 않다. 내게로 들어와 '나'가 된 타자가 바라보는 시선이 들어 있지 않다. 또한 타자로 인해 변성(變性)된 자아가 바라보는 시선이 들어 있지 않다.

물론 동시는 서정 양식으로서 비판의 양식으로는 적합치 않다. 저 소월의 「초혼(招魂)」이나 심훈의 「그날이 오면」과 같은 절규의 형식이 서정시

7 『창비어린이』 2003년 가을호 82면.
8 김은영 동시집 『빼앗긴 이름 한 글자』, 창작과비평사 1994, 173면.

우리 동시는 근대의 자기분열과 모순을 날카롭게 감지하고 넘어서려는 몸부림에 둔감했다.
김은영 동시집 『김치를 싫어하는 아이들아』의 삽화, 김상섭 그림.

를 고양시키듯이, 근대 부재 혹은 근대 부정의 형식으로 울려나오는 단일한 목소리가 동시를 한층 고양된 형태로 끌어올리리라는 것은 충분히 짐작할 수 있는 일이다. 하지만 삶의 질을 급속도로 바꿔간 '근대화'의 격렬한 정신적 물질적 세례를 받으면서도 근대의 정신으로 근대를 때리는 내재적 근대 비판이 부재한 현상은 거의 불가사의라고 할 만하다. 물론 이러한 진단을 우리 시문학 또는 우리 문학 전체로 확대한다면 이는 지나치게 과장된 적용일 것이다. 기본적으로 어린이 독자를 상정해야 하는 동시 장르에 자칫 복잡성과 난해성을 띨 수 있는 '안으로부터의 근대 비판'을 담아줄 것을 요구하는 것은 상당히 무리한 발상일 수도 있다. 그럼에도 우리 동시의 특질이 근대의 자기분열과 모순을 날카롭게 감지하고 넘어서기 위한 몸부림에 지나치게 둔감해왔다는 점에 대한 자의식은 분명히 가져야 하지 않겠는가.

'파 보나 마나'의 사상

권태응 시인의 「감자꽃」(1948)은 단연 쉽게 기억되는 작품이다. 쉽게 기억될뿐더러 많은 사람들이 좋아한다.

자주 꽃 핀 건 자주 감자,
파 보나 마나 자주 감자.

하얀 꽃 핀 건 하얀 감자,
파 보나 마나 하얀 감자.[9]

나도 이 작품을 좋아하고 이 작품이 우리 동시의 명작이라는 점에 동감한다. 단순하고 명쾌한 진술이지만, 내게는 그 울림이 진술 내용의 범위에만 국한되지 않는다.

이 시의 진술은 사실 너무나도 싱겁다. 자주 꽃이 피는 것은 자주 감자고 하얀 꽃이 피는 것은 하얀 감자임을 익히 알고 있는 사람에게는 당연한 상식의 진술에 불과하기 때문에 싱겁고, 자주 꽃과 자주 감자, 하얀 꽃과 하얀 감자를 연결시킨 것도 으레 그럴 법해 보이기 때문에 싱겁다. 그렇다

---

9 권태응 동시집 『감자꽃』, 창작과비평사 1995, 17면. 이 글을 쓰며 「감자꽃」의 텍스트들을 비교해보니 서로 차이가 있다. 이오덕 「열등의식의 극복」에 인용된 「감자꽃」은 4연 8행으로 되어 있고, 어문각 판 『신한국문학전집 39: 아동문학선집 2』(1977) '권태응 편'에 실린 「감자꽃」은 2연 8행으로 되어 있다. 이오덕 『농사꾼 아이들의 노래』(소년한길 2001, 82면)에 인용된 텍스트는 권태응이 공책에 정리한 동요집 『송아지』에 실린 것이라고 하는데, 2연 4행으로 되어 있으며, 『감자꽃』(글벗집 1948)에 실린 작품을 수록한 창작과비평사 『감자꽃』의 텍스트와는 문장부호가 다르게 찍혀 있다.

면 이렇게 싱거운 '뜻'은 관계없이, 가락의 반복과 색채의 대조에서 얻게 되는 재미가 전부인가? "이 작품에서는 그 뜻보다도 자주 꽃과 자주 감자의 연결, 또 하얀 꽃과의 겨루기가 재미있는 대조를 이루고 있음을 실감하는 것이 중요합니다. 그 재미를 경험하는 것이 곧 이 동요의 이해입니다."[10] 그러나 그 재미의 중요성을 인정한다 해도, 이 작품이 지속적으로 반추되고 기억되는 이유로 보기는 어려워 보인다.

내게는 이 시가 행하는 당연한 사실의 진술이 오히려 생소하게 다가올 때가 있다. 왜냐하면 당연한 진리는 여간해서 말해지지 않기 때문이다. 그런데 한꺼풀 벗기고 들어가면, '자주 감자에 자주 꽃이 피는가' 하는 사실 관계부터 적지않이 논란이 되어왔다. 실제로 자주 꽃 핀 것 중에서는 흰 감자도 나온다고 한다.[11] 경험 많은 농촌 어른들이 다 자주 감자에서 자주 꽃이 핀다고 단정적으로 말하지도 않는다. 따라서 이것은 실험실에서 나온 과학적 진리도, 철저한 검증을 거친 경험적 진리도 아니다. 그렇지만 농촌의 일반적인 경험칙과 부합하고 또 그러리라고 짐작되는 진술인 것은 분명하다.

독자가 "자주 꽃 핀 건 자주 감자"라는 명제에 정서적으로 깊이 공감하게 되는 것은 무엇보다도 이것이 시적 언술이고 그렇게 받아들여지기 때문이다. 「감자꽃」은 자연의 순리가 지배하는 세계일 수도 있고 타당한 논리가 관철되는 세계일 수도 있는 '질서'를 환기한다. 그것은 동요와 혼란, 변화와 갈등의 공간이 아니라 안정과 정주(定住)의 공간이다. 우리는 살아가는 동안 자연의 순리가 무너지고 인과응보가 배반당하는 현실을 수없이 경험한다. 이 시가 그러한 '무질서'의 세계를 함께 환기하지는 않지만, 이

10 유종호 「티 없는 노래」, 권태응 동시집 『감자꽃』 해설, 142면.
11 '권정생 선생님의 말', 이오덕 『농사꾼 아이들의 노래』, 소년한길 2001, 103면 참조.

시가 놓인 컨텍스트는 그러한 무질서가 엄존하는 세계이다.

"농촌의 삶과 그 삶의 자리에서 우러나온" 노래로 읽을 때 「감자꽃」은 어떤 작품인가. "아이들의 삶에서 입으로 나온 이 말에 배경이 되고 바탕이 되고 뿌리가 된 그 고향의 자연과 사람이 어울려 있던 풍경과 삶과 정서, 그것을 가슴속에 다시 살려내는 것이 중요하다."[12] 이와같이 작품을 성립시킨 기본적인 환경을 심상 속에 복원하는 것은 작품을 이해하는 한 방법이고 작품 감상의 중요한 기초가 될 것이다. 또한 감자는 벼와 같은 농촌의 주식이 아니면서 흉년에는 때로는 주식보다 더 요긴한 먹을거리라는 점에서 적절한 친근감과 거리감을 동시에 갖고 있다. 깨나 콩처럼 너무 작지도, 호박처럼 아주 크지도 않은 적당한 양감(量感)으로 다가온다는 것도 이 시가 손 안에 쏙 들어오는 한 까닭이 된다.

　　　자주 꽃 핀 건 자주 감자,

　　　파 보나 마나 자주 감자.

자주 꽃이 핀 것을 파 보니 자주 감자가 나온 것이 아니다. 그것은 파서 확인해보지 않아도 자주 감자다. '자주 꽃이 피는 것은 자주 감자'라는 자연의 세계, 순리의 세계가 있다. 그 세계가 지금 내 눈앞에 펼쳐져 있다. 그것은 "파 보나 마나" 확실한 기지(旣知)의 사실이므로 구태여 '파내고 캐내어' 확인해볼 필요가 없다. 그것은 역설적으로, '파 보고 캐어 보지' 않으므로 결코 부정될 가능성이 없는 세계이다.

우리가 이 시에 끌리는 것은 이 '부정될 가능성이 없는 세계'의 환영(幻影) 때문이 아닐까. 이 직선적인 세계관, 평면적인 세계는 사실 매력적이지

12 이오덕 『농사꾼 아이들의 노래』 92, 98면.

는 않지만, 어딘지 마음을 기댈 수 있는 확실성의 동의어로 다가온다. 인생이란 어쩌면 끊임없이 계속되는 '파 보기'이다. 이 '파 보기'에는 확실한 답보다 모호함과 실패와 덧없음, 그리고 땀과 눈물과 웃음과 피로가 따라다닌다. 그런만큼 확실성의 세계에 대한 동경이 잠재의식 속에 형성된다고 할 수 있다.

근대의 '과학정신'을 들먹이지 않더라도, 근대의 사회변동은 양가적이고 중층적인 가치들의 충돌로 갖가지 탐구의 노고를 피할 수 없게 하였다. 증거주의나 합리주의가 갖는 한계를 인정한다 하더라도 건너뛸 수 없는 것이 이 시대의 삶이다. 그러나 '파 보나 마나'의 사상은 이러한 현실감각과는 동떨어져 있다. 그것은 '근대 이전'에 가깝다 할 것이며, '근대를 넘어서'와 통할 것으로 보기는 어렵지 않을까. 「감자꽃」에 대한 일부의 애호에는 오히려 이런 점에 대한 정서적 기댐마저 없지 않은 듯하다.

권태응은 요절한 지 40여년 만에 『감자꽃』 출간과 함께 겨레의 시인으로 확실하게 복권된 천부적 동요시인이다. "지난날 우리들 삶의 터전이던 농촌이 우리들의 머릿속에 되살아나"게[13] 하는 그의 동요들은 사실 전원적 농촌 서정을 노래한 것도, 농촌의 삶에 의식적으로 주목한 것도 아니다. "영남에 살아도 우리 동무./평안도 살아도 우리 동무."(「우리 동무」, 1948)라는 공동체 의식을 바탕으로 겨레의 생활세계를 깊은 애정으로 끌어안아, 가족적 공감과 따뜻한 친화의 세계를 구축하였다고 하겠다. 따라서 이질적인 문화와 사조 들이 부딪치고 갈등하는 국면은 포착될 여지가 없고, 어린이가 품고 있는 불안과 희망의 미래 시간대 같은 것도 거의 감지되지 않는다. "지주 집 지붕에/높단 안테나"(「안테나」, 1949)는 봉건적 계급구조를 무너뜨리는 새로운 사조를 전파하는 첨병인 동시에 구제도의 지배층이 새

---

13 유종호 「티 없는 노래」, 앞의 책 142면.

로운 지배층으로 말을 갈아타는 모습을 입증하는 상징물로도 볼 수 있는데, 시인이 보는 것은 다만 "오늘은 무슨 방송/들어오는지//까치가 한 마리/듣고 앉았다."는 풍경화일 뿐이었다.

근대의 도전과 '내일의 노래'

우리 동시가 근대의 도전에 지극히 둔감하기만 했다고 하면 이는 잘못된 판단일 것이다. 거시적으로는 방정환 이래 근대 아동문학의 태동과 발전 자체가 그 나름의 근대에 대한 대응이었고, 시대마다 겨레의 삶을 비추며 상처 입은 마음을 어루만져주는 노래들이 없지 않았다. 그러나 4·19의 각성을 거쳐 경제개발 시대를 지나오는 장구한 세월 동안 동시단의 의식은 제자리를 맴돌거나 뚜렷한 성과 없는 실험들을 계속하지 않았나 싶다. 1970년대 이후 '일하는 아이들'의 현실에 대한 새로운 자각을 바탕으로 '삶의 동시'가 싹터 자라오고 있지만, 안으로부터 근대의 착종을 날카롭게 응시한 작품은 여전히 찾아보기 어렵다.

「옥중이」의 시인은 줄기찬 작품활동으로 자연과 역사에서 과학 현상에 이르기까지 매우 폭넓은 소재의 동시들을 선보여왔다. 그런데 그의 많은 시편들 가운데서 드물게 생동감을 띠고 다가온 대목이 있다. 부화장에서 수많은 병아리들이 생명을 얻어 깨어나는 환희의 순간에, 악몽의 현실을 직면해서 외치는 소란스런 울부짖음.

— 삐악.
— 삐악.
— 삐악.

수천 마리가
한꺼번에 생일을 맞이했다.

속았다. 속았구나.
엄마라는 기계에는
모오터가 돌고 있다.
— 삐약!
— 삐약!
— 삐약!

— 「부화기에서 통조림 이야기」 끝부분[14]

　포근한 엄마 품이 아닌 기계장치 속에서 깨어난 병아리들의 뒤집힌 운명을 섬뜩하게 포착한 이 결구는 문명이 빚어내는 자연 생명의 물화(物化)를 극명하게 드러내고 있다. 인간의 풍요를 위해 대량으로 착취되는 병아리들의 삶은, 조금만 눈을 돌려보면 기계문명의 속도의 회로에 빠져들어 일생을 저당잡힌 인간 자신의 운명과 겹쳐진다. 이 작품은 결말부에 이르러 이와같이 동시다운 발상을 벗어나지 않으면서 현대 문명의 악몽을 예리하게 그려냈음에도, 전체적으로 보면 통조림공장과 핵실험 등 의욕적인 주제를 제대로 소화하지 못한 채 장황한 난해시가 되고 말았다. 이 시인의 작품들은 대체로 탄탄한 짜임새를 갖고 매끄럽게 읽히지만, 소재의 확대가 눈에 띌 뿐 "진술된 시의 내용이 사물의 표면만을 겉스쳐 미끄러져가는 안이한 태도" "무감동한 내용의 공백 상태를 메꾸려는 노력이 (…) 독특한 공상의 기교를 고안" "사회의 모든 현상을 긍정하고 아름답게만 꾸며 보이

----

14 강소천 외 『신한국문학전집 39: 아동문학선집 2』, 어문각 1977, 260면.

려고 함으로써 참된 시를 창조하는 데 실패" 등으로[15] 신랄하게 비판받았던 세계를 갱신해 새로운 경지를 열어가지는 못한 것으로 보인다.

변화하는 사회에 대한 감수성을 갖고 아이들의 삶을 보아내는 일은 동시인에게는 너무나 당연한 임무지만, 그러한 감수성과 관심이 배어 있는 동시는 참으로 희귀하다. "누가 내 머리에서 / 컴퓨터 좀 꺼 주세요. / 눈 감아도 / 꿈 속에서도 / 꺼지지 않는 컴퓨터 화면"(이미옥 「꺼지지 않는 컴퓨터」)[16]과 같은 목소리를 만나는 것조차 오히려 드문 사례가 아닌가 싶다. 이렇듯 컴퓨터의 공세에 붙들려 있거나 샐러드와 케첩 같은 서양 입맛에 길든 요즘 아이들의 현실을 그대로 직시하면서, 그 아이들 자신의 목소리로 「김치를 싫어하는 아이들아」와 같은 성찰을 내면화한 동시, 도시 한복판에서도 「닭들에게 미안해」("모이 안 주고 / 달걀만 꺼내올 때 / 닭들에게 미안해.")[17]와 같은 순정을 캐내는 동시를 기대한다면 과욕일까. 요컨대 전통적인 자연 송가나 보편적인 삶의 양상을 노래하는 것, 삶을 대상화한 근대 부정의 비판의식에서 한걸음 나아가, 근대의 구성물인 자신의 삶 자체를 문제적으로 인식해 칼날 같은 경계에 서는 치열함을 보여줄 수는 없는 것인가.

동시를 쓰는 어른은 당대의 어린이들보다 한 세대 내지 두 세대를 먼저 살아가는 세대다. 이 앞세대가 자기 세대의 가치와 정서를 다음 세대에 전달하는 것은 충분히 의미있는 일이다. 그렇지만 아이다운 수준으로 아이의 목소리에 의탁하는 차원을 넘어, 아이의 삶의 자리에서 일어나는 변화와 새로운 가치의 충돌을 본능적으로 감지하여 '내일의 노래'를 부를 줄 아는 시인이야말로 더욱 소중한 동시인일 것이다. 「옥중이」와 「감자꽃」, 「김치를 싫어하는 아이들아」에 담긴 '건강성'도 소중하고 근대에 대한 나름대

---

15 이오덕 「부정(否定)의 동시」, 『시정신과 유희정신』 248~51면.
16 공재동 외 『닭들에게 미안해』, 현대문학어린이 2001, 74면.
17 김은영 『김치를 싫어하는 아이들아』 120면.

로의 대응이 된다고 보겠지만, 모습을 바꾸며 지속되는 근대의 모순과 착종을 온몸으로 사는 동시인도 만났으면 한다. 일반 시에 비해 동시는 완결된 세계와 해답을 얻은 것처럼 노래하는 예가 많다. 근대의 내면화와 진정한 자기부정을 거치지 않고서 해답을 보았다는 것은 근대 극복의 길과는 상관없는 사이비 근대 의식에 떨어지고 말 위험이 다분하지 않겠는가.

| 창비어린이 2004년 여름호 |

과학소설의 새로운 가능성

    과학소설이란 무엇인가? 더군다나, 어린이 과학소설이란 무엇인가? 이런 물음에 답하고자 한다면 자칫 함정에 빠질 수 있다. 어디서부터, 어떻게 이야기를 풀어가야 하나 막막하기 때문이다. 과학소설 전문 싸이트도 있고, 과학소설 전문 무크도 창간되었고, 번역 출판 목록도 상당히 쌓여 있으며, 'SF총서'를 내면서 'SF신인상'을 공모해 출간하겠다는 출판사도 있다.[1] 그렇지만 과학소설 논의의 맥락을 어떻게 짚어야 할지, 그리고 문학판 전체 나아가 일반 독자들과 소통할 수 있는 논의 수준과 내용은 어때야 할지 감을 잡기 어렵다. 더군다나 어린이 과학소설은? 이 동네는 서발막

---

1 과학소설 전문무크를 표방한 『HAPPY SF』(편집동인 구광본 김상훈 임형욱) 창간호가 지난해 9월 나왔는데, 책 뒤에 SF 관련 추천싸이트와 국내 출판 SF 추천작품 목록을 싣고 있다. 여기 소개된 책들과 임종기의 저술 『SF 부족들의 새로운 문학 혁명, SF의 탄생과 비상』(책세상 2004) 뒤에 실린 '주요 SF 걸작' 목록을 살펴보면, 서구의 SF 작품의 흐름을 읽을 수 있을 만큼 많은 작품이 이미 번역 출판되었음을 알 수 있다. 『HAPPY SF』를 낸 '행복한책읽기' 출판사에서는 'SF총서'를 간행하고 있고 전용 싸이트이자 SF 커뮤니티인 www.happysf.net을 열고 있다.

대 휘둘러 거칠 것 없는 허허벌판으로 논의의 맥을 댈 데조차 없고, 과학소설 전문작가는커녕 과학소설을 쓰는 작가의 이미지를 가진 이조차 찾아볼 수 없는 형편이다.

그렇지만 과학소설 논의는 얼마든지 가능하다. 어린 시절 『해저 2만리』 나 『투명인간』 『타임머신』을 아동용으로 읽고 「E. T.」「스타워즈」「매트릭스」 등 인기 SF영화를 본 '나 자신'의 수준에서 출발하면 되지 않겠는가. 사실 과학소설의 개념이나 장르적 특성을 이해하는 방식과 수준은 저마다 다르겠지만, 매일 매스컴이 쏟아내는 각종 과학정보를 포함해 오늘의 문화적 환경은 보통 시민이면 어렵지 않게 과학소설이 무엇인지 짐작할 수 있게 한다. 따라서 우선 우리가 만날 수 있는 과학소설들을 과학소설로 성실하게 읽어내고 문학작품으로서의 성취를 찬찬히 짚어본다면 길이 열리리라 믿는다. 과학소설을 뜻하는 SF(science fiction)는 『어메이징 스토리즈』 (*Amazing Stories*) 같은 1920, 30년대 미국과 영국에서 활발히 간행된 SF 잡지들에 실린 '소설'을 직접적으로 가리키지만, 우리말 '과학소설'과 달리 SF영화, SF만화 등과 같이 결합해 쓰일 수 있다는 차이가 있다.

어린이문학은 과학소설의 불모지인가

지난해 『동아일보』, 한국과학문화재단, 동아사이언스가 주관하여 공모한 제1회 '과학기술 창작문예'를 심사하기에 앞서 심사위원들은 심사원칙을 정하면서 '이상한 합의'에 이르렀다. 독창성을 생명으로 하는 문학작품의 심사에서는 특히 표절이나 모방, 기존 작품의 영향을 가려내는 데 민감할 수밖에 없는데, 거꾸로 "모방이나 번안을 너그럽게 대하"기로 정하였던 것이다. 우리 사회가 "과학소설의 불모지"이고 "우리 과학소설이 초라한"

지라, "과학소설이 쓰여진다는 사실 자체가 신기하고 고맙"고 "모든 작품들이 소중할" 수밖에 없어서 이런 너그러움이 정당화된다고 하였다.[2] 단행본에 함께 묶여 출판된 수상작과 추천작 속에 과연 모방이나 번안의 요소가 어느 정도나 들어 있는지는 점검이 되지 않았지만, 과학소설에 관여하는 우리나라의 몇 안 되는 '전문가'인 심사위원들의 판단으로 우리 사회가 과학소설의 불모지란 점이 고민되었다는 것은 중요한 시사점이 아닐 수 없다.

이처럼 과학소설의 상황이 척박하다는 판단은 어린이문학 쪽에서 과학소설의 현황을 주로 염두에 둔 발언은 아니라고 본다. 어른문학의 경우, 일반문단에서 과학소설 경향의 작품으로 주목받은 복거일의 『비명(碑銘)을 찾아서』(1987), 『파란 달 아래』(1992)를 비롯해 과학소설 무크 『HAPPY SF』(2004)에는 듀나와 구광본, 강병융이 단편을 발표하고 있고, 90년대 이후 하이텔, 천리안, 나우누리 동호회를 시작으로 과학소설 동호회 활동이 시대에 따라 변신하며 지속되고 있는만큼 엄밀히 말하면 불모지라고 볼 수는 없다. 또한 과학소설에 관한 연구나 비평도, 최근에 내가 짧은 기간 관심을 가지며 살펴본 바로도 박상준의 저서 『멋진 신세계』(현대정보문화사 1992)와 대중문학연구회 편 『과학소설이란 무엇인가』(국학자료원 2000) 같은 의미있는 저술들이 있고 특히 '장르문학'의 특성상 싸이버공간의 논의가 적지않이 축적되어 있는 것으로 보인다. 그런데 실은 어린이문학의 사정은 좀더 척박해, 오히려 '과학소설의 불모지'란 표현이 한층 더 어울리지 않을까 싶다. 과학소설이 무엇이고 지금 무슨 의미가 있는지, 그리고 어떤 작품이 어떤 수준으로 나오고 있는지 통 이야기된 적이 없다. 이는 단지

---

2 복거일 「소설부문 심사평」, 『2004 과학기술 창작문예 수상작품집』, 동아사이언스 2004, 8면.
  이 공모의 아동문학 부문 심사에는 나도 참여하였다.

과학소설 논의에 국한된 것만은 아닌, 어린이문학 동네가 안고 있는 전반적인 담론의 빈곤의 한 모습에 불과한지 모르겠지만, 무엇보다도 '우리 자신이 가진 자산과 전통'을 잘 챙기지 못하고 무시해온 습성이 문제다. 논의의 부재는 결국 발표되고 있는 과학소설 작품들을 제대로 읽고 평가하지 못하는 현상으로 이어지고, 창작과 서로 소통하면서 생산적 자극을 주고받는 담론의 기능도 전혀 발휘되지 못하고 있다.

과학소설 논의를 충분히 섭렵하진 못했지만, 대체로 우리 작가들의 과학소설 작품을 역사적으로 충실히 짚어보고 평가한 연구나 그런 이해의 전제 아래 진행되는 비평은 많지 않은 듯하다. 우리가 과학소설의 불모지에서 빠져나오려면, 창작과 비평을 활성화하는 것 못지않게 혹은 그 이상으로 중요한 것이 있으니, 불모지가 실은 불모지가 아님을 밝히는 일이다.

한낙원의 『금성 탐험대』와 과학소설 개척

한낙원(韓樂源, 1924~)은 과학소설가이다. 우리 문학사에서 1970년대 이전에 등단한 작가 가운데 서슴없이 과학소설가로 불러도 좋은 작가로는 그가 유일하지 않은가 싶다. 그런데 한낙원은 주로 어린이 또는 청소년 대상 과학소설을 쓴 까닭에 일반 과학소설 논의에서는 완전히 잊혀진 존재가 되어 있다.[3] "우리나라 최초의 본격 과학소설"이며 "최초의 과학소설임에도 과학소설로서의 수준을 갖춘", 과학소설사에서 "독보적인 존재"라고 하는 문윤성의 『완전사회』가 공모에 당선된 것은 1965년이고, 단행본이

....

3 우리 과학소설 작품을 역사적으로 살펴본 김재국의 「한국 과학소설의 현황」은 주요 과학소설 작가와 작품을 시대환경과 함께 검토한 유익한 글이나, 한낙원의 활동에 대해서는 이름조차 언급되지 않았다. 대중문학연구회 편 『과학소설이란 무엇인가』 93~116면 참조.

출판된 것은 1967년인 듯하다.[4] 최초의 본격 과학소설이 무엇이냐를 엄밀히 따지는 것이 얼마나 영양가 있는 일인지는 모르겠지만, 이 작품에 앞서 1962년부터 『학원(學園)』지에 연재된 한낙원의 『금성 탐험대』 역시 내가 살펴보기에 '본격 과학소설'로서 조금도 손색이 없는 작품이다. 또한 그의 초기작인 장편 『잃어버린 소년』이 『연합신문』에 연재된 것이 1959~60년이니, 한낙원은 이때 이미 지구를 공격하는 우주 괴물을 물리치는 세 소년의 활약상을 그린 '과학모험소설'로 작가 활동을 시작하고 있었다.

무엇보다도 한낙원은 50년대에 등단하여 90년대까지 40년 이상을 과학소설 창작의 한길로 매진해왔다는 점에서 다른 작가들과 구별된다. 특히 60년대에는 월간잡지 『학생과학』이 창간되면서 과학소설 연재가 인기를 끌어 한낙원, 서광운, 서기로, 오민영 등이 작품을 연재하고 '한국SF작가클럽'이 결성되는 등 과학소설계가 활성화되고 있었다.[5] 한낙원은 「에일리언의 대음모」 「우주벌레 오메가호」 「뮤탄트 V」 「우주전함 갤럭시안」 「시그마 X」 「4차원의 로봇 탐험」 「우주 대작전」 등을 『학생과학』을 비롯해 『학원(學園)』 『농원(農園)』 『새소년』지 등에 연재했으며, 「자유인」 「달에서 들리는 소리」 「화성에서 온 사나이」 등 방송극도 여러 편 집필하였다.[6] 80년대 이후에는 주로 어린이용 과학소설 간행에 주력해 10여권의 장편과 작품집을 냈다. 이처럼 그의 작품활동이 활발했던 것은 그 시대 잡지와 출

<hr />

4 『완전사회』는 한국일보사 주관 『주간한국』 제1회 추리소설 공모에 당선되었고, 수도문화사에서 출간되었다. 김재국 「한국 과학소설의 현황」 및 이정옥 「페미니스트 유토피아로 떠난 모험 여행의 서사—문윤성의 『완전사회』론」(대중문학연구회 편 『과학소설이란 무엇인가』) 참조.

5 『학생과학』은 1965년 11월호로 창간되어 80년대까지 나왔고, 서광운은 「관제탑을 폭파하라」 「바다 밑 대륙을 찾아서」 「4차원 전쟁」 등을 연재하였다. 김창식 「서양 과학소설의 국내 수용과정에 대하여」, 대중문학연구회 편 『과학소설이란 무엇인가』 74면 참조.

6 작가와 주고받은 서신으로 확인한 목록이다.

판의 수요에 맞추어 과학소설을 생산할 수 있는 작가가 몇사람 되지 않았고, 특히 어린이 또는 학생 독자를 겨냥한 과학소설을 쓰는 전문작가로는 그가 유일했기 때문이라고 생각된다.

한낙원이 일찍이 과학소설에 관심을 갖게 된 것은 평안남도 용강 태생으로 1945년 평양방송국에 아나운서로 근무했고, 1·4후퇴 때 월남해서는 유엔군 심리작전처 방송부장으로 근무하는 등 현대 문물과 지식정보를 가까이서 접할 수 있는 위치에 있었던 그 자신의 이력과도 연관이 깊다고 보인다. 54년경부터 60년대 말까지는 주로 『농민생활』과 『동광(童光)』지 주간으로 일하면서 많은 작품을 집필하는데, 특히 이 시기 그의 활동은 우리 과학소설을 앞서서 개척한 주요한 의미를 띠는 것으로 좀더 면밀한 연구와 검토가 이루어져야 하겠다.

『금성 탐험대』는 그 당시 '한국소년소녀명작선집'으로 출판된 '과학소설'이니 오늘의 개념으로는 어린이 대상 과학소설인데, 굳이 어린이용으로만 한정시켜 볼 수 없는 작품이다. 미국과 소련이 치열한 우주개발 경쟁을 벌이는 가운데 금성 탐사를 놓고 미·소가 쏘아올린 두 우주선이 우주에서 맞붙는, 서두에서부터 흥미진진한 모험과 활극이 예고되는 작품이다.

그의 말에 의하면 이 계획은 1962년부터 시작된 것이다.

그동안에 5, 60회에 걸쳐 무인 우주선을 발사하여 금성에 관한 자료를 수집했고, 드디어는 유인 우주선을 발사하게 된 것이었다.

그러나 금성에 관한 자료가 충분해짐에 따라, 미소간에는 달을 정복할 때와 같이 날카로운 경쟁이 붙었다.

더욱이 금성에는 원자 에네르기를 위한 물질이 풍부한 것을 알게 된 두 나라는, 치열한 경쟁을 일으키게 되었다.

홉킨스 소장은 이미 알려진 이야기를 간단히 추려서 말하고 나서, 이번 금

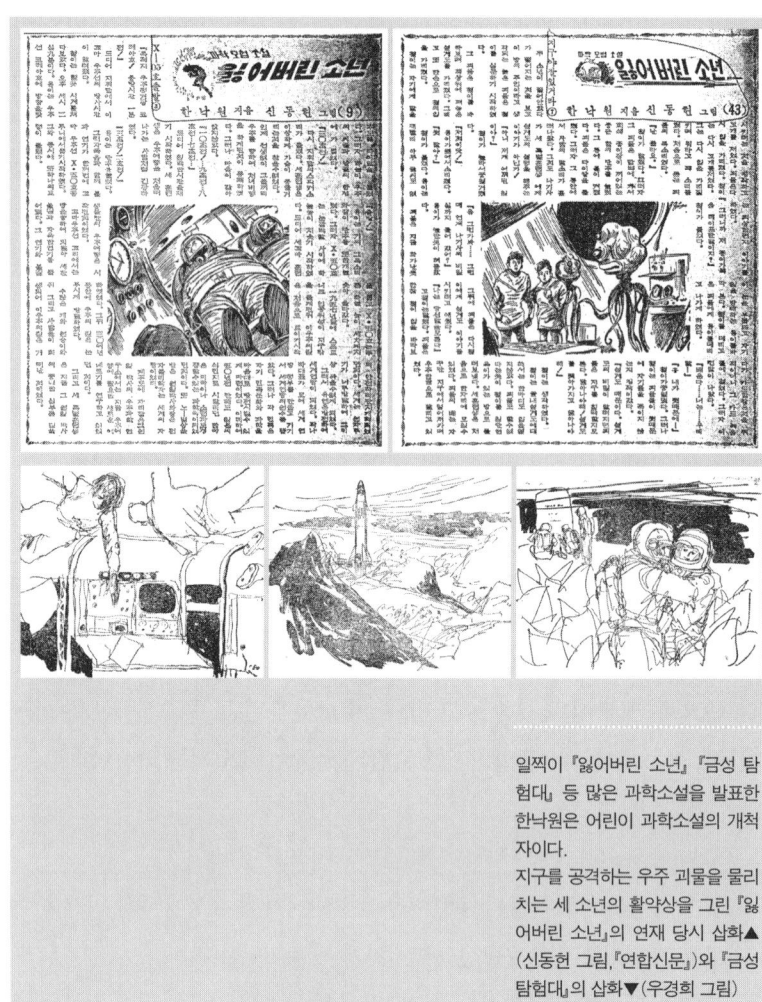

일찍이 『잃어버린 소년』『금성 탐험대』 등 많은 과학소설을 발표한 한낙원은 어린이 과학소설의 개척자이다.
지구를 공격하는 우주 괴물을 물리치는 세 소년의 활약상을 그린 『잃어버린 소년』의 연재 당시 삽화▲ (신동헌 그림,『연합신문』)와 『금성 탐험대』의 삽화▼(우경희 그림)

성탐험호의 발사 계획을 다음과 같이 들려주었다.

즉 그는 금성호를 발사하기 직전에 달 로케트를 먼저 쏘아 올리고, 그보다 약 4분 뒤에 금성호를 제2기지에서 쏘아 올리겠다는 것이다.

이렇게 하면 설사 스파이가 공작을 하더라도 달로 향한 로케트를 추격하겠노라고, 금성으로 떠나는 로케트에는, 미처 손을 쓰지 못할 것이라는 것이다.

"그러니 고진 후보생은 죽은 부조종사 대신 금성호를 타고 가서 만일의 경우엔 한팔 거들어야겠어." (9~10면)[7]

우수한 파일럿만이 연쇄적으로 우주여행중에 살해당해서 비밀리에 발사하는 미국의 금성탐험호, 그리고 이 우주선에 타게 된 하와이 우주항공학교 후보생 고진과 최미옥—그러나 고진은 출발하기 직전에 괴한에게 납치되어 블라지보스또끄까지 끌려간다. 촉망받는 젊은 조종사를 납치한 것은 놀랍게도 하와이 우주공항에서 발사될 예정이던 V.P.호의 기장 스미스 중령. 그는 실은 소련의 스파이 니꼴라이 중령으로, 미국 우주선을 본떠 똑같이 만들어진 금성탐사선 에쎄쎄르(CCCP)호에 고진 후보생을 강제로 태우고 V.P.호를 추격한다.

작품의 초반부는 이처럼 풀리고 얽히는 미스테리와 무중력 우주공간으로 날아간 두 우주선의 상황을 긴박하게 전개하면서, 알려지지 않은 작은 별에 불시착했다가 앞서거니 뒤서거니 다시 금성으로 떠나는 장면으로 이어진다. 이후 금성에 착륙하여 금성의 이곳저곳을 탐사하는 모험이 작품의 중반부를 이루고 있고, 금성의 지하에 건설된 알파성인들의 세계를 탐험하고 외계인 알파성인과 만나는 이야기가 후반부의 중심이 된다. 험난하기만 한 여정, 그리고 미지의 자연과의 대결 과정에서 V.P.호의 윌리엄

---

7 한낙원 『금성 탐험대』, 삼지사(三志社) 1969(10판). 작품 분석과 인용은 이 책에 따른다.

대장과 박철 후보생이 우주선과 함께 금성의 화산에 떨어져 죽고, 니꼴라이 중령마저 알파성인이 부리는 로봇인 케아로와의 싸움에서 중상을 입어 목숨을 잃는다. 이렇듯 여러 명의 동료를 우주에 장사지낸 대원들은 고진 후보생을 새 대장으로 뽑아 에쎄쎄르호에 타고 마침내 지구를 향해서 금성을 이륙한다.

1957년 소련이 세계 최초로 인공위성을 쏘아올린 뒤 1969년 7월 아폴로 11호의 닐 암스트롱이 달 표면을 밟은 이후까지 소련과 미국은 엄청난 자금과 인력을 쏟아부어 엎치락뒤치락 우주개발 경쟁을 벌였다. 『금성 탐험대』는 아직 인간의 달 탐사조차 불확실하던 시기에, 금성으로 에너지 자원을 얻기 위해 미·소가 경쟁적으로 우주선을 쏘아올리는 상황을 설정하여 한국의 청춘남녀가 이 우주선들을 타고 모험을 겪는 대서사를 상상하였다. 이 대서사에는 무중력상태인 우주공간에서 몇달간 계속되는 생활, 인간이 살 수 없는 금성의 구름과 대기와 지형 등에 대한 아슬아슬한 탐험, 로봇 동물들이 노니는 공원을 만들고 사람처럼 임무를 수행하는 로봇 케아로를 부리는 알파성인들이 건설한 금성 기지에서 벌어지는 여러 사건들 등 광활한 우주를 무대로 많은 이야기가 파노라마처럼 펼쳐지고 있다. 과학소설의 선구자들인 쥘 베른(Jules Verne)과 웰즈(H. G. Wells)가 19세기에 이미 달 탐험과 화성인의 지구 침공을 다룬 작품을 썼고, 1940년대와 50년대에는 아이작 아시모프(Isaac Asimov)가 로봇 공학 3원칙 등을 담은 로봇 씨리즈를 내놓았는바, 『금성 탐험대』의 화소(話素)들은 이런 고전적인 혹은 현대적인 과학소설에 담긴 상상들에서 멀리 떨어져 있지 않다. 그러나 금성 탐험이라는 새로운 우주 개척담을 본격적인 중심 이야기로 설정하고, 당시 현실세계에서 한창 불붙었던 미·소간의 우주개발 경쟁을 직접적으로 작품에 도입해 시종 꼬리를 물고 이어지는 흥미진진한 모험 서사로 독자들의 시선을 붙잡아냈다는 점에서 『금성 탐험대』는 독창적이면서도 독보적인 과학소설의 한 경지를 일구어냈던 것이다.

　우리의 청춘남녀를 미국과 소련이라는 두 강대국의 우주선에 태워 보냄으로써 한국 과학소설로서의 정체성을 찾아야 했던 한낙원은 『별들 최후의 날』(금성출판사 1984), 『폐기별의 타임머신』(고려원미디어 1992), 『특명, 지구 대폭발 구출작전』(문화교육개발 1994, 『잃어버린 소년』 재출간) 같은 작품들에서는 남녀 어린이가 우리 우주선을 조종하고 외계에서 날아온 우주선에 잡혀가기도 하면서 새로운 경험과 모험에 나서도록 하고 있다. 『별들 최후의 날』은 정남과 순옥 두 아이가 외계에서 날아온 비행접시에 잡혀들어가면서 겪게 되는, 우수한 로봇의 개발과 이용을 둘러싸고 벌어진 시그마성과 파라오성 간의 우주전쟁이 중심 이야기다. 시그마성 비행접시에 잡혀가던 네 명의 지구인은 파라오성에 불시착해 그들의 포로가 되고, 정남을 남겨둔 채 지구 공군의 두 조종사와 순옥은 다시 시그마성 비행접시를 타고 떠나면서 지구인들은 각기 두 별로 나뉘어 전쟁을 목도하게 된다. 타협이 없고 지혜롭지 못한 문명세계간의 싸움은 결국 두 별의 파멸로 끝나며, 최후에 그들은 자신들의 조상이 하나였음을 알고 각기 포로로 잡았던 저쪽 별 지도자의 아들과 딸을 우주선으로 탈출시켜 제3의 별을 찾아가게 한다.

　시그마성과 파라오성의 외계인들은 로봇 판매전에서 앞서기 위해 지구인을 데려와 연구하려고 하였지만 지구와 지구인에 대해 특별히 적대적이고 침략적인 태도를 보이지 않았다면, 『특명, 지구 대폭발 구출작전』에서 문어처럼 생긴 우주 괴물은 비밀 설계도를 탈취해가고 지구 도시들을 불태우는 공격 행동을 한다. 세계연방정부가 건설된 미래에 한국은 과학 강국이 되어 있는바, 한라산 우주과학연구소의 훈련생인 용이와 철이, 현옥이가 우주정거장으로 가는 임무를 맡아 출발하면서 우주 괴물을 물리치는 활약으로 지구를 구하게 되는 것이다. 이 작품에도 몇가지 미스테리와 우주에서 벌어지는 다양한 사건들, 달나라 기지, 외계 괴물의 공격, 연방정부

과학자들의 대책회의 등 흥미로운 요소가 많지만, 개연성이 부족한 이야기 전개로 인해 작품의 짜임새는 다소 떨어진다.

한낙원 작품에서 중심 화소의 하나인 외계인과의 만남은 이처럼 적대적인 경우도 있으나 지구인들과 서로 도움을 주고받는 등 대개는 우호적인 관계로 진전되고 있다. 『폐기별의 타임머신』과 단편 「사라진 행글라이더」 「우주 고양이 소동」(『사라진 행글라이더』, 삼익출판사 1992)에서 아이들은 외계인의 고장난 우주선을 방문하게 되는데, 고양이나 병아리를 닮은 외계인들은 아이들의 도움을 받아 우주선을 고쳐 떠날 수 있게 된다. 그런데 작가는 세 작품에서 모두 외계인들에게 필요한 금속을 백금으로 설정하였고, 「사라진 행글라이더」와 『폐기별의 타임머신』에서는 이 백금을 어머니의 백금반지로부터 구하고 있어 이채롭다.

이처럼 한낙원의 과학소설들은 몇가지 특징을 갖고 있는데, 열두세살에서 십대 후반까지의 우리 아이들을 주인공으로 삼고 있는 것, 남녀 아이를 동등하게 등장시켜 각자 자기 역할을 맡도록 한 것, 그리고 외계인과의 우호적인 혹은 적대적인 만남을 그리고 있는 것, 외계인들은 발달한 과학으로 대부분의 일을 로봇에 맡기는 등 로봇이 자주 등장하는 것을 알 수 있다. 그는 우리 아동문학의 역사에서 과학소설에 매진해온 매우 특이한 존재였지만, 기성 아동문학계에서 그를 이단아로 배척하지는 않았다. 그는 아동문단의 당당한 일원이었으며 그의 작품들은 '한국소년소녀명작선집' '소년소녀한국문학' '한국아동문학대표작선집' 등에 마해송·강소천·최요안·장수철·신지식 등 당대 주요 작가들과 나란히 수용되었고,[8] 몇몇 작품은 80년대와 90년대 반복해서 재출간된 것으로 보인다. 하지만 불행히도

....

8 한국아동문학대표작선집 제12권(웅진 1988)에 「아프리칸 바이올렛」 등 세 편의 단편이 실렸고, 『별들 최후의 날』 『사라진 행글라이더』 등도 아동문학 창작으로 구성된 전집 중의 한 권이다.

그의 과학소설들은 어느새 잊혀져버려 침묵의 공간에 유폐되었으니, 웰즈의 『우주전쟁』(1898)이 올 여름 스필버그 영화로 재탄생해 개봉되리라는 소식에 우울함이 깊어진다.

과학소설의 새로운 가능성

우리 과학소설의 역사를 짚어보면, 애국계몽기에 쥘 베른의 원작을 번안한 이해조의 『철세계(鐵世界)』(1908)가 간행된 이래 해방 전까지는 몇몇 번안과 번역 작품이 있었을 뿐 창작은 전혀 이루어지지 않았다. 좀더 연구가 폭넓고 깊이있게 이루어진다면 과학소설의 범주에서 이야기할 만한 작품들이 발견될지 모르지만, 과학소설 창작과 번역은 6·25전쟁이 끝난 50년대 중반에 이르러서야 비로소 활성화될 수 있었던 것이다.[9] 그런만큼 한낙원은 초기 우리 과학소설의 선구자요 개척자로 자리매김해야 하고, 특히 40여년을 어린이 과학소설 전문작가로 활동해왔다는 점에서 아동문학사에 과학소설 영역을 뚜렷이 확보해준 작가로 제대로 조명받아야 한다.

한낙원의 과학소설은 어린이·청소년들이 과학의 원리에 친숙해지고, 우주개척과 과학발달의 주역으로 꿈을 갖도록 하는 계몽적인 성격을 띠고 있었다. 그의 과학소설이 디스토피아적 전망을 배제하고 아울러 과학의 본질적 성격에 대한 물음을 제기하지 않은 것은 경제개발과 과학입국으로 '근대화'를 이뤄야 했던 시대에 필요했던 진보의 꿈이 투영되었기 때문이 아닐까. 우주개척은 그 시대 과학의 총아요 선진 강대국으로 가는 표상이자 벅찬 감격이었다. 그리고 자라나는 세대의 독자에게는 그러한 과학과

---

9 김창식, 앞의 글 및 김재국, 앞의 글 참조.

미래로 가는 지식과 용기를 주어야만 했다. 이처럼 50, 60년대에 형성된 그의 과학소설의 성격은 이후 과학과 문명의 추이를 깊이있게 반영하고 그와 대결하면서 한층 더 깊어지거나 갱신되지 못한 채, 몇몇 이야기 유형 속에서 되풀이되었던 것으로 보인다.

한낙원의 활동을 제외하면 어린이문학에서 '과학소설가'로 부를 만한 뚜렷한 작품활동을 보인 작가는 찾아볼 수 없지만, 과학소설 혹은 과학적 계기를 주요하게 포함한 작품은 적지않이 생산되었다. 특히 컴퓨터와 컴퓨터통신이 급속하게 발달해 일상생활에 깊이 침투한 90년대 이후 싸이버 공간을 무대로 한 작품들이 많이 나왔고, 과학과 판타지를 넘나드는 설정으로 상상력과 표현의 영역을 확대하는 시도들도 대두하였다. 판타지 논의는 90년대 후반 이래 팽창한 창작출판의 열기와 더불어 몇몇 갈래로 다소나마 깊이를 보이며 진행되었지만, 우리 아동문학사에서 역시 그 나름의 뿌리와 전통을 갖고 있는 과학소설에 대해서는 합당한 장르인식 아래 논의된 경우가 아예 없지 않았나 싶다. 따라서 창작의 동기나 방향 또한 어떤 맥락을 얻기가 매우 어려운 환경이었다고 하겠는데, 문선의 『제키의 지구 여행』(길벗어린이 2000)은 이런 메마른 토양에서 솟아난 과학소설의 가능성을 새롭게 열어놓은 신선한 작품이다.

『제키의 지구 여행』은 과학이 자아의 외부가 아니라 내부 문제로 들어와 있다는 점에서 이전 작품들과 다르다. 이 작품이 다루는 주제는 크게 두 가지로 나뉜다. 하나는 과학기술이 고도로 발달한 별나리 행성에 사는 아이 제키가 겪는 자아정체성의 혼돈. 또하나는 지구의 과학문명이 다다르게 될 미래 세상의 어두운 측면에 대한 성찰과 경계. 제키는 콜 박사 부부가 혜성의 충돌로 인해 죽은 아들을 그리워해서, 아들을 닮은 지구 아이의 유전자를 별나리인의 형질과 합성해 만들어낸 복제인간이다. 별나리 행성의 다른 아이들과 생김새도 다르고 정서도 달라서 갈등을 겪던 제키는 자신의 출생의 비밀을 알게 되자, 자신을 끌어당기던 초록별 지구를 찾아간다. 그는 지구에서 하늘이 남매를 만나 그 아이들과 교감을 나누는 과정을 통해 다시 자신의 부모를 마음으로 받아들이게 된다. 복제인간 또는 싸이보그가 겪는 자아정체성의 문제는 과학소설에서 이미 많이 다루어진 주제일 터이지만, 요즈음 이러한 주제는 이전 시대와 다른 실감으로 우리 피부에 닿아온다. 20세기 말 생명공학의 비약적인 발달은 먼 남의 나라 이야기가 아니며, 황우석 교수의 생명체 복제 성공 소식을 듣는 것이 밥상머리의 일상사가 되었다.

『제키의 지구 여행』은 자연과 문명, 현재와 미래를 대조시켜 지구의 아름다운 자연환경과 생태계를 지켜갈 것을 호소한다. 별나라 행성의 발달한 기계도시와 지구의 자연 숲의 대조, 그리고 환경오염과 핵전쟁으로 인해 해저도시와 지하도시, 사막도시를 건설하고 살아야 하는 치쿠 별 여행에서 얻은 교훈. 특히 제키가 신음하는 지구의 풀과 나무들을 만나고, 물과 공기까지 사 마셔야 하는 지구의 미래인 치쿠 별을 답사하는 내용들은 마치 이야기로 풀어간 환경교육서의 일부처럼 직접적으로 주제를 드러낸다. "치쿠 별 사람들은 과학의 발달에만 신경을 썼어. 자연을 핵실험 장소로만 사용한 거지. 그러다가 치쿠인들이 몰살될 뻔한 별의 정화 작용이 일어난 거야."(183면) 그러나 이 어두운 미래를 불러오는 오늘의 과학의 문제가 어째서 생겨나는지는 "자연을 대하는 태도" 등으로 피상적으로만 지적될 뿐이다.

안미란은 이러한 과학의 문제를 과학자의 윤리라는 관점에서 깊이있게 풀어간다. 『씨앗을 지키는 사람들』(창작과비평사 2001)은 미래소설의 형식으로 씌어진 과학소설이자 사회소설이다. 과학연구로 얻은 얇은 특허권을 통해 대기업에 독점되고, 쑥갓을 심고 씨앗을 받는 것마저 지적 재산권을 침해하는 범죄가 된다. 거북산에 들어선다는 전투기 훈련장을 반대하는 정치인의 배후에는 기업의 음모가 작용하고 있다. 전투기 훈련장 설치를 반대하는 시민운동을 이용하여, '21세기 콜럼버스사'가 거북산을 차지하고 야생 식물에서 약품을 개발하는 '연구소'를 세우고자 하는 것이다. 과학기술은 정치인과 기업 등 힘있는 자의 욕망을 실현하기 위한 도구가 되고, 거대자본에게 초과이윤을 가져다주는 효율적인 수단이 된다. 사회의 유산계급은 생명공학이 만들어낸 '몸에 좋은' 합성식품을 먹지 않고, 가난한 계층은 배급되는 합성식품을 먹고 살아야만 하는 상황은 매우 역설적이다. 『씨앗을 지키는 사람들』은 과학발전이 초래하는 디스토피아적 미래에 대한 책임에서 과학자가 자유로울 수 없음을 주목한다. 안정성이 확인되지 않은 볍씨를 환경규제가 심하지 않은 북한에 공급해 수출길을 열려는 것을 동료 과학자들이 반대하지만, 진희 어머니는 이를 외면하는 편에 선다. 그런 진희 어머니가 거북산 사건을 겪으면서 변화한다. 연구소에서 쫓겨난 뒤 몰래 쑥갓 품종을 개발하고 시민운동가로 활동하다 감옥에 간 남편의 뒤를 이어, 협동농장에서 고추와 토마토 등 농작물을 심어 누구에게나 씨앗을 나누어주는 일을 시작하는 것이다.

　『씨앗을 지키는 사람들』은 생명과학과 기업의 이윤추구, 정부, 지역 정치인, 지역 주민의 이해관계, 개인의 건강과 행복 등이 서로 긴밀하게 얽혀 있는 문제라는 것을 다국적 기업의 씨앗 지배라는 이야기로 자연스럽게 풀어간다. 이것은 어렵다면 어려운 주제이지만, 부모가 모두 과학자인 진희네 가족과 진희의 학교 친구들이 엮어내는 여러 사건들 속에 잘 스며들어 있기 때문에 아이들도 다가가기가 그다지 어렵지 않다. 다국적 기업의 이윤추구와 환경파괴, 이를 막고자 하는 시민운동가들의 전면적인 싸움으로 진전시키기보다는 과학자인 진희 어머니의 의식 변화와 실천을 줄기로 삼은 것은 과학자의 윤리에서 희망을 보고 있기 때문일 것이다.

　『씨앗을 지키는 사람들』과 『제키의 지구 여행』은 독자들이 과학소설에 기대하는 여러 흥미 요소들을 갖추고 호기심을 충족시켜준다. 작품을 읽어가면서 싸이버 돔, 하이비전, 무인차, 우주선, 블랙홀, 텔레파시, 지능로봇, 유전자 복제, 지하도시, 합성식품, 감각치료기, 만능시계, 병문안용 장미꽃 등등 미래 과학이 만들어낸 갖가지 최첨단 기기와 상상의 산물들을 불쑥불쑥 만나게 되는 것은 다른 장르에서는 얻을 수 없는 재미이다. 발달한 미래세계 혹은 문명세계가 보여주는 특징은 인공물로 둘러싸여 있다는 점이다. 별나리 행성의 '기계도시'의 삶이 그렇고, 생명공학이 발달한 미래의 한국사회 역시 그런 모습이다. 자연에 대한 인간의 지배력이 점점 커져서, 생활공간과 의식주 등 모든 삶의 국면을 인공과 인위로 채워놓은 것이 이른바 미래 '문명'사회의 정체이다. 미래에 대한 우리의 상상은 대체로 이러한 궤도를 그리고 있고, 두 작품 또한 그와같은 미래세계의 상상 아래 그 사회가 안게 될 문제가 무엇인지를 탐구하고 있다. 이러한 미래 문명세계는 실은 오늘의 사회와 문명을 비추어보는 거울이다. 지구별의 미래에 다름아닌 별나리 행성과 치쿠 별의 모습은 오늘의 환경오염과 자연에 대한 수탈을 성찰케 하는 계기이며, 씨앗 독점과 과학자의 윤리 문제는 먼 장래의 문제가 아니라 바로 지금 우리 사회가 안고 있는 현안이기도 하다. 문학은 현실 과제를 우회하여 다루는 양식이고 과학소설 혹은 미래소설은 한층 더 자유롭게 무한한 시공 속으로 비약할 수 있지만, 이처럼 두 작품은 오늘의 현실 과제를 매우 직접적으로 상기시키고 있다.

발달한 과학문명 사회의 삶에서 충분한 행복을 얻을 수 없는 사람들이 추구하는 세계는 무엇일까? 『씨앗을 지키는 사람들』에서 진희 아버지는 거북산 아래 마련한 밭에 씨앗을 심어 쑥갓을 키운다. '씨앗을 지키는 사람들' 모임은 협동농장을 만들어서 함께 농작물을 가꾸고 나누는 삶을 추구한다. 이러한 삶의 세계는 실은 이미 실험되었거나 그전에 거쳐온 것이 아니던가.

"이건 고구마 줄기야. 껍질을 벗기고 살짝 데쳐서 만든 거지. 옛날엔 말려서 겨울에도 나물을 해 먹었는데 요새는 통 보이질 않아."

　　(…)

　　"고춧잎으로도 나물을 해 먹는 방법이 있다면서요? 할아버지께서 우리에게 새로운 지혜를 많이 알려 주세요." (『씨앗을 지키는 사람들』 166면)

　　이처럼 농작물을 바로 거두어 '직접 요리를 해 먹는' 것이 색다른 경험으로 소망이 되고 있고, '옛날 방식대로' 사는 것이 이들이 회복하고자 하는 삶의 지향인 것처럼 드러난다.

　　『제키의 지구 여행』에서 가장 아름답게 그려놓은 것은 하늘이가 사는 시골에서 만나는 자연의 여러 모습과 시골 장터의 풍물 같은 것들이다. 이러한 세계는 오늘에 속하지만 실은 과거이며, 과학기술의 영향이 덜 침투한 고립된 세계이다. 현재 속에 과거가 들어 있고 미래 속에는 과거와 현재가 함께 들어 있는 것이지만, 미래 세계의 문제를 극복하고자 지향하는 세계가 과거의 모습으로 기울어 있다는 것은 아이러니다. 왜냐하면, 미래인 오늘은 그러한 과거를 더 낮게 발달시키고자 한 결과이기 때문이다. 물론 과거 세계의 장점을 되살려 다른 미래로 발전시킬 수 있겠지만, 미래의 문제를 극복하고 새로운 세상으로 바꾸는 계기와 동력을 발달한 미래 자체 속에서 찾아낼 수는 없을까.

　　지금까지 살펴본바 어린이 과학소설은 비록 풍성하다고는 할 수 없을지라도 이미 50년 이상의 역사와 더불어 충분히 눈여겨볼 만한 자산들을 축적해왔다. 그럼에도 60년대 70년대의 활기 이후 이렇다 할 뚜렷한 발전이 이루어지지 않은 것은 어린이문학을 한동안 지배했던 동심주의와 이후

상상아동문고 221

어린이문학의 새로운 가능성으로 떠오르고 있는 과학소설에 크게 기대를 걸게 된다.
과학기술 창작문예 수상작◀과 문선이 과학소설 『지엠오 아이』▶

풀꽃이 된 사람들
수상작

작가 남미자
한국방송작가협회 교육원을 수료했다. EBS 라디오 '탐구생활' 단서도, 드라마, KBS TV 드라마시티 '광개공 산섬소동' 등을 집필했으며, 현재 EBS 라디오의 『EBS의 청소년 방송 '마을의 문을 열고' 동화 극본을 쓰고 있다.

회복된 현실주의 지향 양쪽에서 모두 과학소설을 받아들일 여유와 관심을 갖지 못했던 탓이 크다. 아울러 동화와 소설 장르가 점점 아이들에게 흥미와 교양을 주는 읽을거리로서의 기능을 잃어가고, 정서의 고양을 통한 문학적 감동과 교훈을 추구하는 방향으로만 인식돼온 점도 과학소설을 비롯한 다양한 장르의 분화 발전을 더디게 한 요인이 되어왔다. 이렇게 토양이 부실한 상황에서도 몇몇 작가들이 우수한 작품을 내놓아 과학소설의 전통을 이어갈 뿐 아니라 어린이문학에 새 기운을 불어넣었으니, 이제 불모지를 초록 숲으로 바꾸어갈 비평의 역할과 책임은 막중하다.

문선과 안미란의 작품에서도 드러났듯, 과학소설은 허황한 공상의 전시도 아니요 장르의 공식에 따라 쓰는 규격 문학도 아니다. 몇몇 신인급 작가들의 각개약진을 제외하면 도토리 키재기인 고만고만한 생활동화들이 독자의 눈을 피로하게 하고, 상식과 상투(常套)에 젖어 결코 경계를 넘어가지 않는 상상력으로 아이들을 사로잡지 못하는 요즘의 어린이문학을 돌아볼 때, 과학소설에 거는 기대는 자못 커질 수밖에 없다. 더구나 생명공학의 비약적인 발달 등 과학의 발전이 몸속 깊숙이까지 침투해 삶을 더 철저히 규정하게 된 시대가 아닌가. 이런 맥락에서 '과학기술 창작문예'를 통해 선보인 단편들이 보여준 시도도 흥미롭다. 핵전쟁으로 파괴된 지구에서 새로 태어나는 생명체의 유전(流轉)을 그린 수상작 「풀꽃이 된 사람들」(남미자), 버려진 애완용 개 로봇과 인간의 감정 교류를 통해 인공지능 문제를 탐구해본 「어여쁜 나의 주인님」(송충규), 미래 사회에서 관리통제를 벗어나 태어난 아이의 처벌과 인간성 회복 문제를 다룬 「키움 박사의 눈물」(최형미)은 과학소설이면 다룰 법한 이야기들로 아직 세련되지는 못했지만, 우리 어린이문학 작품으로서는 도전적이고 신선하다. 또한 진화론과 첨단 유전공학 등 생물학의 지식을 바탕으로 과학과 생명의 본질 문제를 추리적 기법으로 탐사한 박용기의 『64의 비밀』(바람의아이들 2004)이 나와 좋은 반응을 얻었고, 유전자 조작으로 태어난 아이를 통해 "과학기술의 발전에 따라 예견되는 미래 사회의 모습을 섬뜩하면서도 흥미진진하게 그린" 문선이(문선)의 미래소설 『지엠오 아이』[10]도 공모 수상작으로 출간을 앞두고 있다. 말하자면 개항 이후 근대화 및 근대문학 백여년의 역사에서 어린이문학이 과학기술의 문제를 비로소 삶의 문제로 내면화하기 시작한 것 아닌가.

그렇지만 희망은 저절로 현실이 되지 않는다. 오랜 고질병인 어린이문학과 어른문학의 분리 의식, 장르문학 애호 집단이 보여주는 의식의 게토화 경향을 깨버리고 어른문학과 어린이문학이 소통하지 않는다면 과학소설의 가능성은 곧 한계에 부딪칠지 모른다. 또한 과학소설을 과학소설로

10 '제9회 좋은 어린이책 원고 공모 창작부문 심사평', 『창비어린이』 2005년 봄호 252면.

제대로 읽어내는 장르인식과 비평의 발전이 이루어지지 않으면, 과학소설 창작은 답보상태에 머물거나 여전히 길을 잃고 떠돌게 될지도 모른다. 세계문학사가 증명하듯 뛰어난 과학소설은 과학소설로서만 뛰어난 것이 아니며, 장르의 경계에 갇히지도 않는다. 이제 우리 어린이문학의 새로운 가능성으로 떠오르고 있는 과학소설에 거는 기대도 필경은 그와 다르지 않다.

| 창비어린이 2005년 여름호 |

아동문학의 열린 논의를 위하여

논의의 원점: 글쓰기의 거북함

글쓰기가 거북하다. 그동안 내 글 「아동문학을 보는 시각」(『아침햇살』 1998년 여름호)과 직접 간접으로 관련되어 나온 반론들과 논란들에 대해 글을 쓴 당사자로서 꼭 답변해야 될 대목도 있고 논의를 발전시킬 책임도 있는데, 글쓰기가 쉽지 않다. 그 핵심적인 자리엔 이오덕 선생의 「'일하는 아이들'은 버려야 할 관념인가」(『문학의 길 교육의 길』, 소년한길 2002)가 있고 뒤를 이어 이지호, 원종찬, 이성인, 이주영 선생의 글이 발표되었다. 이렇게 이야기가 쌓일수록 그 논점들을 다 감당하지는 못하더라도 함께 검토해야 하기 때문에 어려움은 더욱 가중되고 있다.

그런데 글쓰기가 거북한 것은 비평적 쟁점이 많고 다루기 어려워서가 아니다. 다루기 어려운 비평적 과제와 온 힘을 다해 씨름하는 것은 비평가로서는 괴롭지만 오히려 즐겁고 보람있는 일이 아니겠는가. 그렇다면 무엇이 글쓰기를 거북하게 하는가? 비평적 쟁점과는 상관없는 다른 문제들이 개입하기 때문이다. 이런 '다른 문제'들은 전에는 그렇게 심각하게 부딪혀보지 못한, 나로서는 어느 점에서는 참으로 이해하기 어려운 사안들이다.

그 하나는 호칭의 문제로 상징되는 위계의 문제다. 이성인 선생은 "호칭 문제가 생각보다 예민한 문제더군요. 보통 말할 때는 '선생님'이라고 불렀지만, 이 글에서는 내가 아는 분들은 '선생'으로, 그밖에는 '씨'나 직책으로 통일하겠습니다"[1]라고 전제하고 글을 쓰고 있다. 이 분이 부딪히는 곤혹스러움이 십분 공감되고, 어느새 나도 거기에서 자유롭지 못함을 느낀다. 그런데 비평이란 무엇인가. 비평의 참 정신이란 무엇인가. 적어도 내가 알기엔, 아이가 어른의 말을 따라가고 제자가 스승의 눈치를 보고 이런저런 위계를 고려하여 말하는 것이 비평행위는 아니다. 비평 대상(글이나 행위)에서 그런저런 허울을 벗겨내고 핵심을 뚫어보려는 것이 참다운 비평정신일진대, 그 비평 대상을 둘러싼 이런저런 정황들과 그에 덧붙는 인간관계 등에 좌우되지 않고 알짜 그대로만을 놓고 따지는 것이 비평의 본분일 터이다. 그런데 이런 비평의 본분을 밀고 나가기 어려운 풍토가 있어서 글쓰기를 거북하게 한다. 그것이 집약되어 나타나는 것이 호칭에 대한 민감한 반응이다. 더구나 그 반응들은 명확하게 표명되지 않기 때문에 더욱 난감한 사안으로 다가온다.

글쓴이의 주관적인 감상을 담은 에쎄이에서는 글에 등장하는 사람과 자신의 관계를 가장 잘 나타내는 호칭을 쓰는 것이 당연하다. 호칭을 어떻게 선택하느냐로 그 사람에 대한 자신의 감정과 친소를 의식적으로 표현하기도 한다. 그러나 어떤 논점을 다루고자 하는 글에서는 대상을 철저히 객관화해야 하지 않겠는가. 호칭을 붙이더라도 최대한 중립적인 호칭을

---

1 이성인 「갈피를 잡아야 할 어린이문학 평론」, 『어린이문학』 2003년 8월호 114면 각주.

공평하게 붙이는 것이 비평적 글쓰기의 기초일 것이다. 그런데 왜 유독 아동문학 비평에서만 이런 문제로 너도나도 예민하게 반응하고 무익하게 에너지를 낭비하고 있는가. 이오덕 선생처럼 '윤기현 선생은~' '박기범 씨가~' '이승희 선생이~' 등으로 쓰는 것이나, 대개의 비평글에서 '이원수는~' '이오덕의~' '김요섭이~' '황선미가~' 등으로 쓰는 것이나 다 마찬가지고 또 그렇게 읽어야 옳다. 어법으로 보더라도 선생이나 씨가 존칭이라면 뒤에 오는 술어들이 경어법으로 그에 호응해야 하는데 그렇지 않을 뿐더러, 글쓰기는 기본적으로 독자를 향해 말하는 방식이므로 필자를 기준삼은 경칭을 붙이지 않는 것이 오히려 일반적인 원칙이다. 이것은 다만 스타일(문체)의 차이일 뿐이다. 감상문이 아니라 비평글을 지향한다면, 호칭 방식이 각기 달라 내용에 간섭이 일어나는 현상을 최대한 피해야 할 것이다.

다른 하나는 글에서 '숨은 뜻'을 읽는 행위다. 글에 나타낸 대로 읽지 않고, 글 뒤에 숨은 뜻을 찾아 읽어낸다면 곤혹스럽기 짝이 없다. 숨은 뜻을 무어라고 읽어낼지 염려할 수밖에 없는 글쓰기란 얼마나 고역일 것인가! 비평의 논리가 섰고 거기에 맞게 이론 전개나 작품 평가가 이루어지고 있는지 따지는 것을 넘어, 논점과는 다른 차원의 사안으로 문제를 전이시킨다면 논의는 맥락이 끊기고 비평정신은 깃들일 곳을 잃게 된다. 서로 다른 생각들이 뜨겁게 충돌하는 논쟁에서는 텍스트의 정확한 독해가 무엇보다도 중요하다. 그런데 자의적인 해석을 놓고 비판하고, 때로는 의혹의 눈길과 감정의 개입이 느껴지는 것도 난감한 일이다. 이왕 문면 너머에 감춰진 의미까지 읽어줄 바에야, 미처 드러내지 못한 '깊은 뜻'마저 캐내주었으면! 글의 갈피에서 짚어질 수 있는 가치있는 맥락들을 새롭게 발견해서 활짝 꽃피워준다면 글쓰기는 얼마나 즐거울 것인가.

'일하는 아이들' 논란에 대한 몇가지 응답

글에도 운명이 있다는 말이 있다. 글은 발표되고 나면 자기 것이 아니다라는 말도 있다. 「아동문학을 보는 시각」에 대한 논란을 보며 그런 느낌을 갖지 않을 수 없다.

글이 발표된 지 4년이나 지나서 존경하는 원로비평가(이하 '평자')가 유례없는 장문의 평론으로 반박했고, 이를 받아서 논란들이 이어졌다. 나로서는 「아동문학을 보는 시각」(이하 「시각」) 이후에 나름대로 다뤄야 할 과제를 설정해서 발언할 기회가 있을 때마다 이를 다루어왔는데, 새삼스럽게 제기된 '일하는 아이들'을 둘러싼 설왕설래는 발걸음을 뒤로 돌리게 했다. 4년 전에 쓴 글에 조목조목 답변해야 할 처지가 된 것이다.[2]

「'일하는 아이들'은 버려야 할 관념인가」(이하 「관념인가」)는 필자의 글에 대한 비판이지만, 주로 '삶을 가꾸는 글쓰기 교육'이 어떤 것인지를 밝히는 데 주력하고 있다. 왜 그렇게 되었는가 생각해보니, 필자의 논지가 글쓰기 교육을 잘못 알고 비판하면서 채인선 동화를 대신 읽힐 것을 주장한 것이라고 본 때문이다. 평자는 「시각」에 대해 "내가 하여 온 그 인간교육(글쓰기 교육—인용자)을 논란하면서, 그것은 처음부터 관념으로 떨어져버려 굳어진 껍질밖에 남지 않았다면서, 우리 아이들을 살리는 길은 그런 교육을 할 것이 아니라 동화를, 그것도 기괴한 이야기밖에 될 수 없는 어떤 작가의 작품을 읽혀야 한다"(「머리말」 5면)고 주장하였다고 본다. 또한 "교육과 문학을 뒤섞어놓았고, 교육의 문제를 문학의 문제로 바꿔놓았다"(118면)고도 하였다.

....

2 이오덕 선생님의 갑작스런 별세로 이제 선생님은 이 글을 보실 수 없게 되었다. 생전에 성실한 답변을 드리지 못해 송구스럽다. 이 글이 개인적인 해명의 글은 아니기에 선생님의 타계와 상관없이 간략한 대응은 필요하다고 생각한다.

평자가 '맺는 말'에서 다시 요약한 것을 보면 이런 시각이 더 확연하게 드러난다. 필자가 글쓰기 교육이 어떤 것인지 모르고 한국글쓰기연구회에서 하고 있는 교육도 모른다는 등 대부분이 글쓰기 교육과 관련된 내용으로 되어 있다.

그런데 이러한 읽기는 글의 큰 줄기를 정확하게 짚지 못한 것이다. 필자는 전혀 교육과 문학을 뒤섞거나 혼동한 적이 없고, '일하는 아이들'과 글쓰기 교육을 "폐기처분"하고 채인선의 작품을 "우리 아이들을 살리는 문학으로 내놓은 것"(23면)도 아니다. 필자가 글쓰기 교육을 언급한 것은, 70년대 '일하는 아이들의 발견'에 아이들이 진솔하게 자신을 드러내는 글이 주요한 근거가 되었다는 판단에서였다. 글의 줄기는 어디까지나 '일하는 아이들' 이후 달라진 아이들의 현실을 들여다보면서 아동문학이 어떤 길을 가게 될 것인가, 가야 할 것인가를 모색한 '아동문학' 비평이다.

필자가 글쓰기 교육을 언급하는 대목에서 '일하는 아이'의 관념을 재생산하고 주형(鑄型)을 제공하기에까지 이르렀다고 말한 것 등 「시각」은 부분부분 지나치게 추론이 앞서 나간 면이 있었던 것이 사실이다. 그런만큼 글쓰기 교육을 평생 앞장서서 실천해온 평자가 글쓰기 교육의 내력과 정신, 그 실제를 상세히 설명한 것은 필자에게도 많은 깨우침을 주었다. 그렇지만 아이들 현실을 보는 시각이 다시 아이들에게 투사된 점은 분명 있었던 것이고, 그 내용 역시 시대정신의 의미있는 일부를 이루고 있었다고 생각한다.

70년대와 80년대 글쓰기 교육의 결과물로 발표된 아이들의 글이 그 당시 아이들의 현실을 발견하는 데 중요한 몫을 했고 아동문학에도 큰 자극을 주었던 데 비하여, 90년대 이후 글쓰기 교육이 아동문학과 관련되는 양상은 이와는 확실히 다르다고 하겠다. 또한 농촌 아이들이 큰 비중을 차지하고 아이들의 표현수단이 극히 제한돼 있던 시대의 글쓰기 교육과 지금

시대의 글쓰기 교육은 근본적인 정신은 변함없더라도 상당히 달라진 방법과 내용을 가질 수도 있으리라 짐작된다. 그렇지만 평자의 글쓰기 교육에 대한 생각엔 이런 지점들에 대한 고려가 별로 보이지 않는다.

평자는 또 "일하는 아이들은 죽어 버린 관념이 아니고 엄연히 살아 있는 실체"(144면)라고 하였다. 이에 대해서 원종찬 선생은 "목표지향의 신념체계를 드러내는 말"로 "이오덕은 일과 자연에서 멀어진 이 시대 아이들의 현실을 전면 부정하는 신념의 자리에 서서 문제를 풀어간다"고 지적하였다.[3] 이성인 선생은 "원선생의 눈에 보이는 '현상의 아이들'과 이오덕 선생의 눈에 보이는 '본질의 아이들'은 다르"다고 한바, 평자가 말한 '일하는 아이들'의 '실체'가 '본질'을 가리키는 것으로 이해하고 있다.[4] 이런 파악들에 비추어볼 때도 평자의 '일하는 아이들' 개념은 필자가 70년대에 그 발견이 이루어졌다고 말한 '일하는 아이들'과도 다르고, 따라서 평자 자신이 쓴 글 「아동문학과 서민성」(1974)에서 "무엇보다도 일하면서 살아가는 아이들의 생활과 감정과 꿈을 그들의 편이 되어 그릴 것이다"라 했을 때의 '일하는 아이들'과도 달라 보인다. 이전의 '일하는 아이들'이 아동문학의 동심주의 경향을 비판하고 현실에 뿌리박은 건강한 아동문학을 제창하는 맥락에서 주로 쓰였다면, 이제는 이러한 시대성을 넘어서서 적용되는 근본개념이 된다. "일과 놀이와 공부가 하나로 된 삶을 나날이 즐길 수 있도록 하는 참된 인간교육"(「관념인가」 131면)에 대해 누가 이의를 달 것인가. 이러한 삶과 이러한 교육을 추구하는 데는 전적으로 동의하지만, 그와 같은 이상적인 목표를 '일하는 아이들'이라는 구체적인 개념으로 집약할 수는 없다고 생각한다. 물론 평자의 주장이 관념적인 데 머물러 있는 것은 아니다. 아이

3 원종찬 「'일하는 아이들'과 '유희정신'을 넘어서」, 『창비어린이』 창간호(2003년 여름호) 37~38면.
4 이성인 「갈피를 잡아야 할 어린이문학 평론」 118면.

들의 글쓰기에 나타난 삶의 구체성과 만나면서 아이들의 삶의 내용이 이삼십년 전과는 이미 크게 달라졌다는 것을 충분히 실감하고 있다. 그러나 개별적인 삶의 진정성과 주체성만을 주목함으로써, 원론적인 현실비판과 인간교육의 제시에 머물고 있는 것이다.

'일하는 아이들'은 기본적으로 아이들의 삶에서 일(노동)이 중요한 비중을 차지할 때 적용할 수 있는 말이다. 70, 80년대 이오덕 비평의 핵심으로 '일하는 아이들의 동심'에 대한 발견을 주목하고 이를 시대의 과제로 부각한 것은 어디까지나 필자가 제출한 분석이요 해석이다. 필자의 글이 나온 후 이를 자명한 사실로 받아들여 이야기를 전개하는 경우들을 보면 필자의 시각이 그다지 빗나가지는 않았다는 생각이 든다. 그러나 이는 자명한 사실도 아니요, 90년대 이후의 아이들에게까지 확장할 개념도 아니다. 필자가 '일하는 아이들의 발견'을 주목한 것은 오늘의 현실과 오늘의 아이들을 제대로 보고 아동문학의 새 길을 찾고자 한 모색의 일부로서다. 이는 단절에서 출발하자는 것이 아니라, 우리 아동문학의 자산에서 출발하자는 뜻이다.

또하나 필자의 글에 대한 중요한 곡해는 채인선의 동화를 '일하는 아이들'의 대안, '삶을 가꾸는 교육'의 대안으로 내세웠다고 하는 것이다. 심지어 "우리 어린이문학의 등불로 내걸어놓은 한 작가"(82면) "김씨가 하늘같이 떠받드는 한 작가"(117면) 등등의 표현을 여러 차례 쓰고 있는데, 이렇게까지 읽은 것은 지나치다 하지 않을 수 없다. 필자는 누구를 칭찬해서 부각시키려 한 것도, 대안으로 내세우고자 한 것도 아니다. '아이가 된 아이' '사육되는 아이'들의 시대에 '아이의 현실' '현실의 아이'를 보아낸 작품으로 채인선의 동화 몇편을 분석했던 것이고, '동화다운 동화'라는 맥락에서 주목하였다.[5] 특정 작가를 의도적으로 치켜세우고자 해서가 아니라, 글을 쓸 당시 이런 시야에서 검토할 만한 다른 작품을 별로 찾아볼 수 없었던 까닭이다. 따라서 필자가 채인선 동화가 보여준 싹을 적극적으로 잡아내고 의미를 읽어내고자 했던 것도 분명한 사실이다. 그 뒤 김옥, 임정자, 황선미 등의 작가들이 이런 맥락에서 주목할 만한 작품들을 발표하였고, 여러 작가들의 작품에 나타난 아이의 형상의 변화도 뚜렷하다고 하겠다.

필자는 '일하는 아이들' 이후의 현실에 대응하는 아동문학이 어떤 모습일까에 역점을 두기는 했지만, 아동문학의 흐름을 한 줄기로 보고 있는 것이 아니다. 제도 안에서 활동하지만 참다운 아동문학을 향한 실천을 통해 그 제도를 뒤흔들고 갱신하는 경우(이오덕 비평에서의 '일하는 아이들'의 발견), 제도 안에서 활동하면서 아동문학이 현실에 조응하는 제도로서 내실을 가지도록 하는 경우(채인선의 동화), 아동문학이라는 범주에 들기는 하지만 아동문학도 장르 개념도 지우는 글쓰기(임길택의 시) 이렇게 세 흐름을 다 중요하게 놓고 논의를 전개했던 것이다(「시각」 99~103면). 이러한 글의 구성을 그대로 읽어주지 않기 때문에, 채인선 작품의 '역할 바꾸기'에 대한 의미는 지나치게 확대 해석해서 비판하고, 임길택의 작품을 중요하게 다룬 것은 "좋게 평해놓은 것이 전체 문맥에서 어울리지 않고 무엇 때문에 이토록 알

---

5 필자가 「시각」에서 같은 작가의 「전봇대 아저씨」를 다루지 않은 것은 논지와 관련이 적은 작품이기 때문이었다. 「전봇대 아저씨」는 평자의 매운 비판대로 자연과 농촌의 삶을 부실하게 그려낸 약점을 가진 작품임에 틀림없다. 신부가 되어 고향을 찾은 화자가 아이들에게 들려주는 이야기로 되어 있는 이 작품은 전봇대라는 매개물을 중심으로 시골의 삶의 정서들에 대한 그리움과 삶에 의지가 되는 '이야기를 들려주는 존재'에 초점을 맞추고 있는데, 평자가 이런 주제의식에도 눈길을 더 주었더라면 균형있는 비평이 되었을 것이다. "자연을 모르"고 "자연 속에서 자라나는 아이들의 삶을 모르"는(「관념인가」 87면) 작가가 시골에 대한 환상을 갖고 써서 "어리석은 상상"이 된 점은 있지만, 시골 아이들을 "아주 깔보는 태도로" 쓴, "도시 문명을 덮어놓고 쳐다보게 하"는 황당한 이야기(88면)로 간주한 데서는 비약이 느껴진다. 언뜻 보기에 잘 빚어진 것 같은 이 작품은 전봇대에 의미부여를 하기 위해 무리하게 배치된 세부들과 피상적으로 그려진 농촌 아이들의 모습으로 짜여 있어서 주제의식을 제대로 살려내지 못하고 말았다.

뜯히 언급했는지 이해가 안 될"(50면) 수밖에 없었던 것이다.

이지호 선생이 필자의 글을 언급한 것은 이오덕 선생의 두 권의 저서에 대한 서평글로 씌어진 「『어린이책 이야기』와 『문학의 길 교육의 길』에서 얻을 것과 남길 것」(『어린이문학』 2002년 10월호)의 한 대목에서다. 이 글에서 이지호 선생은 필자의 글이 논지가 불분명하고, 논증이 부재하며, 논지 전개가 자연스럽지 못하고, 채인선 임길택 등의 작품 읽기가 잘못되었다고 지적하였다(46~47면). 가령 "논지가 불분명하다"는 비판을 보면 "김이구씨는 '일하는 아이들'의 대안으로 '아이가 된 아이'를 제시했다"고 하였는데, 필자의 글은 무슨 '대안을 제시'하고자 한 것이 아니다. "'아이가 된 아이'가 무엇을 의미하는지 전혀 알 수 없다"고 하였지만, 설명이 불충분하다면 몰라도 "전혀 알 수 없다"는 것은 과장이다. 필자의 글에 이런저런 약점들이 없는 것은 아니겠지만, 이런 식의 비판은 결국 독해력의 부족을 드러낸 것이거나 형식논리에 따른 비판, 비판을 위한 비판밖에 되지 않는다.

'유희정신'은 왜곡되었는가

이주영 선생은 원종찬 선생의 글 「'일하는 아이들'과 '유희정신'을 넘어서」에 반론하면서 원종찬 선생이 이오덕 선생의 문학관을 왜곡하고 있다고 지적하였다. '시정신과 유희정신에 대한 왜곡' '판타지 문학관에 대한 왜곡'의 두 부분으로 나누어 서술한 「'시정신과 유희정신'을 왜곡하지 말자」(『창비어린이』 2003년 가을호)에서 이주영 선생은 이러한 '왜곡'의 이유를 "이오덕 선생님을 '극복'하거나 '넘어서기'를 하려고 너무 조급하게 서두른 탓"(113면)이라고 하고 있다.

원종찬 선생의 글이 과연 이오덕 선생의 문학관과 주요 용어를 왜곡했는가는 나로서는 명쾌하게 답하기 어려운 문제다. 이오덕 선생의 비평활동에 대한 해석의 차이가 개입해 있기 때문이다. 원종찬 선생이 이오덕 선생의 비평 전반을 체계화해 논리적으로 파악하려는 방향에 서 있다면, 이주영 선생은 큰 줄기를 위주로 파악해 '올바른 문학정신'이라는 윤리적 개념으로 수렴시키고 있다.

　원종찬씨도 곳곳에서 비판한 질 낮은 작품에 대한 문제는, 요즘 쏟아져나오는 수많은 어린이문학 작품이 동화부문에서도 '리얼리즘을 얼마나 구현했는가' 하는 문제 이전에 '문학정신을 얼마나 구현했는가' 하는 문제로 보인다. 곧 동화나 동시나 21세기 어린이문학의 문제는 '리얼리즘'이냐 '반리얼리즘'(또는 '비리얼리즘')이냐의 문제가 아니라 '올바른 문학정신에 따른 작품인가 아니면 어린이문학을 작가 자신의 유희거리로 삼아 양산한 비문학 작품이냐'의 문제다. 따라서 21세기도 여전히 '시정신과 유희정신'이라는 이오덕 선생님의 비평 기준이 절실하게 필요한 시대라고 볼 수 있다. (108면)

「시정신과 유희정신」이 씌어진 70년대나 그로부터 30여년이 지난 요즈음이나 '올바른 문학정신'에 따른 작품인지를 판단하면 된다는 주장이다. 그리고 그 기준은 '시정신과 유희정신'이라는 것이다. 올바른 문학정신을 갖고 창작을 하고 비평을 하라는 데는 뜻을 같이하지 않을 리 없다. 그런데 어떤 작품이 과연 올바른 문학정신으로 창작된 것인지 판단하려면 이주영 선생 자신이 이야기한 대로 '문학이 되었느냐 되지 못했느냐'를 따져야 하므로, 결국 문학적 평가의 문제로 돌아온다. 과연 그 문학적 평가의 기준을, 30년 전 당시의 문학현실에 대한 첨예한 발언의 성격을 띠고 나온 '시정신과 유희정신' 개념으로 삼아야 할 것인가.
　유희정신이라는 말은 일반적으로 쓰이는 말은 아닌데, 이오덕 선생이 유희정신이라는 용어를 사용한 것도 몇차례 되지 않는다. "아이들의 놀이가 아니고 시인 자신의 공상적 유희 상태" "아이들을 인형으로 위안물로 여기는 어른 중심의 개인주의적이고 향락주의적인 유희정신" "시대에 아부하는 천박하고 옹졸한 기교 위주의 유희적 동요" "시 아닌 공허한 언어의 유희"(「시정신과 유희정신」, 191, 195, 203면)[6] 등과 같이 '유희' '유희정신'이라는 표현을 쓰고 있는바 '유희정신'은 명백히 부정적 개념이다. '시정신'을 이와 대립적으로 놓고 이야기하고 있는 데서도 그런 점은 또렷이 나타난다. 그런데 나는 이러한 대립이 무언가 어색한 점이 있다고 느껴왔다. 정신이란 말이 붙어 쓰이는 말은 대부분 긍정적인 의미를 갖는다. '문학정신'과 '시정신' '산문정신' '비평정신'이 그렇고, '희생정신' '저항정신' 등등도 그렇다. 따라서 부정적인 의미의 '유희정신'은 '유희의식' 정도로 써야 더 정확한 용어가 될 것이다. 부정적인 '유희정신' 개념과 거의 동의어이면서 좀더 큰 틀에서 주체상실과 현실도피의 아동문학을 비판한 개념으로 쓰인 용어는 '동심주의'와 '동심천사주의'이다(「아동문학과 서민성」 「열등의식의 극복」 등). 그 담고 있는 의미내용을 놓고 본다면 오히려 '동심주의' '동심천사주의'가 더 충실하고 핵심적인 개념이라고 하겠다.

'시정신'이 사용된 맥락도 다시 짚어볼 필요가 있다. 이오덕 선생은 우리 동시에 요구되는 참된 시정신을 이원수의 동시에서 발견하면서 "시심의 핵이 되는 것은 약한 자에 대한 연민의 정이요, 악을 미워하고 진실을 옹호하는 마음이요, 인간과 자연을 사랑하는 서정의 정신"(「시정신과 유희정신」 195면)이라고 들어올리고 있다. 그런데 같은 글의 서두와 결론 부분을 보면 이런 내용과는 다분히 거리가 있는 언급도 나타난다. "시인으로서의

6 이오덕 평론집 『시정신과 유희정신』, 창작과비평사 1977. 이하 이오덕 선생 글의 면수는 이 책의 면수임.

자각과 특질, 곧 높은 지성을 밑받침" "우주 감각(발레리)" "숭고한 미에 대한 인간의 염원(보들레르)" "형식성에 대해 끊임없는 자기 갱신과 탈피의 자세" "절대 자유의 창조적 정신을 발휘"(177, 203면) 등을 참된 시정신의 내용으로 꼽고 있다. 물론 이오덕 선생은 이것이 둘이 아니고 하나라고 보았겠지만, 문학개론서나 순수파 문인들의 글에서 읽음직한 대목이다.

엄밀하게 말해서, 이오덕 선생의 '시정신과 유희정신' 개념을 비평 기준으로 삼는다면 글에 드러난 대로의 의미에 충실하게 사용해야 한다. 그러나 이주영 선생이나 원종찬 선생이 말하는 '시정신과 유희정신'은 이오덕 선생의 「시정신과 유희정신」을 출발점으로 삼고 있지만, 평론집 『시정신과 유희정신』에 나타난 선생의 문학관과 그 후의 비평활동까지 함께 고려한 개념이다. 따라서 여기엔 70년대 이후 현실주의 아동문학의 지향과 실천적 운동, 그 공과까지를 아울러 보는 시각이 담기게 된다. 원종찬 선생은 이를 '리얼리즘과 반리얼리즘'의 문제로 파악함으로써 이오덕 비평의 실천적 맥락과 역사성을 중시한다. 따라서 이제 부정적인 개념의 '유희정신'에 붙들려 있지 말고, 패러다임의 전환으로 '건강한 놀이정신'을 풀어내자는 것이다. 이주영 선생의 시각은 그런 맥락을 빠뜨리거나, 인정하지 않는다. 오늘의 아동문학을 보는 기준이 여전히 '시정신과 유희정신'이 되어야 한다면, '건강한 놀이정신'의 자리는 과연 어디인가? '시정신과 유희정신'이 정말 살아있는 비평 기준이라면, 최근의 아동문학에 나타난 다양한 경향들을 제대로 읽어내고 창작의 새로운 활로를 열어주는 데 한걸음 앞서 나가는 모습부터 보여주어야 할 것이다.

좁은 울타리 안에 머물지 말자

이성인 선생의 글 「갈피를 잡아야 할 어린이문학 평론」도 원종찬 선생의 글에 대한 비판 중심으로, 최근 아동문학이 나아갈 길을 둘러싸고 드러난 쟁점들을 다룬 글이다. 놀이정신과 채인선 동화에 대한 판단, 오늘의 아이들을 보는 시각 등에서 원종찬 선생과의 분명한 차이점을 밝히는 등 차분하면서도 또렷하게 생각들을 펼쳐내고 있다. 여기서 그 주요한 시각의 차이와 강조점이 달라서 생기는 논점들을 하나하나 되풀이 검토하는 것은 그다지 유익할 것이 없겠다. 각각의 글들에 이미 충분하게 이야기가 되어 있는 내용인만큼 대부분이 동어반복적인 해설로 떨어질 수밖에 없기 때문이다.

다만 한가지 더 짚어보고 싶은 것은 오늘의 아이들이 달라졌는가에 대한 논란 대목이다. 이성인 선생은 90년대에 달라진 아이들은 십대 중고등학생들이고, 낮은 학년 아이들에서는 달라진 모습을 찾아볼 수 없다고 하였다. 학교 현장에서 늘 아이들과 부대끼며 함께 생활하는 분의 경험에서 나온 이런 판단은 새겨들어야 할 것이다. 그런데 아이들이 달라졌다는 말은 '가'에서 '나'로 되었다는 뜻이 아니라 '가+나'에서 '나+다'로 되었다는 뜻이다. 단순화한다면, 70년대의 '일하는 아이들'은 '가'이고 90년대의 '사육되는 아이' '아이가 된 아이' 등은 '다'라 할 것이다. 그리고 아이들의 삶, 현실에는 다양한 면이 있지만 어느 면을 핵심으로 포착하는가는 시대의식과 실천적 과제에 따라 달라진다. 이성인 선생은 아이들이 달라진 것처럼 보이는 까닭이 주변 환경의 변화, 현상의 변화 때문이라고 하였다. 그러나 나는 이렇게 환경과 주체, 현상과 본질로 나눌 문제가 아니고 환경과 현상 자체가 삶을 구성한다고 본다. 또한 달라진 아이들을 이야기하는 것은 달라진 사회를 본다는 의미다. 생각나는 대로 들어보더라도 군사독재시대에서 민주정부시대로, 남북 대결시대에서 교류시대로 바뀌었고, 시민사회·지식대중사회의 도래, 급진전된 세계화, 환경문제의 전지구적 확산 등등 변화의 내용은 뚜렷하다. 그런 변화 속에서 삶의 양식이 질적 변화를 겪고 있다. 따라서 어른인 작가가 아이들에게 들려주는 이야기도 달라질 수밖에 없고, 거기 담기는 사회에 대한 전망도 새롭게 추구될 수밖에 없다. 그런데 우리 아동문학 혹은 아동문학 비평은 이전 시대의 유산에 붙들려서든지 아니면 현실의 핵심을 읽지 못하고 겉만 핥고 있어서든지, 변화한 사회와 변화한 아이들에 대응하는 인식의 전환이 미약했다. 그러한 인식의 전환이 우선 철저해야 하지만, 새로운 인식이 어느 단계에서 고착되어 다시 살아 움직이는 현실을 제대로 읽어내지 못한다면 그것을 또 깨고 갱신해야 한다. 이것은 「아동문학을 보는 시각」을 받쳐주는 기본적인 생각이기도 하다.

이성인 선생은 또 아동문학을 하는 이들이 아이들을 잘 모르고 있다는 의구심을 나타내며, 채인선과 임정자 동화에 나오는 아이들을 현실의 아이들로 볼 수 없다고 하였다. 상식적인 이야기지만 창작이 아이들을 모사(模寫)하는 작업도 아니요, 아이들에 대한 풍부한 지식과 경험이 반드시 뛰어난 작품을 쓸 수 있게 하는 것도 아니라는 점을 상기하고 싶다. 그러나 늘 아이들과 만나고 아이들 문제로 씨름하는 이들의 경험과 생각이 아동문학에 침투할 수 있는 계기들이 많아진다면, 창작 현장은 좀더 긴밀하게 아이들의 마음과 소통하는 모습을 보여주게 될 것이다. 글쓰기 교육을 통해 나온 아이들의 글과 같은 살아있는 자료를 토대로, 오늘의 아이들의 삶과 꿈이 무엇인지 함께 파악해보는 것도 유익하리라 생각한다.

이성인 선생의 글에서는 논지 이외에 우리 아동문학을 보는 몇가지 태도에 대한 강한 우려가 읽힌다. 이런 우려들이 나오게 된 배경도 있는 듯하고 공감이 가는 면도 있지만, 내가 생각하기에는 그동안 건강한 아동문학을 일으켜세우기 위해 가져야 했던 견결한 자세를 지키면서도 훨씬 열린 마음을 갖는 것이 필요한 때이지, 돌다리도 두드려보고 지나가듯 좁은 울타리에서 맴돌 일은 아니다.

그 하나는 외국 이론의 잘못된 도입에 대한 민감한 우려이다. 우리 아동문학은 그동안 외국의 경험과 이론을 제대로 받아들여 활용하지 못했다. 이오덕 선생의 글에도 문면에 나타난 것 외에도 외국의 경험과 논의를 참조한 내용들이 많이 들어 있다고 생각되는데, 그동안의 문제는 우리 현실을 읽고 우리가 부딪힌 과제들을 풀어가기 위해 참조할 만한 다른 나라의 깊이있는 논의를 제대로 활용하지 못했다는 것이다. 매판 이론가들이 주도권을 잡고 지배구조를 더욱 굳히는 데 외국의 첨단이론을 무기로 삼던 시대에는 외국 이론을 입에 올리는 일 자체가 경계의 대상이 되기도 했다. 그러다보니 외국 이론에 문맹이 되고 그에 따라 더욱 외국의 이야기라면 외면하고 배척하는 악순환을 불러온 면도 있다. 그러나 지금은 외국 이론을 풍부하게 소개하고 충실하게 검토해서 필요한 것을 '제대로 써먹는' 일에 적극적으로 나서야 한다. 아직도 외국 이론을 추종하며 주체적인 시각을 확보하지 못하고 헤매는 사람들이 있다면 우리 아동문학의 현장으로 적극적으로 끌어내어 접점을 만들어주고, 외국 아동문학이 거쳐온 역사적 경험과 고민들을 적절하게 받아들여서 우리 과제들을 다루는 데 유익한 자양분으로 삼아야 한다. 이것은 어떤 능력있는 한두 사람이 맡아 해나갈 수 있는 일이 아니므로, 아동문학 연구자들과 여러 매체들이 분업과 협업으로 조화를 이뤄 감당해나가는 것이 바람직하다.

또하나는 상업주의 출판과 상업주의 평론에 대한 우려이다. 자본주의 시장에서 팔리지 않는 상품은 설 자리가 없다는 점에서 출판 역시 언제나 상업주의의 유혹을 받는다. 그러나 아동문학의 '상업주의'의 실상을 들여다보면, 소비자와 구매자가 동일한 일반적인 상품의 상업주의와는 양상이 좀 다르다. 아동문학(책)의 판매를 좌우하는 가장 큰 요인은 각종 '선정도서'요 '부모와 교사의 선택'이기 때문이다. 뇌스틀링거는 "아동문학의 평가는 '좋은' 책이라는 것에 매달려 있다. 오늘날에는 '좋은' 책이라는 것에 대해 옛날과는 전혀 다른 것을 기대하고 있기는 하지만, 유감스럽게도 '문학'이기를 거의 기대하지는 않는다"고 하였다.[7] 1985년 무렵 독일의 상황을 꼬집은 말인데, 우리 상황에서도 충분히 음미해볼 필요가 있다. 그동안 시민독서운동은 자기 관점을 갖고 아동문학의 건강한 흐름을 가꿔왔으며, 출판과 구매에도 큰 영향력을 끼치게 되었다. 그런데 정작 아동문학 내부에서는 문학 현장을 움직일 만한 '좋은 책'의 평가도 '문학의 눈'도 거의 내놓지 못했으니, 문학의 매력을 제대로 찾아주지 못한 것이 문제였다.

상업주의 평론에 대해서는 그렇게 부를 만한 평론 자체가 있는지 의심스럽다. 상업주의든 아니든 평론이 시장을 움직였다는 얘기를 듣는다면 평론가로서 매우 반가울 것 같다. 몇몇 잡지를 중심으로 발표되는 평론들은 독자 대중에 거의 아무런 영향력을 행사하지 못하고 작가와 평론가 등 '같은 동네'에서조차 제대로 공유되지 못하는 실정이다. 최근에 한국어린이문학협의회 안팎에서 『어린이문학』지와 이오덕 선생의 저술 등을 통해 이루어진 논쟁과 토론, 겨레아동문학연구회 홈페이지 게시판에서 수시로 벌어지는 작품 평가를 둘러싼 논쟁과 토론[8]에 상업주의의 혐의를 둘 수 없는 것도 분명해 보인다. 내 생각으로는 상업주의에 대한 염려보다 어떻게 평론과 연구를 활성화하느냐가 더 시급한 과제다. 평론이 제 목소리를 내

7 크리스티네 뇌스틀링거 「아동문학은 문학인가?」, 『창비어린이』 창간호(2003년 여름호) 220면.
8 이상권 장편 『황금박쥐 형제의 모험』(창작과비평사 2003)과 현길언 3부작 『전쟁놀이』 『그때 나는 열한 살이었다』 『못자국』(계수나무 2002~2003)에 대한 연구회의 평가를 놓고 진행되었던 네티즌들간의 반론과 토론이 대표적인 사례다.

고 심층적인 연구가 이를 뒷받침해줄 때, 아동문학이 그때그때의 출판 동향과 권장도서의 압력 등 문학외적 요인에서 좀더 자유로워질 수 있을 것이다. 그러기 위해서는 학계나 출판계에서 이에 대한 투자를 기피하지 말아야겠고, 평론 자체도 더 수준이 높아지지 않으면 안된다.

비평 행위는 구체적인 실물들을 놓고 이루어지는 것이기 때문에, 작가와 출판사, 그밖에 '상업'과 연관된 여러 관계에 얽혀들 수밖에 없고 늘 객관성과 공정성을 의심받을 만한 요인들을 안게 된다. 작품을 '옹호'하는 경우뿐 아니라 '비판'하고 '무시'하는 경우 또한 마찬가지라 하겠다. 그런 점에서 평론가는 늘 아슬아슬하게 살얼음판 위를 걷는다고도 볼 수 있다. 비평이 이를 회피해 무색무취한 글쓰기로 후퇴하는 예도 많은데, 적극적으로 토론마당으로 나와 현장에 개입하는 비평이 되도록 북돋워주는 것이 절실하게 필요한 때다.

또하나 어떻게 이해해야 할지 난감한 대목은 비평의 '갈라서기'에 대한 우려이다. 이주영 선생도 원종찬 선생이 이오덕 선생과 다른 견해를 펴는 까닭이 '넘어서기'를 하려는 것이라고 보았는데, 이성인 선생도 비슷한 맥락에서 이오덕 선생의 어린이문학 정신을 이어받지 않고 중도에 다른 길로 가는 것 같다고 하였다. 나로서는 이렇게 같은 길이냐 다른 길이냐, 계승 발전이냐 극복이냐를 구별해 따지는 것이 무슨 실익이 있는지 잘 모르겠다. 자칫하면 논의 자체의 순수성을 왜곡할 위험만 느껴진다. 정신과 뜻의 계승이란 그대로 답습하는 것이 아닐진대, 대개는 비판할 부분은 또렷이 비판하면서 새로운 논리를 만들어가는 것이 더욱 의미있는 계승이 되지 않겠는가. 설혹 큰 줄기에서 갈라지는 부분이 있어 '다른 길'이 된다 하더라도, 시대의 어린이 현실과 아동문학의 현장을 보는 시각이 어느 지점에서 차이나기 때문에 비롯되는 것인만큼 상호 토론을 통해 아동문학 발전의 계기로 삼으면 될 것이다.

이성인 선생은 "생산성 없는 이론 논쟁보다는 좁아진 어린이문학의 영역을 넓히는 일에 함께 힘을 모아야 할"(141면) 것이라고 하였다. 나도 이처럼 아동문학의 영역을 넓히자는 데 공감한다. 그런데 돌아보면 70년대 보수적 아동문단에 대한 비판에서 출발한 현실주의 아동문학, 민중적 아동문학의 흐름 속에는 분명 경직된 요소도 있었고 90년대를 지나오면서 시대의 변화를 따라잡지 못하고 정체된 면도 많았다. 이론적으로 열려 있는 듯하면서도 실제로는 닫혀 있음이 판타지에 대한 논란을 통해 여실히 드러났고, 자기비판의 계기들을 붙잡아 역량을 강화하고 현실대응력을 되찾는 일에서도 갈등만이 두드러졌다. 70, 80년대와 같은 저항담론의 위치에서는 벗어났지만, 여전히 협소한 울타리 안에 머무르며 시야가 제약되어 있는 것이다. 그러다보니 현실주의 아동문학의 영향권에서 꿈틀거리고 있는 창작 현장의 다채로운 내적 욕구들을 포용해내지 못하고, 정체성 찾기에 급급한 모습을 보여주기도 했다.

이제 우리 아동문학의 뿌리와 줄기는 작은 바람에 쉽게 흔들릴 만큼 연약하지 않다. 그러나 거기서 뻗어나오는 가지들은 아직 튼실하지 못하고 다채롭지도 못하다. 좀더 활달한 상상력, 다양하게 모색되는 장르들에 충분히 거름을 주어야 할 것이다. 현실주의 비평의 맥락에서 눈길이 뻗치지 못했던 판타지 장르와 역사소설, 생태주의 계열의 동식물 서사, 여러 장르의 혼합을 보여주는 양상들, 새롭게 대두한 그림책 장르 들에도 아동문학의 영역에서 응당한 조명이 이루어져야 한다. 이렇게 자라나는 싹들을 재발견하는 것만으로도 아동문학의 자산은 한결 풍요로워질 것이다. 이성인 선생이 빈 자리를 지적한 '십대 청소년을 위한 문학'의 개척에도 더 힘을 쏟을 일이다. 생산성 없는 논쟁이야 피해야겠지만, 이론적 모색들도 발걸음을 맞춰나가야 할 것이다.

| 창비어린이 2003년 겨울호 |

팬터지를 사랑할 것인가

여러 갈래로 열린 창작의 길

창작동화 출판의 전성기

어린이책 출판의 전성시대입니다. 자고 나면 어린이책 출판사가 새로 생기고, 그림책에서부터 청소년 대상 책에 이르기까지 다양한 신간들이 쏟아져 나옵니다. 이러한 '호황기'의 시작점을 언제부터로 잡아야 할지 모르겠습니다만, 아직 '밥을 굶고' 있다는 어린이책 출판사가 없는 것을 보면 당분간 '호황'과 '팽창'의 추세는 더 지속될 것 같습니다.

지금의 이러한 추세가 장기적으로 지속될 성장기인지, 거의 꼭지점에 다다른 전성기를 지나고 있는 것인지 분간해보고, 어떠한 바탕과 근거에서 이런 '호황'이 오게 되었는가 제대로 밝혀보자면 여러가지 자료를 토대로 종합적인 분석 검토가 필요할 것입니다. 일반적으로 생각할 수 있는 경

---

* 어린이도서연구회 제3회 정기 쎄미나 '어린이책 출판 현황과 전망'(2002년 5월 11일 세종 문화회관 컨퍼런스홀)에서 발표한 글이다.

제적·문화적 요인들 외에 다른 특수한 요인들의 작용도 없지 않겠습니다만, 어쨌든 어린이책 출판 관계자나 어린이 독자들 모두에게 이러한 호황은 아주 즐거운 일임에 틀림없다 하겠습니다.

출판 전반의 호황과 맞물려 창작동화[1]의 출간 역시 대단히 활발합니다. 저학년 대상 동화가 가장 많이 출간되고 있고, 고학년 대상 동화도 다양한 주제로 많이 나오는 편이며, 이미 활자화된 작품들을 여러 방식으로 재수록 내지 재간행하는 일도 흔합니다. 신작의 경우 생산력이 높은 이삼십대 신진 작가들에게 집중되어 있고, 충분히 검증되지 않은 신인들의 작품도 과감하게 단행본으로 출간되고 있습니다. 바야흐로 '창작동화의 전성시대'라 하겠습니다. 좋은 동화책을 몇권 펴내어 호평은 받은 어떤 젊은 작가에게 들은 바로는, 매일 이 출판사 저 출판사에서 서너 통씩 책을 내자는 ─원고를 써달라는 전화를 받을 정도라고 합니다. 물론 일년 365일 내내 그만큼의 전화를 매일같이 받을 리야 없겠지만, 실력있는 글작가·그림작가들의 집 앞에 '출판쟁이'들이 원고를 받으려고 줄을 서 있다는 것 또한 새삼스런 얘기가 아닙니다. 불과 5,6년 전만 해도 창작동화를 쓰는 사람이 많지 않았고, 작품을 써도 출판할 데를 찾기가 하늘의 별 따기였던 상황과는 정말 천양지차라 하지 않을 수 없습니다.

이러한 독서수요의 증대, 시장에서의 수용능력의 팽창은 특히 신인작가를 키워내지 못하고 침체 일로를 걸어온 동화 작단의 창작여건을 대폭적으로 개선하는 효과를 내고 있습니다. 수요가 생산과 공급을 앞서서 이끄

---

1 어린이문학의 서사장르는 '동화'와 '소년소설(아동소설)'로 구별되지만, 이 글에서는 엄밀한 장르구분을 하지 않고 통칭해야 할 경우 '동화'로 쓴다. '동화(童話)'는 조어구조로 보면 어린이 세계를 그린 이야기, 어린이가 즐기는 이야기, 어린이에게 알맞은 이야기의 의미를 폭넓게 가지므로 유용하다. 그러나 출판이나 비평에서 개별 작품을 다룰 때조차 구별 없이 '동화'를 남용함으로써 장르구별이 흐려지고 소년소설이 위축되는 부작용도 나타나고 있다.

는 이러한 현상을 들여다보면, 몇몇 요소들의 상승적인 결합으로 커다란 폭발력을 발휘할 가능성까지 보이는 것 또한 사실입니다. 『마당을 나온 암탉』『나쁜 어린이표』(황선미), 『똥이 어디로 갔을까』(이상권), 『괭이부리말 아이들』『종이밥』(김중미)과 같은 책들의 성공은 탄탄한 작품성을 바탕으로 가능했다는 점에서 어린이책 출판 내지 동화 출판의 전성기를 스스로 열었고, 또한 그러한 호황이 가꾸어낸 건실한 열매이기도 합니다.

그렇지만 넘칠 때까지 차지 않으면 삼키기를 멈추지 않는 시장의 지독한 탐식성은 이미 상당한 위험과 부작용을 동반하고 있습니다. 한마디로, 시장의 맹렬한 흡인력이 없었다면 출판되지 못했을 수준의 많은 글들이 어엿한 형식으로 출판되고 있는 것입니다. 때로는 아주 고품질의 포장으로 독자의 눈을 현혹하기도 합니다. 출판 자체가 공공성에 기초를 둔 선별 기능을 상당히 갖고 있다 해도 기본적으로는 작품이 독자와 만날 수 있는 길을 풍부하게 열어주는 역할을 맡아야 한다는 점에서, 나는 출판의 모습은 될수록 개방적이지 않으면 안된다고 생각합니다. 그러나 이러한 개방은, 출판이 출판 나름대로 각자의 기준을 갖고 작가 역시 작가 나름대로의 엄격성을 유지할 때만 의미가 있는 것입니다. 물론 몇몇 소수의 작가들만이 읽을 만한 수준의 작품을 써내고, 대부분의 작가들이 시장의 호응도 정신적 보상도 거의 얻지 못하던 시기에 견준다면, 요즘의 출판의 활력은 창작동화의 본령을 폭넓게 추구하기도 하고 노골적인 상업주의와는 어느정도 거리를 두는 등 긍정적인 면모를 많이 보여주고 있습니다. 그러나 양적 팽창이 자연스레 질적 상승을 이끌기보다는, 질적 저하를 감수하면서 시장의 탐식성에 투항하는 모습들까지 많이 나타나고 있는 것이 오늘의 실상입니다. 또한 시장에서의 '환대'가 불러일으킨 '황홀'——작가의 빗나간 자부심과 자만심은 진정한 작가적 자의식과 치열한 연마(鍊磨)가 들어설 자리를 잠식하고 있습니다. '저학년 사실동화의 타락' 혹은 '통속화'와 '일상에 대한 자의식이 결여된 안이한 미담가화류'의 성행[2]은 창작동화 출판의 전성기가 갖고 있는 또다른 얼굴이라 하겠습니다.

팬터지는 경계할 대상인가

지난해〔2001년〕 연말 개봉된 팬터지 영화 「해리 포터와 마법사의 돌」과 「반지의 제왕」은 전국을 그야말로 강타하면서, 원작 소설의 독서 열풍을 몰고 왔습니다. 세계적인 초베스트쎌러의 명성을 등에 업고 우리나라에서도 이미 대형 베스트쎌러가 된 '해리 포터' 씨리즈가 영화로 소개되면서 다시 세를 얻었고, 팬터지 매니아들을 중심으로 읽혀온 팬터지 소설의 고전 『반지의 제왕』도 영화라는 좀더 편안하고 대중적인 매체를 통해 폭발적인 관심을 모았습니다.

이러한 '문화현상'이 의미하는 것, 혹은 이와같은 '열풍'이 바꿔놓은 것은 팬터지에 대한 탐닉을 제한된 매니아의 영역에서 보통사람들의 영역으로 끌어냈다는 것이라고 생각합니다. 이것은 두 편의 영화를 모두 보았지만 소설은 아직 다 읽지 않은 나의 개인적인 인식의 변화에 불과한지도 모르겠습니다만, 엄청난 자본의 '준동'으로 가해진 이 거대한 문화적 폭력은 팬터지 장르에 대한 대중의 폭넓은 지지를 일구어냈다고 하겠습니다.

다른 한편으로, 창작자 쪽에서 팬터지에 대한 관심도 대단한 열기를 띠고 있습니다. 동화 창작이 더이상 극소수 동호인들의 가난한 취미활동으로 머물지 않고 사회의 관심과 독자의 호응을 괄목상대하게 얻게 됨에 따

....

2 원종찬 「최근 아동문학의 흐름과 갈림길」, 『문화예술』 2002년 3월호. 겨레아동문학연구회 홈페이지(http://www.gyure.org) '공부방' 게시판에서 재인용(2002. 2. 26. 게시 글).

라, 동화 창작에 뜻을 둔 이들이 부쩍 늘어나고, '무엇을 어떻게 쓸 것인가'에 대한 고민과 모색도 더 많이 눈에 띄게 되었습니다. 군사독재가 무너진 후 시간이 흐를수록 한국 아동문학의 주류에 대한 인식이 현실주의 정신을 바탕으로 한 사실주의 계열의 동화들로 확고하게 자리매김됨에 따라, 창작동화가 새롭게 개척할 영역으로 오히려 팬터지 기법이나 양식이 주목을 받게 되었습니다. 이러한 관심은 이전에 '동화적 상상력'이나 팬터지의 도입으로 상찬되던 제도권의 창작 경향들이 실은 정직한 현실 대면을 회피하고 불의와 부패와 타협하는 알리바이로 몇몇 동화적 특질들을 이용해왔던 것과는 단절된 자리에서 출발한 것입니다.

그러나 팬터지에 대한 새 세대의 관심은 한국 아동문학의 '건강한' 흐름을 현실주의에서 발견하면 할수록 '망설임'에 봉착하지 않을 수 없습니다. "흔히 판타지 하면 우리 아동문학 동네에서는 좋지 못한 눈총을 받아왔다. 판타지는 곧 삶으로부터 도피한 문학이라는 고정관념이 알게모르게 쌓여져온 것이다."[3] 이러한 '분위기'가 형성된 것은 분명 이유있는 일이지만, 그렇다고 해서 팬터지 자체에 유죄를 묻는다면 본말이 전도된 것이라 하겠습니다. 물론 형식이나 기법이 단순히 내용과 정신을 담는 그릇으로만 기능하지 않는다는 점에서, 팬터지에 대한 경계가 꼭 빗나간 것이라고 할 수는 없습니다. 팬터지를 향한 과열된 탐닉과 이로 인한 주제의 소멸은 한층 더 경계해야 마땅하지만, 팬터지를 추구하는 관심 자체를 잘못된 창작방향으로 보거나 현실 도피로 간주하는 태도는 훌쩍 넘어서야 할 것입니다. 오히려 팬터지에 대한 관심이 시작된 지점을 단단하게 확인하고, 팬터지가 뻗어나갈 길을 좀더 뚜렷하게 열어놓는 것이 창작의 발전에 도움이 될 것입니다.

3 이재복 「이야기문을 열며」, 『판타지 동화 세계』, 사계절 2001, 5면.

어린이문학에만 한정하더라도 팬터지에 대한 논의는 매우 복잡다단한 층위에서 전개될 수 있습니다. 주요 작품에 대한 리뷰를 중심으로 이재복의 『판타지 동화 세계』가 나왔고, 원종찬은 「동화와 판타지 (1)」[4]에서 아동문학 장르론을 통해 팬터지가 차지하는 자리를 검토하고 있습니다. 사실 논의의 기초가 될, 문학원론적인 차원에서의 용어와 개념 정의부터 구체적인 작품론에 이르기까지 축적된 연구가 거의 없기 때문에 여러가지 혼란과 오해가 생길 여지가 많습니다. 중요한 것은 팬터지가 지닌 매력과 팬터지에 대한 자연스런 요구를 두려워하거나 거부하지 말고, 동화의 세계가 불러내는 팬터지를 적극적으로 수용하는 일이라 하겠습니다.

사실 어디서 어디까지를 팬터지로 정의해야 하는가부터가 쉬운 일이 아닙니다. 황병하의 「환상문학과 한국문학」[5]에는 또도로프의 『환상문학 입문』(1970)이 나온 이래 서구 서사이론의 지평에서 전개된, 팬터지의 장르적 특질을 탐색해간 여러 연구들이 잘 검토되어 있습니다. 그와 같은 정교한 서사이론들은 물론 팬터지에 대한 깊이있는 분석을 담고 있습니다만, 어떤 부분은 우리에게 이론을 위한 이론에 가깝게 느껴지기도 합니다.

나는 팬터지를 크게 두 가지로 구분해 이해하고자 합니다. 먼저 서사장르의 하위 장르의 하나로서의 팬터지 소설입니다. 어떤 것이 가장 전형적인 작품인지는 모르겠습니다만, 『사자왕 형제의 모험』『오즈의 마법사』『해리 포터』『반지의 제왕』『고양이 학교』와 같은 작품들이 바로 이 팬터지 장르에 소속됩니다. 여기에서는 현실세계와는 다른, 작가가 창조한 제2의 세계가 주된 현실이 되고, 활동 주체들은 이 제2의 현실 속에서 자기

4 『어린이문학』 2001년 7월호. 원종찬은 아동문학의 서사장르를 표현방법에 따라 현실적인 것과 초현실적인 것으로 나누고, 연령 수준에 따라 전자를 다시 사실동화와 소년소설로, 후자를 공상동화와 판타지로 구분해 명명하였다.
5 황병하 평론집 『메타비평을 위하여』, 민음사 1997, 363~97면.

를 실현하는 모험을 떠나게 됩니다. 이 2차세계는, 1차세계가 그렇듯 그 나름의 작동 원리, 즉 '내적 리얼리티'를 가져야 합니다.[6] 사실주의 소설이 인간사회를 단순히 모사한 것이 아니라 인간사회를 움직이는 원리를 포착하여 표현한 것이듯이, 팬터지 장르는 1차세계와는 뚜렷하게 구별되는 2차세계의 작동원리를 풍부하고 설득력있게 창안하여야 합니다. 『오즈의 마법사』 『한밤중 톰의 정원에서』 『이상한 나라의 앨리스』 등 대부분의 작품은 서두에 1차세계에서 2차세계로 건너가는 관문을 마련하고, 2차세계의 초자연과 초현실을 작중 주체들이 현실로 받아들여 행동하게 합니다. 『오즈의 마법사』나 『고양이 학교』처럼 1차세계가 차지하는 서술의 분량과 내용적 비중이 작은 작품이 있는가 하면, '해리 포터' 씨리즈나 『밥데기 죽데기』처럼 1차세계와 2차세계가 중첩된 현실로 나타나는 작품도 있습니다. 『반지의 제왕』처럼 아예 1차세계의 삶이 2차세계를 도입하는 계기로 등장하지 않는 경우도 있습니다.

다음으로 서사적 자질 혹은 표현 기법으로서의 팬터지입니다. 사실주의에 충실한 작품이든 그렇지 않은 작품이든 대부분의 문학작품은 많고 적은 차이는 있어도 초자연, 비현실, 초현실적인 계기(契機)를 포함하게 됩니다. 「학교에 간 할머니」(채인선)에서 손녀 대신 학교에 가 수업을 받는 할머니를 담임 교사가 깜짝 놀라서 돌려 보내지 않는 것은 비현실적인 설정이나, 이를 전제로 이야기가 전개됩니다. 「어두운 계단에서 도깨비가」(임정자), 「엄지소년 닐스」(린드그렌)에서는 아이의 심리적 환상 또는 공상이 전경화(前景化)하여 스토리의 중요한 일부를 차지하고 있습니다. 한편 「똥이 어디로 갔을까」(이상권)에서는 시간 압축을 위해 환상적인 표현기법을 활

6 "톨킨에 따르면 성공적인 환상이 이루어지려면 2차 세계의 성공적인 창조가 이루어져야 하고, 그 2차 세계는 나름의 내적 리얼리티를 가지고 있어야 한다." 황병하, 앞의 글 373면.

용하고 있습니다. 이런 설정들은 서사의 구성요소로서의 팬터지이기는 하지만, 2차세계가 성립할 정도로 풍부하게 1차세계와는 다른 현실이 창조되어 있지 않다는 점에서 팬터지 장르로 분류할 수는 없겠습니다. 이렇게 팬터지 요소의 개념을 확장해간다면, 전통적으로 씌어져온 의인동화와 우화들까지 팬터지의 영역으로 다루어볼 수도 있을 것입니다.

사실 이야기를 짓고 들으며 즐기는 행위는 현실의 억압과 제약으로부터 벗어나고자 하는 강렬한 충동을 본질로 갖고 있다고 생각됩니다. 물론 궁극적으로는 기성 현실을 승인하는 데로 귀결하거나 현실의 고통을 잊는 위안을 제공하는 데 치중하는 이야기가 많은 것도 사실입니다. 그러나 어떤 이야기 속에도 자유와 해방에의 충동이 들어 있습니다. 모방(미메시스)이 문학 창조의 원천이듯이, 다른 현실을 꿈꾸는 것 또한 서사의 원천이라 하겠습니다.[7] 이야기의 오랜 역사에서 보면, 오히려 오래 전승되는 것은 신화성, 상징성을 띤 이야기들입니다. 「기민시(飢民詩)」와 「애절양(哀絶陽)」 등 민중의 침통한 현실을 생생하게 담아낸 다산의 한시나 연암의 비판적 사실주의에 가까운 한문 단편들의 세계, 19세기 서구 사실주의 소설의 발전이 이전 시대와는 다른 문학의 근대적 전환을 이룩한 것은 사실입니다. 이것은 문학의 현실파악력, 현실상관성이 새로운 힘을 얻은 것을 의미하고, 특히 '자본주의 시대의 서사시'(G. 루카치)로 불리는 소설의 영향력은 매우 컸습니다. 팬터지에 요구되는 '내적 리얼리티' 또한 이러한 근대소설의 발전양상과 긴밀히 연관된다 하겠습니다.

....

7 "그〔캐트린 흄〕는 환상을 소위 미메시스(모방)와 더불어 문학을 구성하는 2대 요소라고 주장한다. (…) 캐트린 흄에게 환상에 대한 초보적인 정의는 '일반적으로 인정하고 있는 합의된 리얼리티로부터 벗어나고자 하는 충동'이다." 황병하, 앞의 글 378~80면 참조.

과학소설의 개화를 기다리며

초등학교 6학년 1학기 '읽기' 교과서를 보면 첫 단원에 「별나라 행성」이라는 제목으로 과학소설의 한 대목이 실려 있습니다. 2000년에 출간된 문선의 작품 『제키의 지구 여행』(길벗어린이)이 발빠르게 개정 교과서에 수용된 것입니다. 여기에 안미란의 『씨앗을 지키는 사람들』(창작과비평사 2001)이 나와 거의 불모지로 머물러 있던 과학소설 장르를 새롭게 개척하고 있습니다.

우리 어린이문학에서 과학소설이 차지하는 비중은 그야말로 미미하기 짝이 없습니다. 근대의 도래가 과학기술과 과학정신을 토대로 하였고, 우리 자신이 기술문명의 폭주에 노출되어 현기증 나게 빠른 속도로 서구 과학기술을 받아들일 수밖에 없었던 점에 비추어 볼 때, 근대 아동문학이 기억할 만한 과학소설을 거의 산출하지 못했다는 것은 오히려 걸맞지 않은 일입니다. 게다가 풍부하지 못한 자산조차 제대로 살펴보고 갈무리하는 노력이 전혀 없었기에, 아직까지도 과학소설은 무관심과 무지의 영역으로 남아 있는 형편입니다.

소년시절 내가 흥미롭게 읽은 책 중에 『금성 탐험대』라는 작품이 있습니다. 과학소설 혹은 미래소설의 목록이 거의 번역작품으로 채워져 있는 것은 예전이나 지금이나 마찬가지입니다만, 『금성 탐험대』는 국내 작가 한낙원(韓樂源)이 지은 과학소설입니다. 몇해 전 시골 고향집에 갔을 때 이 책을 찾아 가져왔는데, 작은 활자로 300페이지 분량(원고지 1300매 안팎)에 달하는 본격 장편과학소설입니다. 하와이 우주항공학교에 다니는 대한민국 청년 고진 후보생과 통신원 최미옥이 남녀 주인공으로 등장하는 이 작품은 고진이 금성 탐험호를 타기 직전 스파이에 납치되어 소련 우주선을 타게 되면서 휘말려들어간, 두 우주선 간에 벌어지는 치열한 경쟁과 싸움을 대단히 긴박하게 그렸습니다. 우주 항행과 금성 탐사, 알파성 외계인들과의 만남 등 풍부한 서사는 과학소설로서 손색없는 면모를 보여주었다고 하겠습니다. 30여년 전에 비해 대단한 상상력과 철학적 깊이를 갖는 SF 영화와 소설들이 대량으로 소개된 오늘의 관점에서 보면, 이 작품에 동원된 전문적인 과학지식과 활달한 상상력의 구사가 대단히 소박하게 느껴질지도 모르겠습니다. 무엇보다도 친미 종속적인 이야기로 읽힐 소지도 있고, 냉전의식에 젖은 상투적인 헐리우드 영화의 틀과 비슷하다고 볼 수도 있겠습니다. 그렇지만 우리 사회를 지배한 근대의식과 더불어, 그의 과학소설 세계가 갖는 의미를 조명해보는 것도 상당히 의미있는 일이라고 생각됩니다.

하나의 힘은 약하나 그 하나하나가 모인 힘은 강하다. 로케트를 우주 속 깊숙이 운반하는 가스의 힘도 실은 하나의 분자들이 동시에 내뿜는 데서 발생한다. 놀라운 원자력 역시 그러하다.

인간의 힘도 매일반이다. 일 개인의 힘은 약하나 뭉친 힘은 강하다. 우주개발은 온 인류의 지혜와 힘을 합쳐서 비로소 가능한 성업이다. 그런데도 그 거창한 우주 앞에서 세계는 부질없는 대립과 경쟁을 일삼고 있다. 만에 일이라도 그 때문에 피할 수도 있는 희생을 재촉한 것이라면 매우 애석할 노릇이다.

그렇긴 하나 미소 양국의 세 우주인이 다 같이 어느 한 개인, 한 나라를 위해 목숨을 바친 것이 아닐진대 우리 모두가 그들에게 경건한 조의를 표해 마땅하리라.

이 소설은 미소 양국의 우주경쟁을 다룬 글인데, 달을 정복하려는 그들의 경쟁은 오늘도 치열하기만 하다.

이런 시기에 필자는 이 작은 책자를 인류의 복된 내일을 위해 바친 세 우주인들 넋 위에 드려 삼가 그들의 명복을 빌고 싶다.

—세 우주인이 가던 해(1967년) 6월

작가의 이 '머리말'은 우주인의 죽음을 애도하는 말로 맺는, 우리 문학사에서는 매우 보기 드문 진귀한 사례일 것입니다.

그 시절 시골의 초등학교 도서관에도 많지 않은 장서 목록에 미국의 문학상 수상작 씨리즈 등 공상과학소설들이 얼마간 갖춰져 있었던 것으로 보아, 60년대 후반에는 과학소설에 대한 관심도 상당히 높아져 있었던 것으로 생각됩니다.[8] 그렇지만 국내 작가로는 한낙원만이 독보적인 존재로 과학소설을 득의의 영역으로 삼아 몇몇 지면을 통해 활발하게 작품활동을 했을 뿐, 후진들의 등장은 이루어지지 않았습니다. 당시 『학생과학』 등의 잡지에 '한낙원 作, 전성보 畵'로 연재되던 과학소설이, 잡지를 펼치면 미지의 으스스한 세계를 탐사하는 느낌을 강하게 주던 것이 기억납니다. 그 뒤 언제부턴지 이런 연재조차 슬그머니 자취를 감추게 되면서, 과학소설의 퇴조를 아쉬워하는 사람도 찾아볼 수 없고, 과학소설이 발표될 지면을 만들고 작가를 키우려는 노력도 씨가 말라버렸던 것이 아닌가 합니다.

과학소설의 본령은 단편보다는 장편이겠지만, 중단편도 얼마든지 과학적 상상력을 모티프로 씌어질 수 있습니다. 북한 작가 리금철의 「은하기지로 가는 길」(『아동문학』 1999년 4월호)은 지구·화성간 정기 우주비행선이 다니는 미래의 우주개발시대를 배경으로 한 흥미로운 '과학환상소설'입니다. 뛰어난 과학자 부모를 둔 것을 자랑삼는 '나'(명호)는 화성에서 은하기지를 찾아 탐험여행을 가면서, 음악가 부모를 둔 철진의 성실함과 높은 과

---

8 필자가 갖고 있는 『금성 탐험대』(三志社)의 판권을 보면 1957년 12월 초판이 발행됐고, 1969년까지 10판〔쇄〕이 발행된 것으로 기록돼 있다. 그렇다면 10여년간 꾸준히 반응을 얻은 것인데, 과학소설에 대한 호응이 상당히 있었다고 보아야겠다.

학지식을 계속 무시합니다. 그렇지만 화성 땅을 '손금 보듯' 잘 안다고 큰 소리치는 명호가 길잡이를 잘못해 일행은 방향을 잃고 헤매다가, 급기야 는 산소가 떨어질 위기에 봉착합니다. 그 긴박한 상황에서 소년들을 이끌 고 위기에서 구한 것은 철진입니다.

"모두 내 말을 들어. 우주비행복의 속도조절변을 최대로 돌려라. 이제부 터 우리는 동쪽을 향해 최속력으로 날아야 해!"

철진이에게 의지되어 날으면서도 나는 도무지 갈피를 잡을 수가 없었다.

우리가 이제 살아날 곳이란 '은하기지'밖에 없다. 물론 그곳까지 채 못 가 서 모두 산소가 다 떨어질 것은 뻔하지만 그래도 그곳밖에야 어데서 산소를 얻으랴. 그런데 '은하기지'에서 점점 더 멀어지는 동쪽으로 날아가다니.

(…)

철진이는 나보다 숨이 더 가빠나는 모양이였다. 그런데도 그애는 헐떡거 리며 자기 주위에 몰켜서 날으는 애들을 하나하나 세여보고는 다시 앞쪽만 을 안타깝게 바라보고 있었다.

대체 저 앞에 뭐가 있단 말인가.

차츰 우리의 앞쪽에서는 새날이 밝는지 어둠이 가셔지더니 지평선 우에는 화성의 특유한 검푸른 보라빛 하늘이 드러나기 시작하였다.

그러자 철진이는 안깐힘을 쓰며 잔등에 짊어졌던 함통을 벗어안았다. 그 리고는 그 속에서 여러 갈래의 가늘고 질긴 특수합성고무관을 꺼내 주위의 동무들에게 나누어주기 시작하였다.

"빨리… 산…소통에 런…결…"

마치도 철진이가 내여주는 그 녹진녹진한 고무관이 생명선이기라도 한 듯 우리는 그것들을 덥석 잡아쥐였다.

이어 화성의 지평선 우에 태양이 두둥실 떠올랐다.

바로 이때였다.

숨이 막히여 답답해들던 나의 가슴이 탁 트이면서 맑고 생신한 공기가 확 흘러들었다. (25~26면)

이 작품의 주제는 "과학자의 가정에서 태여나고 과학의 환경에서 나서 자랐다 해서 절로 과학자가 되는 것은 결코 아니다. 훌륭한 과학자가 되려면 바로 저 철진이처럼 탐구하고 사색하고 열심히 배우기 위해 정열을 바쳐야 하는 것이다"(27면)라는 진술 속에 집약되어 있는바 도식적이고 '교훈주의'적인 작품이지만, 과학소설의 요건을 충분히 갖추고 있는 것만은 틀림없다 하겠습니다. 최낙서의 「잃어버린 시간들이 사는 집」(1975)은 사람들이 낭비한 시간들이 모여 "자기 희망에 따라 만들고 싶은 것을 만든"다는 재미있는 착상으로 씌어진 단편동화입니다.[9] 할아버지는 영화관에 지각한 영호에게 '잃어버린 시간들이 사는 집'에서 벌어지는 신기한 광경을 보여주는데, 그곳에선 헛되이 보낸 시간들이 힘을 합쳐 '뜨락또르'와 자동차와 책가방 등을 '폭포처럼' 만들어내고 있습니다. 역시 시간을 아끼자는 사회적 교훈을 동화의 문법으로 다루었습니다. 북한의 현대 아동문학에서 이런 경향의 작품들이 어떤 위치를 차지하는지 모르지만, 가볍게 볼 작품들은 아니라고 생각합니다.

'겨레아동문학선집'(보리 1999)이 발굴한 노양근(盧良根)의 단편 「날아다니는 사람」(1936)은 소년의 발랄한 과학적 상상력이 생활 속에서 발휘되는 것을 탄탄한 구성으로 그려낸 단편으로, 일찍이 과학소설의 문학적 가능성을 보여준 작품입니다. 한낙원은 「길 잃은 애톰」에서 원자를 의인화하는 재치로 데모크리토스의 원자 발견을 표현했고, 「애톰과 꿀벌」에서도

9 최낙서 동화집 『보물산의 장수 형제』, 금성청년출판사 1993, 8~20면.

김진경의 『고양이 학교』는 장대한 스케일과 거침없는 상상력으로 우리 창작 팬터지 소설의 신기원을 열었다. 김재홍 그림.

산소 원자와 수소 원자가 결합해 물이 되어, 벌통 속에 들어가 겪는 일을 동화의 어법으로 그렸는데,[10] 말하자면 자연의 원리를 주제로 삼았다고 하겠습니다. 그 외에 어떤 작가들이 어떤 중요한 작품들을 남겼는지 그동안 사각지대에 놓였던 작품들을 새롭게 검토해서 빈약한 자원이라도 그 실상을 파악하고 가치있는 성과들을 되살려내는 노력이 있어야 하겠습니다.

　과학소설의 주제는 과학지식의 전파나 탐구가 아니라, 인류 문명의 미래를 전망하고 점검하는 일입니다. 그것은 대부분 철학적인 주제와 밀접하게 연관됩니다. 복제 양과 소에 이어서 며칠 전에는 리모콘 생체쥐 실험

10 손동인 외 『한국아동문학대표작선집 12 풀안경』, 웅진출판주식회사 1990(초판 1988) 수록 작품.

에 성공했다는 뉴스가 나오던데, 로봇이나 인조인간 등을 다룬 작품들은 필연적으로 인간의 본성, 정체성에 대한 질문을 다루게 됩니다. 스티븐슨이 증기기관을 발명하고 빠스뙤르가 세균의 존재를 확인한 이래 과학기술은 삶의 외곽을 구성하며 인간을 이롭게 하는 수단의 위치에서 나아가, 점차 인간의 본질까지 규정해 들어오는 괴물이 되어가고 있습니다. 그런 점에서 인간의 운명에 관심을 갖는 문학은 필연적으로 과학과 문명에 대한 고도의 비판적 성찰을 거칠 수밖에 없습니다. 우리 어린이문학에서도 이런 깊이를 가진 과학소설이 많이 시도되기를 기대합니다.

더 넓은 창작의 지평으로

팬터지와 과학소설을 중심으로 어린이문학이 좀더 다양한 장르를 개척해주었으면 하는 소망을 얘기해보았습니다만, 최근 이삼년 동안 창작이 활성화된 가운데 주목할 만한 개성있는 작품들이 여러 편 나온 것은 좋은 징조가 아닐 수 없습니다. 장대한 스케일과 거침없는 상상력으로 창작 팬터지 소설의 신기원을 연 김진경의 『고양이 학교』(문학동네어린이 2001~2002)는 앞으로도 많은 토론거리를 제공할 것이고, 『씨앗을 지키는 사람들』『제키의 지구 여행』은 이제 과학소설 창작이 더 치밀하게 전문적으로 이뤄지도록 하는 도약대가 될 것입니다.

가짜 옹고집이 진짜 옹고집을 쫓아내는 고전소설 「옹고집전」의 플롯을 연상시키는 『수일이와 수일이』(김우경, 우리교육 2001), 전통적인 도깨비의 친근한 형상을 도심에 출현시킨 『샘마을 몽당깨비』(황선미, 창작과비평사 1999)와 같은 작품들은 우리 고유의 문화자산 속에서 오히려 팬터지의 원천이 더욱 풍부하게 솟아날 수 있음을 보여주었습니다.

과학소설의 오래된 고전인 쥘 베른의 『바다밑 20만리』『지구 속 탐험』
『달세계 일주』, H. G. 웰즈의 『타임머신』『투명인간』『우주전쟁』, M. W.
셸리의 『프랑켄슈타인』, 엄청난 양의 과학저술을 남긴 아이작 아시모프의
『파운데이션』『로봇』『강철도시』, 요즘 새롭게 우리에게 부각된 J. R. R.
톨킨의 『반지의 제왕』 연작 등은 사실 끊임없이 서양 소설과 영화, 연극 등
에 재생되고 변주되고 있습니다. 야심과 재능을 겸비한 자존심 강한 작가
라면 학교와 아파트를 오가며 펼쳐지는 비슷비슷한 학교서사와 가족서사
를 양산하는 데 한몫을 보태기보다는, 십년 이십년을 작정하더라도 자신
이 정말 하고 싶은 이야기를 찾아내어 어떤 풍상에도 깎이지 않고 세월이
지날수록 빛을 더하는 단단한 작품을 빚어주기를 정말 바랍니다.

| 동화읽는어른 2002년 9월호 |

오늘의 우리 아동문학의 과제

도약기에 무엇을 할 것인가

1

모름지기 어제를 돌아보는 일은 오늘을 충실히 살기 위함이고, 오늘을 충실히 사는 것은 내일을 준비하기 위함일 것입니다. 이러한 상식 혹은 세상 사는 이치는 아동문학을 이야기하는 자리에서도 역시 마찬가지라 하겠는데, 지금 이 자리에서 아동문학의 어제와 오늘을 돌아보고 점검하는 일은 오늘의 아동문학을 충실하게 가꾸고, 그럼으로써 아동문학의 바람직한 내일을 만들어가자는 뜻에서 비롯된 것이라 하겠습니다.

발제자〔원종찬 「한국 아동문학의 어제와 오늘」〕는 마침 새 세기로 접어드는 세기 전환기[1]에 즈음하여 한창 '활황 국면'을 맞고 있는 한국 아동문학의 상황을 일컬어 '제2의 도약기'라 명명하고 있습니다. 그 요인으로는 신진 작

* 어린이도서연구회 창립 20주년 기념 쎄미나 '21세기 어린이 독서문화의 전망'(2000년 4월 29일 세종문화회관 컨퍼런스홀)에서 발표한 글이다.

가층의 전진이 두드러진 것, 어린이책 출판이 활발하다는 것, 비평과 연구에 젊은 세대가 뛰어든다는 것, 아동문학 강좌라든가 학부모들의 좋은 책 읽히기 운동이 활기를 띤다는 것, 비상업적 전문잡지가 유지된다는 것 등 여러 가지를 들었습니다. 즉 다방면의 요인들이 입체적으로 가세하고 있는만큼, 과연 근대아동문학의 초창기인 '1920년대의 황금시대' 이후 처음 맞이하는 '제2의' 도약기로 간주할 만하다 하겠습니다.

그렇지만 도약기는 도약기이되 이것이 어느 정도의 실질적인 도약으로 열매를 거둘지, 그리고 이전 시기에서도 관찰할 수 있는 전환 및 발전 들과 얼마만한 차별성을 가진 의미있는 도약일지는 좀더 시간을 두고 관찰 평가해야만 분명하게 확인될 것입니다. (가령 1930년대 현덕과 정지용이 등장해 활동한 것과 해방직후 이원수·권태응의 활약, 그리고 70년대 이후 권정생·이오덕을 중심으로 이루어진 현실주의 부활 등에 비해 더 의미있는 '도약'이 될지는 쉽사리 예견하기 어렵다고 하겠습니다.)

물론 발제자는 이 도약기의 배후에 있는 '낙후성'을 주목하고 날카롭게 경계하고 있습니다. 뿌리깊은 감상주의와 동심주의, 교훈주의와 속류사회학주의로부터 빠져나올 것을 역설하고, 시민사회 내지 시민단체의 '감시' 역할에까지도 눈을 돌리는 폭넓은 시야와 깊이를 보여주고 있습니다.

2

저는 이 도약기가 진정 도약기가 되기 위해서는, 이 자리에 참석하신 뜻

---

1 21세기의 시작을 서력 2000년으로 보기도 하고 2001년으로 보기도 하므로, 여기서는 2000년을 앞뒤로 한 이삼년의 기간을 세기 전환기로 부르고자 합니다.

있는 분들과 아동문학계 및 출판계에 몸담은 분들이 좀더 유의해서 실천할 일들이 있다고 생각합니다.

제국주의 열강의 국권 침탈과 더불어 진행된 문명개화 혹은 근대화의 과정은 우리들로 하여금 우리의 근대에 대해 이중적인 태도──추종과 거부 혹은 동경과 증오──를 갖게 하였습니다. 마찬가지로 한국 근대아동문학의 전통에 대한 우리의 태도도 매우 이중적입니다.[2] 이러한 추종과 거부의 착종된 정서와 태도에서 한시바삐 빠져나와, 일천하면서도 비옥하고 풍요로우면서도 빈한한 근대아동문학의 유산을 제대로 섭수(攝受)해야 하겠습니다.

이를 위해 문학사적인 작품 정리가 좀더 이루어져야 하겠습니다. 작년〔1999년〕 간행된 '겨레아동문학선집'(전10권, 보리)은 근대아동문학의 전통을 확보하기 위한 새로운 첫걸음이었습니다. 분단과 이데올로기투쟁으로 배제되고 외면되었던 1차자료들을 성실하게 발굴 검토하고, 이를 바탕으로 전체적인 가치평가를 시도하는 일은 전통을 섭수하기 위해 요긴한 제일보입니다. 1950년대 초까지에 머물고 있는 이 선집 출판작업이 가까운 장래에 적어도 80년대 시기까지 이루어지길 기대하며, 아울러 장편과 동극 등 모든 장르를 포괄하여 완수되기를 바랍니다. 이와같이 전통을 분명하게 '세우는' 일은 전통을 지속적으로 재해석 재창조하는 일을 가능케 하는 초석이 됩니다.

....

2 이중적이라 하였지만 실제로는 부정과 거부의 태도가 훨씬 우세하지 않았나 싶습니다. 이러한 태도는 근대에 대한 진정한 부정과 극복의 모색을 위한 것이 아니었고, 오히려 근대 추종의식에 젖어서, 근대아동문학의 전통을 계승하려 하기보다는 뿌리없이 방황하거나 말초적인 서구지향에 기울었던 것입니다.

3

　아동문학은 그 특성상 성인문학과 달리, 작가—비평가—독자의 3각구도에서 독자가 연령적으로 어리다는 점 때문에 독자층이 자연스럽게 담당하는 비평과 감시의 역할이 한결 약하다고 하겠습니다. 그런만큼 전문비평이 감당해야 할 몫이 더 큼에도 불구하고 오히려 아동문학비평의 기능이나 역할은 지금까지 매우 미미하기만 하였습니다. 제가 아는 바로는 70년대부터 90년대 말까지에 나온 비평서로서 뚜렷한 시각과 내용을 갖춘 것은 이오덕 선생의 『시정신과 유희정신』(1977)이 유일합니다. 물론 이 자리에도 의욕과 실력을 갖춘 분들이 많이 나와 계시니까, 앞으로 이런 식의 외로운 '독주(獨走)'는 사실상 불가능하리라는 것이 저의 판단이고 기대입니다만, 이제 막 떡잎이 터나오고 있는 아동문학비평이 자기역할을 확실하게 하지 않으면 안되겠습니다.

　교육적 목적을 앞세운 독서운동이나 시민단체의 건전한 감시활동이 비평의 공백을 상당히 메워주고 있습니다만, 그래도 여전히 본격적인 문학비평이 아니면 감당할 수 없는 영역은 남게 됩니다. 어린이책 시장의 확대와 맞물려 창작동화·소년소설 작품이 유례없이 활발하게 출판되고 있지만, 작가들의 창작활동에 대한 애정어린 관심과 냉철한 비평적 점검은 아직 태부족입니다. 사실 권정생 선생의 『몽실 언니』(1984)와 채인선씨의 『전봇대 아저씨』(1997) 등이 현대 아동문학의 흐름에서 주요한 전환점을 이루었다고 할 텐데, 그 의미와 맥락을 날카롭게 읽어낸 비평은 뚜렷이 제출되지 않았습니다. 황선미, 오승희, 김옥, 박기범 등 최근 두각을 나타내는 무한한 가능성을 가진 신진작가들이 시장(市場)을 통해 성장하면서도 스스로 시장의 단련을 이겨내야 할 것이지만, 비평이 한 차원 더 높게 이 작가들의 작품세계를 조명해야 하겠습니다. 시장의 맹목성 못지않게 독자(어린이)의 맹목성과 양서 권장운동의 맹목성이 깊이 작용할 위험이 있는 곳이 바로 어린이책이요 어린이문학입니다. 이러한 사회적 환경에 매몰되지 않고, 독립적으로 작품을 평가하고 그 문학성과 창조성을 깊이 캐어보는 일은 비평의 고유한 임무요 기능일 것입니다. 그렇지만 불행히도 이렇게 독립적으로 활동한 비평가가 매우 드물었을뿐더러 비평풍토 또한 이런 수준과는 거리가 멀었습니다.

근대아동문학 연구에 정진하는 젊은 연구자들의 존재와 열악한 여건 아래서도 제 목소리를 내기 시작한 몇몇 비평가들의 활동은 지금 양적 팽창이 두드러진 우리 아동문학의 길에 질적 성장을 북돋울 수 있는 자양분이 되리라 생각합니다. 작품의 문학성과 창조성을 해명하는 혜안을 가지고 창작자의 고민을 함께 나누면서, 아동문학의 낙후성을 과감하게 돌파해나가야 할 것입니다.

4

분단 이후 남한 아동문학의 성격을 '제도권'과 '비제도권', '주류'와 '저류'로 구분하여 이를 '순수파'와 '사회파'로 파악하는 것은 아동문학사의 큰 흐름을 읽어내는 데 매우 유용한 방식입니다. 이 제도권 아동문학 곧 순수파가 기대고 있는 인식적 토대는 발제자의 지적대로 동심주의와 교훈주의이고, 80년대 이후에는 사회파에게서도 교훈주의가 속류사회학주의로 변형되어 나타났다고 보는 것은 매우 날카로운 분석이라 하겠습니다.

여기서 한가지 더 검토해보아야 할 문제는, '순수파'라는 개념으로는 포착되지 않는 제도권 아동문학 혹은 주류 아동문학이 보여준 일종의 '사회파'적 면모에 관한 것입니다. 이는 단적으로 말하면 '어용문학' 혹은 '반공문학'에 대한 검토입니다. 문학사적으로 분단 이후 순수주의는 그 정신적 기반이 취약하여, 깨어지기 쉬운 유리병처럼 어용문학으로 쉽사리 전이되기도 하였습니다. 오히려, 우파의 문학이 본질적으로 갖고 있는 한 얼굴이 '순수주의' 혹은 '본격문학'이기도 하였습니다. 지금의 시점에서 평가하면 작품으로서 읽을 만한 성과가 별로 남아 있지 않기 때문에 간과하기 쉽지만, 아동문학의 '어제'를 돌아볼 때 한국전쟁 이후 엄청난 양으로 지속적으로 생산된 반공적 성격, 어용적 성격의 아동문학을 그냥 접어둘 수는 없는 일입니다. 문학사적 검토의 경우에는 더욱더 제도권 문학의 이러한 성격에 대한 심층적인 접근과 비판이 따라야만 할 것입니다.

이러한 '어용문학' '반공문학'의 형성이 분단시대 문학의 표층적 현상이라는 것은 쉽게 알 수 있지만, 시대적 분위기와 이데올로기 선택의 불가피성에 제약된 외부적 요인 외에도 작가의 내면적 요구와 결합한 측면을 살펴보아야 합니다. 즉 60,70년대 부르짖은 근대화와 자본주의적 발전에 대한 자발적 동의와, 인간의 가능성에 대한 전망의 협소함이 내면에 깔려 있었던 것이 아니겠습니까. 이는 "모든 살아있는 문화는 본질적으로 불온한 것이다"(「실험적인 문학과 정치적 자유」, 1968)라고 선언한 김수영의 인식과는 대척적인 자리에서 문학을 바라보고 실천한 것인바, 이러한 체제통합적·사회통합적 문학의 흐름은 오늘도 뿌리깊게 유지되고 있다고 보아야 합니다.[3]

물론 아동문학의 고유한 성격을 아동의 사회적 존재상황이 점점 달라

---

3 이 체제통합적·사회통합적 성격은 그 기대고 있는 체제와 사회가 오히려 매우 제한적이라는 점 때문에 진정한 통합과는 거리가 있습니다. 즉 남북한 체제를 동시에 고려하지 못할 뿐 아니라 오히려 일방의 입장을 관철하는 데 복무하는 것이요, 민중층을 포괄한 전 계급을 통합하는 작용에는, 그 표면적인 선의에도 불구하고, 번번이 실패해왔던 것입니다.

져가는 현실에서 고정된 것으로 이해해서는 안될 것입니다.[4] 90년대 이후 아동문학은 크게 보아 87년 이후 새롭게 형성된 문학공간에서 다양한 가능성을 실험하고 있는 중이지만, 이를 좀더 심층적으로 들여다보기 위해서도 분단 이후 제도권 문학이 본질적으로 갖고 있던 '사회파'적 속성을 규명하고 정리하는 작업이 시급히 이루어져야 하겠습니다.

이와는 차원이 다른 문제이긴 하지만, 발제자는 80년대 이후 급진적 이념을 가지고 민족민주운동의 대의를 따르며 추진된 운동에 대해서도 비판을 가하고 있습니다. 주로 교육문예창작회가 주도하여 추진된 이 운동의 공과(功過)에 대해서 매우 적실하게 평가하고 있다고 생각됩니다. "여러 겹으로 둘러싸여 생동하는 인간의 삶에 대해 곧잘 피상적이고 일면적인 파악에 그치고 마는 한계"와, "사회문제의 폭로와 고발, 민중현실의 직접적인 반영 따위에 눈을 돌리다 보니 일종의 소재주의로 기울게 되면서 도식과 작위성이 드러나는 생활동화나 우화류가 남발"된 것은 결국 운동의 지속에 근본적인 제약으로 작용했을 것입니다. 그러나 근본전제부터 잘못되었던 것과, 애초에 추구한 목표와는 다른 결과에 도달한 것은 구별해봐야 한다고 생각합니다. 특히 창작방법과 관련하여, 사실성과 생동성, 진실성을 제대로 포착하자는 현실주의적 접근이 실제로는 점점 도식적인 생활동화나 작위적인 우화로 귀결한 사실은 지금에 와서 속류사회학주의로 매도할 수 있겠지만, 여기서 얻을 수 있는 교훈이 무엇인지 좀더 섬세한 비평적 접근을 통해 규명해야 할 것입니다.[5]

....

4 저는 「아동문학을 보는 시각」이란 글을 쓰면서, 이 테마와 관련하여 1970년대 이오덕 선생의 '일하는 아이들'이 제기된 의미와 90년대 채인선의 동화가 보여준 '아이가 된 아이들'의 존재를 살펴본 적이 있습니다. 「아동문학을 보는 시각 — '일하는 아이들' 이후의 길」, 『아침햇살』 1998년 가을호 참조.
5 80년대 주창된 공동창작론 및 민중(노동계급) 주체의 글쓰기는 기성문단의 보수성과 전통적

역사 전체를 부정하는 것이 아니라면 단절은 때로는 매우 과감해야 합니다. 그렇지만 단절을 위해서도 단절할 대상의 정체를 분명하게 파악하는 작업이 필수적이라 하겠습니다.

5

최근 아동문학·출판계가 판타지에 쏟는 관심의 열도(熱度)를 보면, 21세기 초두의 한국 아동문학의 역사는 판타지 개척의 역사로 기록되지 않을까 하는 생각마저 듭니다. 지난 4월 22일에도 판타지를 주제로 한 아동문학 포럼이 개최되었고,[6] 여러 어린이문학 단체나 동호회 들에서도 빈번히 판타지를 주제로 쎄미나와 토론이 벌어지는 실정입니다. '시민사회 영역의 확대' '상업자본의 부추김' '탈근대의 조짐' '획일성을 거부하는 다양한 개성의 분출' 등이 판타지 열풍의 시대적 배경이 된다는 지적은 경청할 만합니다. 전체 문화계 혹은 문학판에서 판타지가 차지하는 비중이 실제로

문필계급의 소시민성을 타파하고 혁명적 세계관을 형상화하기 위한 것이었습니다. 그러나 맑스주의 문학관을 수용한 문학적 관념들이 종종 빠져드는 오류는, 맑스의 유토피아가 개인의 자질이 최고도로 발양되고 개인의 다양한 소망이 실현되는 사회일 뿐 아니라 뛰어난 예술적 재능을 가진 개인이 그 재능을 풍부하게 발휘하는 사회라는 사실을 몰각한다는 것입니다. 80년대 교육문예운동의 사상적 기초에도 이런 오류가 깔려 있는바, 이런 전제를 재검토할 때 우리 아동문학의 오늘의 과제가 이전 시기와 단절되어 대두하는 것이 아니라 80년대 나아가 해방 이후 분단시대의 지속 속에서 부여되고 있다는 사실을 이해하게 될 것입니다.

6 계간 『아침햇살』에서 주최한 '판타지와 아동문학' 포럼은 각국의 판타지 문학을 검토하는 발표들로 진행되었는데, 그 다섯 편의 주제발표문은 『아침햇살』 봄호에 수록되어 있습니다. 김서정 「독일의 동화문학과 판타지」, 손향숙 「영국의 판타지에 대하여」, 이효숙 「프랑스 문학사를 통해 보는 판타지 동화」, 박정선 「일본의 판타지 문학」, 엄혜숙 「우리 판타지 문학의 특징」.

는 상당히 제한적이라면, 아동문학 창작에 작용하는 판타지의 압력은 그보다 훨씬 전면적이라고 볼 수 있습니다. 이 판타지 열풍의 중심엔 창작자들을 중심으로 한 아동문학계의 적극적인 모색이 자리잡고 있으며, 시대적 배경이나 시대적 유행이 끼치는 작용이 이같은 분위기를 적극 조성하고 있습니다.

이 판타지 열풍은 혁명이 거세된 시대, 유토피아에의 지향이 희미해진 시대에 길을 찾는 모색의 일환이며, 판타지의 세계는 그러한 시대에 구성해보는 황홀한 가상현실이 될 수도 있을 것입니다. '제도로서의 아동'을 구현하는 '제도로서의 아동문학'이 좀더 분명해지는 공간이 판타지의 공간일 수도 있을 것입니다. 이런 자리에서 과연 판타지가 어느정도 해방적 기능을 행사할 수 있을지는 깊이 고뇌해볼 과제라고 생각됩니다.

여기서는 좀더 구체적인 창작과 관련해서 한두 가지 문제를 짚어보고자 합니다.

독자적인 장르로서의 판타지가 아니라, 창작에 개재되는 요소로서의 판타지를 생각하더라도 그 수준은 매우 다층적일 것입니다. 그렇지만 '순수' 판타지의 추구는 문학의 영역이라기보다 오락이나 유희 혹은 게임의 범주에 가깝기 때문에 이 자리에서 다룰 성질은 아니고, 문학성의 일부로서의 판타지(환상성) 내지 판타지 기법을 우선 생각해보아야 하겠습니다.

판타지의 정의와 범주를 어떻게 설정하느냐 하는 것도 간단한 문제는 아닙니다만, 일차적으로 저는 객관현실의 논리와는 다른 논리가 성립하는 세계를 판타지의 공간으로 보고자 합니다. 이 판타지 공간의 현실에는, 그것이 두드러지든 두드러지지 않든 실제현실(실제현실의 모사적 성격을 갖는 작중 현실)이 항상 겹쳐져서 존재합니다.[7]

....

7 가령 요즘 인기를 끄는 '해리 포터' 씨리즈를 보면, 해리 포터는 마법사들이 이용하는 기차

권정생 선생의 근작 『밥데기 죽데기』(바오로딸 1999)는 중심인물들이 모두 다 일종의 귀신입니다. 할머니는 오십년 전에 원한을 가진 늑대가 변해서 된 인간이고, 밥데기와 죽데기는 할머니가 달걀을 똥통에 담그고 개울물에 담가 만들어낸 아이들입니다. 이렇게 설정되어 있으니까 독자는 그러려니 하고 받아들이는 것이지요. 그건 황당한 거짓이다 하면 작품을 더 읽을 필요가 없습니다. 여기에 황새가 변한 아저씨까지 네 명의 귀신들은 귀신이기는 하지만 행동거지와 생각이 우리 이웃 서민들과 다름없어 매우 친근하게 다가옵니다.

　이들이 만나는 사람은 우리 현대사의 불행을 상징하는 대표적인 희생자들입니다. 사람을 해치는 호랑이를 잡는 사냥꾼이었으나 일본헌병과 미군들에 의해 강제로 선량한 짐승들을 잡아야 했던 할아버지, 히로시마에 떨어진 원폭 피해로 인해 어두운 벽장 속에서 오십여년을 숨어사는 여자, 일본군 위안부로 끌려갔다가 모진 세월을 견뎌내며 살아가는 할머니 들의 사연을 차례로 접하게 됩니다. 늑대 할머니는 마침내 황새 아저씨의 간청에 못이겨 이러한 불행을 치유하기 위한 행동에 나섭니다. 이 대목에서 작가의 상상력과 해학이 절정을 이루고 주제의식 또한 선명하게 드러납니다. 즉 늑대 할머니는 밥데기 죽데기와 황새 아저씨와 더불어 보리밥을 열한 그릇씩 먹고 엄청난 똥을 누어, 그것을 가공해 똥떡을 만들었다가 마침내 가루로 변화시킵니다. 색색의 가루를 상공에서 뿌리자 서울의 집집마다 달걀에서 병아리가 깨어나오고, 각국의 방송들은 놀라운 뉴스를 전합니다.

··

　를 타고 마법학교로 가 입학식을 치르고 기숙사에 들어갑니다. 마법사들이 이용하는 기차와 학교와 기숙사는 보통의 인간들의 그것과 다르지만, 그 기본적인 형식은 동일하게 겹쳐 있습니다.(조앤 K. 롤링 지음, 김혜원 옮김 『해리 포터와 마법사의 돌』제1권 상, 문학수첩 1999 참조) 순수 판타지에서는 이 양자의 긴장관계가 주제와 깊이 관련을 맺지 않는 반면에, 주제가 요구하는 형식으로서의 판타지에서는 두 세계가 맺는 관련이 매우 중요합니다.

"여러분, 드디어 세계 인류에게 평화가 찾아왔습니다. (…) 휴전선 철조망이 모두 녹아내리고 모든 전쟁무기가 하나도 남지 않고 다 녹아버렸기 때문입니다. 탱크도 장갑차도 대포도 유도탄도 심지어 군인들이 쓰고 있던 철모자도 다 녹아 없어져 버렸습니다.

전쟁 무기만 녹아버린 게 아니라 사람의 마음까지 녹았습니다. 평양 주석궁에서는 지도자 장군님이 울면서 중앙방송을 통해 북남통일을 선포했습니다. 남쪽의 서울 청와대 대통령도 동시에 눈물로 코리아의 통일을 온 나라에 선포했습니다. (…)

이제 코리아는 하나가 되었습니다. 그리고 이 아름다운 평화의 물결은 전 세계로 파도처럼 퍼져나가고 있습니다." (166~67면)

결말부(13~15장)에 이르러서는 공상적 요소가 줄거리에까지 들어오면서, 작품은 판타지 혹은 알레고리의 성격이 더욱 뚜렷해집니다.[8] 작품 전체가 사실적 묘사체로 되어 있으면서도 설정 하나하나가 상징적 의미를 띠는 것으로도 읽히는데, 그러나 그러한 의미나 주제는 사실 매우 관념적인 차원의 것입니다. 호랑이 사냥꾼이 죽인 선량한 동물들은 일제 식민지시대 및 해방후 미국에 종속된 시기에 희생된 민중의 초상이기도 하고, 늑대 할

---

8 결말부에 제시되는 평화의 허구적 달성은 알레고리적 성격이 강하다고 하겠습니다. 그러나 의미가 메타포 뒤에 숨겨져 있다기보다 메타포와 의미가 동시에 언표되어 있기에, 알레고리 기법만으로 본다면 주제의식이 지나치게 노출되어 있습니다. "알레고리에서는 메타포 뒤에 숨겨진 의미가 중요하지만 판타지에서는 숨겨진 의미보다는 이야기 자체의 전개 방식과 내러티브의 예술적 완성도가 관심의 대상이 된다." "알레고리에서는 표면 뒤에 숨겨진 작가의 사상이나 인식이 중요한 반면에 판타지에서는 그러한 표현 자체가 유발시키는 정서적인 반응이나 몰입, 믿음 등도 못지 않게 중요하다(…)." 손향숙 「영국의 판타지에 대하여」, 『아침햇살』 2000년 봄호, 37면 참조.

머니와 밥데기 죽데기 들이 똥으로 노란 병아리가 깨어나오게 하고 철조망과 무기를 녹여버리는 이적(異蹟)은 이를테면 민중에 의한 새로운 역사 창조의 메타포입니다. 이에 비해 늑대 할머니가 만난 역사의 희생자들과 관련해서는 작품 표면의 스토리로 또 직접적인 설명으로 민중의 불행이 끝나야 한다는 주제를 드러내고 있습니다. 이렇게 볼 때 전체적으로는 알레고리에 가깝다고 할 수 있겠습니다.

그렇지만 『밥데기 죽데기』는 통상적인 알레고리와는 달리 권정생 선생이 개발한 매우 독특한 이야기 형식을 취하고 있는 작품입니다. 판타지의 논리를 전통적인 동물 변신담(늑대 귀신, 달걀 귀신 등)에서 취하여, 해방 전후부터의 한국현대사와 민중의 삶에 대한 담론에 형상을 부여하는 것입니다. 구체적인 역사와 인간의 불행을 다루는 무거운 이야기를 유쾌한 해학과 건강한 낙관으로 변화시킵니다. 하지만 그 한계는 판타지(혹은 구성)의 논리가 그 담론에 봉사하는 것이지, 판타지가 담론을 녹여내고 담론을 뛰어넘어 나아가지는 못한다는 점입니다.

6

권정생 선생의 『밥데기 죽데기』는 지금 살펴본 것처럼 '전통적 유형'의 판타지에 속한다고 하겠습니다. 즉 판타지의 논리를 구성하는 근거가 우리 고유의 설화나 민담과 통하고 있고 우리 생활감각과 잘 어우러집니다. 황선미씨의 『샘마을 몽당깨비』(1999)도 전래의 도깨비 설화에서 발상을 얻어 현대에 나타난 도깨비 이야기를 들려주지만, 판타지의 요소가 황당무계하지 않고 주제와 잘 조화된 작품입니다. 사실 이러한 '전통적 유형'의 판타지들은 거의 근대아동문학의 초창기부터 우리 작품들에서 지속적으

로 추구되어왔다고 하겠습니다.[9]

여기에 비해 채인선의 『그 도마뱀 친구가 뜨개질을 하게 된 사연』(1999)에 묶인 단편들이나 신인작가 김옥의 「모래마을 아이들」 「문이 열리면」[10]은 이를테면 좀더 '서구적 유형'의 판타지에 가깝다 하겠습니다. 김옥의 작품들은 아이들이 좋아하는 만화영화를 못 보고 각종 학원으로 내몰리는 현실(「모래마을 아이들」)과 장사를 나가는 부모가 아이들을 돌보지 못하는 현실(「문이 열리면」)을 다루고 있습니다. 흔히 다루어져온 소재이지만, 이 작품들의 뛰어난 점은 현실의 억누름과 괴로움을 감내하면서 그로부터 벗어나고 싶어하는 아이들의 소망을 자연스럽게 상상의 세계로 이동하여 표현해냈다는 것입니다. 채인선의 작품들은 상상의 세계 자체가 주제라는 점에서 한층 더 새로운 시도입니다. 즉 상상의 세계가 현실의 문제를 비추는 거울의 역할을 거의 하지 않고 있으며, 그 유쾌한 공상들은 즐거운 해방감으로 다가옵니다. 이러한 세계는 "한마디로 현실주의 정신을 바탕으로 해서 전개되었다고 할 수 있"(발제문)는 우리 근대아동문학의 전통에서, 새 영역의 확장 혹은 새 장르의 개척의 의미가 있다고 볼 수 있을 것입니다.

이 자리에서 상론할 여유가 없지만, 오늘의 판타지 열풍은 출판환경과 교육환경이 키워놓은 기형적인 아동문학 '수요'에 부응하기 위해 창작방법상의 출구로 형성된 측면도 있다고 하겠습니다. 지금까지 나타난 여러 가능성과 모색의 진지함은 귀중한 것이지만, '무엇을 위한 판타지인가' 하는 기본적인 물음을 다시 떠올려봐야 하겠습니다. 작가정신의 밑바탕에서

---

9 '전통적 유형'의 판타지를 개척하는 데 활용할 수 있는 우리 자산은 얼마든지 풍부하지만, 그러한 요소를 발견하고 활용하는 노력은 여러가지 이유로 미흡하였습니다. 당장 떠오르는 것만으로도 「홍길동전」 「전우치전」 「금방울전」 등의 고전소설이 품고 있는 다양한 도술 모티프와 몽유록(夢遊錄)이 보여주는 호한한 상상계, 그리고 전래 불교설화에 담긴 신이한 이야기 들이 있습니다.

10 창작집 『학교에 간 개돌이』(창작과비평사 1999)에 실린 작품.

오히려 더욱 튼튼한 현실탐구가 이루어질 때라야만, 판타지의 추구도 우리 아동문학의 취약한 영역을 보강할 뿐 아니라 진정한 해방적 기능을 수행할 수 있을 것입니다.

| '21세기 어린이 독서문화의 전망' 자료집, 2000년 4월 |

아동문학을 보는 시각

'일하는 아이들' 이후의 길

아동문학이란 무엇인가

진지하게 동화나 동시 창작에 임해본 경험이 있는 작가라면, 동화나 동시를 쓰는 일이 무척 곤혹스러운 작업임을 실감하였을 것이다. 그것은 시나 소설, 혹은 어른 독자를 대상으로 한 어떤 다른 글을 쓸 때와 구별되는 종류의 곤혹스러움을 일으킨다. 왜냐하면 끊임없이 아동 독자를 의식해야 하기 때문이다.

시나 소설을 쓰면서 작가는 일반적으로 독자가 누구인가 의식하지 않는다. 물론 상업적인 목적으로 글을 쓰는 작가는 독자의 흥미를 유발해야 하기 때문에 독자를 의식하고 분석한다. 그러나 보통의 순수한 창작에서 작가는 독자를 의식할 필요가 없다. 독자에 어떤 제한을 둘 필요도 의무도 없기 때문이다. 차라리 어떤 이상적(理想的)인 독자를 목표로 하기도 한다. 좀더 적극적으로 독자를 감화하고 변화시키고자 하는 글쓰기의 경우에도 작가는 독자와 같은 층위에서 사고한다. 이와 달리 아동문학은 일차적으로 아동을 독자로 상정하는 문학이다. 창작과정에서 '층위가 다른' 아동 독자를 끊임없이 의식하지 않으면 안된다. 그렇다면 아동이 독자라는 것은 어떤 의미를 띠고 있는가?

내 생각에, 아동문학의 개념은 그렇게 명약관화한 것이 아니다. 우리 교육과정에서는 아이들에게 많은 아동문학 작품을 읽히고, 아이들 스스로 짓게도 한다. 또 아이들 자신이 자유롭게 아동문학을 선택해 읽기도 한다. 아동문학은 애초부터 아동에게 읽히기 위해 씌어진 것이므로 아이들이 아동문학 작품을 많이 읽게 하는 것은 지극히 자연스러운 일이다. 그래서 아이들은 동시를 읽고 동화를 읽는다. 그러나 아이들에게 동시나 동화를 쓰게 할 것인가? 아이들이 쓰는 작품이 동시와 동화인가? 얼핏 자명해 보이는 이런 질문에 그러나 사람들은 종종 오답을 내놓는다. 아이들이 동시나 동화를 읽으므로, 이로 미루어 종종 아이들이 동시나 동화를 쓰는 것 역시 자연스러운 일로 받아들여지기조차 한다. 그러나 아이들이 써야 할 글은 동시나 동화가 아니다.

아이들이 시를 쓴다면 그것은 '아동이 쓴 시' 즉 아동시이고, 아이들이 쓴 산문은 '아동이 쓴 산문' 즉 아동산문이다. 이를 지칭하는 공인된 용어가 있는 것 같지는 않다. 아이들이 쓰는 아동시나 아동산문은 당연히 문학 장르로서의 동시나 동화 같은 것이 아니다. 아이들에게 글쓰기 교육을 넘어선 문학창작 교육을 시킨다면 문학일반에 대한 기본적인 교육을 먼저 한 뒤라야 하겠고, 창작교육으로 나아가서는 시창작과 소설창작 등을 앞서서 가르치는 것이 옳다. 동시나 동화가 아닌, 아이들 각자의 수준에 맞는 문학적 표현을 하게 하면 되는 것이다. 물론 이때 아이들이 특정한 독자 혹은 어른 독자를 겨냥할 리는 없으므로 대개 독자가 아이들로 상정될 것이지만, 그래도 동시나 동화 창작과는 엄연히 다르다. 창작의 좀더 특수한 영역이라 할 동시·동화 같은 아동문학 창작은 일부 아이들에게 특별한 목적이 있을 경우에나 가르칠 수 있다고 하겠다. 그러나 시나 소설 등 성인의 문학이 곧바로 아이들에게 전달·이해될 수 없기 때문에, 아이들을 위해 창작되고 아이들이 곧바로 향유할 수 있는 아동문학은 이런 정상적 절차와 상관없이 문학교육과 아이들의 글쓰기에 쉽사리 개입하게 된다.

아동문학은 어른들이 아이들에게 읽히기 위해 쓴 문학이다. 이 점에 대해서는 아동문학계를 포함해 모두가 대체적으로 동의하는 사항이 아닌가 한다. 그 주요 장르는 동시, 동화, 소년소설, 동극 등이 된다. 아동문학평론은 아동을 독자로 하지 않으므로 이 기준에서는 아동문학의 영역에 속하지 않게 된다. 그러나 아동문학을 대상으로 삼는 점 때문에 좀더 넓은 의미에서 아동문학의 영역에 포함시키는 경우가 많다.

아이들에게 읽히기 위해 아이들이 소화해낼 수 있는 수준으로 짓는 것이 아동문학 작품이라면, 얼핏 생각하기에 그 작품 쓰기는 성인문학——적절한 용어인지 모르겠지만 아동문학에 상대되는 개념으로 사용하기로 한다——에 비해 훨씬 수월할 것으로 여겨진다. 사실 그런 정도의 인식으로 씌어진 아동문학 작품이 얼마든지 널려 있기도 하다. 그러나 아동이란 어떤 존재인가, 그 아동을 향한 문학은 어떤 것이 되어야 하는가를 제대로 물었을 때, 아동문학가는 벌써 만만치않은 도전에 깊숙이 발을 들여놓은 것이 된다. 왜 그런가?

아동이란 어떤 존재인가. 그것은 분명해 보이기도 하고 때로는 전혀 그렇지 않기도 하다. 아동을 대상으로 하는 문학은 어떤 문학이 되어야 하는가. 그것 역시 분명해 보이기도 하고 전혀 그렇지 않기도 하다. 아이는 일반적으로 어른에 비해 육체적으로 덜 성장했고, 지적·정서적으로 미숙하며, 사회적으로 독립되지 못했다고 간주된다. 또한 아이는 상상력이 풍부하고, 사회의 나쁜 면에 물들지 않아 맑고 순수하며, 좋지 않은 환경과 잘못된 교육이 아이를 망친다고 여겨지고도 있다. 그렇다면 아이가 읽고 향유할 작품은, 미숙한 아이의 눈높이에 맞춰서 주제를 포함한 모든 것이 그를 기준으로 통어(統御)되면서 씌어져야만 하는 것 아닌가. 아니, 아이의 눈높이는 아이가 이해할 수 있는 수준의 어휘와 표현을 찾는 데서만 고려되고 주제와 정서는 최대한 고양되어야만 좋은 아동문학이 되는 것이 아닐까. 그러나 또다시 좀더 근본적인 질문이 떠오른다. 어른 자신이 미숙아가 아니라면 어른인 작가가 어떻게 아이의 눈높이에 자신을 일치시킬 수 있는가. 아무리 근접한다 하더라도 그것은 기껏해야 사이비이거나 환상에 불과한 것이 아닐까. 아이와의 진정한 소통은 불가능한 채, 자신이 빚은 떡이 틀림없이 상대방에게 가장 예쁘고 맛있는 떡이라면서 던져주고 있는 것에 다름아니지 않은가. 주제와 정서가 작가의 능력껏 고양되어야 하고 그에 따라 훌륭한 아동문학인지 여부가 결정된다면 그것은 어휘와 표현만이 조절된 성인문학이요, 따라서 사실상 시나 소설 등의 장르에 귀속되는 것이 아니면 아동문학이라는 걸맞지 않은 이름을 가진 또다른 문학영역(장르)으로 보아야 하지 않는가.

근 1백년에 이르는 역사를 가진 한국 근대문학과 근대아동문학이 이러한 질문에 전혀 부닥치지 않았을 리는 없다. 뛰어난 작가와 수준높은 작품을 많이 배출한 한국 아동문학은 이러한 문제를 어떤 형태로든 의식하고 감당해온 것이 사실이다. 그러나 창작의 실천에서 이 관문을 나름대로 뚫고 나아가 자신의 문학세계를 구축한 경우들이 적지 않았음에도 불구하고, 문제의 본질을 한층 날카롭게 의식해 근본적인 성찰에 다다른 작가나 논자는 찾아보기 어렵지 않은가 한다. 근대아동문학의 역사성은 위와같이 자명하지 않은 질문들에 비추어 재인식되어야 하고, 아동문학의 고유한 성격과 장르적 위치도 그에 따라 재검토되어야 할 것이다.

출발점, 아동·동심의 발견

원로 아동문학가 신현득 선생은 어느 시상식 자리에서 카랑카랑한 목소리로 우리 문학계가 고질적으로 안고 있는 아동문학에 대한 푸대접과 경시 풍조를 비판한 적이 있다.[1] 첫째, 문학 연구와 비평에서 아동문학을 다루지 않는다는 것이다. 공간(公刊)되어 보급된 거의 모든 문학사 서술은 아동문학을 다루지 않을 뿐만 아니라, 그렇게 하는 것에 대해 아무런 설명도 해주지 않는다. 이는 아동문학을 무시하기 때문이며 큰 문제점이 아닐 수 없다. 둘째, 세계문학의 걸작들 중 많은 작품이 아동문학이라는 사실을 알아야 한다. 『로빈슨 크루소』『걸리버 여행기』『허클베리 핀의 모험』『이상한 나라의 앨리스』 등 누구나 인정하는 여러 명작들이 모두 아동문학 작품인데, 우리 아동문학 가운데에도 우수한 작품이 많다. 아동문학의 가치를 제대로 알아보고 인정해주지 않으면 안된다.

한국사회에서 수십년간 동시 창작의 외길을 걸어온 분으로서 이와같은 발언을 하는 것은 어쩌면 당연한 일인지 모른다. 아니, 오히려 아동문학에 종사하는 이들 중에서 이런 종류의 비판의식을 품고 있고 또 이를 공개적으로 밝힐 수 있는 용기있는 사람은 예나 지금이나 극히 드물다고 보아야 하리라. 현실사회의 문학외적인 갖가지 이해관계에 편승하지 않고 정직하고 순수한 마음으로 아동문학을 하는 사람의 견지에서는 위에 거론한 두 가지 외에도 여러 문제들을 심각하게 느끼고 개탄하지 않을 수 없다는 것을, 아동문학계의 현실을 조금이라도 아는 사람은 충분히 공감할 수 있을

---

1 창작과비평사에서 주관하는 '제2회 좋은 어린이책 원고 및 어린이 독후감 공모' 입상자에 대한 시상식이 1998년 3월 11일 대한출판문화회관 강당에서 열렸는데, 신현득 선생은 이 자리에서 축사를 하였다.

것이다.

　그렇지만 아동문학의 외부에서, 관점을 달리 취해 살필 수도 있다. 아동문학에 대한 비평적 담론이나 학술적 연구는 아동문학 작품의 독자인 아이들과 소통되지 않는다. 그뿐 아니라 아이들 자신이 비평과 연구를 생산할 수도 없다. 시와 소설의 독자가 잠재적으로 그리고 실제적으로 시와 소설에 대한 비평의 독자이자 생산자인 것과는 근본적으로 다르다. 따라서 아동문학 비평과 연구는 아동문학가들 혹은 연구자들이라는 한정된 집단 내에서만 유통되고, 이것은 성인문학 비평·연구와 분리를 촉진하고 유지시키는 요인이 될 수 있다. 처음부터 통합적인 문학사는 씌어지지 않았던 것이다. 또한 아동문학의 장르가 보통 동시, 동화, 소년소설, 동극 등으로 하위구분되는바, 아동문학을 성인문학과 같은 층위에 놓아야 하는 것이 옳다고도 할 수 있다. 그렇다면 문학사는 성인문학사와 아동문학사로 양분돼서 서술되어야지, 성인문학사에 곁다리로 끼어들거나 그 분류사처럼 자리잡을 수 없다. 성인문학사를 서술하는 연구자가 굳이 아동문학사의 존재를 언급할 필요가 없어지는 것이요, 오히려 아동문학사를 포함해 문학사를 서술할 때에는 그에 대한 설명이 필요할지 모른다. 그렇다고 해서 현재와 같은 문학연구 풍토가 합당한 것일 수는 없다. 국문학 분야든 외국문학 분야든 아동문학에 대해서는 배척하거나 무시하는 것이 일반적인 대학의 학문 풍토요, 문학계의 대체적인 경향인바, 이로 인해 아동문학 연구는 독립적인 영역으로 대접받지 못하고 객관적인 연구·비평의 축적이 부실할뿐더러 기초적인 실증적·역사적 연구조차 진전되지 못하고 있다. 성인문학이 축적한 문학을 보는 다양한 인식틀이 아동문학을 볼 때 어떻게 유용하고 참조 가능한지도 전혀 검증되지 않는다. 따라서 문학사의 의미망에 당연히 포섭돼야 할 아동문학의 주요작품조차 배제된 채 절름발이 문학사가 되풀이 씌어진다.

『로빈슨 크루소』『걸리버 여행기』등이 아동문학 작품이라는 것은 잘못된 주장이다. 대개 어린시절 읽게 되는 이들 작품은 어린이들에게 맞게 각색된 것이지 그 원본이 아니다. 애초에 성인문학으로 창작된 작품을 아이들용으로 고쳐쓰는 일은 흔히 일어난다. 작품의 어떤 특성이 이러한 각색을 필연적인 것처럼 보이게도 하는데, 교육상의 목적이나 기타의 용도 때문에 이러한 각색은 종종 시도되고 있으며, 이는 문학작품에만 한정된 일이 아니다. 그런데 아동문학가들 가운데 일부는 오로지 아동용으로 각색된 작품만을 보면서 원작 자체를 아동문학 작품으로 잘못 알고 있으며, 이는 상당히 연륜이 깊은 오해이다. 이러한 오해가 지속되는 것은 60년대 이후 아동문학계가 갖게 된 폐쇄성을 아동문학인들이 여전히 벗어나지 못하고 있기 때문이다.

또하나, 아동문학과 관련하여 늘 되풀이되는 의심스런 명제가 있으니 이를 살펴보자.

> (…)「전봇대 아저씨」라든가「할아버지의 조끼」「우리 모두 다른 사람이 되었어요」등 여러 편은 읽는 재미뿐 아니라 어른 독자에게도 생각할 거리를 준다.[2]

> 좋은 아동문학이란 '어린이부터' 읽을 수 있는 것으로 그 상한선은 없다고 하지 않는가?[3]

다소 강약의 차이는 있어도 두 인용문은 모두 '좋은 아동문학은 아이부

---

2 박완서·권정생·백낙청「'좋은 어린이 책' 심사경위」,『창작과비평』1997년 봄호 412면.
3 원종찬「아픈 데를 어루만지는 손」, 이가을 동화집『가끔씩 비 오는 날』(창작과비평사 1998) 해설, 201면.

터 어른까지 두루 읽을 수 있는 좋은 문학'이라는 인식을 보여준다. 즉, '좋은 아동문학은 동시에 아이들부터 읽을 수 있는 좋은 성인문학'이라는 것이다.

이와같은 인식을 아동문학계에서 어느 정도 보편적으로 받아들이고 있는지 나는 정확히 알지 못한다. 그러나 이를 굳이 부정하는 사람은 거의 없지 않을까 싶다. 이런 의식엔 좋은 아동문학을 씀으로써 성인문학 쪽에서도 인정을 받고 싶은 욕망이 개입할 수 있지만, 비평적 시각에서의 위의 발언은 그보다 어떤 하나의 관점을 보여주는 것이다.

나는 앞에서 아동문학의 독자가 아동으로 상정됨으로써 아동 독자와 글쓰는 주체 사이에 정체성 문제 혹은 눈높이의 조절 문제로 빚어지는 혼선에 대해서 말한 적이 있는데, 좋은 아동문학은 좋은 성인문학이 된다—역은 성립하지 않겠지만—는 관점이 보기보다 그렇게 명쾌한 것은 아니다. 아니, 명쾌하기는커녕 중요한 당착을 내포하고 있는지도 모른다. 좋은 아동문학이 모두 좋은 성인문학이라는 의미로 쓰인 말은 아니겠지만, 좋은 아동문학이 어떻게 해서 좋은 성인문학이 될 수 있다는 것인가? 주제나 현실묘사, 진정성, 핍진성 등을 기준으로 삼는다면 이는 좋은 아동문학을 가리는 기준이 될 수 없고, 이를 기준으로 삼은 좋은 아동문학이란 성인문학을 아이들이 이해할 수 있는 어휘와 표현으로 고쳐쓴 것이라 보아야 하겠다. 바꿔 말하면, 좋은 문학이 먼저 있고, 이를 아이들이 수용할 수 있게 쓴 것은 좋은 아동문학이며 어른들의 어휘와 표현으로 쓴 것은 좋은 성인문학이 되는 것이다. 그렇다면 아동문학의 미적 특질, 혹은 고유성은 사실상 존재할 수 없게 된다.

"아동문학은 아동에 대한 고려가 으뜸이다. 아이들의 눈높이로 아이들의 생생한 현실에 적중할 때 문학이 되는 것이다."[4] 이와같이 다시 '아동'에 대한 의식으로 돌아올 때, 좋은 아동문학이 좋은 성인문학이 되는 경우는 지극히 수준높은 작품만이 그런 경지에 이른다거나 그때그때 개별적인 작품에 따라 그렇게 되기도 하고 안되기도 한다는 얘기가 되고 만다. 이러한 혼선은 아동문학을 창작하는 쪽이나 비평하는 쪽 모두가 마주칠 수밖에 없는 것처럼 보인다.

문제의 핵심은 아동이 어떤 존재냐는 것, 작가의 시선은 아동의 시선을 어떤 방식으로 채용해야 하느냐는 것 두 가지이다. 아동문학의 문학적 혹은 미학적 고유성과 특질을 밝히고자 할 때, 우리는 한 가지 방법으로 정전 (正典)에 기대는 방식을 취할 수 있다. 그러나 일천한 한국 아동문학의 역사는 정전을 확정해놓지 않았기 때문에, 우선 정전에 근접한 것으로 보이는 평판작들을 대상으로 아동문학으로서의 특성들을 캐내고 그로부터 아동문학의 미학적 특질을 추상한 뒤 그를 토대로 다시 정전에 근접한 작품을 찾아내는 방법을 되풀이함으로써 아동문학의 미학적 성격을 규정할 수 있을 것이다.

근대문학의 지배적 장르인 시나 소설처럼 아동문학을 하나의 장르로 볼 수 있을까? 동시, 동화, 소년소설, 동극 등을 단일한 미학적 규정으로 포괄하려는 시도는 참으로 무모한 노력 같기도 하다. 동시는 시에, 소년소설은 소설에, 동극은 희곡에 포함시키는 것이 옳지 않을까. 아니, 동시는 바로 시이고, 소년소설은 소설이며, 동극은 희곡이다. 그렇다면 남는 것은 동화 그리고 판타지, 알레고리, 의인화 등등과 관련된 작품들이다.[5] 이 형

4 같은 글 202면. 강조는 인용자.

5 보통 전래동화라고 부르는, 설화·전설·민담 등 구비전승의 정착형태(그 어린이를 위한 각색)는 본래는 어린이를 위한 이야기가 아니었다. 이것이 전래동화 등의 명칭으로 어린이들에게 주로 제공되는 것은 그것들이 어린이에 맞는 이야기라는 인식과 관련되지만, 어린이를 위한 읽을거리가 마련되는 역사적 과정과도 관련이 깊다고 생각된다. 당대 작가에 의한 픽션으로서의 아동문학의 창작은 그 역사가 매우 일천한바, 특정한 몇 가지 미학적 양식이 아동을 매개로 하여 형성 발전되었다고 볼 수도 있을 것이다.

식을 가리키는 명칭이 현실에서는 동화가 되기도 하고, 동시·동극·소년소설에 붙어 있는 '동(童)'과 '소년' 같은 관사로 표현되기도 하고 때로는 더 넓게 바로 '아동문학'이 되기도 한다고 보면 어떨까. '어른을 위한 동화'라는 명칭은 판타지, 알레고리 등 꼭 아이스러운 것만은 아닌 데에 '동(童)'을 붙여온 빗겨난 명명관습 때문에 생겨난 또하나의 왜곡된 작명이 아닌가 싶다. 따라서 변별력을 가진 새로운 장르는 보통 동화라고 불리는 작품들과 이른바 '어른을 위한 동화' 양자를 함께 묶어줄 때 비로소 공통된 미적 특질을 갖게 되는 것이 아닐까. 아이들의 읽을거리로 끊임없이 재생되는 이솝 우화, 『꽃들에게 희망을』『갈매기의 꿈』『모모』 같은 작품들, 『세상에서 제일 큰 집』『잠잠이』 등 레오 리오니의 창작들, 동식물을 의인화한 동화, 환상동화, 공상동화, 우의(寓意) 등과 사실적이면서도 특이한 상상력을 포함하는 작품들, 이 모두를 통칭해서 다른 장르와 구별할 수 있다면 좀더 정확한 내재적 분석이 되지 않을까.

이렇게 본다면 이 형식은 미적 인식의 특정한 양식에 기반을 둔 것으로, 어린이에 국한하는 형식이 될 수 없다. 다만 어린이는 어른보다 기성사회의 물적·정신적 제관계에 훨씬 덜 속박되며, 여러 사회적 의무로부터도 자유로우므로—혹은 그렇게 인정되므로—이러한 상상적 양식과 더 친연성을 지니고 있다고 간주되는 것이다.

카라따니 코오진(柄谷行人)에 의하면 아동문학의 확립은 근대문학제도와 함께 이루어진 것이며, 도대체 아이와 어른의 구분 자체가 역사적인 것이라 한다. 서구에서도 일본에서도 어느 시기까지 아이는 아이로 취급되지 않았고 단지 작은 어른으로 교육되었다. "아이로서의 아이는 어떤 시기까지는 존재하지 않았고, 아이를 위해 특별히 만들어진 놀이나 문학이 존재한 적도 없었다."[6]

최초로 아이를 아이로서 발견한 사람은 루쏘이며(반덴베르크 『변화하는 인간성』), '아동의 발견'이 있기 전까지 성숙의 문제는 없었다고 한다. 유년기와 청년기의 출현, '발달' '성숙'에 대한 지향, 아동심리학이나 아동문학의 성립 등은 모두 아이와 어른의 '분할'로부터 유래한 것이다. 카라따니 코오진은 이 분리된 아동을 '보이지 않는 제도'라고 하면서 "제도 그 자체가 씨니피앙으로 존재한다"는 점을 강조한다.

메이지 시대의 교육사상을 비판할 때 언제나 학제(學制) 자체의 의미작용은 간과되고 있다. 따라서 '교육' 자체는 의문의 대상이 되지 않은 채로 남는다. 양심적이고 휴머니스틱한 교육자, 아동문학인들은 메이지 이래의 교육 내용을 비판하고 '진정한 아이' '진정한 인간'을 지향하고 있지만 그것들은 근대국가 제도의 산물에 지나지 않는 것이다. 한나 아렌트가 유토피아를 구상하는 사람은 (그 유토피아의) 독재자라고 한 적이 있다. 바로 '진정한 인간' '진정한 아이'를 상상하는 교육자, 아동문학인이 그러한 '독재자'일 수밖에 없다. 그것도 항상 그러한 사실을 전혀 의식하지 않은 채로 말이다.[7]

아동의 기원을 찾아올라가 그 역사성을 규명하고 '자명한 것으로서의 아동의 존재'에 담긴 전도(顚倒)를 깊이있게 논하는 카라따니의 통찰은 매우 비상하다. 이러한 발상법은 우리 아동문학의 역사(성립과 전개)를 되짚어볼 때에도 매우 유익한 참조가 됨에 틀림없다.

그렇다면 "아이 시대에 대해 쓰면서도 '유년기'나 '동심'이라는 전도를 벗어날"[8] 수 있는 작가가 이제 더이상 존재할 수 있을까? '아동' '동심'이

6 柄谷行人 「아동의 발견」, 『일본 근대문학의 기원』(박유하 옮김), 민음사 1997, 158면. 이 저술이 일본에서 처음 출간된 것은 1980년.
7 같은 글 176면.
8 카라따니는 히구찌 이찌요(樋口一葉, 1872~1896)가 그 전도를 벗어난 유일한 작가라고 한

피할 수 없게 주어진 조건인 한, 근대문학제도 속의 아동문학인은 여전히 아동이란 무엇인가, 아동의 시선이란 무엇인가라는 화두에 초연할 수 없음은 분명해 보인다.

'일하는 아이'와 두 개의 과정

1977년 간행된 이오덕 평론집 『시정신과 유희정신』은 "아동문학 50년의 역사에 일찍이 없었던 본격적인"[9] 아동문학평론으로, 한국 아동문학의 물줄기를 크게 틀어 옮겨놓는 계기가 되었다. 이오덕의 평론들은 해방후 아동문학사와 아동문학비평사에 커다란 획기(劃期)를 마련하였다고 해도 지나치지 않을 것이다.

이오덕은 기존의 '동심천사주의' 아동문학를 부정하고 '일하는 아이'를 발견한다.

부모를 따라 일을 해야 하고 살아가는 걱정을 그들대로 하는 것이 이 나라의 거의 모든 아이들의 참모습이다. (「아동문학과 서민성」, 1974)[10]

우리가 쓰는 작품을 읽을 이 땅의 아이들은 회비와 책값을 걱정하면서 의무교육을 마치지만 그 반수가 겨우 중학교에 진학한다. (…) 모든 아이들은 허영과 겉꾸밈과 '억울하면 출세하라' 식의 질서 속에 이기(利己)를 익혀가며 자라고 있다. 국민학교에 들어가기 전부터 권총놀이와 유행가와 욕설과 독

다. 같은 글 177면.
9 이원수 「책머리에」, 이오덕 평론집 『시정신과 유희정신』, 창작과비평사 1977, 3면.
10 『시정신과 유희정신』 116면.

創批新書 17

詩精神과
遊戱精神

兒童文學의 諸問題

李五德 評論集

창작과비평사

이오덕의 평론들은 해방후 아동문학사와 아동문학비평사에
커다란 획기를 마련하였다고 해도 지나치지 않는다. 이오덕
평론집 『시정신과 유희정신』(1977).

소가 든 과자와 해골바가지 만화와 벌거벗은 어른의 나체 영화 속에서 세상
을 배우고 골목대장에게 동전을 바치는 삶의 수단을 익혀, 살아가려면 위로
는 굽히고 아래 것은 짓밟고 올라서야 한다는 철학을 체득하는 것이 이 땅의
아이들이다. (같은 글)[11]

그러나 대다수의 아동문학 작가들은 이러한 현실의 아이들을 외면하고
현실도피의 길을 걷고 있다고 이오덕은 맹렬히 비판한다. 근대아동문학이
민족과 아동에 대한 주체적 자각에서 출발했음에도 일제 탄압하에서 현실
도피의 '동심천사주의'로 빠져든 아동문학은 이후 주체상실의 모방문학,
열등의식의 문학으로 전락하였다고 진단한다. 식민지시대 '짝짜꿍 동요'
에서 60년대에는 자연 관조 및 농촌풍경 완상의 동시, 70년대에는 감각적
언어기교의 동시와 뒤따르는 '난해 동시'(어른을 위한 '현대 동시')로 그 흐름이
이어져왔다고 한다. 이 동심주의는, 국권상실기에 '동심'이라는 특별한 세

11 같은 책 137면.

계를 만들어 무작정 귀엽고 아름다운 것만 찾아다니는 것으로 초창기 애상 동요를 대체했는바, 일본 아동문예지 『아까이토리(赤い鳥)』의 기조를 이룬 동심주의의 모방에서 비롯되었다는 것이다.[12]

요컨대 이오덕은 현실의 아이, '진정한 동심'을 본다. 현실의 아동은 대개의 아동문학이 상정하고 묘사하는 아동과 딴판으로 다르다. 그가 파악하는 동심은 동심주의 문학이 상정하는 동심과 딴판으로 다르다. 이윤복 일기 『저 하늘에도 슬픔이』(1964)를 읽고 이오덕은 이렇게 말한다.

> 최근 필자는 국내 작가들의 아동문학 작품을 두루 살피게 되었는데, 그러다가 이 책을 대하니 지금까지 읽었던 그 많은 동화며 소년소설들이 솔직히 말해서 거의 모두 뭔가 가짜요, 엉터리란 느낌을 갖게 되고, 대신 11세 소년이 쓴 이 일기문이 그 불행한 체험의 정직한 기록으로 하여 가슴을 압도해온 것이다. (「동심의 승리」, 1975. 강조는 인용자)[13]

어머니가 가출하고 아버지는 병으로 자리보전하는 집안의 실질적인 가장인 어린 윤복이는 동생이 잡아온 매 새끼가 못 살고 죽을까봐 동생에게 "죽어버리문 죄 받는다"고 하면서, 어미새가 데리고 가게 잡아온 곳에 갖다 놓아주자고 한다. 이오덕은 이런 윤복이의 모습에서 '동심의 진수(眞髓)'를 본다.

> 윤복이의 그 순수한 인간정신은 본디부터 가지고 있었던 것이라고 할밖에 없다. (…) 일반 아동에 있어서는 이러한 타고난 인간정신이나 동심은 대개

12 「열등의식의 극복」(1976) 17~18면 및 「아동문학과 서민성」 106면. 이오덕, 위의 책.
13 같은 책 37면.

환경의 지배를 받아 조금씩 혹은 거의 다 소멸되어버리거나 소멸되는 과정에 있는 것이다. 교육과 문학은 그릇된 환경에 의해 짓밟히고 소멸되어가는 인간 내부의 순수정신, 곧 동심을 일깨워서 살아나게 하고, 이것을 키워주는 것이 되어야 한다고 믿는다. (「동심의 승리」, 강조는 인용자)[14]

이오덕은 그릇된 동심주의에 뿌리박은 기존의 부정적인 아동문학을 해체하고자 한다. 왜냐하면 그에게는 현실의 일하는 아이들만이 진정한 아동이고, 동심주의 문학은 일하는 아이들로부터 소외당하고 있을 뿐 아니라 스스로도 일하는 아이들을 외면하고 있기 때문이다. 이 땅에 건설해야 하는 참된 아동문학은 "무엇보다도 일하면서 살아가는 아이들의 생활과 감정과 꿈을 그들의 편이 되어 그릴 것이다."[15]

이 '일하는 아이들'이 진솔하게 자신을 드러내는 글은 일하는 아이들의 존재를 구체적으로 인식하고 실감하게 해주며, 동심주의 아동문학의 허구성을 폭로하는 근거가 된다. 일하는 아이들의 모습을 가상 잘 보여줄 수 있는 것은 바로 일하는 아이들 자신이며, 일하는 아이들이 자신의 모습을 가장 잘 표현하도록 하는 것이 그가 힘써 일으킨 '살아있는 글쓰기' 교육이다. 이 아이들 자신의 글쓰기로부터 '일하는 아이'가 재발견된다.

왜 70년대에 비로소 일하는 아이들이 발견되는가? 이것은 거꾸로, 70년대에 비로소 '일하지 않는 아이들'이 존재하게 되었기 때문이다. 아니면, 비로소 '일하지 않는 아이들'의 존재가 인식됐기 때문이다. 일하는 아이들의 발견, 그리고 동심주의 문학에 대한 부정과 해체의 노력은 70년대 '민

---

14 같은 책 43면.
15 「아동문학과 서민성」, 『시정신과 유희정신』 138면. 이오덕은 마해송·이주홍·이원수·권정생·이현주·권태응·신현득 등의 작품에 대해서는 민족과 아동을 주체로 한 긍정적인 아동문학으로 적극 평가하고 있다.

족문학'의 정립과 긴밀하게 상응한다. 분단과 전쟁은 국토와 민족을 재편시켜 남북한에 각기 다른 체제가 성립하였고, 그를 좇아 살아남은 문화는 어용적 성격을 탈피하지 못했다. 그러나 장기간에 걸친 개발독재와 삶의 질을 뒤바꾸는 경제성장은 이면에 새로운 정치적·문화적 요구를 잉태하고 있었다.

'일하는 아이들'이 발견되기 위해서는 일하는 아이 외부에 존재하는 시선이 있어야 한다. 일하는 아이들과 그 가족에게 '일하는 아이들'은 전혀 새삼스럽지 않다. 그들 자신이 일하는 아이들을 발견하더라도 그것은 그들이 외부의 시선을 갖게 됨으로써다. 나는 70년대말 대학생이었을 때 이오덕 선생이 역설하는 일하는 아이들의 존재가 절절히 가슴에 다가왔다. 나 자신이 일하는 아이들을 보면서 얼마간 일하는 아이로서 자랐지만 그다지 실감할 수 없었던 일하는 아이들의 존재가, 농촌을 떠나 수도 서울의 공기를 호흡하며 아버지 세대와는 다른 인생길을 열어가야 하는 대학생으로서 이오덕 선생의 정열적인 발언과 아이들의 글을 접하게 되었을 때 그것은 너무나도 생생한 현실로 다가왔다. 이는 착취당하고 고통받는 계급으로서의 노동자와 농민의 존재가 그토록 커 보이게 된 것과 다름없는 과정이었다.[16]

'일하는 아이들'은 발견되는 바로 그 순간부터 '일하는 아이들'을 만들어내기 시작한다. 어른들이 기대하는 '동심'에 맞춤하게 글을 쓰던 아이들은 이제 '일하는 아이들'에 맞춤하게 글을 쓴다. 아이들의 진솔한 글은 아이

---

16 이오덕 선생이 '일하는 아이들'을 주목한 것은 바로 아이들 곁에서 함께 생활하며 아이들을 외부로부터 관찰할 수 있는 시골 교사의 위치에 있었기 때문이다. 물론 그런 위치의 교사들이 모두 '일하는 아이들'을 발견하는 것은 아니다. 그리고 그 발견이 개인의 발견으로 끝나지 않고 공공으로 확산될 수 있었던 것은 그가 실천하는 지식인이었고 행동하는 문필가였기 때문이다.

들의 생활과 감정을 외현(外現)하여 비로소 '일하는 아이들'의 모습을 구체적으로 확인시켜주었고, 그것은 이전의 '동심'의 시늉과는 물론 질적으로 다른 것이라 할 수 있다. '현실의 아이' '진정한 아이'는 이제 '일하는 아이'가 되었다. 그러나 아이들에게서도, 일하는 아이들을 발견한 어른들에게서도 전도가 일어난다. '아이'는 이제 '일하는 아이'인 것이다. 어떤 것을 보고 느껴야 하는지, 무엇이 정직하고 진솔한 생각인지가 이 '일하는 아이'에 비추어 판단된다. 아이들은 교사가 원하는 것이 무엇인지 깨닫게 된다. 어떤 교사는 좀더 나아가 아이들에게 주형(鑄型)을 제공하고 그 주형에 자기 주머니의 것을 채워넣으라 한다. 어디까지가 진솔하고 정직한 것일까? 정직하고 진솔한 것이 애당초 있었던 것일까? 어떤 아이들에게는 글쓰기란 '일하는 아이'가 쓰는 것이지 현실의 자기가 쓰는 것이 아니다.

이오덕의 선구적이고 헌신적인 노력을 통해 깨우치고 깊이 감화를 받은, 진정한 교사가 되기를 열망하는 후진들은 이 '일하는 아이'의 관념을 재생산한다. '후기(後期)'의 이오덕 자신에게서도 이런 일이 필연적으로 일어난다. 80년대 중반 맹렬하게 간행된, 아이들로부터 '받아낸' 글들과 교사들의 갖가지 보고문은 뒤에 나온 것일수록 그 관념의 그늘이 깊이 드리워져 있다. 이제 '일하는 아이'들은 푸른 풀처럼 싱그럽기 그지없던 생기를 잃고, 그 자신이 해체돼야 할 대상이 된다. 그렇다, 일하는 아이들이 있다. 그런데 어쩌란 말인가. 보람으로 차오르던 환한 길이 이제는 막히고 흐려졌다. 그래서 이 길에서 도망가지 않은 교사들은 제대로 교사의 위엄을 갖추지도 못한 채, 더듬더듬 우직스레 걸음을 내딛는 수밖에 없었다.

한편, 여기엔 우리 사회의 변화의 원인이며 결과인 6월항쟁과 90년 전후의 사회주의의 몰락이 배경이자 원인으로 작용하고 있다고 볼 수 있다. 또한 지속적인 고도경제성장과 자본주의세계체제의 (일시적) 승리가 가져다준 생활상의 변화가 강제한 점을 보아야 할 것이다. '일하는 아이들'

은 이제 더이상 현실의 아이들이 아닌지 모른다. 아니, 우리 모두 더이상 현실의 아이들이 '일하는 아이들'이라고 인정하지 않는지도 모른다.

'동심의 발견'이 어른과 아이의 분할로부터 유래했다는 그 '기원'을 상기하더라도, 이제 '아이'는 어쩔 수 없이 '아이'이다. '의무'교육이 있고 '아동'패션이 있고 '아동'도서가 있고 '어린이'놀이터가 있고 유치원이 있고 몬테소리와 프뢰벨과 삐아제의 교육법이 있고 '어린이날'이 있고 '어린이'박물관이 있다. 아동문학도 더더욱 '아동'문학이 되지 않으면 안된다. 그러나 아동은 영원히 아동으로 머물지 않는다. 아동이 아동의 생각과 행동만을 고집할 때 그 아동은 어른이 될 수 없다. '아동'문학이 단지 아동 '만'의 문학이라면 그것은 허약할 수밖에 없다. 아동도, 아동문학도 이런 모순 속에 존재한다.

이런 모순이 동심의 신화를 만든다. 이오덕이 '일하는 아이들' 속에서 본 것은 '동심'이다. 되풀이하면, "윤복이의 그 순수한 인간정신은 본디부터 가지고 있었던 것"이고 "문학은 그릇된 환경에 의해 짓밟히고 소멸되어가는 인간 내부의 순수정신, 곧 동심을 일깨워서 살아나게 하고, 이것을 키워주는 것이 되어야" 한다. 과연 "인간 내부의 본래적인 순수정신"을 누구나 믿어야 하는가? 문학이 그 순수정신을 일깨우고 키워주어야 하는가? 그 정신은 그릇된 환경에 의해 점점 소멸되는 것인가? 그것을 동심이라고 일컬어야 하는가?

이오덕이 동심천사주의를 해체한 자리에 일하는 아이들의 '동심'을 대체해 놓았다고 하면 이는 지나친 단순화일 것이다. 오히려, 그가 발견한 동심이라는 '신념'이 그의 아동문학론을 성립시킨 굳건한 토대요, 원천이 되었다.

경계를 지우는 임길택의 문학

임길택 시집 『탄광마을 아이들』(1990)의 발문에서 이오덕은 말한다.

이렇게 일하는 아이들의 삶을 시로 쓴 시인을 우리는 몇십 년 만에 만나게
되었는가? 이런 꾸밈없는 소박한 시를 도리도리 짝짜꿍 동요나 희한한 말재
주의 동시로 아이들을 어리둥절하게 하거나 바보로 만드는 장바닥에 내놓고
싶지 않다. 그것은 돼지우리에 진주를 던져넣는 것밖에 무엇이 될까. (⋯) 이
책을 읽는 어른들이 잃어버렸던 어린이의 세계로 돌아가 그 깨끗한 마음을 얼
마쯤이라도 되찾아 가질 수 있게 되기를 바란다.[17] (강조는 인용자)

내가 임길택 시인을 처음 안 것은 『해바라기 얼굴』(1987)[18]이라는 동시선
집에 실린 두 편의 작품을 통해서이다. 그 책에는 현실비판적인 동시들을
상당한 비중으로 선정하여 실었는데, 필자들 중에는 작품활동 경력이 짧
아 나에게는 낯선 이름도 여럿 들어 있었다. 당시 아동문학에 대해 나름의
소박한 선망과 소견[19]을 품고 있던 나는 그런 젊은 시인들을 접하면서 얼
마간 동지적 애정을 느끼기도 하였다.

임길택은 이후 학급문집 『물또래』(종로서적 1988)를 엮어냈고, 자신의 동
화집 『우리 동네 아이들』(창작과비평사 1990)과 『느릅골 아이들』(산하 1994)과
『탄광마을에 뜨는 달』(돌솔 1997), 시집 『탄광마을 아이들』과 『할아버지 요
강』(보리 1996), 산문집 『하늘숨을 쉬는 아이들』(종로서적 1996)을 내놓는다.[20]

---

17 이오덕 「우리들의 아름다운 꿈」, 『탄광마을 아이들』(실천문학사) 발문, 124, 127면.
18 권오삼·고형렬 엮음, 창작과비평사 간행.
19 이 소견은 상당부분 이오덕 선생의 영향을 받아 형성된 것이다.

이오덕은 임길택의 『탄광마을 아이들』에서 '일하는 아이들'을 본다. 임길택의 문학 혹은 글쓰기가 이오덕을 스승으로 삼아 출발한 것이 사실일 터이고, 그의 시 또한 이오덕의 문학론을 나름대로 소화하여 실천한 산물임에는 틀림이 없다. 그러나 그의 시가 말 그대로 "꾸밈없는 소박한" 시인가? 그의 시를 통해 어른들은 "잃어버렸던 어린이의 세계로 돌아가 그 깨끗한 마음을 되찾아 가져야" 하는가?

이상한 일은, 임길택의 글쓰기가 허구적 상황을 완전히 배제하고 있다는 것이다. 보통 '문학성'이라고 부르는 것과 깊은 연관이 있는 것이 이 '허구'라 할 때, 임길택의 문학에는 이 허구에 대한 의식이 없다. 그것을 일부러 배제하고자 하는 의식도 물론 보이지 않는다.

송알송알 싸릿잎에 은구슬
조롱조롱 거미줄에 옥구슬
대롱대롱 풀잎마다 총총
방긋 웃는 꽃잎마다 송송송

고이고이 오색실에 꿰어서
달빛 새는 창문가에 두라고
포슬포슬 구슬비는 종일
예쁜 구슬 맺히면서 솔솔솔.

—권오순 「구슬비」, 1937

20 너무도 맑은 심성으로 산 이 작가를 세상은 더는 견디지 못하고 그를 세상 밖으로 밀어냈다. 갑작스레 찾아온 병마와 싸우다 지난해(1997) 겨울 마흔다섯의 생애를 마감한 임길택 시인의 전체적인 작품세계에 대해서는 별도의 글이 필요할 것이다.

내가 초등학교 때 이 동요를 배우며 느낀 것은 무엇이었을까. 가을날 풀잎에 맺히는 이슬방울이든가, 가늘게 내리는 구슬비에 풀잎이나 거미줄에 맺히는 물방울들을 본 것은 농촌의 자연 속에서 살던 나에게 일상적인 경험이었을 것이다. 노래로 리듬과 함께 접했기 때문에 더 그랬겠지만, 이 시(노래말)를 배우고 기억하면서 내가 느낀 것은 다만 구슬과 비를 소재로 한 재미있는 말놀이라는 것이었다. 물방울이 달려 있는 모양을 굳이 이리저리 형용해보는 것이 재미있으면서도 낯설었고, 빗방울을 실에다, 그것도 오색실에다 꿰어 걸어둔다는 발상은 굉장히 인위적인 상상으로 여겨졌다. 말하자면, 이러한 일종의 '한가로움'이 실제적인 현실에 틈입하여 만들어내는 공간은 생소하면서도 '다른 감각', '다른 세상'의 존재를 들여다보게 하는 것이었다.[21]

싸릿잎과 거미줄을 볼 수 있는 곳은 어디인가? 바로 우리의 일반적 농촌이나 산촌 마을이다. 그런데 은구슬과 옥구슬? 누가 은구슬과 옥구슬을 구경이라도 했던가. 차라리 은구슬을 처음 보았을 때 아, 풀잎에 맺혀 있던 이슬 같구나 한다면 그것이 더 리얼리티가 있지 않을까. 그렇다면 "송알송알 싸릿잎에 은구슬"은 무엇인가? 오색실에 꿸 것도 없이, 그것은 동시가 만들어낸 허구다. 농민도 농촌의 아이도 아닌 '동시' 작가의 시선이 만들어낸 것이다. 이 시선이 말하자면 새로운 감수성——어느 순간 상투적 상상력이 되는——을 계발한다. 사실, 리얼리티에서의 탈출도 하나의 문학적 욕구이고, 리얼리티에서의 탈출이 새로운 '문학적' 리얼리티를 창안한다. (국권을 상실하고 민중이 수탈당하는 시대에 이런 문학이 얼마나 유용한가 하는 것은 또다른 문제이다.)

....

21 이 시의 화자는 규방의 어린 처녀일 텐데, 해석하기에 따라선 그 시대 규중 처녀의 자연스러운 감상이라고 보는 시각도 가능할 것이다. 「구슬비」에 대한 객관적 검토는 다른 형태로 이뤄져야 하겠다.

임길택의 방법 아닌 방법은 말놀이도, '동시적' 시선도, 현실에 거리 두기도 채용하지 않는다. 이오덕이 일관되게 힘주어 비판한 동심천사주의 문학을 그도 뚜렷이 거부하고 있고, 기존 동시들의 폐해인 어른의 아이 흉내와 아이의 아이 흉내 역시 철저히 배격한다. 이의 실천은 새로운 '방법론'을 통해 이루어진다기보다, 방법론 이전으로 돌아감으로써 가능해진다.

팔꿈치를 누덕누덕 기운 옷인들
김칫국물 배인 찬밥덩이인들
무엇이 어떠랴

유리창이 바람 막아 주는 교실에서
선생님 풍금 소리 따라
우리가 노래를 부를 때도
그 부는 바람 온몸에 맞으며
쉼 없이 거름 져 내고
백원짜리 담배조차
껐다가 다시 태우는 우리 아버지.

묵은 빚 벗고
십년 만에 장만한 사래 긴 마늘밭을
아침에도 저녁에도 돌아보며
운동장 같지 않느냐고
학교 운동장 같지 않느냐고
그 날 어머니께 묻던 말
우리에게도 되묻곤 하는

손톱 자랄 새 없는 우리 아버지.

—「아버지」 전문[22]

아이의 시선은 아버지와 어머니, 할아버지, 형제 등 가족을 묘사하거나 가족과 함께 있는 삶을 묘사한다. 또한 동무와 이웃에 대해 이야기하고, 마을과 마을 주변에서 일어나는 일들을 화폭에 담아나간다. 아이의 시선은 '있는 그대로' '느끼는 그대로'에 순응해서 생활세계와 경험세계를 재현한다.

키보다 짧은 옷 아래
황톳물 든 속옷을
부끄러워할 겨를이 없다.

콧잔등엔 언제나
송글송글 진땀 솟아나 있고
한마을 연택이조차
자리를 바꿔 달래는 아이

손이 가늘은 아이
목이 가늘은 아이

뼈뿐인 그 애의 손을 잡고
손톱을 깎아 준다.
튀어 오르는 까만 손톱보다

22 『할아버지 요강』 26~27면. 앞으로 이 책에 실린 시는 제목만 밝힌다.

더 가벼워 보이는 그 애의 손을 잡고
이야기를 나눈다.

힘이 들면 잔디밭에 누워
하늘 바라보다가
잠이 들기도 한다는 아이
그 아이 눈에서
나도 오늘 하늘을 본다.

목이 가늘은 아이
손이 가늘은 아이

——「유순이」 전문

또하나의 시선은 이와같이 아이를 보고 있는 어른(교사)의 시선이다. 이때의 교사는 구태여 아이를 가르치고 보살피는 존재로서의 교사는 아니다. 다만 아이와 관계맺는 자리가 교사일 뿐, 아이들이 "저는 어쩔 때/자다가 오줌을 싸요./선생님은 고치는 방법을 아세요?/알면 좀 가르쳐 주세요."(「혜란이 편지」)라고 스스럼없이 말하는 수평적 위치에서 아이들과 만난다.

이 두 개의 시선을 통해 그는 세계를 인식한다. 시는 물론이려니와 동화와 산문 등 그의 글 쓰기는 이 두 시선에 의지한다. 『탄광마을 아이들』의 시편들은 아이의 시선을 취한 경우가 많고, 『할아버지 요강』[23]에는 교사의

---

23 이 작품집에는 『해바라기 얼굴』에 실린 두 편과 『탄광마을 아이들』에 실린 몇몇 작품들도 포함되어 있다. 80년대 중후반의 초기 시로부터 최근에 특수학급 아이들을 가르치면서 쓴 시편들까지에서 골라 수록한 것으로 보인다.

임길택은 아이들을 자신의 경험과 감정을 갖는 주체로 담담하게 받아들인다. 임길택 시집 『할아버지 요강』의 삽화, 이태수 그림.

시선으로 한명 한명의 아이를 관찰해 쓴 작품들도 상당한 비중으로 나타나고 있다. 그런데, 아이의 시선이든 어른의 시선이든 그 화자의 존재가 현실 속의 특정한 인물로 구체적인 모습을 드러내지 않고 서정 자아의 목소리로만 나타나게 되면, 그 두 개의 시선은 어느 순간엔 구별할 수 없게 된다. 아니, 구별하는 것이 별 의미가 없어진다. 바꾸어 말하면 두 개의 시선은 따로 존재하더라도 사실상 하나의 시선인 것이다.

『탄광마을 아이들』이 '동시집'(이오덕)이지만 성인문학의 시집 씨리즈로 출판되고, 『할아버지 요강』이 동시집이 아닌 '선생님과 아이들이 함께 보는 시'라는 수식어를 붙이고 나온 것은 임길택 시의 이러한 성격과 무관하지 않아 보인다. 작가는 아이의 시점으로 바라보거나, 아이들 세계를 그린다. 따라서 그의 시는 아이들과 친연성을 갖고, 아이들을 독자로 할 수 있다. 그러나 '있는 그대로' 그리는 시세계에 아이들이 흥미를 가질 수 있을까? 무언가 다른 시선, 다른 관찰, 다른 경험을 제공하지 않는 '아이의 시선'이라면 굳이 아이들은 그런 동시를 읽을 필요가 없다. 그런 의미에서 임 길택의 시는 동시가 아닐지 모른다. 그렇다면 어른들을 향한 문학으로 굳 이 아이의 시선을 취하고, 아이들 세계를 그려야 하나? 그런 경우가 불가 능하지는 않겠지만, 기능적인 목적에서가 아니라면 그래야 할 이유는 별 로 없어 보인다.

동시도 성인문학도 아니라면 임길택의 시가 놓일 곳은 어디인가? 그가 아이의 시선이든 다른 화자의 시선이든 '있는 그대로' '느끼는 그대로' 드 러내고자 할 때 그것은 하나의 태도이다. 실은, 그의 시선을 통과해서 비 로소 '있는 그대로' '느끼는 그대로'가 된다. "우리 말법에 맞는 깨끗한 우 리 말로!"[24] 쓰는 그의 글은 아이들이 이해 못할 대목이 거의 없다. 아이의 시선, 아이의 세계, 그리고 '깨끗한 우리 말로 쓰기' 이 셋이 결합되어 그의 문학세계를 이루고, 우리와 더불어 살고 있는 '아이'들의 존재가 드러난 다. 그의 문학을 통해 비로소 우리는 '아이'를 보고 느끼고, 대화할 수 있게 된다. 현실 속에 아이들은 늘 존재한다. 그러나 그 아이들은 어떤 아이들 인가? 그 아이들을 실체로서 존재케 하는 것이 임길택의 문학이고, 그 창 을 통해 우리는 아이들의 존재를 인식한다. 그것은 아이들에게도 마찬가 지이다. 따라서 그의 시는 '어른과 아이가 함께 보는 시'이다.[25]

김을 맬 때도
고추를 딸 때도
어머니는 밭이 작다 하고
나는 엄청 크다 하고.

....
24 「내가 쓴 동화책」, 산문집 『하늘숨을 쉬는 아이들』, 종로서적 1996, 159면.
25 이런 이해는 동화집 『우리 동네 아이들』과 『느릅골 아이들』, 장편동화 『탄광마을에 뜨는 달』에 대해서도 가능하다.

순이랑 수영하러 가고 싶은데
다음 장에 옷 사 준다며
일 더 하자 하고.

난 아무렇게나 하는데도
호미질 잘한다며
시집 보내도 되겠다 하고.

빨리 놀고 싶은데
착하다 하고.

일을 할 때마다
어머니 말에 꽁꽁 묶여
나는 그만 꼼짝을 못한다.

—「이럴 땐」 전문

　　임길택의 아이들은 가족 성원들이 살아가기 위해 치르는 노고라든가 생활 속에서 겪게 되는 여러가지 경험들을 이해하고 그 갈피갈피에서 그들이 갖는 감정과 소망 등에도 대체로 공감하는 '착한 아이들'이다. 빨리 일을 마치고 놀고 싶은데, 어머니의 달래는 말에 꼼짝 못하고 계속 일을 하는 아이를 나서서 훈계하거나 칭찬하지 않고, 담담히 아이의 목소리를 통해 그려놓는다. "어머니가 비우기 귀찮아하는/할아버지 요강을/아침마다 두엄더미에/내가 비운다/붉어진 오줌 쏟으며/침 한번 퉤 뱉는다"(「할아버지 요강」)는 아이의 마음도 밉다거나 곱다거나 하지 않는다. 아이는 겨울 밤 아무것도 먹을 것이 없는 부엌에 나온 새앙쥐를 보고 "어머니가 불 지핀 부뚜막이 아직은 따뜻할 거야. // (…) 남은 그 불기라도 가져가렴./온 식구들 불러다 /한껏 안아 나르렴."(「새앙쥐」) 하고 속삭이기도 하며, 「아침 숲」 「고마니 풀」 「가을 까치집」 「보리」 등과 같이 자연을 관찰하고 그 속 에서 호흡하기도 한다. 어른의 시선으로 볼 때는 아무래도 "저번 벼 매상 하던 날/볏가마 싣던 차에서 떨어져/아버지 뇌수술을 하셨다는데/아직 뇌수술이 무언지도 모르는"(「순덕이」) 아이가 천진하게 고무줄을 넘는 모습 이나, "아이들이 비에 쫓겨 가버린 다음"에야 혼자서 비를 맞으며, 흔들리 는 몸을 가눠 서툴게 목지 놀이를 하는(「양선이」) 아이의 모습이 더 눈에 박 혀온다.[26] 그 아이들은 도덕 교육이나 어른의 훈계를 위해 모범으로 동원 된 '착한 아이'와는 거리가 멀다.

임길택은 아이들을 자신의 경험과 감정을 갖는 주체로 담담하게 받아 들인다. 가족과 사회, 공동체 속에서 아이는 주도적인 위치에 있지 않지 만, 아이가 보고 느끼는 것을 있는 그대로 존중하고자 한다. 아이는 성장 하는 존재이고 언젠가는 아이의 범주를 벗어나고 말지만, '미숙한 존재'로 간주되지 않는다. 그 아이들 세계를 어른이 잃어버린 동심의 세계, 혹은 순수정신의 세계라고 할 수는 없을 것이다. 어른들의 세계를 그린다 해도 그가 주목하는 사람들은 동심을 잃고 타락한 모습들은 아니다.

오늘날 아이는 대개 아이로서 사육된다. 특히 제도교육과 사교육은 다 같이 현실사회의 경쟁에서 승리할 수 있는, 혹은 살아남을 수 있는 능력을 키우는 도구로 운용된다. 도시의 아이들과 여유있는 가정의 아이들은 자 율적인 공간을 거의 갖지 못하고, '더 잘' 사육되고 있다. 사육되는 아이들

---

26 『할아버지 요강』의 뒷부분에 이런 시들이 여러 편 실린 것은 저자가 특수반 아이들을 가 르친 경험과 관계있는 것 같다. 이와 달리 『탄광마을 아이들』에는 어려운 환경과 불행 속에 서도 꿋꿋한 마음으로 살아가는 아이들의 모습이 많이 나타난다.

에게 가능한 것은 일탈이다. 임길택이 생활공간 속에서의 아이들 자신의 경험과 감정을 잘 들여다볼 수 있었던 것은 그가 만난 아이들이 대개 농촌이나 산촌의 민중 아이들이기 때문이기도 하다. "함께 쓰레기 줍자 하면 / 앞엣 아이들 재수 없다며 투덜대고 / 뒷 아이들 눈치 보며 도망을 가고 / 언제 아이들 이렇게 변해버렸나. / (…) 먹고 / 버리고 / 서너 군데씩 학원에 가고 / 무엇엔가 늘 쫓기면서 / 이 아이들 언제 하늘 한번 쳐다보나."(「아이들은 언제 하늘을 보나」)와 같은 흔히 듣는 개탄을 임길택도 하고 있지만, 그는 그렇게 변해버린 아이들의 모습을 거의 그려 보이지 않는다.

나는 내가 쓴 이야기들을 통해 아이들에게 무엇을 가르쳐 보겠다는 욕심은 조금도 가지고 있지 않았다. 다만 시골에서 살아보지 못한 아이들에게 지금 우리 농촌 어른과 아이들이 무엇을 어떻게 하고 살아가는가를 보여주고 싶었다. 그래서 곳곳의 아이들이 조금이나마 넓은 생각을 갖기를 바랐다.

말이 될는지 모르겠지만, 나는 내가 쓴 이야기들도 하나의 역사라 여겼다. 나는 역사책에 나오는 큰 사건들도 중요하나 이에 못지않게 그 역사의 뒤안길에서 이름없는 사람들이 가꾸어 나가는 정서 또한 중요한 역사로 대접받아 마땅하다고 여기고 있다. 그래서 이 책을 읽는 아이들이 이 책 속 아이들의 정서를 이해하고, 이 아이들을 이웃으로 받아들이며, 이 아이들과 함께 꾸릴 세상을 꿈꿔 보았으면 했다. (「내가 쓴 동화책」, 1994. 강조는 인용자)[27]

'보는(보이는) 그대로'를 표현하는 형식은 '살아가는 그대로'를 내용으로 갖는다. 있는 그대로, 느끼는 그대로를 드러내는 형식은 작가가 보는 그대로를 표현하는 형식이다. '보는 그대로'가 택하는 '살아가는 그대로'는

....
27 『하늘숨을 쉬는 아이들』 154면. 『우리 동네 아이들』에 실은 동화들에 대해 말한 글이다.

무한정이지 않다. "역사책에 나오지 않는 이름없는 사람들의 역사"만이 '보는 그대로'의 형식을 가능하게 한다. 임길택이 그리는 착한 아이, 선량한 어른들은 사회와 환경 속에서 남을 지배하지 않는 연약한 존재이다. 세상에서는 이 연약함 자체를 악으로 여기고, 연약한 존재에게 강한 존재가 되라고 부추기는 것이 이른바 비판적 이성인 양 행세하기도 한다. 그러나 연약함이 착함을 만들어내고, 착함이 연약함을 만들어내며, 그 착함과 연약함 속에는 자신을 보존하는 꺾이지 않는 힘과 생기를 잃지 않는 꿈이 있다. 그의 '보는 그대로'를 그리겠다는 자세는 제도적 글쓰기에 대한 철저한 부정이며, 쉽사리 가능하지 않은 자존의 표현인바, 이를 가능케 하는 것은 그가 '민중의 곁'에서 함께 호흡하고 있기 때문이다. 그의 해맑은 체질과 생리는 번다한 말을 조금도 용납하지 않으면서, 그 담백한 언어의 결벽성 속에 은은히 내연(內燃)하는 함축을 머금어놓고 있다.

묵은 벼 그루터기 옆에 두고
보리가 자란다.

한겨울 까실바람에
잎 끄트머리
말려 태우며
보리가 자란다.

—「보리」 전문

'아이가 된 아이'와 아동문학의 길

아이를 독자로 어떤 글을 쓸 것인가. 아이의 시선을 어느 층위에서 어떻게 개입시킬 것인가. 아이의 시선이 형식으로 전화하는 지점은 어디인가. 그것은 아이의 시선을 외피로 한 또하나의 장르인가.

제도로서의 아동, 제도로서의 아동문학이 자리잡은 시대에 아동문학가는 의도했든 안했든 아동문학이라는 제도 안에서 작업하기를 선택한 사람이고, 그 안에서 작업한다. 뛰어난 아동문학가는 그가 건설하려는 참다운 아동문학을 향한 실천을 통해 그 제도를 뒤흔들고 갱신한다. 이오덕의 '일하는 아이들'의 발견은 그런 실천의 좋은 본보기이다.

젊은 작가 채인선이 택하고 있는 한 길은 역할 바꾸기—즉 아이의 어른 되어보기, 어른의 아이 되어보기이다. 「학교에 간 할머니」에서 작가는 독감에 걸린 선미 대신 할머니를 학교에 보낸다. 학교에 가는 할머니에게 선미는 할머니가 늘 하던 잔소리를 그대로 해준다. 선미가 된 할머니는 사내아이에게 신주머니를 빼앗기고, 떠든다고 복도에 나가 벌을 서고, 반장과 싸우고, 하교길엔 개구멍으로 빠져나가다 수위 아저씨에게 들켜 혼나고, 마침내 집에 돌아와서는 할머니처럼 늘어놓는 선미의 잔소리를 듣는다. 「우리 모두 다른 사람이 되었어요」는 좀더 복잡하지만, 구조는 역시 역할 바꾸기이다. 나(해수)는 언니가 되고, 언니는 엄마가 되고, 엄마는 아빠가 되고, 아빠는 해수가 되어 옷도 바꾸고 방도 바꾸고 다른 사람 역할을 한다. 해수가 된 아빠가 그린 바다 그림에 마루조차 바다가 되어버린다.

역할 바꾸기의 끝은 항상 제자리로 돌아오기이다. "그럼 지금부터 옛날 자기 자리로 돌아가는 거다. (…) 이렇게 해서 우리는 다시 옛날로 돌아왔어요. 하지만 조금 달라졌어요. 엄마는 우리가 싸워도 야단을 안 쳤어요. 그래서 할 수 없이 언니와 나는 싸움을 덜 하게 되었어요. 그 대신 엄마는 휴일이면 꼭 낮잠을 잤어요. 그러면 아빠와 우리가 저녁 준비를 했어요. 나는 이제 (…)"[28] 요컨대, 각자는 그 나름의 행동에 이유가 있다는 것, 각각의 삶과 문화가 있다는 것, 그리고 역할 바꾸기는 이 점을 이해하게 하고 이러한 이해가 사람을 발전시킨다는 주의를 토대로 삼고 있다.

역할 바꾸기는 채인선만의 독특한 기법이 아니고 문학과 연극에서 애용되어오는 효과적인 표현형식이라 할 만하다.[29] 범주를 넓혀 보면, 「파랑가방 이야기」 「전봇대 아저씨」 등에 사용된 의인화도 역할 바꾸기의 전형적인 양식에 속한다고 볼 수 있다. 역할 바꾸기는 내적으로는 항상 역할 겹치기 ─ 바꾸기 전의 자신의 역할을 완전히 잃는다면 그렇지 않겠지만 ─ 이고, 문학의 존재양식 자체가 이 역할 겹치기에 근거를 두고 있다고 할 수 있다. 작품 속의 인물과 정서가 독자의 인격과 정서에 늘 겹쳐져 진행하는 것이 독서행위이다.

채인선은 역할 바꾸기에 환상을 동원함으로써 작품을 더욱 동화답게 만든다. 이때의 환상은 사실 '그런 척해주기'이다. 문학이 허구에 대한 공약(公約)에 토대를 두는 것처럼, 환상은 짐짓 그렇게 믿어주는 쌍방의 '인정(認定)'에 의지한다. 요체는 그때 자연스러움을 어떻게 확보하느냐 하는 것이다. 학교에 간 할머니를 아이들과 교사와 수위가 선미로 인정해주는

---

28 「우리 모두 다른 사람이 되었어요」, 『전봇대 아저씨』, 창작과비평사 1997, 52~53면. 강조는 인용자. 이 글에서 검토하는 채인선의 작품들은 모두 이 동화집에 수록되어 있다. 채인선 동화의 모색이 지닌 의의와 한계는 『내 짝꿍 최영대』(재미마주 1997), 『콩알 빼꾸기의 일요일』(여명출판사 1998) 등 그의 작품 전체를 좀더 꼼꼼히 살피면서 밝혀볼 필요가 있겠다.
29 마크 트웨인의 『왕자와 거지』는 역할 바꾸기를 스토리의 핵심으로 삼고 있고, 최근 우리나라에 왔던 칠레 작가 아리엘 도르프만은 단편 「독자」(Reader)와 동명의 희곡, 단편 「우리 집에 불났어」 등에서 역할 바꾸기-겹치기를 통해 주제를 심화하고 있다. 아리엘 도르프만 소설집 『우리 집에 불났어』, 창작과비평사 1997 참조.

것(「학교에 간 할머니」), 벽에 그린 그림이 실제 바다처럼 되고 상어가 헤엄치고 아이가 마녀가 되어 마술을 부리는 것(「우리 모두 다른 사람이 되었어요」) 등으로 작가는 환상을 효과적으로 활용한다. 사실 채인선 동화의 뛰어난 점은 이와같이 현실과 환상을 능숙하게 결합시키는 데 있다. 그리고 이러한 기법은 한국 근대아동문학사에서 종종 시도되었지만, 현실의 맥락을 잃은 이상한 환상문학이 되거나 현실과 환상이 따로 노는 경우가 많았고 환상의 유용성을 제대로 발휘한 경우는 드물었다.

환상은 아동문학에만 국한되는 자질은 아니지만, 아이는 환상과 공상에 더 친숙한 존재라는 관념이 있다. 여기에 근거를 두고서 아동문학과 환상의 친연성이 당연한 진리인 양 받아들여지기도 한다. 사실 채인선의 동화도 동화는 환상을 구사해야 더욱 동화답다는 관념 혹은 전통에 의지하고 있고, 그의 동화를 받아들이는 아이나 어른 독자 역시 그러한 선입관에서 자유롭지 못하다.

역지사지(易之思之) ── 역할 바꾸기는 채인선의 동화들에 대개 스며 있는 기법이자 주제로 읽힌다. 아동의 자리에서 이 역할 바꾸기의 핵심은 당연히 아이의 어른 되어보기일 것이다. 이를 통해 겉으로 드러나는 것과 다른 (아이와 관련된 범위에서의) 어른세계의 모순과 진실을 이해하게 되고, 동시에 뒤집어져 드러나는 아이 세계의 진실도 경험할 수 있다. 아이 독자는 아동문학을 통해 이를 다시 추체험한다. 이런 역할 바꾸기는 세계를 이해하는 한 방식이며, 타자(他者)와의 공존의 논리를 바탕으로 하고 있다. 이 점이 아이 독자에게 의미있는 것이라면, "어른 독자에게도 생각할 거리를 준다"는 판단은, 이와는 동전의 양면격인 어른의 아이 되어보기와 관계가 깊을 것이다.

그런데, 한층 확실하게 아이의 어른 되기를 보여주는 것은 『몽실 언니』이다. 이미 아동문학의 고전이 된 권정생의 이 소년소설은 소녀 가장 몽실

채인선의 동화는 근대의 '아이가 된 아이'가 아이로서 세계와 만나는 방식을 반영한다. 채인선 동화집 『전봇대 아저씨』의 삽화, 원유미 그림.

이 자매의 신산한 삶을 사실적으로 그리고 있다. 몽실이는 연령으로서는 아이이지만 어른과 다름없는 삶의 무게를 짊어지고서 살아간다. 그런 점에서 채인선의 동화와는 근본적으로 다르다.[30] 채인선의 동화는 삶의 공간이 엄격히 분리되어버린 '근대'의 아이를 반영한다. 근대세계, 도시세계의 아이는 보육공간에서, 교육공간에서, 놀이공간에서, 그외의 거의 모든 공간에서 어른들과 나뉘어 사육된다. 아이들끼리도 연령에 따라 놀이방으로, 유치원으로, 초등학교로, 중학교로 나뉘어 생활한다. 사실 가족 성원 모두가 집이라는 공간에서 함께 만난다 해도 일에서, 정서에서, 문화생활

---

30 『몽실 언니』는 정통적인 사실주의 소년소설로 감동적인 인간극을 담고 있다. 분단이데올로기를 뛰어넘는 『몽실 언니』의 휴머니즘은 그만큼 공감을 얻고 높은 호소력을 발휘하지만, 70년대 고도성장기를 거쳐 삶의 양식 자체가 커다란 질적 변화를 겪게 된 이후의 현실을 그와같은 휴머니즘에 의지해서 감당해나가기는 어렵다고 생각한다.

에서 뿔뿔이 갈라져 살아야만 하는 것이 오늘날의 삶의 양식이다. 채인선 동화의 역할 바꾸기는 이렇게 아이로서 살아가는 아이가 세계와 만나는 방식이다. 따라서 좀더 보편적인 아이 상(像)에 접근해 있다. 아이의 어른 되어보기나 어른의 아이 되어보기나 아이는 어른과 다르다는 전제 위에서 있다. 아이는 결국 다시 아이의 자리로 돌아오게 마련이고, 발전한다 해도 아이는 아이로 살아가는 것이다. 아이는 아이로서의 고민이 있고 아이로서의 놀이가 있고 아이로서의 정서가 있다. 그렇다면 아동문학의 존재근거는 더 확실해진다고 할 수 있다.

채인선의 '아이다운 정서와 삶'은 일하는 아이들을 해체한다. 동심천사주의가 어른의 아이 흉내, 아이의 아이 흉내를 내용으로 가진, 가상의 동심에 기반을 둔 것이라면, 채인선의 동화는 그 나름으로 '현실의 아이' '아이의 현실'을 보아내고 있다. 이는 임길택의 길과는 반대방향을 취한 '동화다운 동화'가 되는 길이다.

3학년 7반 아무개, 5학년 2반 아무개로 존재하는 아이들, 이 보편적인 아이들을 보고 있는 것이 채인선의 아동문학이고 이 아이들은 '일하는 아이들'이 아니다. 아이가 된 아이들, 90년대의 발달한 자본주의 근대사회의 체제 내에서 살아가는 아이들에게 어떤 문학이 필요할 것인가? 이 물음에 충실한 것이 채인선의 문학이라고 볼 수 있고, 이는 사실 오늘의 아동문학이 당면한 일차적 과제라고도 할 수 있다. 그렇다면 그에 걸맞은 새로운 '동심'을 발견해내야 하는 것인지도 모른다. 내가 보기에, 채인선의 아이들이 경험하는 '달라짐(성장)'은 안정된 삶의 테두리 내에서 이루어지는 사회에 대한 이해 증진과 대응력의 강화를 의미하는 것 같다. 아이들에게 이것이 얼마나 필수적인 주제일까?

여기서 누가 어떤 길을 가야 한다고 말할 수 있겠는가. 임길택의 동화들은 아이들에게 그다지 재미있게 읽히지 않을 듯싶다. "시골에서 살아보지 못한 아이들에게 지금 우리 농촌 어른과 아이들이 무엇을 어떻게 하고 살아가는가를 보여주"는 형식으로 다른 길이 또 왜 없겠는가. 현실과의 고리를 끊어버리거나 느슨하게 해서 현실을 되비추어 보는 일도 문학이 확보하고 있는 특유의 강점이다. 그러나 동심이라는 신화가 여전히 지배하는 아동문학계에서 '있는 그대로 보는 눈'으로 쓰는 임길택의 글들은 아이 세계와 삶의 세계를 분명하게 볼 수 있게 하였다. 그 눈을 아이의 눈과 겹쳐 놓음으로써 그의 글은 아동문학의 범주에 들게 되지만, 사실 아동문학도 장르 개념도 지우는 글쓰기라 할 만하다.

90년대에 등장한 채인선은 오늘의 '아이가 된 아이들'을 본다. 그래서 그의 동화는 한층 동화다운 발상과 문체를 추구한다. 임길택과 달리, 자본주의 근대사회의 세례로 틀지어진 삶의 양식과도 잘 어울릴 줄 안다. 아동문학가로서는 그 아이들의 세계를 기반으로 참된 아동문학이 무엇인지 추구하는 것이 아동문학에 봉사하는 당연한 길이다. 그러나, 아이들이 참으로 그것을 원하는지 어찌 알랴. 아이들 자신으로부터 결코 답을 들을 수 없는 그 질문을 끝없이 물으면서 그 길을 가야만 한다.

| 『아침햇살』 1998년 여름호 |

제2부
뿌리는 있다

들여다볼 전통이 희미할 때 자유를 만끽할 수 있는 것
이 아니라, 전통의 자양 속에서 비로소 자기발전의 전
망이 열린다. …… 아동문학 전통의 풍요도 빈곤도 창
작자들이 형형한 눈빛으로 밝혀나가, 전통 속에서 개
안을 맛볼 때 한단계 발전이 이루어지리라.

전통과 계승—근대아동문학과의 황홀한 만남

'겨레아동문학선집' 출간이 갖는 의미

1

1999년 4월, 우리 아동문학사에 굵직한 한 획을 그을 만한 커다란 '사건'이 일어났다. 근대아동문학 작품들을 가려 뽑은 '겨레아동문학선집'이 마침내 출간된 것이다(전10권, 보리. 이하 『선집』). 아담한 부피에 소박하면서도 깔끔한 삽화와 함께 세상에 나온 이 『선집』을 가장 반긴 이는 아동문학 창작과 연구에 뜻을 두고 어려운 가운데서도 자신의 길을 꿋꿋이 헤쳐가던 분들일 것이다.

근대아동문학의 개척자 방정환 선생으로부터 1950년 한국전쟁 이전까지의 작품들을 열 권에 묶은 이 『선집』은 아동문학 작가들에게는 더없이 반갑고 고마운 책이다. 우리 근대아동문학의 전통과 정신을 익히고자 하여도 그 흐름을 파악하면서 읽을 만한 자료가 거의 없었던 것이 그동안의 실정이었다. 또한 요즘 새롭게 아동문학 연구에 뛰어든 젊은 제2세대 연구자들에게도 이 『선집』은 근대아동문학을 바라보는 하나의 지표가 될 것으로 보인다. 『선집』의 출간 자체가 이 2세대 연구자들이 등장함으로써 가능해진 것으로, 『선집』은 이들이 처음으로 뚜렷하게 내놓은 업적이자 그 성장을 촉진하는 더욱 중요한 계기가 되리라고 본다.

『선집』은 어른들을 위한 자료집 형태로 나온 것이 아니라, 어린이들이 읽는 책으로 편집되었다. 따라서 어린이들은 우리 아버지 어머니, 할아버지 할머니, 그리고 그 윗세대 조상들이 제 또래 아이들로 등장하여 살아가는 모습을 생생하게 들여다볼 수 있다. 그러나 그것을 어른들의 아잇적 모습으로 의식하고 읽을 필요는 없다. 현대작가나 외국작가의 작품을 읽듯이 재미있게 보는 가운데, 천천히 느끼면 되는 것이다. 우리 아이들을 위해서도 이 『선집』은 어른들이 모처럼 마련해준 귀한 선물이다.

2

『선집』열 권은 동화·소년소설 여덟 권, 동요·동시 두 권으로 구성되어 있다. 각 권에는 수록작품 제목 중에서 골라 별도로 표제를 붙이고, 책 끝마다 어린이들에게 주는 안내글('이 책을 읽는 어린이들에게')을 실었다.

다소 번거롭지만, 각 권에 수록된 작가의 면면을 우선 살펴보자.

제1권 『엄마 마중』: 방정환 고한승 이익상 마해송 송근우 맹주천 연성흠 송영 이태준.

제2권 『돼지 콧구멍』: 이주홍 오경호 최병화 민봉호 김도인 박세영 구직회 최청곡 이동규 현동염 강노향 전식.

제3권 『팔려가는 발발이』: 김우철 박일 최경화 이영철 안평원 홍구 유연 홍효민 박화성 성경린 주요섭.

제4권 『날아다니는 사람』: 박태원 백신애 이구조 노양근 김유정 이상.

제5권 『물딱총』: 정우해 정명남 임홍은 현덕.

제6권 『세 발 달린 황소』: 최영주 송창일 김은성 정수민 한상진 안회남 김영수 조풍연 임원호 이중완 김복진 김응주 김기팔 현재덕 강소천 배용윤.

제7권 『어디만큼 왔나』: 최영해 김용복 염귀례 김남천 우효종 박인범 이호준 임서하 김동리 채만식 박노갑 박화목 김소엽.

제8권 『눈 뜨는 시절』: 채규철 이원수 김요섭 노일용 윤복진 황순원 박영준.

제9권 『엄마야 누나야』: 방정환 김소월 주요한 김동환 윤극영 유지영 김기진 복동 최서해 서덕출 최영애 한정동 천정철 최순애 정열모 김남주 이원수 정지용 윤복진 김종원 김장연 신고송 윤석중 박세영 이정구 김오월 박고경 김석전 엄흥섭 유희각 적악 김혈탄 허삼봉 용악산인 이동규 김기전 전식 주향두 김태오.

제10권 『귀뚜라미와 나와』: 김희석 이헌구 강소천 남대우 오장환 송창일 박목월 박경종 박소농 백석 윤동주 성영기 정우해 임원호 목일신 노천명 이정주 윤곤강 김기림 김영일 이태준 박화목 이용악 피천득 권태응 윤동향 현동염 김철수 조지훈 한하운 송돈식 김육 유정 이병철 권오순 장만영 한인현 강남희.

여기에는 방정환·마해송·이원수·윤석중 등과 같이 교과서에도 자주 등장하는 익히 알려진 아동문학 작가들이 당연히 들어가 있고, 이태준·박태원·채만식·백신애·이상·윤동주 등과 같이 근대문학사의 주요 작가들 중 주목할 만한 동화와 동시를 남긴 작가들이 바로 눈에 뜨인다. 현덕·이영철·권태응·윤복진 등 최근 발굴되거나 부각된 아동문학 작가들이 있는가 하면, 근대문학 연구자들한테조차 생소한 이름도 적지 않다. 또한 조지훈·노천명·박영준·이익상·박화성 등 아동문학가로는 알려지지 않은 작가들도 다수 포함되어 있음을 보게 된다. 아동문학 창작을 주로 하지 않은 작가들의 경우 애초에 아동문학으로 씌어진 작품도 있지만, 그렇지 않은 작품들 가운데서도 아이들에게 읽힐 수 있는 의미있는 작품들이 일부 선정되었다.

책 뒤에 정리된 각권의 지은이 약력을 보면, 많은 작가들이 생몰연대조차 확인되지 않은 채 한두 가지 사실만이 밝혀져 있고, 송근우 김석전 김혈탄 등 발표 때의 필자명 외에는 아무것도 알 수 없는 사람들조차 여럿이다. 『선집』 수록작 중 절반 이상이 새로 발굴한 작품으로 "여기서 발굴 작품이라 함은 한국전쟁 이후에는 다시 인쇄되어 나온 적이 없는 작품"(원종찬, '엮은이 말')이라고 하는데, 이들 작품을 찾아내기까지 얼마만한 노고가 필요했을지 충분히 짐작할 수 있다. 수록작을 기준으로 가장 발표 시기가 앞선 마해송의 「바위나리와 아기별」(1923)로부터 박영준의 「어린 마부」(1950)까지만 잡아보더라도 근 30년에 이르는 기간의 각종 신문, 잡지, 단행본을 샅샅이 뒤지지 않고는 이런 작업은 제대로 이루어질 수 없는 것이다. 1923년 창간된 『어린이』를 비롯하여 『신소년』 『별나라』 『소년』 등 식민지 시대 아동문학 작품의 주요 발표지였던 잡지들과 『동아일보』 『소년조선일보』 『중외일보』 『만선일보』 등 신문, 그리고 『학조』 『주간소학생』 『개벽』 『신가정』 『조선아동문학집』 『조선동요전집』 등과 일부 개인 창작집까지 다양한 지면이 작품의 출전으로 기록되어 있다.

지금까지 알려지지 않은 작가·작품들이 큰 비중을 차지하는 것은 『선집』 작업이 일차적으로, 작품이 실릴 만한 모든 지면의 작품을 빠짐없이 검토하는 식으로 접근해야만 했으리라는 것을 말해준다. 『선집』 간행을 주도한 겨레아동문학회의 열아홉 회원이 시도 때도 없이 발품을 팔고 끝없는 고민과 토론을 거쳐 나름대로 얻어낸 최선의 결과일 것이다. 사실 그

'겨레아동문학선집'은 근대아동문학을 바라보는 하나의 지표가 될 것이다.

동안의 문학사 연구 상황은 이런 유의 힘겨운 접근방식을 거의 강요하는 실정이다. 작가 약력의 어쩔 수 없는 불완전함은 아동문학사 연구를 포함한 우리 근대문학 연구가 아직도 여전히 미답지를 많이 남겨두고 있음을 웅변한다. 또한 『선집』 작업을 통해 그나마 밝혀진 새로운 작가들의 면모는 근대문학사 연구의 값진 자료로 편입될 것이다.

『선집』은 시대순을 따르면서도 같은 작가의 작품이 여러 편 선정된 경우 연대별로 분산하지 않고 한목에 묶어 싣는 편집을 택했다. 『선집』 작업이 지금까지 이데올로기적인 상황과 자료의 미공개 등 여러 사정으로 검토되지 않았거나 소홀하게 검토되었던 수많은 자료들을 최대한 섭렵해서 이루어진만큼, 수록 작품의 선정도 작가의 지명도보다는 개별 작품에 대한 판단을 더 중시해서 이루어진 것으로 보인다. 곧 작품으로 엮은 한국 근대아동문학사라고 하겠다.

3

　이제 『선집』을 읽으며 내가 얻은 몇가지 생각을 얘기하면서, 한국 근대 아동문학의 성격이 무엇인지 약간이나마 더듬어보기로 하자.

　나는 1권부터 펼쳐놓고 차례차례 책을 읽어가는 동안, 낯선 작품과 낯익은 작품을 번갈아 대면하였다. 익히 알고 있던 작가의 자주 소개된 대표작을 다시 읽게 되는가 하면, 작품의 존재는 알고 있었으나 찾아 읽지 못했던 작품, 그야말로 난생 처음 알게 된 작가의 발굴작 들을 궁금증과 가슴 설렘을 안고 읽어나가기도 하였다. 이미 읽었던 작품들도 희미하게 남아 있는 기억을 되살려주는가 하면, 어떤 경우는 처음 읽는 듯 새로운 느낌으로 다가오기도 하였다.

　다양한 작가의 작품들이 다양한 모습을 드러내고 있지만, 무엇보다도 근대아동문학의 큰 흐름은 기법상으로나 정신상으로나 확연히 리얼리즘에 기반을 두고 있음을 느낄 수 있었다. 창작의 동기와 작품 내용이 모두 당대 현실에 대한 지대한 관심에서 비롯되고 있다는 것, 민중의 생활을 생생하게 담으면서 작가의식을 드러내고 있다는 것, 의인동화나 우화 등 상상력을 확장한 작품들도 대개 구체적인 현실 읽기를 바탕에 깔고 있다는 것을 나는 거의 모든 작품에서 확인하였다. 이러한 성격은 크게 보아 우리 근대문학의 성격과 다름없다고 할 것이다.

　문학예술로 보아 가장 빼어난 작품들을 엮는다는 원칙을 세웠지만, 우리 아동문학의 흐름에서 차지하는 몫이 남다른 작품, 식민지 사회현실의 모습을 정직하게 반영한 작품, 요즘 어린이들에게 처음 소개되는 발굴 작품들을 가려 뽑았습니다. 아무튼 이 선집을 읽으면서 어린이들이 시대나 역사의 흐름을 함

께 읽도록 최대한 배려했습니다. (원종찬 '엮은이의 말', 제1권 153면. 강조는 인용자)

이와같은 편자들의 의도가 관철된 까닭이기도 하겠지만, 동심주의 문학으로 일컬어지는 몇몇 작가의 작품까지 포함하여 대부분의 작품에서 그 시대의 현실상과 생활상을 직간접으로 확인하는 것은 어렵지 않다. (이런 시대상과 생활상의 확인이 리얼리즘의 구현과 어떤 관계가 있는지는 따로 상론해야 할 과제이다.)

또하나 현저하게 드러나는 것은 '가난의 문학' '가난의 문화'로서의 근대아동문학의 상이다. 다 떨어진 옷과 신발 행색으로도 늘 태평일뿐더러, 꿋꿋하게 살아가며 더 어려운 이웃을 돕는 창남이란 소년의 이야기를 감동적으로 그린 방정환의 「만년샤쓰」(1927)가 식민지시대 우리 아이들이 처한 궁핍과 아이들에 거는 문학자의 희망을 상징적으로 드러낸다면, 황순원의 「몰이꾼」(1949)과 박영준의 「어린 마부」(1950)는 식민지에서 '해방'된 상황에서 아이들이 걸어가야 했던 험난한 운명의 길을 냉철하게 묘파한다. 「몰이꾼」의 가난한 소년들은 서양사람들의 빌딩에서 물건을 훔치기 위함인 듯 커다란 하수관으로 들락거리다가, 이들을 혹은 구경하고 혹은 악착스레 잡아내려는 어른들의 손에 의해 마침내 한 아이가 시체가 되어 떠내려오는 비참한 최후를 맞는다. 「어린 마부」의 길동이는 병과 정신이상으로 가장 구실을 못하는 아버지 밑에서 어떻게든 배움의 길을 가려는 아이다. 학교에 갔다 와서 술집으로 담배를 팔러 다녀 살림에 보태고 학비를 저축하는 길동이는 어머니를 위로하며 용기를 잃지 않고 살아가지만, 정신이 온전치 못한 아버지가 마찻삯을 제대로 받아오지 않는 날이 계속되자 결국엔 학교를 그만두고 '소년 마부'로 말고삐를 잡고 거리로 나선다. 좋은 환경에서 양질의 교육을 받으며 꿈을 키워가야 할 아이들이 생활현장으로 거리로 내몰린 상황은 내내 지속되었던 것이다.

빚에 몰려 딸을 종으로 보내고 정처없이 만주 벌판으로 떠나가는 가족의 슬픔(송근우 「이천 냥 빚으로 대신 가는 언년이」, 1926), 감독직을 맡는다고 좋아하던 아버지가 삼십년 동안 일한 공장에서 쫓겨나서 일당 노동을 하는 것을 알고 야학 공부라도 열심히 하자고 다짐하는 소년의 이야기(송영 「새로 들어온 야학생」, 1938), 주인집 아들을 놀리며 군밤을 뺏어먹고 달아나는 심부름하는 아이의 모습(이주홍 「군밤」, 1934), 아이들이 만들어 세운 눈사람이 거리에서 만주를 파는 일남이를 돕는 이야기(유연 「만주 장수와 눈사람」, 1933), 늘 같이 우산을 쓰고 다니던 영이가 그냥 가버려 비를 맞고 학교에 갔다가 병이 난 남이의 이야기(채규철 「우산 동무」, 1949), 셋집에서 쫓겨나 먼 동네로 이사간 동무를 찾아가는 나비 학자를 꿈꾸는 소년과 소녀의 우정(이원수 「눈 뜨는 시절」, 1949) 등 어느 작품을 펼쳐도 대부분 '가난의 문화'에서 비롯된 이야기들이 담겨 있다. 물론 가난한 삶, 가난의 문화가 반드시 작품을 암담하게 채색하는 것은 아니다.

4

『선집』의 작품들이 모두 빼어난 문학성과 완성도를 보여주지는 않는다. 거친 문장과 소박한 구성도 때때로 눈에 뜨이며, 장르 형성이 불분명한 단계의 '글쓰기'에 가까운 작품도 없지 않다. 그러나 그런 작품들도 다른 작품이 구비하지 못한 어떤 당대 현실상의 생생한 포착이나 나름의 작가정신의 발휘, 초창기 아동문학이 추구한 모색들을 부분적으로라도 담고 있기 때문에 의미있는 작품으로 평가되었을 것이다.

『선집』을 읽는 동안 나로서는 이미 뛰어난 문학세계를 인정받은 몇몇 작가들이 아동문학사에서 차지하는 위상을 재확인하는 한편, 몇몇 낯선 작가의 작품들로부터 얼마간 근대아동문학의 전통을 새롭게 발견하는 즐거움도 얻었다.

마해송·현덕·이원수·황순원은 분명한 자기 문체와 미학을 가진 작가로 다가온다. 그중에서도 현덕은 어른 세계의 일부이거나 혹은 공동체 생활의 한 부분으로 존재하던 아동의 세계를 일찍이 아동의 시선으로 형상화한 작가이다. 「포도와 구슬」 「고구마」 「모자」 등에서 우리가 보는 것은 이 탁월한 작가가 아니면 '발견'할 수 없었던 건강한 '소년들의 세계'이다. 황순원의 「몰이꾼」과 「산골 아이」의 세계는 이와는 달리 아동문학과 단편소설의 경계가 없는, 그 나름의 미학의 추구가 도달한 세계로 보인다.

이원수의 경우는 우리 아동문학사에서는 보기 드물게 어른스런 세계를 담지한, '어른이 하는 문학'으로서의 아동문학을 성립시킨 것으로 나는 이해한다. 가령 「눈 뜨는 시절」(1949)에서 나비 채집을 나간 정길이가 장충단 공원을 올라갈 때

장충단에 옹기옹기 모여 있는 전재민들, 거지인지 아닌지도 몰라볼 사람들이 나무 그늘에 누워 있는가 하면, 송장처럼 잠을 자는 야윈 뼈만 남은 사내도 있었다. 저런 사람들의 아들딸들은 국민학교도 못 다닐 것이다. 하물며 중학교란 꿈에도 생각지 않을 것이다. 여태까지의 정길이는 제 자신이 저런 불행한 사람들 속에서 높이 뛰어난 사람인 듯이 생각되었다. 그것이 이제 와서 그 불행한 사람들 가운데서, 나는 어찌하여 걱정 근심 없이 사는 사람이 되었는가, 그 이유가 알고 싶었다. (제8권 61면. 강조는 인용자)

이런 생각을 품는 것을 과감히, 자연스레 서술할 수 있는 작가는 별로 없을 것이다. 「바닷가 소년들」에서 상운이가 병주 패거리에게 완력으로 눌려 복종을 맹세한 뒤 물에 빠진 병주를 구하고 나서 갖게 되는

상운은 나중에 병주가 누구 때문에 살았다는 것을 아는 것조차 싫었다. 오직 자기를 비겁한 아이라고 스스로 욕한 것이, 그래도 정말 비겁하기만 한 것은 아니라고 마음속에 자랑하면서 걸었다. (제8권 83면)

와 같은 의식도 이른바 동심의 세계로 하강하는 아동문학에서는 쉽사리 획득하기 어려운 내용이다. 어린이를 주체로 어린이의 시각에서 세계를 그리되, 어린이의 시각으로도 세계의 규정성으로도 함몰되지 않고, '성장(성숙)해가는 인간'으로서 형성하는 세계와의 긴장을 높은 차원에서 그려가는 것, 말하자면 이런 수준의 문학을 논할 수 있게 한다.

내가 특히 인상적으로 읽은 작품은 노양근의 「날아다니는 사람」(1936)이다. 우리 문학사에 희귀한 '과학적 상상력'을 추구하는 캐릭터의 전형을 창조했다고 할까, 이 작품에 나오는 명구의 형상은 독특하다. 앞산을 쳐다보면서는 산과 들을 말처럼 타고 다닐 수 있는 '말자동차'를 상상하며, 죽그릇을 감추는 동무를 보고는 한 끼밖에 못 먹는 도시락밥 대신 두고두고 먹을 수 있는 '쌀보다도 더 좋은 쌀'을 만들 궁리를 한다. 그의 주머니에는 말자동차를 만들기 위해 모은 철사, 못, 고무줄, 실, 납덩이, 칼, 병마개, 유리조각 등등이 들어 있고, "주머니가 불룩하고 묵직하면 묵직한 그만치 가슴이 든든하고 마음이 탐탁해져서 그 지저분한 주머니 세간들을 무슨 보화처럼 소중히 여기"는 희한한 아이이다. 그런 그가 어느날은 금순이를 업고 냇물을 건너다 마침 머리 위를 날아가는 비행기를 쳐다보다가 냇물 속으로 풍덩 떨어지고 만다. 이 일로 감기 몸살에 걸린 명구는 냇물을 어떻게 건너뛸지, 날아다니는 방법은 없을지 궁리에 궁리를 거듭한다. 그는 어머니를 졸라 고무풍선 대여섯 개를 사오게 해서 또 며칠을 밤낮없이 궁리에 빠져든다.

"어머니, 이것 보세요!"

하고 소리를 쳤습니다. 그 어머니는 잠이 어렴풋이 드셨다가 명구가 소리치는 바람에 또 무슨 일이 생겼나 하고 깜짝 놀라 일어나 보니까 참말 놀라운 일이었습니다. 전부터 명구가 가지고 놀던 인형이 둘이서 서로 내기나 하는 것처럼 방안으로 빙빙 떠다니고 있지 않겠습니까? 그 어머니는 도깨비(만일 있다면)에게 홀린 것 같았습니다. (…) 그제야 명구는 날아다니는 사람을 한 손에 하나씩 움켜잡아서,

"어머니, 이게 무엔데 그리 놀래시우? 이젠데……"

하고는 고무풍선에 바람을 하나 잔뜩 집어넣어서 인형의 어깨 밑에 붙잡아맨 것을 그 어머니에게 자세히 보였습니다. (제4권 110면)

기쁨과 흥분으로 잠을 설친 명구는 이튿날 인형과 고무풍선을 불룩한 호주머니에 숨겨 가지고 학교에 간다.

첫 시간을 마치고 학생들이 모두 운동장에 쏟아져 나와 노는데 갑자기 어디서 났는지 공중으로 사람 같은 인형 두 개가 빙빙 날아다니고 있지 않겠습니까? 그만 학생들은 모두 미친 것처럼 "아! 아!" 하고 손뼉을 치면서 쫓아다니며,

"아! 저 대장장이가 만든 날아다니는 사람 봐라. 날아다니는 사람 봐라."

하고 떠들썩했습니다. 명구는 그 모양을 보고 감격해서 눈물이 글썽글썽하면서도, 그렇지만 사람이 먹어야 사니까 '쌀보다 맛난 쌀두 만들어야지.' 하고 결심하는 빛이 나타났습니다. (114~15면)

과학발전을 통해 현실개혁을 도모하는 것, 이는 이른바 개화기의 주요

화두 중 하나였지만 그런 인간상이 서사장르에 부각된 경우는 거의 찾아볼 수 없다. 교사로부터 '조선의 에디슨'이 되리라는 말을 듣기도 한 명구는 현실의 계기에서 출발해 발명에 몰두하고 거기에서 삶의 즐거움과 보람을 찾는 성격을 전형적으로 보여준다. 근대화 과정에서 이런 인간상이 겪은 성공과 좌절, 또 인간다운 사회 건설에 끼친 공과는 매우 착종되어 있지만, 어린이문학에서 이와같은 성격의 탐구와 과학적 상상력의 확장은 이 작품이 발랄하게 보여주는 것처럼 매우 흥미롭고도 의미있는 영역이다. 우리 아동문학에 빈곤한 '과학적 상상력'이 이 작품의 재조명을 계기로 더욱 촉발되기를 기대한다.

5

이 글의 첫머리에서 나는 『선집』의 출간을 '아동문학사'의 사건으로 명명했다. 이처럼 의식적으로 거창하게 명명한 데에는 단순한 우리 문학유산의 발굴 정리와 그 향수 차원을 넘어서는 아동문학사의 현재적 전환에 대한 기대가 담겨 있다.

무엇보다도 창작자들에게 끼칠 『선집』의 영향은 지대할 것이다. 들여다볼 전통이 희미할 때 자유를 만끽할 수 있는 것이 아니라, 전통의 자양 속에서 비로소 자기발전의 전망이 열린다는 사실을 충분히 경험할 수 있으리라. 『선집』은 전통의 풍요와 빈곤을 동시에 드러낸다. 송창일의 「거짓말」, 김은성의 「기차놀이」, 정명남의 「글 모르는 개」, 박일의 「도련님과 '미(米)'자」 등에 살아있는 유머의 세계, 1920년대 마해송 시대부터 상당히 세련되어 있던 우화의 세계, 그리고 생활세계의 자연스런 묘사와 현실 주제를 능숙하게 다루는 화법 등은 새삼 짚어보아야 할 전통이며, 장르 인식과 문체의 확립, 상상력의 진폭 등에서는 빈곤을 면치 못하고 있다. 판타지의 개척이 한 활로처럼 되어 있는 지금의 시점에서 기법적으로 참조할 부분은 너무나 약소해 보이기도 한다. 그러나 이 『선집』과의 대면은 충분히 황홀한 경험이 되리라고 믿는다. 아동문학 전통의 풍요도 빈곤도 창작자들이 형형한 눈빛으로 밝혀나가, 전통 속에서 개안을 맛볼 때 한단계 발전이 이루어지리라.

창작자를 위해서도 연구자들을 위해서도 아동문학 통사(通史)의 기술이 더욱 시급해졌다. 발굴된 자료와 새로운 세대의 새로운 관점에 의거해서 씌어진 문학사가 제출되어야 우리 아동문학사에 대한 일차적 인식이 가능해지고 다양한 논의의 지평이 열릴 수 있다. 특히 아동문학에 뜻을 둔 자라나는 세대가 공부를 시작할 수 있는 기초를 제공하는 역할로, 현재 수준에서 가능한 문학사 서술이 긴요한 과제다.

이를 위해서 오십년대까지에 머문 『선집』 출간이 칠팔십년대까지 내려와야 하겠고, 『선집』을 통해 새로 부각된 작가들(특히 2편 이상 선정된 작가들)에 대한 연구가 진척돼야 하겠다. 또한 『선집』 출간에서 불가피하게 제외된 장편 작품들에 대해서도 충분한 검토가 이루어져 '한국근대아동문학전집'의 출간으로 이어졌으면 하는 바람이다.

『선집』이 그려낸 근대아동문학의 상은 무엇인가. 앞에서 내가 '리얼리즘에 기반을 둔 문학'이라고 한 것처럼, 현저하게 현실에 침윤된 문학이다. 여기에 기본적인 의문을 품을 필요는 없을 것이다. 그러나 가령 '상상력의 확장'이나 '유희로서의 예술'이라는 관점에서 그려볼 때 그 상은 꽤 차이가 있으리라. 이런 방면으로도 제대로 실력이 쌓여 아동문학 유산의 재조명이 이루어졌으면 한다.

『선집』 출간이 가져온 아동문학사의 '사건'은 현재진행형이다. 그 출간의 의미가 창작상의 획기적인 진전으로 이어지고 근대아동문학사 서술을 비롯한 아동문학 연구의 구체적인 성과로 결실될 때, 이 '사건'은 아동문학사의 울타리를 넘어 근대문학사의 한 중대 사건으로 일컬어져서 지나침이 없을 것이다.

| 작가들 창간호, 1999년 겨울호 |

시의 길, 노래의 길

근대문학으로서 동시의 성격

1

동요란 무엇인가. 동시란 무엇인가. 독자들의 반응이 뚜렷하지 않고, 평단이나 출판계에서도 그다지 환영받지 못하는 이 문학장르는 그래서 다른 장르에 비해 자신의 존재규정 내지 성격규정에 대한 자의식을 좀더 심각하게 가져야만 했을 것이다. 그러나 바로 그렇기 때문에 '동요란, 동시란 무엇인가'라는 질문은 예리하게 제기된 적이 없고, 그 자의식의 유무와 깊이 또한 표면으로 노출될 기회가 매우 드물었다. 물론 그런 질문이 창작자나 아동문학계의 인사들에 의해 내면적으로 문제된 적이 없거나 완전히 소홀하게 취급돼왔다고는 할 수 없을 것이다. 초등학교의 문학교육 혹은 교과서 동시에 대한 비판적 검토를 통해 그와같은 질문과 나름대로의 방향모색이 진지하게 이루어지기도 하였고, 몇몇 새로운 시인들의 창작은 그 자체가 이러한 질문을 스스로 묻고 답을 찾아가는 일환으로서 의미를 갖는 것이기도 하였다. 그렇지만 그런 노력들은 의미있는 일각의 움직임에 불과하였을 뿐, '동요란 무엇인가' '동시란 무엇인가'를 제대로 묻고 답해야 할 상황이 근본에서 개선된 것도 아니고, 나아가야 할 길이 조금씩 드러나기 시작한 것도 아니었다. 더구나 이 질문이 제기되어야 할 계기가 새로운 차원으로 계속해서 주어졌음을 자각한다면, 상황은 더욱 적막한 것으로 보이지 않을 수 없다.

그동안 동요·동시에 대한 인식은 근대문학의 관습을 추종하면서 근대아동문학의 한계 속을 맴돌고 있었던 것이 아닌가. 한편으로는 몰역사적인 혹은 현실회피적인 '동심주의'를 추구하고, 다른 한편으로는 '시'로서의 자기정체성을 주장하는 데 골몰해왔던 것이 아닌가. 내가 체험적으로 인식할 수 있는 1970년대 이후에 그런 두 흐름의 동거와 야합이 지속돼왔음은 분명하고, 거슬러올라가 분단 이후 남한 아동문학의 전개 역시 대체로 이런 자장 속에 있었다고 보아야 할 것이다. 70,80년대 민족·민중현실에 대한 새로운 각성을 바탕으로 '일하는 아이들'의 처지에 주목했던 아동문학의 건강한 흐름 속에서도 동시·동요에 대한 본질적 자각은 역시 대단히 미약한 것이었다.

겨레아동문학선집 '동요·동시' 편(9, 10권)으로 나온 『엄마야 누나야』『귀뚜라미와 나와』(보리 1999)는 '동요란 무엇인가' '동시란 무엇인가'에 대한, 근대문학사를 통해 얻은 하나의 귀납적인 대답이다. '새로 찾고 가려 뽑은' 이 선집 편찬을 주도한 겨레아동문학연구회에서 그 '새로 찾고 가려 뽑'는 일감의 갈피갈피마다 그 질문을 얼마나 철저하게 의식했는지는 얼른 확인되지 않는다. 하지만 묻히고 잊힌 자료를 찾고, 기존의 평가에 얽매이지 않은 채 관점을 세워 작품을 가려 뽑는 일은 엄연히 동요·동시란 무엇이고 또 무엇이어야 한다는 것을 묻고 대답하는 행위에 다름아니다.

2

이 두 권의 선집(이하『선집』)이 품고 있는 시대는 1920년대 초부터 1950년대 초까지의 30여년간이다. 수록작 중 가장 앞선 시기의 작품은 김소월의 1922년 발표작「엄마야 누나야」등 3편이고, 가장 나중 시기의 작품은 조지훈의「달밤」으로 1952년 간행 시집『풀잎 단장』이 출전으로 되어 있다. 따라서 수록 범위는 3·1운동 이후의 식민지시대 그리고 광복에서 6·25전쟁 및 휴전에 이르는 기간에 창작·발표된 작품들이다(발표는 1953년 이후에 이루어진 작품도 더러 있다).

『엄마야 누나야』에는 39명의 시인의 작품 96편이 수록되었고,『귀뚜라미와 나와』에는 38명의 작품 81편이 수록되었다. 선집의 가장 앞머리에 누구의 어떤 작품을 놓느냐 하는 것은 근대 동시의 출발점을 가늠하는 일과 관련되는데, 발표 시기가 이른 김소월의 작품에 앞서 방정환의 1924년『어린이』지 발표작 두 편을 첫머리에 올려두고 있다.

『선집』을 살펴볼 때 또 눈여겨보게 되는 사항은 누구의 작품을 몇편이나 뽑았는가다. 3편 이상 수록된 시인이 많지 않은 가운데, 몇몇 시인의 작품은 열 편 이상이 선정되었다.

1편: 김동환 유지영 김기진 복동 최서해 서덕출 최영애 한정동 김남주 김종원 김장연 박세영 이정구 김석전 엄흥섭 유희각 적악 김혈탄 허삼봉 용악산인 김기전 전식 주향두 김희석 이헌구 송창일 박경종 박소농 성영기 정우해 임원호 목일신 이정주 윤곤강 김기림 박화목 이용악 피천득 윤동향 김철수 김육 유정 이병철 권오순 장만영 강남희 (46명)
2편: 방정환 주요한 천정철 정열모 박고경 이동규 김태오 오장환 노천명 이

　　　　태준 조지훈 한하운 송돈식 한인현 (14명)
　　3편: 김소월 윤극영 최순애 신고송 김오월 현동염
　　4편: 백석
　　5편: 강소천 남대우 박목월 김영일
　　7편: 윤동주
　　10편: 이원수 윤복진 윤석중 권태응
　　14편: 정지용

　이런 방식으로 개관하였을 때 일차적으로 확인되는 사실은 동화와 더불어 동요·동시에 대해서도 방정환을 출발점[1]으로 삼고 있다는 점, 작가의 면면이 반드시 아동문학가 혹은 동시인으로 불리는 인물로만 한정되지 않는다는 점이다. 이는 물론 이 『선집』이 어떤 시각으로 아동문학사를 바라보고 있고, 동요·동시 장르에 대해서는 어떻게 인식하고 있는가를 들여다보는 단서가 된다.

　　　3

　이 『선집』에는 우리 귀에 익은 노래가 많다. 초등학교 다니던 시절부터 교과서에서 배우고 각종 매체를 통해 접한 '동요'들이다. 『엄마야 누나야』의 앞부분부터 넘겨보면, 윤극영의 「설날」과 「반달」, 유지영의 「고드름」, 한정동의 「당옥이」(따오기), 최순애의 「오빠 생각」, 이원수의 「고향의 봄」,

----

1 '겨레아동문학선집' 전 10권의 출간 의미를 다루면서 평자는 동화·소년소설에 대해서 앞서 검토한 바 있다. 「전통과 계승—근대아동문학과의 황홀한 만남」, 『작가들』 창간호(민족문학작가회의 인천지회, 1999.12) 참조.

김종원의 「햇빛은 쨍쨍」, 윤석중의 「'집보는 아기' 노래」, 김영일의 「구두 발자욱」 「다람쥐」 등으로 몇 페이지 건너마다 반갑게 튀어나온다. 이 중엔 워낙 많이 불려 온 노래라서 그 작사자(시인)의 이름 역시 잘 알려져 있는 경우가 있는가 하면, 「고드름」 「오빠 생각」 「햇빛은 쨍쨍」이나 「누가 누가 잠자나」(목일신) 「섬집 아기」(한인현) 같은 노래들은 매우 친숙하면서도 노래말을 쓴 시인의 이름은 꽤 생소하게 들린다.

> 보일 듯이 보일 듯이
> 보이지 않는
> 당옥 당옥 당옥 소리
> 처량한 소리.
> 떠나가면 가는 곳이
> 어디이드뇨?
> 내 어머님 가신 나라
> 해 돋는 나라.
>
> ──한정동 「당옥이」 (1925) 1연

> 햇빛은 쨍쨍 모래알은 반짝
> 모래알로 떡해 놓고
> 조각돌로 소반 지어
> 누나 엄마 데려다가
> 맛있게도 냐음냐음
>
> 햇빛은 쨍쨍 모래알은 반짝
> 호미 들고 괭이 메고

뻗어 가는 메 캐어서

엄마 아빠 데려다가

맛있게도 냐음냐음

—김종원 「햇빛은 쨍쨍」(1926) 1,2연

 교과서에서 가르치는 노래에는 일부 어휘가 수정되기도 하였지만, 상당
수의 창작 동시·동요가 식민지시대와 분단시대에 곡이 붙여져 애창된 사
실을 확인하는 것은 즐거운 일이다. (오늘의 동시·동요의 상황을 둘러보
면 노래말 공급원으로서도 예전만한 대접을 받지 못할뿐더러, 대중가요의
위세에 밀려 창작동요곡들은 거의 자생력을 잃고 있다.) 그런데 멜로디가
너무나도 귀에 익은 동요들을 활자를 통해 문학으로 대할 때, 내게는 그 곡
조가 먼저 떠올라와서 그렇지 않은 동요들처럼 작품 자체로 감상하기가
힘들어진다. 곡이 노래말과 결합해 애창되고 뇌리에 뚜렷이 기억된다는
것은 노래말과 곡이 잘 어울리기 때문이라고 보아 틀리지 않겠지만, 대부
분 반복적으로 접하면서 '학습'되었다는 점에서 곡과의 조화를 무조건 승
인할 수는 없을 것이다.
 곧 우리 근대아동문학에서 동'요(謠)' 즉 노래의 존재가 뚜렷했음을 이
『선집』의 작품들을 통해서도 확인할 수 있는데, 그런만큼 작곡과의 친연
성도 높았다고 하겠다. 시형과 운율에서도 정형률을 추구한 정형시나 그
에 가까운 형태가 자연스레 한 중심을 형성하고 있었다. 그러나 이런 '동
요'의 추구는 한국 근대시의 흐름을 추동한 강력한 자유시 및 내재율 지향
으로 인해 약화되어, 70,80년대 이후 어느 시기에 와서는 거의 '동요'라는
명칭의 사용마저 희미해져버렸다.

'선집'의 동시·동요에는 지난 연대
우리 겨레의 살림살이와 거기 깃들인
정서가 오롯이 나타나고 있다.
『엄마야 누나야』삽화, 변정연 그림.

4

동요·동시에 나타난 운율 혹은 운율의식은 어떠한가. 일반 시단에서 시가(詩歌)라는 명칭이 일찍이 도태된 데 비해 아동문학에서는 동요와 동시라는 명칭이 오랫동안 함께 사용되어온 것에서 알 수 있듯, 동시·동요가 갖는 운율의식은 한층 직접적이다.

시의 운율을 떠올릴 때 가장 쉽게 포착되는 것이 이른바 7·5조이고, 동요와 관련해서도 7·5조가 우선적으로 주목되고 있다.

> 우리 나라의 동요는 그 발생과 발전의 역사에서 볼 때 멀리 전래물에 있어서는 4·4조 중심의 정형률이었고 현대시의 하나인 현대 동요는 7·5조 중심의 정형시였으나 거기 담긴 내용은 그렇게까지 노래 부르기에 알맞은 것만은 아니었다.
>
> ─이원수 「시작 노우트」(1968)[2]

동요를 정의한다면 '정형률을 가진 정형 동시'라고 할 수 있겠지만, 시조와 같은 특정한 형식의 정형장르를 가리키는 것은 물론 아니다. 역사적으로 동요와 동시가 늘 확연히 구분되어왔던 것도 아니고, 또 꼭 그래야 할 필요성이 있는 것도 아니다.[3] 대체로 노래로서의 성격을 강조할 때 동요라

───────────────

2 『아동문학』 제15집. 『이원수 아동문학전집 29 동시동화작법』, 웅진출판주식회사 1987(초판 1984), 110면에서 재인용.
3 하지만 동요·동시에 대해 깊이있게 이해하려면 근대적인 동요·동시 양식이 어떤 경로를 거쳐 발생 발전하였고, 토착적인 요소와 박래적(舶來的)인 요소들은 운율 형성에 어떻게 작용했는지, 동시·동요 명칭의 구체적인 용례에서는 어떤 차이를 주요한 변별점으로 인식하였는지 통시적으로 고찰해봐야 한다.

는 명칭이 사용되는만큼, 동요의 특성을 이해하고 제대로 감상하기 위해서는 운율을 구성하는 요소들이 무엇인지 인식하는 것이 중요하다.

① 까치까치 설날은 어저께구요
　 우리우리 설날은 오늘이래요.
　 곱고 고운 댕기도 내가 드리고
　 새로 사온 구두도 내가 신어요.

— 윤극영 「설날」(1924) 1연

② 산 밑에
　 조그만
　 초가집 문에,

　 문구멍이
　 송, 송,
　 뚫어져 있네.

— 윤복진 「초가집」(1937) 1, 2연

③ 눈만 뜨면 엄마를
　 찾고 우는걸
　 아가를
　 우리는 해바라기라지요.

　 엄마 얼굴 따라서
　 두 눈이 도는걸

아가를

우리는 해바라기라지요.

──박목월 「해바라기」(1934) 1, 2연

④ 꼭두식전

　차가 차가 다니기 전에

　걸어 걸어서 전차 창고로

　냉 냉 냉

　냉 냉 냉

　우리 누나는 전차 차장

　깊은 밤중

　차가 차가 끊어진 다음에

　걸어 걸어서 우리 집으로

　냉 냉 냉

　냉 냉 냉

　우리 누나는 전차 차장

──윤석중 「차장 누나」(1939) 전문

　7·5조 혹은 유사 7·5조는 광범위하게 발견되며 운율의 조성(造成)과 긴밀히 관련되고 있다. 7·5조를 단순히 음절수를 따지는 음수율로만 인식해서는 운율의 규칙성과 변화, 파격을 잘 포착할 수 없다. 앞이 무거운 2음보(7·5)나 뒤가 무거운 3음보(4·3·5)와 같이 음보 단위로 파악하는 것이 더 운율의 본질에 접근한 것일지도 모른다. 운율의 조성에는 이밖에도 압운(押韻), 장단음, 억양 등 여러 요소가 관여하게 된다.

①은 한 행 단위로 반복되는 7·5조인데, 앞의 두 행과 뒤의 두 행이 각기 대구(對句)로 이루어져 있으면서 뒤의 두 행은 앞 두 행에 비해, 띄어쓰기 형태에서도 드러나듯 통사적 구성과 음보가 더 세분될 수가 있다. 더 잘게는 "곱고 고운" "새로 사온"의 '고'와 'ㅅ'이 이루는 두운(頭韻)도 나타난다. 이렇게 형성된 7·5조 4행 1연의 구조가 2, 3, 4연에서 반복되는 것 역시 정형성인바, 각 연의 세부에서 또다른 작은 변화와 반복을 보여주는 것은 일반적인 경우에 속한다.

②와 ③은 행가름을 통해 7·5조를 개성적으로 변형한 것으로서, 행의 운용을 상당히 자유로워 보이는 방식으로 개발한 작품들이다. 행과 행 사이에 형성된 거리감은 7·5조 운율의 상투성을 불식하고 정형률이 가진 제약성·규범성이 좀더 안으로 스며들게 만든다. 여기에 비해서 ④는 한층 더 독자적인 시형을 보여준다. 연 단위의 반복구조인데, 새벽―밤중의 시간 이동을 따라 1, 2연이 나누어지고, 단위 연은 변화 속에 짜임새를 잘 갖추고 있다. 잘게 나누어 보면 2음보→4음보(2음보+2음보)→4음보(2음보+2음보)로 진행되어 기본 음보가 2음보인데, 첫 행을 2음보(혹은 1음보)로 시작한 것도 파격이고 4, 5행을 단음절 의성어를 써서 3음보로 한 것은 운율상에 더 큰 변화를 일으킨다. 다시 마지막 행은 4음보(2음보+2음보)로 돌아와 형식적인 안정감을 부여한다.

이렇게 보면 운율을 이루는 핵심 기제는 반복이고, 운율을 살아 움직이게 하는 것은 반복 속의 변화임을 알 수 있다. 그 반복의 단위는 음소, 음절, 음보, 행, 연, 억양 등 여러가지인데, 근대 아동문학의 뛰어난 시인들은 대개 뛰어난 동요시인들이었다. 윤복진의 작품은 거의 모두가 동요이고, 윤석중·권태응·윤동주·이원수·김영일·박목월·강소천 등이 모두 동요를 의식하고 작품을 썼으며 뛰어난 작품도 많이 남겼다. 그렇지만 6·25전쟁 이후 이러한 전통이 흔들리고 동요에 대한 의식도 약화되어, 동요적인 운율은 좀더 형식적인 차원으로 떨어지고 '시적'인 세계를 추구하는 경향이 짙어진 것으로 생각된다. 근대 동요·동시의 흐름을 보면 운율상에 몇몇 유형적인 특징들이 드러나고 시기에 따라 달라져가는 모습도 보일 터인데, 본격적인 운율연구를 위해서는 애국계몽기 시가양식의 변모와 시대정신의 표출 등을 거쳐 어떻게 근대 동요·동시 장르가 성립되어가는지 발생론적 고찰을 통한 접근이 선행돼야 할 것이다.

놀이는 어른들처럼 현실적 책무를 지지 않는 아이의 세계를 구성하는 주요 영역이고, 운율은 놀이의 흥취를 돋운다. 동요·동시가 추구하는 운율은 이러한 유희적 차원과도 관계가 깊다. 의성어·의태어의 활용 등 다채로운 방식의 말놀이를 포함하는 생동하는 가락은 우리말의 소중한 결을 보존하고 확장한다. 『선집』에 실린 작품들은 근대 동요·동시가 담당했던 그와같은 역할도 잘 비추어주고 있다.

5

어떤 작품이 동요·동시 작품인지 아닌지를 확인하는 통상적인 기준은 그것이 동요·동시로서 씌어지고 발표되었는가 하는 점과 그 장르로서의 특성을 두루 구비하고 있는가 하는 점일 것이다.

그런데 두 권의 『선집』에는 이러한 일반적인 기준 외에 다른 관점이 가세해 있다. 어린이 독자를 겨냥하지 않고 씌어져, 동시나 동요라는 이름으로 발표되지 않은 작품이라도 어린이가 읽어 충분히 이해하고 즐길 수 있는 작품이면 수용하고 있는 것이다. 또한 지은이가 어떤 사람인가도 기준으로 삼지 않는다. 대부분의 경우 지은이가 아동문학가이거나 시인이긴 하지만, 책 뒤에 붙어 있는 지은이 약력을 보면 몇몇 사람은 밝혀진 것이 없어서 문인인지 아닌지조차 불확실하다. 즉 이 『선집』이 작품을 골라낸 기준은 오로지 그 작품 자체가, 선자들의 안목으로 보아, 근대 동요·동시를 대표할 만한 내용과 형식을 갖추고 있으며, 오늘에도 소개해 읽힐 만한 가치가 있는가 하는 점이다.

『선집』에 밝혀진 발표지면과 작품의 내용으로 추정해 보더라도, 주요한의 「빗소리」와 김동환의 「북청 물장사」, 백석의 작품 네 편, 노천명의 「장날」, 김기림의 「산촌」, 이용악의 「두메산골」, 한하운의 「파랑새」 등 많은 작품이 동요·동시로 발표되지 않았고 일반적으로 동요나 동시로 인식되지도 않는 작품들이다. 이원수는 동시를 세 가지로 분류해 (1) 아동의 감정과 생각이 나타나 있는 시 (2) 아동이 느낄 수 있는 시 (3) 동심으로 쓰여진 시라고 말한 적이 있는데,[4] 앞의 작품들은 이 가운데서 '아동이 느낄 수 있는 시'에 해당할 것이다.

이와같이 '아동이 감상할 수 있는 작품'을 선정 기준으로 삼아 엮은 앤솔로지로 일찍이 『꽃 속에 묻힌 집』(이오덕·이종욱 엮음, 창작과비평사 1979)이 나온 바 있는데, 이 시집에는 동시 작가들의 작품뿐 아니라 심훈의 「그날이 오면」, 김수영의 「풀」, 서정주·유치환·신석정·박두진·김현승·신경림·조태일·정호승 등 많은 시인의 작품이 실려 있고, 아이들이 쓴 작품도 일부 수록되어 있다.[5] 『엄마야 누나야』『귀뚜라미와 나와』도 이러한 방식을 계승한 것으로 보이는데, 『꽃 속에 묻힌 집』은 동요·동시집이 아닌 '어린이를 위한 시집'이라는 타이틀을 취하고 있는만큼 그 작품들을 모두 동요·동시로 규정한 것은 아니다.

....

4 「시작 노우트」, 『이원수 아동문학전집 29 동시동화작법』113면.
5 "(…) 우리가 가지고 있는 전체 시 문학의 재산에서 어린이들에게 줄 수 있는 작품을 정선하여 감상에 편리하게 엮은 것이다." 이오덕 「부모와 교사를 위한 안내」, 『꽃 속에 묻힌 집』 해설, 창작과비평사 1995(개정판), 225면.

이에 비해 『선집』의 방식은 어린이 독자를 전제하고 씌어지지 않은 작품, 동요·동시라는 장르로 발표되지 않은 시작품들까지 어린이가 감상할 수 있으면 동요·동시의 범주에 포함시켜놓은바, 이러한 기준은 매우 자의적이기 쉽다. 형식적인 차원보다 실질적인 차원을 중시한다는 관점에서 동요·동시의 폭을 확장하는 것도 의미있는 일이지만, 가령 백석의 「거미」나 노천명의 「장날」 같은 작품은 내가 보기에 어린이가 감상할 수 있는 시일지언정 동요·동시의 범주에 넣는 것은 적절치 않다. 이런 기준을 적용할 경우 근대 시문학작품 중에서 훨씬 더 많은 작품을 골라낼 수 있지 않을까. 따라서 일반 시 가운데에서 어린이에게 좀더 적극적으로 소개하여 읽힐 작품과, 내용과 형식에서까지 동요·동시의 범주에 드는 작품을 구별하여 제시하는 것이 바람직할 것이다.

6

문학이 항용 그렇듯, 동시·동요가 노래하는 세계 역시 그 시대 사람들이 살아가는 모습을 잘 비추어준다. 이미 오늘과 상당한 시간적 거리가 벌어진 『선집』의 작품들을 보면, 이러한 점이 더욱 뚜렷하게 드러난다. 동화나 소설처럼 풍부한 묘사와 구체적인 세목들을 거느리진 않지만, 지난 연대 우리 겨레의 살림살이와 거기 깃들인 정서가 오롯이 나타나고 있다.

에이그 추워 벙거지
건너 대접 놋대접.

오동동 추운 날

발가숭이 무 첨지
날대가리 춥구나

　　　　　　　　　　—정열모 「날대가리 무 첨지」(1938) 1, 2연

어머니
누나 쓰다 버린 습자지는
두었다간 뭣에 쓰나요?

그런 줄 몰랐더니
습자지에다 내 버선 놓고
가위로 오려
버선본 만드는걸.

　　　　　　　　　　—윤동주 「버선본」(1936) 1, 2연

강 건너 공장에는
우리 언니 밤
쇠 소리 기계 소리
잠 못 자는 밤.

　　　　　　　　　　—이정구 「가을 밤」(1929) 4연

　산업화와 도시화로 생활환경과 생활양식이 전면적으로 바뀌어버린 오늘에는 찾아보기 힘든 풍속과 풍물 들이 종종 시의 바탕을 이룬다. 눈에 띄는 대로 열거해보아도, 추운 날 쓰던 벙거지와 놋대접에 담긴 동치미(「날대가리 무 첨지」), 습자지에 버선본을 그려 버선을 지어주는 어머니(「버선본」), 널 뛰고 윷 노는 설날(윤극영 「설날」), 진달래 핀 산에서 먹는 나무꾼의 점심

밥(신고송 「진달래」), 서울 간 오빠가 사 오는 구두·고무신(최순애 「오빠 생각」, 유희각 「고무신」), 늘 언니 옷과 물건을 물려 써야 하는 동생의 처지(윤석중 「언니의 언니」), 부모가 일 나가고 혼자 자는 아기(이태준 「혼자 자는 아가」), 도롱이를 입고 들에 나가는 할아버지(정지용 「할아버지」), 미싱을 돌려 삯바느질하는 어머니(이원수 「밤중에」), 석유통 북소리를 울리며 논에서 새 쫓기(남대우 「새 쫓는 노래」), 산 넘어 오던 바늘 장수(정지용 「산 너머 저쪽」) 등 그 시대 생활의 다양한 국면들이 시의 몸을 이루어놓는다. 물론 그러한 풍속이나 풍물 자체는 시가 추구하는 주제인 것이 아니라, 시로 포착된 삶을 구성하는 내용에 해당한다. 전통시대의 생활상과 풍습들이 존속하는가 하면, 그 곁에 혹은 그 사이사이에 공업화와 도시화가 시작된 초기 근대화의 음영이 드리워져 있다(「가을 밤」).

아이들의 놀이는 언제나 동요·동시 창작에 알맞은 소재이다. 놀 때나 심부름 갈 때나 굴리는 굴렁쇠(정우해 「굴렁쇠」), 해가 지도록 노는 새끼줄 넘기(용악산인 「새끼줄 넘기」), 흙이 가루약이 되고 풀잎이 붕대가 되는 병원놀이(윤복진 「동리 의원」), 텃밭과 꽃밭을 피해 장독대에 숨는 숨바꼭질(윤복진 「숨바꼭질」) 등 갖가지 놀이들이 아이들의 세계를 풍요하게 한다.

> 깜장 흙 속의 푸른 새싹들이
> 흙덩이를 떠밀고 나오면서
>   히— 영치기 영차
>   히— 영치기 영차
>
> —박소농 「영치기 영차」(1935) 1연

> 달—달 달팽이
> 집이 좋다고

두 눈을 갸웃갸웃
자랑하면서
달―달 말어서는
집에 들고요
달―달 풀어서는
또 나옵니다.

　　　　　　　　　　　　　　　　―김장연 「달팽이」(1927) 1연

해바라기 씨를 심자.
담모롱이 참새 눈 숨기고
해바라기 씨를 심자.

누나가 손으로 다지고 나면
바둑이가 앞발로 다지고
괭이가 꼬리로 다진다.

　　　　　　　　　　　　―정지용 「해바라기 씨」(1927) 1, 2연

　생활 주변에서 접하는 자연도 늘 경이로운 시적 발견의 보고(寶庫)가 된
다. 만물이 생동하는 봄에 일어나는 자연의 변화는 생기와 희망의 원천이
요, 계절마다 각기 바뀌는 풍광은 생활정서의 일부로서 늘 시인의 눈길을
끈다. 동식물의 관찰, 그 이쁜 존재들과의 교섭과 교감은 갈등과 적대 관
계가 아닌, 지금은 대부분 잃어버린 친화적인 자연이 어떤 것인지 아름답
게 일깨워준다. 버들개지, 찔레꽃, 민들레, 할미꽃, 감자꽃, 땅감나무, 단풍
잎, 귀뚜라미, 반딧불, 잠자리, 개미, 다람쥐, 까치, 병아리, 토끼, 개구리,
뻐꾸기, 당나귀, 왜가리 들이 그 이름들이다.

이러한 세계는 대상화된 사물과 강력한 자아로 구성된 세계가 아니라 대개 사람 사이의 정이 흐르는 세계요(「버선본」), "귀뚜라미와 나와/(…) 우리 둘만 알자고 약속"(윤동주 「귀뚜라미와 나와」)할 수 있는, 사물과 자연과 인간이 교류하는 평등하고 친화적인 세계이다(「해바라기 씨」).

아빠 따라 북간도
가는 동무야.

이제 가면 언제 오나
눈물이 나서

아른아른 고갯길도
안 보이누나.

—이원수 「잘 가거라」(1930) 2, 5, 6연

길가에
방공호가 하나 남아 있었다.
집 없는 사람들이 그 속에서
거적을 쓰고 살고 있었다.

그 속에서 아이 하나가
제비 새끼처럼 내다보며
지나가는 사람에게 물었다.
"독립은 언제 되나요?"

—윤석중 「독립」(1946) 전문

"농민 조합 깃발을 앞세우고/아저씨들은 씩— 씩— 나아간다"(남대우 「징소리 궁— 궁—」, 1946)처럼 어떤 주장이나 목적을 강하게 담아 쓴 시들도 근대아동문학의 흐름과 표정을 살피기 위해서는 짚어볼 필요가 있을 것이다. 최서해의 「시골 소년이 부른 노래」(1925), 윤복진의 「스무하루 밤」(1929), 이원수의 「잘 가거라」「이삿길」(1932) 같은 작품들은 식민지 지주층의 수탈, 민중의 가난한 살림살이와 유이민화 등 식민지 사회현실을 정직하게 투시하는 가운데 씌어졌고, 윤석중의 「독립」, 송돈식의 「기다림」(1949), 권태응의 「북쪽 동무들」(1948) 등은 1945년 이후 현실에서 이른바 '해방'과 '광복'의 의미가 실제 민중에게 어떤 의미로 다가오고 어떤 전망을 갖게 하였는지, 낭만적 감상에 빠지지 않고 냉철하게 그려내었다. 『선집』에 실린 이 계열의 작품들은 문학사적인 의의를 고려하여 시대 및 작가별로 대표작을 골라 엮은 것이어서, 일부 작품들에서는 주장이나 목소리가 작품 속에 녹아들지 못하고 생경하게 남아 있기도 하다. 그러나 이원수·윤석중·권태응 같은 뛰어난 시인들은, 물론 그마다의 특색과 편편의 수준은 따로 변별해야 하겠지만, 식민지시대와 분단 직후 직면한 사회현실과 겨레의 운명을 회피하지 않고 담아내면서 자기 목소리를 내는 저력을 보여주었다. 그들의 노래는 우리말이 시어로서 얼마나 자연스럽고 아름답게 구사될 수 있는지를 보여주는 전범이기도 하다.

7

동시를 동시답게, 동요를 동요답게 하는 원리는 무엇인가. 그것은 작품의 언어가, 현실의 어린이든 이념형으로서의 아이—동심이든 '어린이'를 향해 '조율'되어 있다는 것이다.[6] 이는 동시·동요에만 국한된 원리가 아니라, 어린이를 독자대상으로 삼고 있는 모든 장르에 해당하는 원리이다. 이렇듯 '아이들을 향해 조율된 목소리'로 말해진 시와 노래가 바로 동시·동요의 세계다.[7]

그렇다면, 동시·동요의 진술(narrative) 혹은 목소리를 다음과 같은 좌표 속에 놓고 가늠해볼 수 있을 것이다.

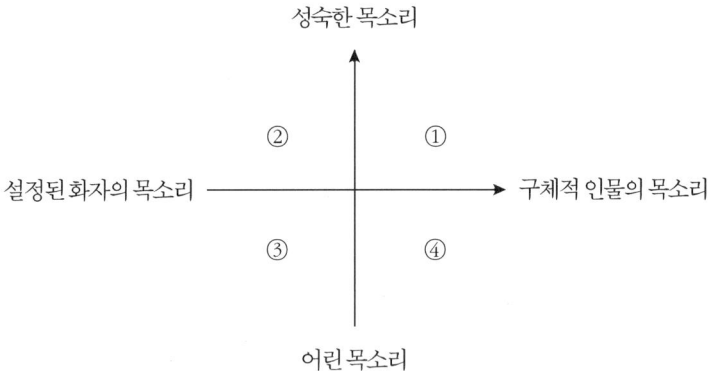

---

6 어린이를 향해 조율된다는 것은 일차적으로는 어린이의 이해수준과 교육적 측면 등을 고려하여 표현이 선택 조절됨을 뜻하는데, 대개 뚜렷한 문체적 특징을 갖게 된다. 가령, 「뽀뽀뽀」 등 텔레비전의 유아 프로그램이 취하는 발화법은 이렇게 조율된 목소리로 인해 생겨나는 특유의 스타일을 잘 보여준다.

7 이때 아이를 어떤 존재로 상정하느냐 하는 것 또한 동시·동요의 본질을 규정할 수 있는 문제이다. 일반적인 수준에서 이를 규율하는 것은 한 시대가 갖고 있는 아동관(이를테면 '근대'의 아동관)의 반영이다. 이를 더 예각화해서 특정 시기, 특정 유파, 특정 시인 들이 보유한, 서로 대립하거나 경쟁하거나 보완하는 아동관들을 구별해내는 것도 가능하다 하겠다.

어떤 작품은 구체적인 상황 속에서 구체적인 인물이 내는 발화로 이루어져 있고, 어떤 작품에서는 단지 특정한 성격과 성조(聲調)를 가진 '목소리'만이 들려오기도 한다. 그것은 또한 매우 어린 유아의 목소리에 가까운 수준에서부터 성인의 것과 다름없는 성숙한 수준에 이르기까지 다양한 편차를 갖게 된다.

난 밤낮 울 언니 입고 난
헌톨뱅이 찌께기 옷만 입는답니다.

아, 이, 죄끼두 그러쵸,
아, 이, 바지두 그러쵸.
그리구, 이 책두 언니 다 배구 난 책이죠,
이 모자두 언니가, 작아 못 쓰게 된 모자죠.

어떻게 언니의 언니가 될 순 없나요?

—윤석중 「언니의 언니」(1933) 전문

며칠만 더 기다려 달라
사정을 해도
집 주인 고집통이
듣지를 않아
우리도 언제나 언제나…… 하며
주먹을 쥐어 보고 또 쥐어 보며
부랴부랴 싣고 가는
우리 이삿짐

다글다글 구루마

바퀴 돌아가듯이

어려운 세상 어서어서 지나가거라.

지나가거라.

—이원수 「이삿길」(1932) 5, 6연

위의 두 작품은 모두 구체적인 상황 속에서 구체적인 인물이 내는 목소리로 되어 있다. 전자는 언니의 옷을 물려받아 입고 언니의 책을 물려받아 쓰는 아우가 귀여운 불평의 말을 해대는 것이고, 후자는 집 주인과의 갈등으로 밤중에 이사를 가는 일가족 중의 소년이 울분과 원망(願望)을 토로하는 것이다. "언니의 언니가 될 순 없나요?" 하는 발화에는 가난한 처지를 벗어나고픈 심정을 담은 어린아이다운 발상이 들어 있고, "어려운 세상 어서어서 지나가거라" 하는 발화에는 가족의 어려운 처지를 견디며 이겨내고자 하는 소년의 상당히 성숙한 시선이 담겨 있다. 즉 「언니의 언니」는 좌표에서 ④의 영역에 속하고, 「이삿길」은 ①의 영역에 속하는 작품이라고 하겠다. 또 「이삿길」은 「언니의 언니」에 비해 서사적인 상황을 한층 더 세세하게 드러내고 있으므로 세로축에서 오른쪽으로 더 멀리 떨어진 위치에 놓이게 된다. 윤석중·윤복진 등의 작품이 주로 가로축의 아래쪽에 놓이는, 어린 목소리로 쓰인 작품이라면 이원수의 경우는 한층 성숙한 목소리로 현실을 수용하는 특징을 보여준다. 근대 아동문학사를 통틀어 이렇게 성숙한 목소리로 민족현실을 담아내고자 꾸준히 노력해온 작가는 매우 희귀하다고 하겠다.[8]

---

8 물론 이러한 작가적 특성 혹은 작가적 선택이 그 자체로 작품의 수준이나 가치를 좌우하는 것은 아니다.

호박꽃을 따서는
무얼 만드나.
무얼 만드나.

울 애기 쬐꼬만
초롱 만들지.
초롱 만들지.

—강소천 「호박꽃 초롱」(1935) 1,2연

나루에 잔물결 잔 잔 잔
꼬추쟁이 잔 잔 잔

사공 몰래 쟁이가 배를 탔다
사공 등 뒤 앉아서
소르르 꼬박,

손님은 단 한 분 눈 머언 손님,
사공도 노 저으며 소르르 꼬박

—박목월 「잠자리」(1937) 1~3연

「호박꽃 초롱」은 어린 동생을 둔 아이가 화자로 등장한다. 호박꽃을 보
고 그것을 따서 울 애기 초롱을 만들자고 하므로 구체적인 상황 속 인물의
목소리라고 할 수 있다. 그런데 이 시의 뒷부분은 "반딧불을 잡아선 / 무엇
에 쓰나. / 무엇에 쓰나. // 울 애기 초롱에 / 촛불 켜 주지. / 촛불 켜 주지."로

되어 있다. 즉 호박꽃을 지금 막 따거나 반딧불을 잡으러 다니는 그런 상황 속의 구체적인 인물이 말하는 것이 아니라, 어린 동생(아기)을 귀여워하고 사랑하는 어떤 아이(인물)의 목소리로 설정되어 있는 것이다.

「잠자리」는 사공이 나룻배에 장님 손님을 태우고 물을 건널 때 잠자리가 배에 앉았다 날아가는 풍경을 그린, 잔잔한 소묘화다. 여기엔 관찰자 혹은 시인 화자의 목소리만이 존재한다. 이것은 아주 어린 아이의 시선이라고 할 수는 없지만, 그렇다고 아이다운 시선이 아니라고 할 수도 없다. 이 작품은 『소년』지에 발표된 것으로 보아 동시로 씌어지고 발표된 것일 텐데, 굳이 동시라고 하지 않아도 좋을 정도로 그 목소리가 아이의 영역에 딱이 귀속되어 있지 않다.

이렇게 볼 때 「호박꽃 초롱」은 좌표에서 ③의 영역에, 「잠자리」는 ②의 영역에 속하며, 가로축 방향으로 보아서는 「잠자리」가 한층 더 왼쪽으로 나아간 위치에 놓인다.

사실 구체적인 인물의 목소리든 목소리만의 설정이든 그 배후에는 시인–화자가 숨어 있는 것인데, 「호박꽃 초롱」이나 「잠자리」와 같이 공중에서 목소리만이 들려오는 경우가 서정시의 본령에는 더 접근한 것이라 할 수 있다.[9] 그러나 동시·동요의 차원에서 좌표의 어떤 특정한 영역에서의 목소리가 자동적으로 더 동시·동요다움을 보장한다고 말할 수는 없을 것이다.

우리는 『선집』의 작품 하나하나를 위에서와 같이 분별하여 좌표상에 놓음으로써 각 작품의 특성을 좀더 구체적으로 인식할 수 있을 것이다. 또 그 전반적인 분포상황을 추출할 경우, 그를 통해 근대 동요·동시의 특질

---

9 서사적 성격이 강한 작품에서는 어떤 하나의 목소리가 주조를 형성하기보다 매우 다양한 목소리들이 개입해 관여하는 양상을 보일 수도 있다.

을 추론해보는 것도 충분히 가능하고 의미있는 일이다. 가로축의 아래쪽에, 세로축의 왼쪽에 놓이는 작품의 비율이 현저히 높을 것으로 예견되는바, 이는 일반적인 창작의 양상을 반영하는 것일 수도 있고 그 자체로 근대동요·동시의 한 성격을 나타내는 것일 수도 있다.

원론적인 차원에서는 좌표의 특정 영역에 해당하는 목소리가 동시·동요다움을 강화하는 것은 아니라 해도 실제에 있어서는 '어린이'를 의식하였음이 더 확연하게 드러나는, 동시·동요 작법의 관습을 추종하는 작품들에서 동시·동요다운 특질을 더 잘 발견할 수 있는 것도 사실이다. 『선집』의 경우 역시 동시·동요로서의 형식미와 완결성을 갖춘 작품들은 대개 이영역(특히 좌표의 ③)에 귀속된다고 하겠는데, 근대 동시·동요의 대표작들이갖고 있는 이러한 편향에 대해서는 그 의미와 한계를 섬세한 분별을 통해짚어보아야 할 것이다.

8

한국 근대시의 형성은 사실상 자유시의 형성과 동의어로 인식되어왔다. 물론 오늘에도 현대 '시조'가 창작되고 있고, 개인적인 취향으로 특정형태의 정형시를 일정기간 동안 추구한 시인들이 없지 않았지만 이것은자유시 신화의 한 부속물일 뿐이었다. 서구 현대시에서도 이미 19세기 말이래 기성의 운율규칙을 해체하는 자유시의 위력이 점점 확대되었고, 형식의 이완현상이 뚜렷하게 나타났다.[10] 지금 이런 사실들을 상기하는 까

10 프랑스의 현대시인 자끄 루보는 프랑스문학에서 19세기 말엽 이후, 그리고 제1차 세계대전을 거치며 전통적 운율법 체계가 빠르게 붕괴해갔다고 말한다. 이러한 패러다임 변화로 '형식의 명백한 약화현상'이 나타났는데, "즉 운문의 구속이 약화되고 다소 엄격한 구속을

닭은 새삼스럽게 시 창작에 정형률의 도입을 주장하거나 현대시의 운율 부족을 탓하고자 하는 것이 아니다.

이 글에서 나는 종종 '동요·동시'라고 동요를 앞세워 서술했지만, 언제부턴가 우리 아동문학에서 '동요'의 명칭은 희미해지고, '동시'라는 이름으로 동요까지 아우르는 경우도 많아졌다. 시(詩)와 가(歌), 시와 요(謠)의 장르 분리가 절대화되어 '가'와 '요'가 탈락해버린 것이 오늘의 우리 문학의 실정인데, '동요'의 위상이 흔들리면서 '요'의 요소가 거의 도태되고 형해화한 사정은 우리 동시·동요 창작의 현황을 들여다보면 금방 드러난다. 동요를 표방하는 작품들이 대개 억지스런 말맞추기와 말놀이에 치중해온 현상은 오히려 이러한 사태의 증거가 되고 있다. 그런만큼 동시와 동요에 대한 모호한 분리의식보다 '동시'에 대한 철저한 자각 속에서 그에 걸맞은 '운율의 발견'이 이루어진다면 차라리 바람직한 모색이 되는지도 모르겠다.

분단 이후 현대시의 전개와 시문학 연구를 지배한 자유시·내재율 신화와 문학의 자율성 신화는 남한의 우파문학이 자발적으로 혹은 어쩔 수 없는 한계 속에서 선택한, 그나름으로는 최선의 길이었다. 이러한 '정치적' 선택이 허용한 협애한 순수주의에 아동문학계의 동시단 역시 침윤될 수밖에 없었고, 6·25 이전까지 형성된 시문학의 전통은 전후 등장한 새로운 세대들에게 충실히 계승될 당연한 '행운'을 누리지 못했다. 대체로 기성의 동시단을 지배한 자의식은, '동'시가 빠질 수 있는 유치함을 벗어나야 한다는 것과 시적 요건을 갖춘 작품이 되어야 한다는 매우 소박한 수준을 넘지 못했다.[11]

지난 시적 형식들이 소멸하거나 거의 눈에 띄지 않게 되"었다. 그는 이러한 형식적 약화가 가져온 결과로 "시의 기억가능 능력의 축소"를 지적한다. 즉 시가 더이상 외워지지 않고, 사람들이 외우려고 하지도 않는다는 것이다. 자끄 루보 「시와 시를 짓는 사람의 여러가지 문제들」(김화영 옮김), 대산문화재단 주최 2000 서울 국제문학포럼 session Ⅲ '작가와 글쓰기 (시)' 자료집, 75면 이하 참조.

그렇다면 이제 동시란 무엇이고, 동요란 무엇이어야 하는가. 앞에서 나는『선집』검토를 통해서 운율과 운율의식 등 몇가지 형식에 대한 원론적 문제들을 살펴보고, 근대 동요·동시의 성격에 대한 내 나름대로의 이해를 시도하였다. 물론 이『선집』이 포괄하지 못한 한국전쟁 이후 90년대까지 시기의 대표작들이 선정되고 이에 대한 검토까지 이루어진다면 인식의 폭과 깊이는 한결 넓고 깊어질 것이다. 이것은 말하자면 집을 지을 때 가장 기초적인 '터닦이' 공사에 해당할 터인데, 사실 60년대 이후 경제개발이 항용 그랬듯 우리는 한번도 제대로 터닦이 혹은 터다지기를 한 연후에 집을 지어본 적이 없었는지도 모른다. 그런 점에서『선집』간행의 진정한 의미는 그 간행 자체보다 어떻게 창조적으로 읽히고 쓰여지느냐에 좌우된다고도 할 것이다.

『선집』은 오늘날 가장 인기없고 불안정해 보이는 장르인 동시·동요가 근대문학의 전통과 자산으로서는 뚜렷한 정체성을 형성하였음을 보여줌으로써, 동시란 무엇인가, 동요란 무엇인가라는 질문이 구체화될 수 있는 몇가지 계기를 마련해주고 있다. 살아 움직이는 아동문학의 인자(因子)들이 실천적인 과제로서 이것을 몸으로 받아들이고 새로운 문제의식 속으로 이끌어들인다면 동시·동요의 정체(停滯)상태도 머지않아 타개될 수 있지 않을까.

특히, 뛰어난 작품을 많이 남긴 다음 시인들의 작품세계에 대한 깊이있는 이해는 창작자의 자기발견을 위해서나 아동문학계의 수준향상을 위해서 매우 긴요한 일이다.

---

11 박경용 「'동시'와 '아동시'의 문제」(『아침햇살』 2000년 가을호)에는 1960년대의 그와같은 정황에 대한 회고가 담겨 있다.

- 주제를 이미지로 잡아내고, 언어의 순정성을 극대화한 정지용[12]
- 아이들 생활세계를 가장 곡진하고 부드러운 언어로 그려낸 윤동주
- 어린이다운 말을 재미있게 운용하여 어린아이다운 세계를 그려낸 윤복진
- 폭넓은 주제를 다루고, 안정적인 시형식을 일구어낸 권태응
- 어린이다운 심성을 발굴하여 유려하게 표현한 윤석중
- 사회적인 시야, 성숙한 소년의 관점을 보여준 이원수

서른셋의 나이로 요절한 권태응의 주옥 같은 작품들이 사후 40여년이 지나서 묶여나온 것이나(『감자꽃』, 창작과비평사 1995), 월북 작가로 거의 그 이름이 잊혀졌던 윤복진의 수많은 동요들을 수습하고 추려서 소개한 것은 (『꽃초롱 별초롱』, 창작과비평사 1997) 근대 동요의 역량과 높이를 다시 가늠해보는 계기가 되었다. 물론 우리는 이 『선집』이 소홀하게 다루었거나 제대로 조명하지 못한 시인들에 대해서도 '재발견'할 수 있는 촉수를 열어놓아야

---

12 이 『선집』의 특징 중 하나는 정지용을 근대 동요·동시의 대표 작가로 자리매김했다는 점이다. 이원수·윤석중·김영일 등은 1950년대 이후에도 활발하게 활동했음을 감안하더라도, 정지용의 작품을 최다로 선정 수록했다는 것은 『선집』이 그를 최고의 동요·동시 작가로 평가하고 부각한 것이라 여겨진다. (정지용 동시의 특징과 의의는 원종찬 「정지용과 이태준의 아동문학」, 『아동문학과 비평정신』, 창작과비평사 2000 참조.) 나로서는 특히 「하늘 혼자 보고」나 「산에서 온 새」 「오빠 가시고」 등에서 색채 이미지와 관련해 주제 표현의 새로움을 얻어낸 것을 주목하고 싶은데, 가장 '현대적'인 작품들로 오늘에도 싱싱한 표현으로 다가온다. 그런 점에서 지용의 동시는 창작의 부진에 빠진 오늘의 동시인들이 민감하게 재검토할 필요가 있다. 그런데 정지용 작품의 이런 특징적인 면들이 동시(시)의 새 경지를 열어준 점을 십분 인정하더라도, 『선집』처럼 그를 최고의 동시인으로 평가하는 것은 논란의 여지가 있다. 가장 시인다운 시인으로서 동시를 쓴 사람이 정지용이라면, 윤동주는 동심의 유로(流露)로 가장 동시다운 시를 쓴, 자연의 동시인이 아닐까. 물론 두 사람이 대척적인 위치에 있는 것은 아니지만, 나로서는 윤동주의 면모를 한국 근대동시가 추구한 형식과 내용, 그리고 그 특질까지를 전형적으로 구현한 대표적인 시인으로 삼고 싶다.

할 것이다.

9

오늘의 동시는 어떤 모습이어야 하는가. 『선집』은 동심으로 노래한 시, 삶에 뿌리내린 작품들을 선별해주고 있지만, 오늘 동시가 갈 길은 무엇인지 쉬이 찾아지지 않는다. 전통의 섭수는 자기발견을 위한 첫걸음이고 도약을 위해 내적 역량을 북돋우는 훌륭한 자양분이 되지만, 오늘의 동시는 탈피(脫皮)의 시기가 지났어도 허물을 벗고 날아오를 줄 모르는 곤충처럼 낡은 각질 속에서 꿈틀거리고만 있는 것처럼 보인다. 바깥의 풍경은 보되 그 온도를 섬세하게 느끼지 못한다면, 현대의 감각에 맹목이 되어 낡은 가락만 되풀이 노래하게 마련이다.

1970년대와 80년대 가장 활력을 얻었던 민족·민중문학 운동은 개발독재와 분단모순에 맞서 민중적 각성과 시민적 실천이 솟구치던 시대에 현실의 삶에 드리워진 고통과 희망을 절실하게 담아내려는 노력이었다. 아동문학 쪽에서 일어난 현실주의적 자각 역시 이러한 흐름의 일환이었거나 동시발생으로 나타난 각성의 움직임이었다. 이에 따라 동시 창작에서도 '사회 속에서 현실의 모순을 안고 살아가는 어린이' '일하는 어린이'를 발견하고 그려냄으로써, 어린이가 처한 현실의 암담함을 폭로하고 삶을 개척할 꿋꿋한 어린이상을 추구해왔다. 물론 이러한 흐름이 전면적인 것이 아니었고, 도시화·문명화된 세상의 변화속도를 적절히 따라가지 못한 한계가 있었지만, 동심천사주의나 이른바 짝짜꿍 동요로부터 멀리 벗어나서 삶의 세계, 생활의 세계에 바탕을 둔 동시의 강건한 흐름이 튼튼히 뿌리내리게 된 것은 분명한 사실이었다. 그러나 이처럼 작가의 윤리가 무겁게 드리워진 일종의 정신주의적 편향은 필연적으로 발랄한 상상력을 제약하는 굴레가 되어, 작품의 내용과 형식이 지나치게 엄숙해지거나 협애해진 문제점도 있었다.

상식적인 이야기지만, 아이들의 상상력은 어른들이 생각하는 현실논리에 그다지 제약을 받지 않는다.[13] 이것은 근대 아동문학이 갖고 있는 일종의 필수적인 가정(假定)이다.

> 휴전선에서 끊겼던
> 철길이 다시 놓여지고
>
> 칙칙폭폭 뿡뿡
>
> 아이들이
> 남쪽 애들
> 북쪽 애들
> 함께 빼꼭이 빼꼭이
> 올라타고
>
> 달님 꼭대기까지
> 해님 꼭대기까지
> 기차 타고

---

13 그렇다고 아이들의 상상력이 무조건 더 개방적이고 기발하다고 볼 수 없다. 상상력 역시 계발되는 것이고, 시간과 공간의 제약을 받으며, 경험과 소재에 따라 달라지게 된다.

칙칙폭폭 뿡뿡
칙칙폭폭 뿡뿡
와글와글 달린다.

—권정생 「기차」 전문(『어린이문학』 2000년 11월호)

이 작품은 세계의 이목이 집중되었던 역사적인 6·15남북정상회담이 열리고 그 후속 조치로 경의선 철도를 잇는 공사가 벌어진 현실의 계기에서 착상을 얻은 것으로 보인다. 물론 이러한 배경을 떠올리지 않아도 이 작품을 이해하는 데에는 별로 어려움이 없지만, 경의선 철로가 이어지는 실제적인 착상에서(과거에는 공상적인 착상이었을지 모른다) 출발하여 상상력은 좀더 자유롭게 발동된다. 이어진 철길을 통해서 남쪽 아이들이 북으로 가고 북쪽 아이들이 남으로 오는 것이 아니라, 상상은 공상(?)이 되어 남북 아이들이 함께 빼꼭이 기차를 타고, 그 기차는 마치 은하철도 999처럼 하늘로 올라가 "달님 꼭대기까지 / 해님 꼭대기까지 / (…) 와글와글 달려"가는 것이다. "칙칙폭폭 뿡뿡 / 와글와글 달린다"는 결구에서는 힘차게 내닫는 기차 소리와 아이들의 소란한 활력이 한꺼번에 느껴진다.

이러한 발상은 흔한 것인지도 모른다. 그리고 천진한 아이들을 통한 남북 화합을 차분히 그려가기보다 두세 번의 비약을 보인 공상이 낭만주의처럼 여겨질 수도 있다. '달님 꼭대기'와 '해님 꼭대기'가 상징하는 것이 무엇인지 모호한 것도 사실이다. 그렇지만 우리 동시의 상상력이 그동안 너무 현실주의적 기율이라 할 어떤 '논리성'에 지나치게 얽매였거나 상투적인 감정이입과 의인화 기법에 몰두해 있었음을 상기할 때, 이러한 공상은 오히려 상당히 신선해 보인다. 국토의 통일, 겨레의 통일이라는 산문적 꿈을 넘어서는 '시적 차원'을 열어준 것도 이러한 공상의 힘이다. 요컨대 70년대 이후 민족문학운동이 재건한 현실주의적 시정신에, 존재를 무한히 개방해주는 공상과 몽상이 결합되어야 동시의 새로운 경지가 개척될 수 있을 것이다.

한국 근대아동문학의 체질 속엔 이런 공상과 몽상의 세계가 현저히 부족하였다. 그것은 근대문학이 식민지시대와 분단시대라는 엄청난 긴장과 상시적으로 맞닥뜨려야 했기 때문에 불가피한 한계일는지 모른다. 『선집』이 골라낸 동시·동요 작품들을 보더라도, 빈약한 전통에 한숨짓던 마음은 다소간 위로가 되지만, 상상력의 범주는 일상적인 생활세계와 자연의 테두리에서 거의 반걸음도 벗어나지 못하고 있다. 물론 이러한 특질에 담겨 있는 삶과 문학의 친화력은 소중한 것이고, 서정시가 몽상의 추구 형식인 것도 아니다. 막연한 말이지만, 오늘의 동시인은 현대의 감각으로 스스로를 조율하고 더 많은 몽상을 가져야 하지 않을까. 그런 점에서 『선집』에서 읽게 되는 전통은 때로는 나의 갈증을 부채질한다. 이러한 갈증에 시원한 샘물을 부어줄 새로운 동시가 기다려진다.

| 어린이문학 2001년 3월호 |

아동문학에 비평이 있는가

원종찬 평론집 『아동문학과 비평정신』을 읽고

1

상투적인 표현이지만, 원종찬 평론집 『아동문학과 비평정신』(창작과비평사 2001)의 출간은 참으로 경사스런 일이다. 어째서 그럴까. 그것은 오로지 이 책의 함량으로 인해서다. 우리 근현대 아동문학 연구와 비평을 통틀어 여기에 견줄 만한 함량을 가진 업적은 다섯 손가락으로 꼽을 정도가 아닐까.

이를 경사로 느끼는 데는 두 가지 의미가 있다. 하나는 이 책이 지닌 밀도 혹은 깊이의 측면이고, 다른 하나는 한국 아동문학계의 척박성의 측면이다. 전자의 측면이 연구자 혹은 비평가라면 누구나 갖추기 위해 힘써야 할 필수적인 요건이면서 현실적으로는 소수에게서만 달성되는 것이라면, 후자의 측면은 좀더 복합적인 연관을 일으킨다. 즉 척박성은 그 자체로 의미있는 열매를 가꾸어내기 어렵게 하는 토양이지만, 황무지를 개간하는 방법을 터득한 사람에겐 한층 수월하게 알곡을 거두고 그 거둔 열매를 다시 씨앗으로 나누어주는 가능성의 터전으로 변모한다. 원종찬의 작업은 그 자체로 성실하고 뛰어난 업적이면서, 아동문학계의 척박한 풍토를 먹이로 그 척박함을 깨뜨리고 나온 개척적 성과이다.

한국 근대아동문학의 출발은 근대문학의 출발과 큰 시차 없이 이루어졌으나, 학문으로서의 아동문학연구는 질과 양 모두에서 일반 문학연구와 상당한 격차를 두고 있음은 부정할 수 없는 사실이다. 이러한 현실은 서양 근대문학에서 아동문학의 성립이 상당한 시차를 두고 이루어졌고 그 정체성이 아직도 충분히 확립되지 못한 사정에 비추어볼 때, 제국주의 침탈과 더불어 20세기 초엽에 근대 세계체제에 편입됨으로써 근대적 문물제도가 형성되어온 우리의 처지에서는 어쩌면 당연한 결과라 하겠다. 학문의 영역에서 아동문학연구는 문학연구의 분과로 확고하게 자리잡지 못하고 여전히 변방적인 위치에 머물러 있는데, 이같은 상황은 아동문학작품 생산이 분명한 장르분화를 이루어 활발하게 지속 확대되고 있음에 비추어 상당히 불균형해 보인다. 나로서는 영화나 만화와 같은 후발 장르들이 점차 지배적인 장르로 제도화되어가는 것과 마찬가지로 아동문학 역시 좀더 뚜렷하게 정체성을 확립해가는 도정에 있다고 생각한다. 그런만큼 바야흐로 아동문학연구도 문학연구의 한 분과로서, 또는 좀더 독립적인 영역으로서 제도적인 차원을 빠르게 구성해가는 중이다. 근래의 아동문학의 활기는 '제2의 도약기'(원종찬 「한국 아동문학의 어제와 오늘」)로 일컬어질 정도로 새로운 획기(劃期)를 예감케 하는바, 근대적 제도로서의 아동문학의 '완성'을 앞당기고 있다.

아동문학비평은 아동문학 작품의 중심 독자대중인 어린이와 함께 호흡할 수 없다는 점에서 그 소통의 범위가 매우 제한되는 특성을 갖는다. 따라서 일반 문학비평이 대중독자를 향해 열려 있는 것과는 다르게 아동문학비평은 아동문학 종사자들의 영역으로 닫혀 있다. 이러한 특성은 한국 아동문학비평의 수준을 오랫동안 저차원에 머물게 하는 역기능을 해왔고, 비평의 빈곤은 비평에 대한 신뢰를 잃게 하여 그러한 상황을 지속적으로 재생산해왔다. 그러나 최근의 활기 속에 내재한 강렬한 욕구들은 이제 더 이상 비평의 저급함과 빈곤을 방치하지 않고 점진적으로 혹은 단층적으로 깨뜨려나가리라는 기대를 품게 한다.

2

『아동문학과 비평정신』에 묶인 글들은 모두 1994년부터 2000년 사이에 발표되었다. 이러한 분량이 그 자체로 결코 많다고 할 수 없겠고 저자의 작업량의 전부도 아니지만, 아동문학을 다룬 글을 발표할 수 있는 지면이 극히 제한돼 있는 사정을 감안할 때, 또한 쉽게 얻어낼 만한 것도 아니라 하겠다. 『아침햇살』『어린이문학』과 같은 잡지가 각자의 자리에서 제몫을 하면서 지속적으로 간행되고 있고, 저자 자신의 열정과 남다른 활동력이 뒷받침되지 않았다면 이만한 결실은 거두어지지 않았으리라.

앞에서 한국 근대아동문학 연구의 위상과 비평의 상황을 언급하면서 암시했듯이, 저자는 이 책을 통해 연구자로서 또 비평가로서 아동문학 연구와 비평의 새로운 차원을 열어젖혔다. 한국근대문학 연구로 학문적 출발을 한 저자가 아동문학과 운명적으로 조우한 것은 아마도 현덕(玄德)의 문학세계를 깊이 파고들면서부터가 아닌가 싶다. 「남생이」(1938)로 소설가로 데뷔하기 이전에 이미 많은 동화를 발표한 '월북작가' 현덕의 진면목을 밝히려는 연구자로서의 책임감과 성실성은 그를 현덕의 동화작품에 대한 본격적인 조명과 재평가로 나아가게 했다(「아동문학과 리얼리즘」). 문학사를 보는 종합적인 안목과 문헌자료의 치밀한 독해를 바탕으로 한 작가연구는 그 자체로 중요한 연구성과면서, 작품을 이데올로기적 편견이나 자의적 해석의 폐단으로부터 구원해내어 온전한 비평적 조망으로 나아갈 수 있는 길을 열어준다.

제3부에 묶인 일곱 편의 글은 이런 맥락에서 근대아동문학의 유산을 새롭게 발굴 조명한 보고(報告)이다. 전쟁과 분단의 고착화로 우파만이 득세한 남한 문단에서 의식적·무의식적으로 외면하고 소거해버렸던 작가들을 제자리를 찾아주고 있다. 동요시인 윤복진(尹復鎭)은 월북작가고, 동화작가들 가운데 노양근(盧良根)은 재북, 최병화(崔秉和)는 6·25때 폭사했으며, 이영철(李永哲)은 서울에 있었으나 행적이 사라진 것으로 드러난다. 생애에 대한 가능한 대로의 복원과 작품의 개괄, 작품연보의 제공은 우리가 보유한 아동문학 유산을 되찾아 온전히 활용할 길을 열어놓고 있다. 또한 정지용의 동시와 이태준의 유년동화가 아동문학사에서 차지하는 의미를 읽어낸 글(「정지용과 이태준의 아동문학」)과, 이원수와 마산의 소년운동의 관련성을 주목한 글(「이원수와 마산의 소년운동」)은 기존의 고착된 연구를 넘어서는 날카로움을 보여준다.

'연구'와 '비평'의 본격적인 결합은 1부에서 두드러진다. 그의 근대 아동문학사에 대한 밀도높은 탐색이 오늘의 아동문학을 꿰뚫어보는 비평정신과 결합하여 진경이 펼쳐지고 있다. 사실 그가 추구하는 '비평정신'은 그때그때 발표되는 작품을 중심으로 씌어지는 현장비평이나 특정한 쟁점과 과제를 도드라지게 내세운 비평담론에 국한되는 것이 아니다. 때로는 따분한 작업이 되기도 하는, 문학사 자료를 검토하고 해석하는 '학술적' 연구의 차원에서도 매순간 요구되는 것이 비평정신이며, 그의 글의 뿌리를 이루는 견실한 문학사적 탐색은 이러한 비평정신의 든든한 밑받침을 받고 있다. 아니, 오히려 그가 추구하는 비평정신의 뿌리에 근대 (아동)문학사에 대한 인식이 자리잡고 있다 하겠다.

이 책의 핵심부에 해당하는 1부의 글들 중에서도 「한국 아동문학의 어제와 오늘」 「한일 아동문학의 기원과 성격 비교」 「한국 아동문학이 창조한 주인공」 세 편은 탁발하다. 「한국 아동문학의 어제와 오늘」은 "20세기의 한국 아동문학은 한마디로 현실주의 정신을 바탕으로 전개되었다"(14면)고 전제하면서 '동심주의' '교훈주의' '속류사회학주의'를 극복하고 새로운 지평을 열어나가자고 제언하는 내용이다. 근대아동문학 80년을 압축적으로 추상하다보니 섬세함이 떨어지는 감이 없지 않지만, 이 글을 향해 제출된 토론과 반론에 꼼꼼하게 답한 보론(「한국 아동문학의 반성과 과제를 둘러싼 논의」)을 붙여 보완하면서 특히 일부의 '미망(迷妄)'에 대해서는 신랄하게 반박하고 있다. 「한국 아동문학이 창조한 주인공」은 말하자면 요즘 문화산업적 견지에서 관심도가 높은 '캐릭터'에 대한 연구다. "현재와 대화할 수 있는 문학유산으로서 새로운 아동문학사를 구성하기 위해 무엇보다 인물 창조에 초점을 두고 우리 창작동화의 흐름을 다시 검토"(96면)해야 한다는 취지에서 방정환의 「만년샤쓰」, 마해송의 「바위나리와 아기별」, 이주홍 등 카프계열 작가의 작품, 그리고 현덕 동화에 나오는 인물들을 주목한다. 사실 인물 연구는 가장 전통적인 서사(敍事) 연구방법의 하나인데, 그동안 '한국 아동문학 고유의 캐릭터'들을 거의 부각하지 못했다는 것은 매우 아쉬운 대목이다. 이 글이 충분히 암시하였듯, 「만년샤쓰」의 창남이, 현덕의 '노마', 권정생의 '몽실 언니' 등 매력적이고 생명력 있는 캐릭터를 찾아내 오늘의 아이들과 함께 뛰어놀게 하고 작품의 가치도 드높이는 일은 가능하고도 보람찬 과제다.

「한일 아동문학의 기원과 성격 비교」는 대단한 야심작이자 문제작이다. 한국과 일본 두 나라의 아동문학의 기원을 탐색함으로써 동일해 보이는 현상이 제국주의 근대와 식민지 근대라는 다른 길을 걸은 두 나라에서 어떻게 서로 다른 의미와 내용을 가진 것이었는지를 밝히는 이 글은, 한국 아동문학에서 두드러진 독특한 현실성(교육성과 사회성)을 "건강함의 징표" (91면)라고 보는 긍정을 일종의 결론으로 삼고 있다.[1]

근대를 추동한 자본의 논리를 따라 팽창하는 일본의 내셔널리즘은 침략적 제국주의로 나아갈 수밖에 없었다. (…) 그런데 메이지정부를 거쳐 일정한 근대화가 달성된 시대에 이르러서는 사정이 크게 바뀌었다. 급속한 산업화의 결과로 생각지도 못했던 사회모순이 적나라하게 드러났고, 지식인들은 자기들의 이상이나 영달을 국가의 흥륭과 일치시키는 것이 점점 어려워지는 것을 깨달았다. 타이쇼오시대의 '동심주의'는 이처럼 사회적 중압감이 커지는 것에 대한 지식인들의 반발심리의 하나로 나타난 것이다. (…) 이와야 사자나미(岩谷小波) 시대의 '입신출세주의'가 근대에 대한 낙관적 표현임에 반해서, 『빨간새』 시대의 '동심주의'는 그 좌절의 표현이라 할 수 있다. (…) 한국의 경우, 굳이 도식을 피하려 해도 최남선에서 방정환으로 옮겨가는 과정이 이와야 사자나미에서 『빨간새』로 옮겨가는 과정과 단계적으로 대응한다. (57~58면)

『빨간새(赤い鳥)』와 방정환에 의해 이루어진 '아동의 발견'은 각기 일본

---

1 개인적인 술회를 덧붙이자면, 나는 원종찬의 이 글을 통해서 1970년대 말 대학생 때 이오덕 선생의 「아동문학과 서민성」에서 처음 접했던 "『아까이 도리』의 기조를 이룬 동심주의"(『시정신과 유희정신』, 창작과비평사 1977, 106면)에 대해서 무려 20여년 만에 웬만큼의 이해를 얻게 된 셈이다. 당시 이오덕 선생의 책에는 『아까이 도리』에 일어 '赤い鳥'가 병기되어 있지 않아서 단지 생소한 단어로만 기억되었다. 나로서는 아동문학에 대한 관심은 늘 버리지 않고 있었지만 실속있는 공부는 전혀 할 기회가 없었고, 그 세월 동안 아동문학 연구와 비평도 답보상태를 벗어나지 못했다고 여겨진다. 일제시대에 성장기를 보낸 윗세대가 자연스럽게 일본어(와 문헌)를 통해 그들의 학문과 문학을 습득해온 것에 비추어 나와 같은 세대는 역으로 일본에 대한 객관적인 접근이 언어적 장벽과 자료의 미비, 심리적 기피요인 등으로 몹시 거북할 수밖에 없었다.

과 한국의 근대아동문학의 기원이 되고 있지만, 그 역사적 성격은 현저히 다르다는 것이다. 『빨간새』가 추구한 예술지상주의와 동심주의는 근대적인 의미의 '문학'으로 나아간 것이나, 그들이 추구한 '순수하고 아름다운 어린이'란 현실의 어린이와는 동떨어진 "낭만주의자들이 만들어낸 한낱 관념"에 지나지 않는다(53면). 이때의 '동심'이 어른들 자신의 '해방(구원)'과 관계된 문제였다면, 방정환이 주목한 것은 '어린이를 위한 어린이'였다. 어린이의 독립된 인격을 존중하고 주체적인 활동을 보장하자는 방정환의 아동관은 동학과 천도교의 개혁사상에서 유래했다는 것이다. 방정환으로서는 아동문학의 예술성과 교육성, 사회성의 어느 한쪽도 포기될 수 없는 것이었기에, "이와야 사자나미나 최남선 시대의 계몽주의적 이상을 한편으로 하고 『빨간새』의 낭만주의적 이상을 한편으로 하면서 나름대로 근대와의 긴장을 유지하려 했"으며(65면), "『어린이』에 실린 동화 (…) 방정환 문학을 비롯한 대부분의 작품들은 산문정신에 바탕한 '계몽의 기획'과 '근대 정감의 세계'가 한 작품 안에서 서로 대립하지 않고 공존"(81면)하게 되었다고 본다. 따라서,

> 방정환 문학은 이와야 사자나미나 일본 동심주의 문학의 복제가 아니라, 민족과 시대의 요청에 대한 응답이었다. (74면)

방정환 문학의 재인식, 즉 북한에서의 '반동 규정'과 남한에서의 '희화적 우상화' 등 왜곡된 시각을 넘어서서 '한국 근대아동문학의 기원=방정환'의 모습을 본래대로 되돌려놓는 것이 이 글의 또하나의 초점이다.

3

원종찬의 작업의 중요한 특징은 아동문학 연구와 비평을 튼실한 학문적 기초 위에서 전개하고 있다는 것이다. 이것이 그의 강점이자 희귀한 사례가 되는 까닭은, 우리 사회의 어느 분야를 막론하고 기본이 충실한 경우가 드물다는 점 때문이기도 하지만, 무엇보다도 아동문학 특유의 변방성 혹은 불모성에 기인한다. 따라서 그가 힘써 건설하고자 하는 것은 일차적으로 문학사의 객관적 인식체계다.

이러한 문학사의 객관성 확보를 위해 취해지는 주요한 전략은 사실의 발굴과 논리적 정합성의 확보다. 문학사의 객관성이란 무엇인가, 어떤 새로운 방법론을 도입할 것인가와 같은 고차원의 '행복한' 고민은 들어설 자리가 없다. 기댈 선행 업적이 거의 없는 불모지에서 스스로 기초적인 사실들을 발굴하고, 해석하고, 이를 상호연결하여 논리의 얼개를 짜나가야 하는 실정이다. 원종찬의 노력은 이러한 지점에서부터 출발한다.

이재철(李在徹)의 아동문학사 서술에 대한 신랄한 비판(「한국 현대아동문학사의 쟁점」)도 그 거점은 이와같은 학문적 기초의 문제에 있다. "독보적이면서 본격적이고 방대한"(140면) 저술인 『한국현대아동문학사』(1978)의 역사적 가치는 그것대로 남을 테지만, 이 저작에 드러난 관점을 중심으로 한 원종찬의 예리한 비판적 검토는 나에게는 대부분 사료(史料)의 온당한 해석과 논리의 일관성·균형성 문제로 귀착되는 것으로 보인다. 이러한 취약성의 밑바탕에는 해방전을 '아동문화운동시대', 해방후를 '아동문학운동시대'로 구분하는 큰 틀에 담긴 문학사의 이념이 결국은 분단의 승인하에 추구한 타협적인 순수문학의 이념이었다는 한계가 자리잡고 있음을 확인하게 된다.

원종찬 비평의 또하나의 특징은 그 논쟁적·토론적 성격에 있다. 김상욱 교수는 인터넷 게시판에 이 책의 서평을 쓰면서, 아동문학평론은 생산적인 논쟁을 일으킬 만한 "적절한 타자(他者)를 갖지 못했"다고 지적했다.[2] 맞는 말이다. 그럼에도 불구하고 원종찬은 적절한 타자를 찾아 성실하고 집요한 분석과 비판을 가함으로써 스스로 '적절한' 타자가 되기를 자처한다. 왜 그런가? 그것은 그 타자의 담론들이 아동문학의 지배적인 담론을 구성하기 때문이다. 그 지배적인 담론들의 오류와 부실(不實)을 깨뜨려 바로잡고, 생산적 토론을 이끌어내기 위해서다. 이재철의 아동문학사를 표적으로 삼는 것은, 비판이 곧바로 이 저술을 극복한 새로운 아동문학사의 제출로 이어질 수는 없더라도, 분단체제하에서 기득권을 누려온 담론에 이제라도 제자리를 찾아주어야 하기 때문이다. 위상은 좀 다르지만 이재복의 근대아동문학 읽기나 방정환 재해석에 드러난 속류사회학주의의 위험에 대해서도 가차없이 신랄한, 그러나 애정어린 비판을 가하는 점이나, 「한국아동문학의 어제와 오늘」에 대해 제기된 김서정과 최지훈의 반론을 겨냥해 지나칠 정도로 세세하게 응답하는 모습은 그 논쟁적 성격을 잘 드러내고 있다.

이러한 원종찬의 비평전략이 아직은 합당한 반향을 이끌어내지 못하고 있는 듯하다. 그런 점에서 그는 아직 행복한 비평가는 아니다. 그가 카운터파트로 선택한 논자들은, 그의 논점과 경쟁하면서 쟁점을 한걸음 발전시킨 반론이나 담론의 새로운 차원을 제시하지 않고 있다. 문학사의 객관적 인식에 관련된 사안이나 시각과 해석의 차이를 둘러싼 깊이있는 토론은 좀더 시간을 두고 기다려야 가능할지 모른다. 2부에 실은 총평 형식으

2 김상욱 「『아동문학과 비평정신』 서평」, 겨레아동문학연구회 홈페이지 www.gyure.org '공부 방' 게시판, 2001. 3. 20. 〔싸이트 개편으로 '옛 게시판'으로 이전〕

로 씌어진 몇몇 글 가운데에도 가령 2000년 신춘문예 당선동화를 분석한 글(「감상주의의 뿌리」) 같은 경우 그 문제점들을 매우 직설적으로 매섭게 비평하고 있는데, 여기에 책임이 있는 기성 문단은 오로지 침묵으로 대응하는 듯하다. 그러나 그는 홀로 뛰는 외로운 주자가 아니다. 서평 또는 독후감 형식이지만 몇몇 글들이 지적한 논점들을 보면 이제는 아동문학비평의 수준이 달라지고 있음을 느낄 수 있다. 가령 김상욱은 앞서 언급한 글에서 이렇게 지적한다. "근대의 성격이 '억압의 근대'와 '해방의 근대'라는 이중성으로 포착되고 있을 뿐, 그 관계의 설정이 모호하다." "기원의 성격이 근대아동문학이 출발한 지 거의 한 세기를 앞두고 있는 지금에서도 여전히 유효할 것인지 더욱 정밀한 검토가 필요하다."[3] 그리고 이재복은 편지 형식으로 쓴 독후감에서 식민지시대의 '입지소설'에 대해 "입신출세주의 문학이 담고 있는 씨앗의 한계는 여전히 남아 있는 것이 아닌가" "입지소설 형식이 갖고 있는 한계는 보수적인 한국 아동문학운동에 하나의 도피처이자 그늘을 제공하였다"는 점을 다시 상기시킨다.(「근대아동문학 다시 돌아보기」, 『어린이문학』 2001년 3월호) 염희경은 "방정환이 추구했던 감성의 해방이란, 엄밀히 따지자면, 동심주의적 요소보다는 반봉건성이라는 근대적 계몽의 요소가 강하"다고 지적하며, "현실을 빗댄 우의적 성격의 의인동화를 판타지와 동렬에서 논의하는 것은 최근의 논의 ─ 알레고리와 판타지의 구분, 근대 이성중심체제에 대한 근본적 물음으로서의 판타지론 등 ─ 에 혼란을 가중시킬 위험이 있"음을 말한다.(「한국 아동문학사의 새로운 밑그림」, 『창작과비평』 2001년 봄호)

---

3 원종찬은 김상욱의 서평에 답글을 달아 일차 해명하고 있다. 「Re: 총알 없는 권총찬…」, 앞의 '공부방' 게시판, 2001. 3. 20.

4

이야기를 하다보니 문학사의 인식 문제를 주로 언급하게 되었지만, 이 문학사의 인식 문제는 원종찬에게 있어서 아동문학의 근대성의 문제에 다름아니다. 그가 문제의 틀을 워낙 총론적으로 추구하며 다양한 테마를 다루는 까닭에 개별 테마의 집중적인 개진에까지 공력을 할애할 여지는 거의 없어 보이는데, 그의 글쓰기의 성격은 비평과 연구가 별개의 것이 아닐 뿐더러 항상 기능적 역할이 아닌 실천적 개입을 꾀하는 것이기 때문에 개별 테마에 대한 문제의식 역시 따로 동떨어진 몫으로 남아 있는 것은 아니다. 이러한 총론적이고 역사주의적인 접근은 당분간 그가 감당할 수밖에 없을 텐데, 그러나 이런 접근은 필연적으로 다양한 개별 테마들을 과제로 산출하고 그 과제들을 탐색하는 가운데 새로운 돌파구도 열릴 수 있다는 점에서, 흩어져 있는 역량들이 조직적인 혹은 이심전심적인 네트워크를 형성해 협력작업을 해나가는 것이 바람직할 것이다.

그가 의도했든 안했든간에 원종찬의 비평은 이원수와 이오덕을 잇는 '현실주의 비평'의 계보를 형성하고 있다. 그런 점은 표제 논문 「아동문학과 비평정신」이 이원수와 이오덕의 비평을 검토한 글임에서도 드러난다. 근대아동문학사를 탐사하는 그의 작업이 아동문학의 주된 흐름을 현실주의로 파악하여 "방정환―마해송―이주홍―이원수―현덕―권태응―이오덕―권정생'이라는 20세기 한국 아동문학의 한 계보"(「한일 아동문학의 기원과 성격 비교」 91면 각주 34)를 그리고 있다면, 그 자신의 비평은 이원수―이오덕으로 이어지는 '현실주의 비평'을 되살려 뚜렷한 맥을 형성하고 있는 것이다.

이오덕의 비평은 70년대 상황에서 제기되어 80년대 발전·분화한 민족·민중문학론의 아동문학에서의 등가물이라는 성격을 한편에 갖고 있는바, 기본적인 지향과 비평정신 자체는 오늘의 상황에서 더욱 아쉬운 것이 사실이지만, 그 각론의 유효성과 생동성은 당대의 민중현실 및 아동문학의 토양과 주고받은 길항작용 속에서 얻어졌다는 점을 돌아보아야 한다. "'진영' 내부를 향해서는 비평정신이 충분하지 못했"(「아동문학과 비평정신」, 170면)음을 지적하는 데서 드러나듯 원종찬의 입지가 이오덕의 비평을 그대로 추종하는 것은 아니지만, 지금까지의 비평활동에서 나타난 면은 이오덕 비평의 계승적 성격이 매우 강했다. 민족·민중문학 담론이 87년 이후 정치·사회적 지형의 변동과 세계적인 자본주의의 전일화 격랑 속에서 주체적 대응에 실패하여 지리멸렬해진 것에 비할 때, 아동문학의 상황은 90년대 후반 이후 오히려 부흥기를 맞고 있다. 젊고 가능성있는 역량들이 움터 올라오고, 원종찬과 같은 생산력있는 비평가가 확고한 자기관점을 보여주는 것도 다행스러운 일이다. 그러나 70,80년대 현실주의 비평의 경직성에 대한 비판적 자의식이 부분적으로 날카롭게 존재함에도 불구하고 그 극복을 향한 확실한 발걸음은 내디뎌지지 않은 듯하다. 계승은 그것이 치열한 자기갱신을 통한 비판적 계승이 아니면 몰락의 과정이라는 점에서, 이 비평집 이후의 작업은 당연히 새로운 과제 쪽으로 더 나아갈 것으로 기대한다.

저자 자신이 머리말에서 "현장비평이 부족함"을 아쉬워했듯이, 이 책은 일반 문학평론집처럼 당대 작품들을 대상으로 그때그때 발언한 글들이 차지하는 비중이 크지 않다. 2부에 엮은 김용택, 이가을, 권태응, 김구연의 작품집들을 다룬 글과 몇편의 밀도높은 총평은 그가 동시와 동화, 소년소설, 비평담론 등을 두루 다룰 수 있는 전천후 비평가임을 잘 보여준다. 그런데 이러한 '현장비평의 부족'과 '전천후 활동'의 배경엔 아동문학비평의 유통 문제가 자리잡고 있다. 일반적으로 비평의 생산은 문예지 발표와 작품집 해설이 대표적인 형태인데, 아동문학비평이 실릴 수 있는 잡지는 아동이라는 대중을 독자에서 배제한 전문지 성격일 수밖에 없고 작품집 해설 또한 본격 비평을 펼 자리가 되지 못한다. 실제로 비평적 담론이 가장 왕성하게 제출되고 소통되는 곳은 어린이 독서활동에 개입하기 위한 어린이책 검토의 현장일 것이다. 이러한 활동을 통해 이루어지는 작품의 검토가 문학적 평가를 최종목표로 하지 않는다 하더라도 그 의미는 작지 않으며, 때로는 전문적 문학비평의 감식안이 보지 못하는 작품의 층위를 발견하기도 한다. 그러나 이러한 비평 행위는 계통적인 축적을 통해 문학의 영역으로 침투하지 못하기 때문에, 문학비평으로서의 자기 몫을 거의 갖지 않는다. 이처럼 아동문학비평의 생산이 구조적으로 취약한 마당에 내실있는 비평전문지 하나 나오고 있지 않으므로, 비평이 서식할 공간은 참으로 마땅치 않다. 단순한 발표매체의 확보라면야 인터넷 공간과 사적 출판을 통해서도 가능하지만, 비평의 효용성과 현장성이 증대되어 그 주변성을 극복하지 못한다면 비평의 존재양상은 크게 달라지지 않을 것이다. 특히 창작에 전념해온 작가들의 경우 온당한 문학적 평가를 받을 수 있는 비평적 회로에 대한 갈망이 절실하기 때문에, 비평 쪽에서 창작 현장과의 소통 통로를 적극적으로 열어가는 것도 비평의 자기발전을 위해 바람직한 길이다. 그러기 위해서는 창작자와의 원활한 교감을 가능케 하는 비평언어의 조정까지도 고민해야 할 것이다.

5

아동문학계의 현황에 두루 통달하지 못한 자의 푸념일는지 모르지만, 이오덕의 『시정신과 유희정신』(1977) 이후 20여년간 우리 아동문학에 비평은 '없었다'. 그렇다고 그동안 비평정신 자체가 아주 말라붙었던 것은 아니다. 오히려 내면적으로 또는 실천적으로는 '계몽의 시대'가 지속돼왔고, 원종찬의 비평 역시 '계몽의 기획'임이 드러난다. 기득권을 하향 재생산하는 비평 아닌 비평이 지리멸렬하게 명맥을 유지해가는 한편으로, 나름대로 리얼리즘을 추구한 비평정신은 적절한 사회적·문화적 형식을 찾지 못한 채 고투하고 있었다.

원종찬은 한국 아동문학이 극복해나가야 할 과제를 '동심주의' '교훈주의' '속류사회학주의' '감상주의'로 요약 정식화한다(「한국 아동문학의 어제와 오늘」). 그는 때때로 비평문 속에서 아동문학의 흐름을 주도할 '운동'의 문제를 명시적으로 제기하기도 한다. 이러한 테제의 제출은 물론 앙상한 선언이 아니라, 역사적 층위와 실천적 층위를 갖고 있다. 무엇보다도 "아동문학은 그 특수성에서도 문학의 테두리에 있는 것"(「아동문학과 비평정신」 171면)임을 잊지 않는 균형감각을 갖고, 항상 아동문학의 본질적 성격을 들여다보는 논의를 펼친다. 그럼에도 이런 '용어의 정식화'가 앞으로, 특히 부정적 평가와 관련될 때, 비평의 환원주의로 나아갈 위험이 전혀 없지는 않아 보인다.

아동문학의 도약기를 얘기하는 순간, 어느새 한켠에선 창작의 '피로'의 기미가 나타나고 있다. 판타지에 대한 관심의 열풍은 창작자의 내적 욕구와 결합하지 못하고 말초적인 기교의 차원으로 떨어지고, 이론적 탐색 또한 겨우 발걸음을 떼어놓은 상태에서 가닥을 제대로 잡지 못하고 있다. '왕따 문제'로 대표되는 어린이 소외 문제에 대한 접근, IMF 구제금융으로 상징되는 경제위기를 계기로 얻어낸 '생활의 재발견'도 새로운 작품의 탄생을 기대케 했으나, 대부분 소재주의와 한때의 유행병의 수준을 벗어나지 못한 채 범작만을 양산하는 실정이다. 동화와 소년소설의 구분이 흐려지고, 소년소설·모험소설 장르가 위축되는 것도 바람직한 현상은 아니다. 아울러 어린이 주인공의 약화, 왜소화 경향도 90년대 이후 지속되고 있다.[4] 이제 모든 아이들이 유아시절부터 교육시설의 울타리에 갇혀 지내는 만큼 이런 현실이 아이들 세계와 어린이문학의 폭을 동시에 좁게 한다고도 볼 수 있지만, 창작의 매력은 오히려 이런 울타리를 시원하게 깨고 나가는 데 있다. 역사적으로 예술지상주의를 제대로 통과해본 경험이 없어서, 문학적 순도(純度)를 향한 자의식 역시 부족해 보인다.

비평의 보람은 무엇보다도 아동문학을 살리는 힘이 될 때 얻어진다. 원종찬의 이 평론집이 씨앗이 되고 거름이 되어 아동문학을 살리는 힘들이 쑥쑥 자라난다면, 그의 비평은 더이상 외롭지 않을 것이다.

| 작가들 제4호, 2001년 여름호 |

---

4 요즘 나온 작품들을 많이 읽지 못했지만, 가령 방정환의 「만년샤쓰」, 현덕의 동화와 소년소설, 이원수의 『해와 같이 달과 같이』, 손춘익의 소년소설 들을 떠올려 비교해보면, 어린이 주인공이 뚜렷하지 못하고 주체적인 행동력 또한 매우 약하게 나타나는 듯하다. 특히 90년대 이후 등장한 신인작가들의 작품에서 그러한데, 물론 어린이의 사회적 존재양식의 변화가 반영된 점도 있겠지만 근본적으로는 어린이를 보는 작가의 시선의 문제가 아닌가 싶다. 이는 동화와 소년소설의 경계가 흐려지는 현상과도 밀접하게 관련되어 있는데, 섬세한 비교와 심층적인 분석이 필요한 과제다.

이오덕 비평의 현장성과 '동심'

동심과 동심주의

이오덕 선생의 아동문학비평을 돌아보는 자리는 무엇보다도 고인에 대한 의례적인 추도나 조명이 아닌, 이오덕 비평을 '살아있는 비평정신'으로 대접하고 인식하는 자리여야 할 것이다. 그러한 인식은 후진들이 이오덕 비평이 역설했던 내용들을 명제화하여 적용하는 일을 활발하게 지속함으로써 실현되는 것이 아니고, 이오덕 비평이 문학과 교육의 현장에 그때그때 개입하면서 변혁을 이끌어냈던 실천의 동력 자체를 발견하는 일이 되어야 할 터이다. 그리하여 그 실천의 동력을 오늘의 현장에 대응하는 새로운 논리와 정열로 갱신하고 구체화하였을 때 비로소 우리는 후학으로서 이오덕 비평을 계승하였다고 자부할 수 있으리라.

....

* 이 글은 2004년 5월 22일 이화삼성교육문화관에서 열린 어린이도서연구회 주최 쎄미나 '이오덕의 삶·문학·교육'에서 원종찬의 주제발표(「이오덕 아동문학론의 계승과 발전」)에 대한 토론으로 발표했던 내용을 보완한 것이다.

원종찬의 「배반의 동심, 동심의 배반—이오덕 평론의 안과 밖」(『창비어린이』 2004년 여름호)은 30년이 넘는 기간 동안 펼쳐진 이오덕 비평의 방대한 내용을 적절하게 압축해 논평하고 있다. 이오덕 비평의 핵심에 자리잡고 있던 과제들—'아동 없는 아동문학'의 문제도 조금씩 모습을 바꾸며 여전히 해소되지 않고 있고, '서민성'과 '현실성'을 바탕으로 하는 리얼리즘 문학도 아직 충분히 내실을 다지지 못한 것으로 생각된다. 다만 적어도 '동심천사주의'나 '감각적 기교주의' 작품이 창작의 중심에서 활개치고 아동문학의 본질 혹은 선진성인 양 강변되는 현실만은 타개되었다고 나는 보고 있다.

'일하는 아이들'과 '유희정신', 특히 '유희정신'의 새로운 인식 문제와 관련해서는, 아동문학이 나아갈 길을 모색하는 차원에서 원종찬이 부정적인 '유희정신'의 개념을 역사적 개념으로 자리매김하고 적극적이고 긍정적인 '놀이정신'을 풀어놓을 것을 제안한 바 있다.[1] '말놀이, 유머, 난센스, 공상 또는 환상의 요소'를 '놀이정신'으로 묶어 적극적으로 재인식하는 것은 아동문학의 활력을 위해 필요한 일이지만, 각각의 자질들을 작품의 특질 속에서 제자리를 찾아주는 데 주력할 일이지, 굳이 놀이'정신'을 강조할 때는 또하나의 '계몽'이 되지 않을까 우려된다.

이 자리에서는 이오덕 비평의 밑뿌리가 되고 있는 '동심(童心)'의 문제에 대해서 주로 이야기해보고자 한다. 아동문학과 동심은 떼려야 뗄 수 없는 관계고 '동심'이라는 용어는 매우 편의적으로 쓰여왔다. 그러나 이오덕 비평에서 '동심'은 반복적으로 강조되고 있고, 여러 글에서 매우 명쾌하게 규정 또는 정의되었다. 원종찬은 이번 글에서 이오덕 선생의 아동관을 '(역사적) 동심주의'로 파악하면서, 이 '동심주의'가 리얼리즘 문학을 옹

---

1 원종찬 「'일하는 아이들'과 '유희정신'을 넘어서」, 『창비어린이』 창간호(2003년 여름호).

호하게 된 맥락을 '리얼리즘의 한 계기인 이상주의'에서 찾는다. 이러한 분석은 상당히 새로운 내용을 포함하고 있는 것으로 앞으로 좀더 충분한 논의가 필요한 주제이지만, 이오덕 선생의 아동관—문학관의 근저에 있는 '동심'의 성격을 보는 시각은 대체로 몇몇 논자들 사이에서 일치하는 바가 있다고 하겠다.

이오덕이 동심천사주의를 해체한 자리에 일하는 아이들의 '동심'을 대체해놓았다고 하면 이는 지나친 단순화일 것이다. 오히려, 그가 발견한 동심이라는 '신념'이 그의 아동문학론을 성립시킨 굳건한 토대요, 원천이 되었다. (졸고 「아동문학을 보는 시각」, 『아침햇살』 1998년 가을호 88면)

선언적으로 제시된 인간의 본성으로 '참된 동심'을 파악하고, 그 대척에 허위의식으로 '거짓된 동심'을 배치하는 구도는 스스로의 관점을 예각화할 수 있다는 점에서 유효한 방법론적 장치일 수 있다. 그러나 정작 더 폭넓은 관점 속에서 '동심천사주의'나 이오덕의 '동심본성주의' 모두 '동심'을 동일한 공분모로 상정하고 있다는 점에서는 다를 바가 없다. 어린이문학의 이념을 '동심'이란 관념의 구성물에서 찾고자 한다는 점에서는 동일하다는 것이다. (김상욱 「근본적 성찰과 관념적 동요—이오덕론」, 한국아동문학학회 주최 '제8회 아동문학연구발표대회' 주제발표, 2004. 05. 15)

즉 이오덕의 동심이 '신념'의 차원(김이구) 또는 '관념의 소산'(김상욱)이라는 판단은 서로 통하는 것이며, 동심천사주의를 해체하고 그 자리에 '동심' 또는 '동심본성주의'를 내세웠다는 해석에서도 두 글의 관점은 서로 비슷한 점이 있다.

그것은 이른바 '반문명의 표상'으로서의 동심 개념이다. 이오덕 선생의 논리 전개를 잘 살피면, '어린이와 어른'은 각각 '자연과 문명'이라는 구도 아래 '선과 악'으로 대응하고 있음을 볼 수 있다. (…) 즉 인간과 자연이 평화롭게 어우러진 세상으로 나아가기 위해서는 모든 사람이 동심을 찾아 가져야 하는 것이며, 어린이의 순수함이 현대문명에 오염되지 않도록 교육과 문학이 함께 힘써야 한다는 것이다. 이럴 때의 동심은 신념이요 세계관이자 이념이다. (원종찬 「배반의 동심, 동심의 배반」, 『창비어린이』 2004년 여름호 150면)

'동심'이 이렇게 "신념이요 세계관이자 이념"의 자리에 놓이게 된 것은 한편으로 이오덕 비평의 철두철미함에서 유래된 것이며, 한편으로는 '신념과 세계관과 이념'이 '동심'을 매개로 표출된 것으로 볼 수 있다.

이렇듯 동심을 지고지순의 이념으로 끌어올린 이오덕 선생의 논리는 어린이를 지고지순의 존재로 보는 아동관에서 비롯된 것이다. 그렇다면 타락한 동심주의와 평생 맞서온 이오덕 선생이야말로 일관된 사상체계를 지닌 본래적 의미에서의 동심주의자라 할 수 있지 않을까? (같은 글 149면)

원종찬은 이렇게 조심스럽게 이오덕 선생을 '동심주의자'라고 규정한다. 그리하여 "이오덕 선생의 아동관 자체만을" 볼 때는 "『아까이토리(赤い鳥)』의 주요 작가, 곧 동시에서의 키따하라 하꾸슈우(北原白秋)와 동화에서의 오가와 미메이(小川未明)와 크게 차이가 나는 것도 아니"라고 하였다. 그러나 이들에게서 어린이가 "순진·천진·무구·반속(反俗)의 표상"이었다고 할 때, 이오덕이 동심을 말하면서 "삶의 터전에서 온갖 부정과 역경과 싸우면서 끝내 지켜나가는 순수한 인간 정신이며, 끊임없이 자라나는 선(善)의 마음바탕이며, 온 민족의 어린이와 어른의 마음바다로 확대해갈

수 있는 정심(正心)"(「아동문학의 문제점」, 1976)[2]이라고 본 것과는 중요한 거리가 느껴진다. 즉 이오덕의 동심에서는 "온갖 부정과 역경과 싸우면서" "끊임없이 자라나는" "마음바다로 확대해갈 수 있는"과 같은 주체적인 실천의 개념을 빠뜨리고 '순수'정신을 주목할 수 없으며, 이때의 주체적인 실천 역시 키따하라 하꾸슈우의 '더럽혀진 어른이 구원받을 수 있는 구제로서의 동심'이나 오가와 미메이의 '정의를 실현하기 위한 동심의 문학과 운동'과는 상당히 다른 내용을 가질 것으로 짐작된다. 따라서, 원종찬도 "이오덕 선생의 동심론 자체는 이상주의적이지만 그것이 현실고발 또는 사회비판의 성격을 띠고 있다는 사실을 놓쳐서는 안된"(앞의 글 152면)다고 경계하였듯이, '동심주의'로서 그 인식구조의 유사성 또는 상동성(相同性)을 지적하더라도 그 내용상의 차이는 한층 더 분별해야 하겠고, 시대적인 맥락에서 이를테면 예술주의를 추구한 『빨간새(赤い鳥)』와는 '동심의 요구'에 담긴 근본적인 지향이 달랐다는 점을 먼저 주목해야 할 것이다.

원종찬은 글의 마무리에서 다음과 같이 결론적인 서술을 하고 있다.

그러나 이오덕 평론이 지향했다고 여겨지는 리얼리즘의 원칙에 의거해 볼 때, 어른과의 대립관계에서 이루어진 어린이의 이상화는 현실성에 균열을 내고 리얼리즘 아동문학론을 위협할 수가 있다. '어린이의 이상화'야말로 '동심주의'의 주된 자양분일 텐데, 이것이 현실과 부딪혀 '동심의 배반'을 맛보게 하지 말란 법도 없지 않은가. (…) 한편, 타락한 현실과 대비되는 어린이의 상대적 순수성이 잘못 물들거나 길들여지지 않도록 모든 어른이 힘써야 하겠지만, 그것이 다시 어린이를 현실로부터 차단하거나 대상화하는 논리로 이어질 수 있음에 긴장을 놓을 수 없다. 창작 주체가 어른인만큼 어떤 종류

2 이오덕 평론집 『시정신과 유희정신』, 창작과비평사 1977, 151면.

의 아동문학이건 작가가 일방으로 '선택한 가치'를 어린이에게 전하는 관계에서 자유로울 수 없다. 따라서 가치의 문제와 관련해서는 독자가 주체적으로 판단할 수 있도록 상황을 제시하는 '창작방법'의 모색이 필요하다. (156면)

'어린이의 이상화'가 현실의 아동을 제대로 보아내지 못하고, 비평의 논리를 규범비평으로 내모는 문제점을 낳을 수 있다는 것은 충분히 예상할 수 있다. 이오덕 평론에서 "교육성과 문학성이 이따금 '긴장 속의 통일'을 잃어버리고 교육의 자리로 환원한"(153면)다는 원종찬의 지적이 이와 관련될 것이다. 그렇지만 원종찬이 말하는 '동심의 배반'이 과연 무엇을 가리키는 것인지, 누가 어떻게 그 '동심의 배반'을 맛본다는 것인지는 모호하다. "이 '배반'이라는 표현은 (…) 낭만적이고 이상화된 동심 개념이 내포한 일종의 모순성, 곧 이율배반을 가리키는 말"(156면)로 설명하고 있는데, '동심천사주의'의 퇴행성과 보수성을 일으키는 '동심'을 '배반의 동심'으로 일컬을 수 있겠지만, 이오덕 비평에서 '동심의 배반'이 일어나는 지점은 좀더 면밀하게 짚어질 필요가 있다. 또한 "어떤 종류의 아동문학이건 작가가 일방으로 '선택한 가치'를 어린이에게 전하는 관계에서 자유로울 수 없다"고 하여 '창작방법'을 고민하라고 하는 진술에서는 창작방법을 주제에 종속시키는 관점이 드러난다. 작가가 '선택한 가치'를 어린이에게 곧바로 주는 것이 아니라 '상황을 제시'하는 방법을 통한다고 하더라도, 그것은 문학을 '내용을 담아 전하는 그릇'으로 보는 문학관이 아닐까. 내가 보기에 문학의 본질은 '작가가 선택한 가치'를 독자에게 주체적인 선택으로 경험하고 습득할 수 있게 하는 것이 아니라, 구체적인 형상(形象)의 도정에서 미적, 정서적, 사상적 가치를 찾아내고 구성하는 것이다. 이것은 작가의 창작방법 혹은 창작과정에 해당할 뿐 아니라, 독자의 작품 읽기에도 똑같이 해당하는 것이다.

현실과 살아있는 관계를 맺고 있는가

이오덕의 '동심'을 '신념이자 이념' 또는 '관념의 구성물' 등으로 파악하는 것은 일정한 비판적 관점과 연결되는 것임을 앞에서 보았다. 무엇이 동심인가를 따져보자면 여러 차원의 동심을 나누어볼 수 있겠지만,[3] 인식의 형태로서의 '동심'은 기본적으로 관념의 형식으로 존재한다. '아이들의 속에 있는 마음' 그 자체가 아닌, 우리가 생각하고 이야기하는 '동심'은 다 관념이지 않은가. 따라서 중요한 것은 '동심'이 관념이냐 아니냐가 아니라, 그것이 과연 '관념의 산물' '신념' '이념'의 차원으로서 기계적인 작동을 하고 있는가, 그렇지 않고 현실의 아동, 아동의 현실과 살아있는 관계를 맺고 있는가 하는 문제이다.

이오덕 비평의 종합적인 면모는 원종찬이 치밀하게 짚었고, '동심'과 '문학'에 교육적 가치가 개입하고 있는 측면도 날카롭게 지적하였다. 이러한 전반적인 파악이 이오덕 비평의 자리매김에 중요한 의의를 갖겠지만, 항상 '현장성'을 추구했던 이오덕 비평이 시대의 고비고비와 만나 가장 생동하는 활력을 뿜었던 지점을 주목하는 것 또한 소홀히할 수 없는 일이다. 그것은 비평의 현장성이 어떻게 획득되는가를 살피는 일로, 오늘의 비평이 어떻게 존재할 것인가를 모색하는 길에 다름아니리라.

----

3 '동심'은 기본적으로 아이를 어른과 구별 또는 대립시키는 의식에서 발견되고 규정된다. 동심의 차원은 ①개별자로서 아이들 각자가 갖고 있는 그때그때의 마음 상태 ②개별자인 아이들이 갖고 있는 마음의 여러 특성들을 크게 일반화한 것 ③아이들이 주로 갖게 되는 마음 상태 중 주요한 하나 내지 몇가지를 아이들다운 특성으로 간주하여 추상화한 것 ④아이들이 갖고 있어서 아이들다워진다고 믿고 있는 또는 아이들이 가져야만 한다고 생각하는 특정한 마음의 상태로 구분해볼 수 있다. '신념' '이념' '관념'으로서의 동심은 ④에 해당한다고 하겠다.

이오덕 선생이 동심에 대해 가장 집중적으로 탐구하고 견해를 밝힌 글은 이윤복의 일기 『저 하늘에도 슬픔이』를 다룬 「동심의 승리」(1975)이다. 이오덕 선생은 이 불행한 소년의 삶의 기록에서 '동심의 진수(眞髓)'를 발견하고 감동적인 '동심의 승리'가 이루어지는 것을 목도한다. 초등학교 4학년생인 소년 가장 윤복이는 어머니가 집을 나가고 아버지는 병으로 자리에 누운 불행한 처지에서, 껌팔이와 구두닦이를 하면서 세 명의 동생을 보살피며 살아가는 나날을 보고 듣고 겪은 그대로 써나간다. 이 '정직한' 기록에서 윤복이는 감당하기 어려운 고난과 사회의 냉대를 "잔약한 소년의 몸으로서 기적과 같이 견디어"낸다. "곤궁을 극한 밑바닥의 생활"에서도 윤복이는 의지가 꺾이거나 심성이 비뚤어지지 않고 "티묻지 않은 순수한 인간정신——곧 동심"을 지켜나가는 모습을 보여준다. 이오덕 비평은 윤복이의 일기가 "그 엄청난 고난의 기록으로 하여 전편이 눈물로 호소하는 사회고발"이면서 동시에 "통렬한 사회비판"이 되고 있다고 하였다.

이오덕 선생은 또한 유아 취향의 동요적 발상에 기댄 동심주의 작가들의 세계를 신랄하게 비판하면서, 일하면서 가난하게 살아가는 대다수의 서민 아이들의 참 모습을 그릴 것을 촉구하였다. "우리 어머니는/아기를 업고 가서/밭을 매요./내가 아기를/봐 주마 좋겠어요."(「어머니」), "우리는 촌에서 마로(뭐 하러) 사노?/도시에 가서 살지./라디오에서 노래하는 것 들으면/참 슬프다."(「촌」)와 같은 아이들이 쓴 시를 들어 보이며, "부모를 따라 일을 해야 하고 살아가는 걱정을 그들대로 하는 것이 이 나라의 거의 모든 아이들의 참 모습"이라고 하였다.[4] "막연히 추상된 보편적 존재로서의 아동"이 아니라, "우리가 살고 있는 이 땅에서 자라나고 있는 현실 속의 아동"[5]을 새롭게 인식함으로써 동심주의 작가들의 동심 세계의 허구

4 「아동문학과 서민성」(1974), 『시정신과 유희정신』 116~17면.

성을 폭로하였던 것이다.

　이오덕 선생의 문학과 비평이 이 땅 아이들의 생생한 현실에 보이는 깊은 관심은 「동심의 승리」 「아동문학과 서민성」을 쓰던 1970년대 중반에야 비로소 시작된 것이 아니다. 초기 시작품 「진달래」(1955)에서 이미 겨레의 수난의 표상처럼 산고개마다 붉게 핀 진달래꽃을 보고 "그래도 너는 해마다/보릿고개 넘는 아이들이 학교에서 돌아갈 때/배가 고파 비탈길을 넘어질 뻔하면서/너를 두 손으로 마구 따먹던 것이 좋았더냐?"[6] 하고 아이들의 가난과 아픔을 어루만지고 있다. 그러나 이오덕 선생의 현실관과 아동관, 문학관이 시대적인 요청과 맞아떨어져 큰 동력을 얻는 것은 70년대 중반에 와서 비로소 가능해졌다. '일하는 아이들'의 삶과 정서가 동심주의 아동문학의 틀을 바탕에서부터 바꾸어가는 힘으로 발견되고, 고난의 현실과 부딪쳐 더욱 찬란하게 빛나는 동심은 폭력적이고 낙후한 사회현실을 되돌아보지 않을 수 없게 하였다. 그리고 이러한 '아동현실의 새로운 발견'은 근대화와 경제개발을 거치며 도시가 급성장하고 절대 빈곤이 상대 빈곤으로 바뀌어가는 시대상황과 긴밀하게 조응하는 것이었다.

　그러나 동심천사주의 문학과의 긴장이 대부분 사라지고 가난의 문제, 일하는 아이들의 문제 역시 그 사회적 맥락이 현저하게 달라진 시점에서는 동심의 의미, 아이들의 삶의 문제도 뚜렷이 달라질 수밖에 없다. "온갖 부정과 역경과 싸우면서 끝내 지켜나가는 순수한 인간 정신"[7]의 가치는 어느 시대고 값진 것이되, 고난과 박해에 대비되어 빛나는 참된 동심의 상(像)이 시대의 전형으로 다가올 수 있는 가능성은 훨씬 줄어들었다. 농촌이 중심인 '일하는 아이들'의 살아가는 걱정과 생활 정서가 이 땅의 아이

---

5 같은 글 109면.
6 이오덕 동시집 『개구리 울던 마을』, 창작과비평사 1995(초판 1981), 17면.
7 이오덕 「아동문학의 문제점」, 『시정신과 유희정신』 151면.

들을 대변한다고 보기도 어렵게 되었다. 빈곤의 문제가 사라지지 않았지만, 일반 서민이 겪는 빈곤은 이제 양상이 많이 달라졌고 빈곤 문제를 보는 사회의 시각도 적지않이 바뀌어 있다. 김우경의 『수일이와 수일이』(우리교육 2001)에 나오는 아이가 겪는 공부의 압박 등 일상의 고통, 남찬숙의 『괴상한 녀석』(창작과비평사 2000)에 나타난 사회화의 지체와 차이의 수용 문제, 박기범의 「손가락 무덤」「아빠와 큰아빠」(『문제아』, 창작과비평사 1999)가 들려주는 노동자 가족의 삶, 그리고 김중미의 『괭이부리말 아이들』(창작과비평사 2000)과 『종이밥』(낮은산 2002)이 내부에서 그려 보인 가난 속에 꽃 핀 삶의 진정성 등은 꼭 최근에 새롭게 싹튼 주제인 것은 아니면서도 대략 80년대까지의 현실인식 틀에서 벗어나는 새로운 현실과 과제를 수용하고 있다. 또한 성역할의 흔들림과 가족 구성원의 위계의 변동, 이혼 등으로 인한 격렬한 가족해체 현상 같은 개인의 영역뿐 아니라, 6·15남북공동성명을 계기로 급진전된 북한에 대한 인식의 전환, 세계화와 반세계화운동의 파장, 생태계 위기의 보편화, 국제 전쟁 등 공적 영역에서도 커다란 변화가 진행되었고 이제는 그 어느 것 하나 아이들의 오늘과 내일의 삶에 무관하다고 넘겨버릴 수 없는 시대가 되었다.

따라서 중요한 것은 동심이냐 아니냐, 어떤 동심이냐, 신념이냐 아니냐가 아니라, 현실의 아동, 아동의 현실과 구체적이고 생생한 살아있는 관계를 맺고 있는 동심인가 아닌가 하는 문제다. 그런 의미에서 나는 근래의 이오덕 비평이 '일하는 아이들'을 일반화하고 동심 역시 정심(正心), 단심(丹心)의 차원에 놓음으로써[8] 이제는 일종의 '보수성'을 띠게 되었다고 보고 있다. 우리 아동문학의 건실한 전통은 대체로 어둡고 우울한 색조로

8 이오덕 「'일하는 아이들'은 버려야 할 관념인가」「어린이문학 무엇이 문제인가」(『문학의 길 교육의 길』, 소년한길 2003) 참조.

다가온다. 조금 비약해서 말한다면, 문학의 존재의의는 '다른 꿈'을 꿀 수 있다는 데 있고, 이런 어둡고 우울한 색조를 뒤집는 파격적인 상상력이 제대로 분출할 수 있게 비평은 죽어서 밑거름이 되어도 좋다. 동심이란 무엇보다도 '해방'의, 아니 '억압 이전'의 상상력이기 때문이다.

| 2004. 5 |

옛이야기를 즐기는 일, 되살리는 길

1

현역 동화작가로서 활발하게 작품활동을 하고 계신 송언 선생님께서 '우리 옛이야기의 세계'를 주제로 발표를 해주셨습니다.

서두에서는 사람들이 가장 보편적으로 기억하고 있는 「해님 달님」(「해와 달이 된 오누이」)을 분석하여 '우리 조상들의 교육관'이 어떠했는지 살펴보고 있습니다.

이 이야기가 "바람직한 '세대교체'가 어떠해야 하는가를 의미심장하게 일깨워주"고 있다고 하면서, 조상들은 새 세대가 감성지수, 지혜지수, 종

---

* 이 글은 2001년 10월 6일 수원의 라비돌호텔에서 열린 한국문학교육학회 주최 제24회 학술대회에서 토론을 맡아 발표한 것이다. 전체 주제는 '아동을 위한 문학 생활화의 방법'이었고, 나는 송언의 발표 「우리 옛이야기의 세계」에 대한 논평으로 이 글을 준비했다.(본문 중에 붙인 각주는 토론 때 필자가 발언한 내용을 보완 정리한 것이다.) 송언의 글은 당일 배포된 학술대회 자료집 「아동을 위한 문학 생활화의 방법」 참조.

교적 심성지수가 높은 사람으로 성장하여야 바람직한 세대교체가 이루어
진다고 보았다는 흥미로운 해석을 제시하고 있습니다.

또한 다섯 편의 옛이야기(「콩쥐 팥쥐」「금강산 호랑이」「나무꾼과 선녀」「우렁이
각시」「아기장수 우뚜리」)를 선정, 분석하여 '옛이야기에 담긴 다양한 시대정
신'을 탐색하였습니다. 이런 옛이야기에 담겨 있는 주제랄까, 옛이야기에
서 흘러나오는 '교훈'들이 골동품이나 박제품이 아니라 현재적인 생동력
을 갖는다고 보는 관점에서, 발표자는 옛이야기의 주제와 구조를 주목하
고 있습니다.

이에 따라, 아이들의 흥미를 유발하고 아이들이 부담없이 즐기는 옛이
야기의 재미와 힘을 창작동화에서 본받아야겠다는 제언을 하고 있습니
다. 즉 '생동감 있는 전형적인 인물' '아이들을 끌어들이는 서사의 힘' '무
의식에 잠재된 상처를 치유하는 모험과 팬터지'라는 옛이야기의 강점을
우리 창작동화들이 되살려내어 어린이문학이 더욱 풍성해졌으면 하는 바
람을 표하고 있습니다.

2

저는 여기서 발표자가 주목하지 않은 옛이야기의 특성을 제 나름으로
설명해보고자 합니다.

아이들이 옛이야기를 좋아하는 중요한 이유는 수용 주체의 심리적 부
담감이 적다는 것입니다. 즉 현재와의 시간적 격차가 크기 때문에 수용
주체가 이야기의 내용과 형식에 대해 심리적으로 자유로울 수 있습니다.

옛이야기는 오래전부터 즐겨온 것이고, 이미 완결된 형식이기 때문에
수용자 개인으로서는 처음 접할지라도 크게 두려움을 가질 필요가 없습

니다. 그것은 자신의 삶이 진행되는 현실세계와는 일정하게 단절된 세계입니다. 그 세계가 아무리 흥미롭고 문제적이라 할지라도 자신의 삶에 직접적인 영향력을 행사하지는 않는다는 것을 알기 때문에, 정신적인 부담을 크게 가질 필요 없이 옛이야기를 대하는 것입니다.

다음으로 옛이야기는 정본(定本)이 없다는 점입니다. 권위있는 개인 창작자가 지은 엄밀한 텍스트로 존재하지 않는, 구술문학적 장르기 때문에 구술자와 수용자가 융통성을 갖고 만날 수 있습니다. 물론 창작동화도 구술자가 작품의 특성을 살리면서 자기 나름대로 현장에서 구술 연행할 수 있습니다. 그렇지만 옛이야기의 경우 기본적인 이야기틀이 보편적인 공유재산으로 인식되고 있고, 개별적인 수용현장에서 얼마나 흥미롭고 유익하게 전달하느냐가 중요하며, 이야기의 원형은 존재할지언정 개별 텍스트(연행)들이 원본으로 환원되지는 않습니다.

따라서 구술연행보다 문자텍스트의 출판이 더 왕성한 현대에도 옛이야기는 당대의 언어감각으로 재서술되어 풍부하게 공급되고 있습니다. (이렇게 시간의 적층구조를 갖는 옛이야기를 분석하려면 세심한 분별이 있어야 합니다. 즉 그 텍스트의 모호한 기원으로부터 분석텍스트가 산출되기까지의 시간 동안 소거된 부분과 부가된 부분, 그리고 변이된 부분이 분별되어야 하니까요.)

다음으로 옛이야기는 오랜 기간 걸러지고 선택되어 살아남은 이야기라는 점입니다. 발표자가 주목한 '전형적 성격' '서사의 힘' '모험과 팬터지'도 이렇게 옛이야기를 살아남게 한 요인이 될 것입니다. 오랫동안 살아남아 보존되고 재생된다는 것은 의미 면에서 보아 보편적인 내용을 다루고 있고, 이야기 구조가 견고하다는 것을 뜻합니다. 발표자가 분석한 여섯 편의 옛이야기는 우리 겨레의 일반적인 생활감각과 거기에 깃들인 보편적인 심성과 활발하게 만나 교류하는 이야기들입니다. 그것은 특권층의 이야기도 아니고, 식자층의 이야기도 아닙니다. 그렇지만 이런 이야기들이 수용되는 양상은 구체적인 생활상이 달라진만큼, 오늘의 부모 세대와 아이들 세대가 상당한 편차를 보일 것이라고 생각됩니다.

3

앞에서 옛이야기와 오늘의 수용 주체 사이의 시간의 격차를 언급했습니다만, 오늘의 이야기 서술과는 다른 옛이야기의 서사를 어떻게 해석해야 하는가는 그리 간단치 않아 보입니다.

발표자가 「해님 달님」을 '바람직한 세대교체는 어떠해야 하는가'를 주제로 삼았다고 풀이한 것은 저로서는 매우 참신하고 그럴법한 해석으로 들립니다. 그렇지만 문학적인 서사는 명쾌한 명제로 환원되지 않는만큼, 이 이야기가 오늘날의 개념으로 과연 '바람직한 세대교체'를 주제로 하여 조상들의 교육관을 드러내고 있는가 하는 점에서는 한편으로 의아스런 느낌이 들기도 합니다.*

....
* 발표자는 호랑이가 오누이를 잡아먹지 않은 것은 아버지를 상징하는 인물이기 때문이라는 김열규 교수의 풀이를 소개하면서, 호랑이가 어린 자식들이 어떻게 절체절명의 위기를 벗어나는지 시험한다고 보았습니다. 호랑이를 아버지의 상징으로 보는 이러한 풀이는 「해님 달님」이 '세대교체'를 주제로 한, 조상들의 교육관을 엿볼 수 있는 옛이야기라는 주장에 중요한 준거가 되고 있습니다. 그런데 이와같은 해석이 「해님 달님」의 다양한 텍스트들에 대해 보편적인 설득력을 지닐 것 같지는 않습니다.

염희경은 「해님 달님」의 개작과정을 성실하게 추적한 한 논문에서 1911년 이후 채록되어 전하는 여러 편의 구전설화와 기록문학에 편입된 '전래동화'로서의 「해님 달님」의 다양한 이본(異本)들을 비교 검토하였는데, 구전설화에는 대부분 호랑이가 젖먹이 아이를 잡아먹는 잔인한 내용이 나오지만 개작된 '전래동화'들에서는 이를 삭제·축소하였음을 밝히고 있습니다. 물론 아이를 잡아먹는 내용이 있다고 해서 호랑이를 아버지의 상징으로 해석하

옛이야기—신화, 전설, 민담—의 세계는 오늘의 개념으로는 대부분 비현실적인 현상을 포함하고 있습니다. 「해님 달님」에서 호랑이가 사람을 잡아먹는 맹수면서 어리숙한 인간과 유사한 언행을 보인다든가 하늘에서 동아줄이 내려와 오누이가 하늘로 올라가는 것, 「콩쥐 팥쥐」에서 콩쥐를 도와주는 참새와 두꺼비의 이적이라든가 선녀의 도움 등이 그렇고, 「나무꾼과 선녀」 「우렁이 각시」 등등에서도 현실계에 없는 존재가 나타나고 현실계에서 불가능한 일들이 일어나고 있습니다. 물론 옛이야기가 활발하게 발생되고 유통되던 과거에도, 현실에서 벌어진 인상적이고 문제적인 실제 사건들이 사람들의 입에 오르내리며 전파되고 기록되었습니다. 그러나 옛이야기의 세계에서는 사람과 동식물, 사람과 자연이 하나의 범신론적 세계를 이루어 동등한 존재로 어울려 나타나고, 현실과 비현실의 영역이 오늘날과 같이 날카롭게 구분되지 않았습니다. (현대의 주요 판타지 작품들이 대부분 현실계에서 환상계로 넘어가는 '통로'를 갖고 있음에 비해, 옛이야기의 세계에는 이러한 '통로'가 필요없지요.)

비현실적인 현상들 또는 환상계의 개입은 이야기를 생산하고 수용하는 대중의 간절한 원망(願望)을 표현하고, 주제의 의미작용을 뜻하는 대로 구

는 것이 전혀 불가능하지는 않겠으나, "아버지가 자식을 잡아먹을 수는 없"기 때문에 아버지의 상징이라고 보는 것은 단선적이거나 틀린 해석이 됩니다.

다양한 변이 텍스트군을 이루는 옛이야기를 그 텍스트들을 모두 포괄하여 체계적·통일적으로 해석해내는 것은 쉽지 않은 일이고 어쩌면 불필요한 일일지도 모릅니다. 그렇다고 해서 옛이야기의 본질과 특성을 규명하고 오늘과 교섭하는 적극적인 의미를 탐색하는 일이 불가능하거나 무의미한 것은 아니며, 발표자의 글에서도 일부 시도된 것처럼 통념적인 해석을 탈피해서 좀더 그 기본적인 특성과 현대에의 작용을 통찰하는 일이 종요로운 시점이 아닌가 합니다.

염희경의 논문 「설화의 전래동화적 변용'에 따른 문제점 — '해와 달이 된 오누이'의 개작 과정을 중심으로」는 겨레아동문학연구회 홈페이지의 자료실에서 볼 수 있습니다. http://www.gyure.org, 2001. 6. 1.〔싸이트 개편으로 '옛 공부방'으로 이전〕

성하기 위한 장치일 것입니다. 그렇지만 비현실적인 현상이나 환상이 오로지 표현과 의미작용을 위한 수단으로만 개입되는 것은 아닙니다. 오히려 오늘날에는 비현실 혹은 환상으로 구분되는 요소들이 현실의 요소들과 어울려 하나의 '계(界)' 혹은 '장(場)'을 이루고 있는 것이 바로 옛이야기의 서사의 본질이라고 하겠습니다.

이렇게 옛이야기의 서사의 본질이 현실계와 환상계의 구분 없이 이루어지는 것이라 해도, 서사구조 내에서 어떤 질적인 차이나 비약을 찾아볼 수가 있습니다. 가령 제가 보기에 「해님 달님」에서는 오누이가 하늘에 동아줄을 내려주기를 비는 장면부터 해와 달이 되는 결말까지, 그리고 「나무꾼과 선녀」에서는 나무꾼이 하늘에서 내려온 두레박을 타고 하늘나라로 올라가 부인을 만나는 이야기는 그전까지의 서사의 흐름으로부터 일정한 비약이 있다고 판단됩니다. 이러한 비약의 의미가 무엇인지는 지금 명쾌하게 해명할 수 없지만 말입니다.

4

동화작가인 발표자께서 오늘의 동화가 어린이를 매료시키는 옛이야기의 특성들을 잘 되살려내기를 희망하는 말씀을 하셨으므로, 옛이야기의 재화(再話) 혹은 재창조와 관련하여 약간 언급해보고자 합니다.

옛이야기를 오늘의 어린이들에게 다시 들려주는 데는 몇가지 전달방식이 있을 것입니다.

첫째는 단순한 재서술의 방식입니다. 물론 단순한 재서술이라 해도 여러 단계가 있을 것이지만, 옛이야기의 원형을 잘 보존하면서 당대의 언어감각으로 수용자의 눈높이에서 다시 서술하는 경우를 말합니다. 한겨레

신문사에서 간행하는 '한겨레 옛이야기' 씨리즈와 창작과비평사에서 낸 '이 세상 첫 이야기' 씨리즈 같은 것이 이에 해당할 것입니다.

둘째로는 옛이야기를 원화(原話)로 하여, 원화의 어떤 특징은 그대로 보존하면서 재창조하는 방식입니다. 「흥부와 놀부」의 놀부를 진보적인 경제관념이 있는 긍정적인 성격으로 설정하여 새롭게 서술하는 것과 같은 재해석의 방식, 「나무꾼과 선녀」에서 선녀가 한 명의 아이를 낳았을 때 나무꾼이 날개옷을 돌려주나 선녀는 하늘나라로 올라가지 않는다는 식으로 줄거리를 바꾸는 것과 같은 설정 변경의 방식 등이 있을 것입니다. 즉 인물의 성격, 줄거리, 주제 등을 변경하여 서술하는 경우입니다. 그러나 그 원화의 가장 기본적인 특징은 보존되어야 합니다.

셋째로는 옛이야기의 화소(話素)를 바탕으로 하여 새로운 이야기를 창조하는 방식입니다. 두번째의 방식이 크게 보아 패러디의 영역에 속하는 것이라면, 이 방식은 작가의 완전한 독창적인 창작에 가깝습니다. 따라서 일반적인 옛이야기의 재화의 범주에 들지는 않는다고 하겠습니다.

세계적인 베스트셀러인 조앤 롤링의 '해리 포터' 씨리즈 등 현대의 서구 판타지 장르는 거의가 과거의 문학유산에서 자양분을 얻어 씌어졌다고 합니다. 좀더 고전적인 명작으로 꼽을 만한 린드그렌의 『사자왕 형제의 모험』 같은 작품도 악한 지배자로서의 용(龍)의 형상 등 서구의 문화전통 속에서 태어났습니다.

그런데 우리의 근대적인 자아는 서구 문물과 가치관의 엄청난 공세를 받으며 생성되었습니다. 따라서 우리 자신의 문화전통이나 동양의 문화유산에 대해 심리적인 거리를 갖게 되었습니다. 서구의 판타지는 터놓고 수용하지만, 동양적인 판타지는 오히려 적극적으로 수용하거나 재활용하지 못합니다. 옛이야기의 모티프나 옛이야기의 자연관, 가치관을 받아들이고 변용하는 것이 우리들 스스로에게 자연스럽게 다가오지 않습니다.

쉽게 말해, '촌스러운 느낌'을 떨치고 정말 '촌스럽지 않은' 이야기를 만들어내기가 힘든 것입니다.

우리 옛이야기의 자산을 창조적 동력으로 충분히 활용하기 위해서는 상당한 자각과 노력이 필요하다고 생각됩니다. 즉 문화전통의 핵심내용을 재발굴하고 그것을 고립된 우리 것이 아닌 동아시아 문화전통 속의 일부로 파악하는 일, 서구문화와의 관계에서 우열이나 대조가 아닌 공존공영의 논리를 찾아내는 일, 그리고 그것을 현대의 감각과 현실의 생동성 속에 편입시켜 스스로 살아 숨쉬게 하는 일 등이 바로 그런 노력이 될 것입니다.

그러나 이와같은 성격의 새로운 이야기의 창조는 옛이야기를 되살려내려는 노력만으로는 온전한 성과를 거둘 수 없습니다. 오히려 그러한 재창조는, 오늘의 삶의 혼돈과 그 본모습을 꿰뚫어보려는 작가의 깨어 있는 정신이 옛이야기와 만날 때 더 실하고 풍성한 열매를 맺게 될 것입니다.

| '아동을 위한 문학 생활화의 방법' 자료집, 2001. 10 |

보론

옛이야기를 원형 그대로 들려줄 수 있는가[*]

'돌멩이'님의 질문

저는 옛이야기에 관심이 많은 사람인데요.

선생님의 글은 잘 읽었고 많은 부분 동감하고 있는데요. 이런 옛이야기를 아이들에게 전달하는 방식으로 세 가지를 말씀하셨잖아요. 첫번째, 원형 그대로 들려주는 방법과 마지막으로 옛이야기의 전통을 이어받으며 전혀 새로운 창작을 하는 방법에는 동감합니다. 하지만 두번째 방법이 과연 바람직한가에는 의문이 생기네요.

"둘째로는 옛이야기를 원화(原話)로 하여, 원화의 어떤 특징은 그대로 보존하면서 재창조하는 방식입니다. 「흥부와 놀부」의 놀부를 진보적인 경제관념이 있는 긍정적인 성격으로 설정하여 새롭게 서술하는 것과 같은 재해석의 방식, 「나무꾼과 선녀」에서 선녀가 한 명의 아이를 낳았을 때 나무꾼이 날개옷을 돌려주나 선녀는 하늘나라로 올라가지 않는다는 식으로 줄거리를 바꾸는 것과 같은 설정 변경의 방식 등이 있을 것입니다. 즉 인물의 성격, 줄거리, 주제 등을 변경하여 서술하는 경우입니다. 그러나 그 원화의 가장 기본적인 특징은 보존되어야 합니다."

옛이야기가 내포하고 있는 의미나 상징에 대해 깊은 이해가 어려운 현대의 사람들이 일종의 재해석이나 주제, 줄거리를 바꾸는 것은 조금 위험한 일이 아닌가 하는 생각입니다. 특히나 그걸 아이들한테 들려준다는 것은 더 그렇네요. 놀부를 경제관념이 뛰어난 긍정적인 인물로 그린다면 흥부는 그에 반해 경제관념이 형편없는 무능력한 인물로 그려지겠지요. 그것은 우리들의 시대에 맞춘 해석이지만 정말 바람직한 해석이라고 보시는지요? 단지 관점만을 달리해본 것은 아닐까요? 어쩌면 현대인에게는 이미 파괴되어버린 인간성에 대한 조롱은 아닐까요? 저는 이러한 해석이 이기적인 현대인이 자신을 합리화하려는 데 그 바탕이 있다고 생각이 됩니다. 흥부의 행동 하나하나를 따져본다면 절대로 그렇게 볼 수 없다고 저

---

* 겨레아동문학연구회 http://www.gyure.org '공부방' 게시판에 필자가 게시한(2001. 10. 9) 윗글에 대해 '돌멩이'님이 질문한(10. 14) 내용과 거기에 필자가 답변한(11. 4) 내용을 함께 소개한다. 〔싸이트 개편으로 '옛 공부방'으로 이전〕

는 생각합니다. 거기에는 우리 조상들이 소중하게 여겨온 인간에 대한 원형이 그려져 있지 않을까요? 우리의 내면에서 애타게 그리워하는 그런 사람의 모습 말입니다."

「흥부와 놀부」를 원형 그대로 아이들에게 들려줬을 때 아무리 어린 아이라도 그 가치를 알아봅니다. 흥부는 우리들이 모두 되찾아야 할 인간성을 간직한 사람이며 놀부는 우리 안에 숨어 있는 우리들의 또다른 악한 모습이라는 걸 알고 있다는 것이지요. 저는 그래서 적어도 옛이야기만은 아이들에게는 원형 그대로 들려주는 것이 좋지 않을까 생각합니다. 그 원형이라는 것에 대해서도 이견이 많겠고 전래동화 형태로 재화하려면 많은 고민을 거쳐야 하겠지만요.

「나무꾼과 선녀」에서도 나무꾼이 하늘로 선녀를 찾아가는 부분에 대해서는 해석을 하기가 어렵다고 말씀하셨던 것 같은데요. 그 의미를 밝혀보려는 노력 없이 그 줄거리를 바꾸는 것은 전체적인 이야기에 대한 이해부족으로 오히려 그 이야기를 훼손하는 것은 아닐까요?

제가 이렇게 질문을 하는 것은 선생님이 말씀하신 두번째 전달방식이 아이들에게는 오히려 해가 되지 않을까 하는 우려 때문입니다. 저는 이런 방식은 어려서 옛이야기를 원형대로 들었던 어른들에게는 괜찮다고 생각합니다. 하지만 가치관이 형성되고 있는 아이들에게는 적당하지 않다고 생각합니다.

이런 식으로 옛이야기를 변형하여 들려주는 것이 아이들에게 어떤 영향을 미칠 것인지에 대해 선생님은 어떻게 생각하시는지 듣고 싶습니다. 그리고 옛이야기를 이렇게 주제나 인물의 성격이나 줄거리를 변형하는 까닭은 무엇인지, 그것의 목적은 무엇인지 들려주셨으면 감사하겠습니다. 그리고 꼭 필요한 작업인지 하는 부분도요.

답변

논평과 질문 반갑게 읽었습니다.

저는 옛이야기 전문가는 아닙니다만, 다소 원론적이고 상식적인 이야기들이 더 개진되는 것도 필요하다는 생각입니다.

사실 옛이야기를 둘러싸고 여러 범주가 겹쳐 있기 때문에 섬세한 이론적 논의는 매우 복잡한 방식을 띨 수밖에 없습니다. 신화, 전설, 설화, 민담 등등의 용어와 장르 문제, 구비전승에서 생겨나는 텍스트 문제, 그리고 여러 다른 이론과 관점 들이 있고, 여기에 수용자가 어린이일 때는 또 한 겹의 범주가 발생합니다.

이런 논의를 포괄하여 깊이있게 얘기하는 것은 전문적인 연구나 저술을 통해서 할 일이고, 지금과 같이 그때그때의 과제랄까 일감과 관련해서는 이런 종합적인 문제들을 염두에 두고 초점 중심으로 접근해야 하겠지요.

서론이 길어졌습니다.

저의 토론문 「옛이야기를 즐기는 일, 되살리는 길」은 말씀하신 대로 옛이야기를 아이들에게 어떻게 들려줄 것인가와 관련되어 있습니다.

제가 얘기한 세 가지 전달방식은 크게 그렇게 분류될 수 있다는 정리이고, 전달자(내지 창작자)가 취하는 태도라고도 하겠습니다.

두번째 재창조의 방식이라고 해서 말한 예는 저로서는 그런 식의 재해석이나 설정 변경을 권장한다는 뜻은 아니었고, 구체적인 예를 들되 간결하게 설명해본 것입니다.

말씀하신 대로 옛이야기(가령 「흥부와 놀부」)를 줄거리를 바꾼다거나 캐릭터의 기본을 바꾼다거나 하는 것은 신중히 할 일이고, 때로는 위험한 일입니다.

그렇지만, 제가 "옛이야기는 정본(定本)이 없다"는 식으로 표현했듯 옛

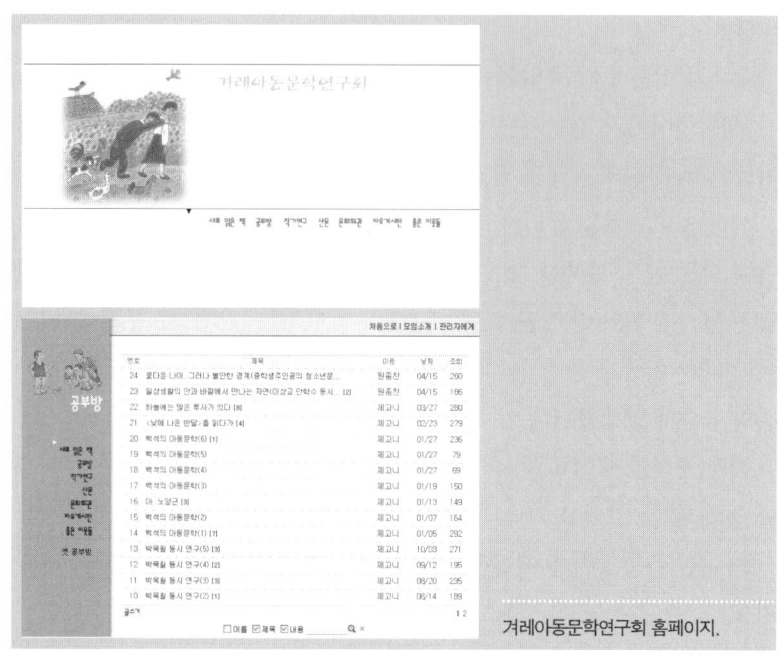
겨레아동문학연구회 홈페이지.

이야기는 대부분 다중의 기록 내지 비기록 텍스트로 존재합니다. 제가 언급한 염희경씨의 논문은 「해와 달이 된 오누이」라는 사례를 가지고 옛이야기 텍스트가 실제로 어떻게 (기록으로) 생산되어왔는지 잘 검토하고 있지요. (이 논문을 보면 어떤 텍스트 한두 개를 중심으로 「해와 달이 된 오누이」의 원형을 확정할 수 없고, 아이들에게 읽힐 정본(正本) 내지 선본(善本)도 아직 없다는 생각이 듭니다. 그러나 필수적인 모티프, 보조적인 모티프 들을 구분해볼 수는 있겠습니다. 그리고 어린이에게 전달할 때는 그 모티프들을 모두 포함할 수는 없고 부분적으로 가감, 변형할 수밖에 없다는 것이 드러납니다. 잔인한 묘사, 가치충돌, 구술연행과 문자텍스트의 성격 차이, 길이의 문제, 표현의 난이도 등등 때문이지요.)

따라서 "원형 그대로 들려준"다는 것은 쉽지 않은 일입니다. 아니 원형이라는 개념을 포기하는 것이 좋을지도 모르겠습니다. 그리스 신화를 우리가 접할 수 있는 형태는 벌핀치의 것 등 어떤 구체적인 텍스트이지, 그 원형이 아닙니다. 다중의 텍스트에서 원형을 '상정'하거나 '주장'하는 것은 가능하겠지만 말입니다.

따라서 원형 그대로 들려준다거나 원형을 밝힌다는 것은 접근하는 태도를 가리키는 것이지 결과물에 대해서는 그런 표현을 쓸 수 없다고 생각합니다. 사실상 그 '원형'에 접근해간다면 대부분의 옛이야기가 어린이에게 '원형 그대로' 들려줄 수 없는 내용과 스타일을 갖고 있다는 결론에 도달할 것으로 봅니다.

그런데 사실 어떤 이야기들은 더 '원형'에 대한 생각을 강하게 갖게 만듭니다. '정본'에 가까운 텍스트(구체적인 혹은 구체적인 텍스트들로 구성되는)가 있는 것이지요. 「흥부와 놀부」 「콩쥐 팥쥐」 「백설공주」 「헨젤과 그레텔」 등등이 그런 종류가 아닐까요. 가령 러시아 민담은 제게는 똘스또이가 정리한 것이 '정본' 내지 '원본' '원형'처럼 다가옵니다. 그것은 사회와 개인의 수용양상에 따른 '문화적 체험'으로 형성됩니다.

따라서 사람들은 이런 원형에 가까운 것이 있는 것일수록, 즉 어떤 이야기를 많은 사람들이 자주 접해서 그에 대한 지식이 대중교양이 된 경우일수록 그 이야기를 변형해보고 싶은 욕망을 더 강하게 갖게 된다고 하겠습니다. 또 그런 이야기일수록 역으로 '원형은 그게 아니고 실은 이것이다'라는 주장도 많이 나옵니다. 우리나라에도 최근에 그런 종류의 재해석을 시도한 책들이 많이 번역 소개되었고, 또 우리 필자에 의해서도 시도되고 있습니다. 창작과 연구의 차원 모두에서 그렇지요.

가령 「신화 속의 여성, 여성 속의 신화」(장영란, 문예출판사)라는 신간의 리뷰를 보면, 이 책은 그리스 신화를 '여성의 눈'으로 다시 읽은 책으로 신화의 여신들이 가부장제에 의해 왜곡되고 축소된 모습으로 전해오고 있다고 지적하였습니다.

즉 재해석, 재창조의 욕망이란 다름아니라, 텍스트 속의 이데올로기를 새로운 관점에서 비판 내지 변경하려는 시도인 것입니다. 그것은 직접적이지는 않지만, 그런 작업을 통해 오늘의 어떤 사상과 질서에 비판적으로 개입하는 실천의 성격을 갖게 됩니다. 옛이야기를 어린이에게 들려줄 때도 크게 다르지는 않다고 생각합니다.

오래 생명력을 가진 이야기들에 대해서, 그 이야기의 생명력의 핵심이 무엇인지를 포착해서 정리된 기록 텍스트를 생산하는 것이 오늘날엔 매우 중요한 과제라고 생각합니다. 우리에게 소개되는 그리스 로마 신화나 『아라비안 나이트』 등은 이런 텍스트(들)이 있어서 그것을 중심으로 소개되는 것입니다. (소설가 하일지씨가 쓴 『아라비안 나이트』는 신통한 반응을 못 얻었지만, 이윤기씨가 쓴 『그리스 로마 신화』는 많이 읽히고 있습니다. 이윤기의 사례를 통해 외국 신화라도 우리 저자가 다시 정리, 해석할 수 있고 그것을 신뢰할 수 있다는 태도가 우리 독자들 사이에 형성되어 있음을 알 수 있습니다.)

돌멩이님이 옛이야기를 변형하는 것을 대단히 우려하시는 것은 우리 옛이야기에 이런 텍스트들이 없기 때문이기도 하다는 생각이 듭니다.

이를테면 판소리의 경우 신재효(申在孝)의 열두 마당이 있는데, 옛이야기 텍스트로 「흥부와 놀부」나 「콩쥐 팥쥐」는 가령 임석재(任晳宰)의 「흥부와 놀부」, 이원수의 「흥부와 놀부」 이런 것이 없는 상황이지요.

그런 것이 있으면 그에 대한 패러디도 좀더 분명한 차원을 획득하게 되고, 변형이나 왜곡이냐 이런 논의도 어떤 가닥을 형성할 수 있겠죠.

그렇지만 원본(에 해당하는 것)이 없다고 재해석이나 새로운 창조를 못 할 것은 아니고 그러한 시도를 주저할 것도 아니겠습니다.

그리고 제 글의 뒷부분에서 서양과 동양을 딱 구분해 말했습니다만, 서양의 문화전통은 동양 내지 세계와의 교섭 속에서 탄생한 것이 많습니다. 그것을 우리는 서양의 눈으로 학습해와서 충분히 파악하지 못하고 있지요. 가령 제가 언급한 『사자왕 형제의 모험』에서 용의 형상이 어디에서 유래하고 그것이 어떻게 문화적으로 변형된 것인지 연구해본다면, 이런 교섭의 양상이 더 드러날 수 있겠지요.

원래 아이들을 대상으로 형성된 이야기가 아닌 (혹은 오늘의 아이들이 아니 그 시대의 아이들에게 들려주던) 옛이야기를 '오늘의 아이들에게' 들려줄 때 무엇을 고려할 것인가. 돌멩이님은 '원형 그대로' 들려주자고 하십니다만, 이에 따라 고려할 사항이 의외로 많다고 생각됩니다. 앞서 말한 「해와 달이 된 오누이」의 사례들도 대부분 옛이야기를 그대로 들려주려는 '재서술'에 해당하겠지만, 실제는 아이들에 '알맞은' 내용으로 삭제, 변형되었습니다. 여기에 불가피한 부분이 어디까지인가, 과연 얼마나 '원형'을 존중하려는 의식이 있었나도 물론 따져볼 일이라 하겠습니다.

'원형'이 무엇인가라는 차원에서가 아니라, 이야기 자체의 가치핵심이 무엇인가, 어떤 가치에 더 중점을 둘 것인가, 나아가 어떤 가치를 적극적으로 부각할 것인가 하는 차원에서 바라봐야 하겠습니다. (그렇지만 이런 식의 사고가 강화되다 보면 이야기의 존재 가치의 중요한 핵심이 '재미'라는 것이 망각될 우려가 있습니다.)

제3부
어린이문학에
'문학'을 채워라

자신의 세계로 독자를 빨아들이는 탄탄한 이야기의 재미와 고유한 울림을 지닌 '문학'은 굳이 그림이 거들어 주어야만 빛을 발하는 것은 아니며, 삐에로의 옷처럼 화려한 그림은 문학의 '생기'를 가려버리게 된다.

어린이문학, '문학'이 모자란다

　"어린이책 출판의 홍수 속에서 아동문학은 길을 잃었다." 원종찬이 계간 『창비어린이』 창간호(2003년 여름호)에 쓴 글 「'일하는 아이들'과 '유희정신'을 넘어서」의 첫 문장이다. "한마디로 양은 풍성한데 질은 떨어졌다." 이 말은 『창비어린이』 '창간의 말' 초고를 준비하면서 내가 오늘의 어린이문학의 상황을 가리켜 쓴 표현이다.

　어쩌면 대단히 비관적이고 극단적인 듯한 이런 진단이 과연 타당한 것인가? 일간지 담당기자의 책상엔 새로 나온 어린이책이 날마다 주체할 수 없는 높이로 쌓이고, 이삼년 전만 해도 몇줄 기사로 나기도 힘들었던 동화책 출간 기사가 매주 눈에 띄는 컬러 그림과 함께 큼지막하게 실리는 호시절을 지나치게 삐딱한 눈으로 바라본 탓은 아닌가? 텔레비전 방송이 벌이는 책읽기 캠페인과 전국 각처에 어린이도서관을 세우자는 '프로젝트'가 사회에 크게 바람을 일으키고 있는 환경 또한 아동문학이란 나무가 물과 양분을 먹고 쑥쑥 자라기에 딱 좋은 여건이라 해야 하지 않을까?

전환기의 활력과 모색

　대부분의 가정이 두 자녀 혹은 한 자녀를 키우고, 자녀를 안 두거나 아예 결혼을 기피하는 사람들도 많아진 시대라 아이들 인구는 많이 감소할 것 같고 그에 따라 어린이책 수요도 줄어들 것 같지만, 지난 10여년간은 그 어느 때보다 어린이책 출판이 성장한 시기였다. 도시로의 인구 집중, 사그러들지 않는 교육열, 소득수준의 향상, 고학력 부모들의 대거 등장, 자녀 수가 줄어들면서 오히려 증대된 더 잘 키우겠다는 열망 등이 어우러져 책은 가장 활용하기 쉬운 교육수단으로 떠올랐다. 특히 아이의 총체적인 인격 형성에 국내 창작동화는 좋은 영향을 끼치는 것으로 간주되어, 권장도서 목록의 가장 핵심적인 분야로 주목받아왔다. 이와같은 문학 외적 요인들도 어린이문학 창작을 북돋우는 밑거름이 되어, 1990년대 후반에 와서는 우리 어린이문학이 새로운 전환기를 맞이하였다.

　『내 짝꿍 최영대』『전봇대 아저씨』를 내놓은 채인선, 『샘마을 몽당깨비』『마당을 나온 암탉』『나쁜 어린이표』의 황선미, 『학교에 간 개돌이』의 김옥, 『어두운 계단에서 도깨비가』의 임정자 외에도 이상권, 박기범, 김중미, 안미란 등 새로운 작가들의 대두와 활약은 돋보이는 것이었고, 70년대와 80년대에 커다란 책무로 부여됐던 민중적 민족문학의 압박감으로부터 자유로워진 자리에서 달라진 현실과 조응하는 문학이 크게 발전할 것이란 기대감을 갖게 하기에 충분하였다. 신인 등단 씨스템에서도 일간지 신춘문예와 몇몇 문학상 공모, 그리고 일부 잡지를 통한 문하생 배출 등 고착화되어 있던 '구제도'가 독점적 지위를 잃고, 웹싸이트 등 좀더 다양해진 발표 매체와 방식, 직접 출판 등을 통해 새 얼굴이 끊임없이 등장하는, 훨씬 열린 방식으로 바뀌어갔다. 아직은 주로 모색의 모습으로 나타나고 있지만, '한국형 판타지'를 시도한 김진경의 『고양이 학교』 등 판타지장르 계열, 역사소설류, 옛이야기 모티프를 활용한 창작, 우화, 청소년소설 등으로 폭넓은 창작이 이루어지고 있는 것도 매우 반가운 일이다.

그러나 작년(2002년)과 올해의 창작 현황을 돌아볼 때, 전환기의 모색과 활력이 잠시 주춤거리는 차원을 넘어 심각한 침체에 빠져드는 것이 아닌가 깊이 우려하지 않을 수 없다. 어째서인가? '책'은 있는데 '문학'이 없다. 광고와 책소개를 통해 귀에 익은 작품들은 있지만, 『문제아』(박기범, 1999)나 『마당을 나온 암탉』(2000), 『씨앗을 지키는 사람들』(안미란, 2001)의 뒤에 턱하니 놓을 만한 작품은 찾을 수 없다.

그림과 버무려져 '책'이 된 문학

요즘 단연 활발하게 출간되는 어린이문학 책은 그림의 비중이 절반을 넘나드는 '저학년 창작동화'다. 대개 사륙배판에 육박하는 큰 판형에 컬러 그림을 쓰고 있다. 권장 연령이 저학년(1, 2, 3학년)으로 명시되어 있는 경우가 많지만, 초등 전체 학년이나 그 이상의 연령층까지 독자를 넓혀 잡고 있는 경우도 있다. 어린이책을 내는 출판사들은 거의 다 이런 성격의 씨리즈를 내는 데 주력하고 있다.

글이 주가 되고 삽화가 양념으로 들어간 예전 책과 달리 일러스트레이션의 비중이 한층 높아진 책이 나오는 것은 시대가 달라지고 독자의 욕구도 변화했으니 당연하고도 필요한 일이다. 그런데 그림이 작품의 감동을 키워주고, 작품과 결합해 더 높은 차원으로 작품의 뜻과 맛을 올려주는가? 그렇지 않다. 그런 예는 가뭄에 콩 나기 이상으로 드물기만 하다.

시각에 확 다가오는 그림은 선입견을 주고 독자의 지각을 압도해 작품 감상을 힘들게 한다. 물론 그림은 아이들의 눈길을 끌어 작품과 친해지게 하는 좋은 유인책이다. 신통찮은 그림도 잘 들여다보면 작가의 노고가 드러나고, 그 나름의 해학과 유머와 우수를 발견할 수도 있다. 아이들은 한층 더 티없는 상상력을 발휘할지도 모른다. 그러나 작품에서 그림을 떼어냈을 때, 그 글은 얼마나 앙상하고 혼란스러운지. 작품과 그림은 어떤 정제된 관계를 이루지 못하고 한 그릇에 버무려진 비빔밥처럼 입맛을 화끈거리게 한다.

글과 그림이 버무려져 그럴듯한 겉모습을 하고 '읽을거리' '볼거리'가 된 책들을 우리는 어디까지 '문학'으로 받아들여야 하나? '문학'은 가장 흔하게 책의 형태로 독자와 만난다. 그런데 문학작품은 말의 규칙을 따라 서술되어 있을 뿐, 꼭 특정한 책의 형태를 유지해야 하는 것은 아니다. 요즘의 동화책들은 말보다 그림이 먼저 나서서 외치고, 그림으로 승부하겠다는 과욕을 부려댄다. 이런 '책'들에서 말은 기를 펴지 못하고 오히려 그림의 부속물이 되고 있다. 자신의 세계로 독자들 빨아들이는 탄탄한 이야기의 재미와 고유한 울림을 지닌 '문학'은 굳이 그림이 거들어주어야만 빛을 발하는 것은 아니며, 삐에로의 옷처럼 화려한 그림은 문학의 '생기'를 가려버리게 된다.

물론 아이들에게는 문학이냐 아니냐와 같은 문제는 중요하지 않다. 그러나 많은 '문학책'들이 지금처럼 분야를 구분하지 않고 두루뭉술한 '글'이라는 지칭으로 타협해갈 때, 결국 자기 성격도 잃고 경쟁력도 잃은 하찮고 소란한 이야기더미로 전락하고 말 것이다. 저학년 동화의 생산이 유례없이 풍성한데도, '동화'의 본질을 구현한 작품은 여전히 멸종 위기의 동식물처럼 희귀하지 않은가.

두터워진 저변에 거는 기대

짧은 동화 3~5편 또는 원고지 100매 안팎의 동화 한 편으로 단행본을 내는 출판 형식이 빠르게 확산된 것은 그 나름의 이유와 강점이 있기 때문이다. 일반 소설과 달리 문예지를 통해 아이들 독자를 만나지 못하는 상황에서 단행본 출간이 발표지면 역할을 대신하고 있고, 출판사로서는 적은 분량으로 신속히 상품화하여 책읽기를 부담스러워하는 아이들에게 쉽게 다가갈 수 있는 형식인 것이다. (그렇지만 실제로는 완성도 높은 그림을 결합시켜야 하는 어려움 때문에 신속하고 간편한 출판이 보장되는 것은 아니다.)

그동안의 한국 아동문학의 흐름을 볼 때 고학년 대상 작품이 양과 질에서 모두 우세했다면, 지난 이삼년간에는 저학년 대상 작품의 출간이 단연 더 활기를 띠는 판세의 역전 현상이 일어났다. 번역 작품이 글자가 아주 적은 이야기 그림책에서부터 몇권짜리 긴 장편에 이르기까지 폭넓게 출간되는 것에 비하면, 국내 창작은 시장의 '대세'를 따라 엇비슷한 분위기의 작품을 엇비슷한 틀로 찍어내는 쏠림 현상이 두드러진다 하지 않을 수 없다. 그런 가운데 오늘의 문제를 진지하게 파고들면서 독특한 자기 색깔을 찾으려는 작품들도 더러 눈에 띄고, 재기있는 신인들의 등장도 보이는 것은 다행한 일이다.

오승희의 『그림 도둑 준모』(낮은산 2003)는 무엇 하나 잘하는 것이 없는 평범하고 소심한 아이가 어머니의 은근한 기대로 인해 힘들어하는 모습을 잘 잡아낸 작품이다. 이런 압박감과 부담감은 공부 잘하고 대회에서 상 받고 하는 아이들에게도 결코 덜하다고 할 수 없는, 오늘의 아이들이 일반적으로 겪고 있는 괴로움일 것이다. 아이들의 그날그날의 생활에서

『그림 도둑 준모』는 소심하고 숫기 없는 준모가 남모르게 겪는 갈등을 차분하고 치밀하게 그려냈다. 최정인 그림.

일어날 수 있는 일들을 소재로, 정황 묘사와 심리 묘사를 위주로 작품을 구축해간 '생활동화'류는 가장 흔한 창작경향인데, 대개 웃음을 유발하기 위한 좌충우돌과 튀는 대사를 앞세우거나 온정주의와 감상주의로 얼버무린 태작(駄作)이 많다. 그에 비할 때 『그림 도둑 준모』는 요즘 아이치고는 소심하고 숫기 없는 준모가 남모르게 겪는 갈등을 차분하고 치밀하게 그려낸 점이 돋보인다. 잘하는 것 없는 아이에게서 감춰져 있던 새로운 능력을 발견해내는 이야기가 아니라, 평범한 대로의 아이를 받아들이기 위한 '한 걸음'을 말하고 있다. 그렇지만 내성적이고 자의식이 많은 아이를 그리며 사건을 단계적으로 진전시키다보니, 아이들 특유의 생동감을 보지 못하고, 사회 전체가 빠져들어 있는 어떤 미망을 화끈하게 흔들어놓지도 못하고 말았다.

이미옥 동화집 『따뜻한 팬티』(시공주니어 2003)에는 이야기가 현실을 만들어내고, 상식에 얽매이지 않는 상상력이 활달하게 구사된다. 오줌싸개

재원이와 윤하는 성민이네에 소금 얻으러 와 천방지축으로 소동을 벌이는데, 씨름하다 오줌을 싼 바지를 프라이팬으로 구워 말리고, 카펫은 드라이기로 말려서 방향제까지 뿌려놓는다(「따뜻한 팬티」). 거리에서 차비를 구걸하는 다솜이를 돕기 위해 아이들은 "은행을 털어서 몽땅 갖다 주"려고 하는데, 아이들이 터는 은행은 돈이 쌓여 있는 은행이 아니라 나무에 열리는 은행이다(「은행 털기」). 페인트 가게 짱 아저씨는 담벼락에 그린 코끼리를 만지면 소원이 이루어진다고 하고 한쪽 귀가 나쁜 현수에게 몰래 보청기를 선물한다(「현수 귓속으로 들어간 코끼리」). 세부의 논리성이 튼실하지 못하고 사회학적 상상력이 약한 점이 아쉽다.

제목에서부터 궁금증을 유발하는 『바나나가 뭐예유?』(시공주니어 2002)라는 독특한 작품으로 눈길을 끌고 있는 신인 김기정은 허풍과 능청, 풍자가 황금비로 어우러진 새로운 화법을 구사하고 있다. 지오라는 산골마을 부근으로 고속도로가 뚫리고 바나나를 실은 트럭이 뒤집히면서, 마을사람들은 '기절할 만큼' 맛있다는 바나나를 드디어 맛볼 수 있는 기회를 잡는다. 먹는 방법을 몰라, 간장독에 넣어보고 김치독에 넣어보고 가마솥에 삶아보고 잿속에 묻어도 보고 하면서 바나나가 익기를 기다린다. 경찰은 사라진 바나나를 찾아 마을사람들을 닦달하고, 마을사람들이 '맛없는' 바나나를 아궁이에 넣고 태워버리자 연기에 취한 뻐꾸기가 '뻐내너! 뻐내너!' 하고 울었다는 이야기다. 이 어이없고 황당해 보이는 소동은 단순한 우스개 이야기가 아니라, 우리 사회가 거친 근대화의 한 장면을 매우 상징적으로 함축해놓은 것으로도 읽힌다. 또한 작가가 구사하는 능청스런 화법은 예쁘장한 서술과 '아이스런' 감수성에 호소하고자 하는 동화 문장의 상투형을 시원스럽게 벗어나, 민중의 이야기 전통의 한 맥을 현대적으로 되살리고 있다.

열 편의 작품 중에 한 편의 뛰어난 작품이 나왔다 해서, 백 편의 작품이

나오면 열 편의 걸작을 얻을 수 있느냐 하면 그렇지 않은 것이 문학이다. 창작물 출판이 홍수를 이루고, 각종 창작학교와 대학의 문예창작과에서 많은 예비작가를 가르치고 있지만 창작의 발전은 이러한 양적 성장에 비례하지 않는다. 진정 창조적인 발상은 오늘의 삶의 정체를 밝히려는 데서 나온다. 두터워지는 어린이문학의 저변이 과연 아동문학의 새 시대에 걸맞은 새로운 작품을 부화시키고 있는 것일까?

| 월간 말 2003년 7월호 |

저 시가 불편하다

이오덕 동시 다시 읽기

박영근 시인은 "저 꽃이 불편하다"고 노래하였다.[1] 이오덕 선생에게는 '저 동시가 불편'했다. '저 동시'란 무엇인가? 1960년대, 70년대 아동문단을 지배한 현실도피의 동심천사주의 동시, 감각적 기교주의 동시가 그것이다.

이오덕은 '불편한 동시단'을 향해 「표절동시론」 「부정(否定)의 동시」 「시정신과 유희정신」 「아동문학과 서민성」 「열등의식의 극복」 등 신랄한 평문을 잇따라 발표하여, 참된 시정신에서 우러나온 시, '일하는 아이들'의 생활과 감정에 뿌리내린 시를 촉구하였다. 이러한 그의 비평활동은 기성 아동문단을 몹시 불편하게 하였고, 그가 쓴 동시들 또한 기성 동시를 불편하게 할 만한 점을 많이 갖고 있었다.

이오덕의 첫 동시집 『별들의 합창』은 1966년에 나왔지만, 동시선집 『개구리 울던 마을』(창작과비평사 1981)을 보면 이 시집에 실린 시들이 1953년

---

1 「저 꽃이 불편하다」, 박영근 시집 『저 꽃이 불편하다』, 창작과비평사 2002, 76면.

부터 씌어진 것임이 밝혀져 있다. 즉 6·25전쟁 직후부터 이오덕의 동시 창작이 시작되고 있는만큼 그는 애초에 동시인으로 출발한 것으로 보아도 좋을 것이다.

비시적인 것의 충동

동시란 무엇인가? 이에 대한 대답으로 무언가 그럴듯한 미학적, 문학적 설명을 보태기 전에 우선 내게 떠오르는 것은 그 외형적 특징이다. 행과 연이 나누어진 형태의 글로 행의 길이는 그다지 길지 않고, 한 연은 대개 2~5행 정도, 전체는 대개 2~5연 정도로 구성된다.

'한국대표동시집 1'이라고 되어 있는 『파란 마음 하얀 마음』(김종상 엮음, 예림당 1986)에 실린 작품들을 보면 대부분이 이런 시형으로 되어 있고, '겨레아동문학선집' 동요 동시편으로 나온 『엄마야 누나야』『귀뚜라미와 나와』(겨레아동문학연구회 엮음, 보리 1999)의 작품들도 대부분 이 범주를 벗어나지 않는다. 즉 우리 아동문학사에서 대표작으로 일컬어지는 동시들은 이처럼 짧고 간결한 시형을 보이고 있고, 이런 시형은 일단 시각적으로도 편안한 느낌을 준다. 그래서 동시 하면 대체로 그와같은 시형을 기대하게 되고, 그럴 때 일단 동시답다는 인상을 받게 된다.

이오덕의 동시는 이러한 '동시다움'에 대한 기대를 종종 배반한다. 초기 작에 속하는 「벌 청소」를 보자.

오늘도 벌 청소를 하고
돌아가는 어둔 길—
이젠 학교가 싫어졌다.

교실에만 들어서면
서로 다투어 올라가는 붉은 기둥
이것 봐라, 난 이만큼 했다.
넌 저금도 한푼 못한 가난뱅이
모두가 나를 비웃는 막대그림표.
선생님은 나와 순남이를 꾸짖다 못해
이젠 날마다 벌 청소.
언젠가 선생님도 슬픈 얼굴로 타이르실 때
서러운 마음 솟구쳐 나는 울어 버렸지만
선생님도 어쩔 수 없는 저금, 회비, 책값……
뿌웅, 막차가 오는구나.
일자리 찾으러 가신 아버지
오늘은 기쁜 얼굴로 돌아오실까?
어서 가서 저녁밥을 지어 드려야지.
성큼성큼 걸어가는 골목
어둠 속 아이들이 나를 보고 비웃는다.
점방의 인형이, 이층집 불빛이 나를 비웃는다.
내가 잘못한 건 없지, 아버지도
아파 누우신 어머니도 잘못한 건 없지.
나는 가슴을 내밀고 앞만 보고 걸어가자.
돌같이 야무진 마음으로 살아가자.
오늘밤엔 일기를 길게 써야지.
내가 받은 벌, 내가 하고 싶은 말,
내 가슴에 가득한 이 슬픔을
모조리 일기장에 적어야 한다.

아, 가로등이 깜박이는구나.

노래나 불러 볼까, 내 멋대로의 노래

콧노래를 부르며 가자, 이 어둔 길,

벌 청소하고 돌아가는 길—   —「벌 청소」 전문, 제1부 60~61면[2]

　　이 작품은 연의 구분 없이 전체가 통련(通聯)으로 되어 있고, 호흡이 매
우 길다. 행이 나뉘어 있긴 하지만, 진술 형태는 벌 청소하고 집에 돌아가
는 아이가 자기 심정을 구구절절이 써내려간 일기문에 가깝다. 아이의 생
활에서 벌어진 사건을 직접 소재로 삼아 쓴 동시야 많이 있어왔지만, 이렇
게 사건의 내용을 곡진하게 밝혀 진술하는 방식은 이 작품이 씌어질 무렵
은 물론 지금 보아도 여전히 '비시적(非詩的)'이다. 아이가 당면한 상황도
여느 동화나 소설 작품 못지않게 매우 입체적으로 보여주고 있고, 아이의
서러운 마음과 불우한 처지를 이겨내려는 자기다짐 역시 점층적이면서
세밀하게 배치된 조직적인 진술을 통해 뚜렷하게 드러내고 있다.

　　「벌 청소」의 화자는 저금 실적을 올리지 못하고 회비, 책값을 내지 못해
서 방과후에 날마다 청소를 해야 하는 처지의 초등학생 아이다. 그런데
이 화자의 진술은 보고문의 문체를 많이 닮아 있다. 작품 앞뒤로 놓인 "오
늘도 벌 청소를 하고 / 돌아가는 어둔 길—" "벌 청소하고 돌아가는
길—"은 배경 설명으로, 아이 화자가 굳이 진술할 필요가 없는 일종의 지
문(地文)이다. 이 행들이 빠져도 시의 성립과 감상에 조금도 지장이 없다

---

2 작품 인용은 이오덕 동시선집 『개구리 울던 마을』(창작과비평사 1981)을 따르고, 작품이
　속한 부와 면수를 본문에 밝힌다. 『개구리 울던 마을』은 제1부 진달래(1953~1966), 제2부
　탱자나무 울타리(1967~1969), 제3부 씨앗을 뿌리며(1970~현재)로 나뉘어 있어 각 작품이
　씌어진 시기를 대략적으로 알아볼 수 있다. 저자 후기에 따르면 제1부는 첫 동시집 『별들
　의 합창』(1966)에서, 제2부는 『탱자나무 울타리』(1969)에서 뽑은 것이고, 제3부는 『까만
　새』(1974)에서 뽑은 것과 그후의 작품이다.

비시적인 것의 충동을 수용하는 데에서 나아가, 명령형과 청유형에 시인의 의지를 의탁하였다. 이오덕 동시선집 『개구리 울던 마을』.

고 여겨진다. "뿌웅, 막차가 오는구나" "성큼성큼 걸어가는 골목" "아, 가로등이 깜박이는구나."와 같은 시행은 화자가 관찰한 것의 토로이면서 필요한 배경 설명을 겸하고 있다. 물론 이 시와 같이 따로 화자가 설정되어 있는 경우 작가—서술자의 목소리가 결합된 발화적 특성을 어느정도 보여주는 작품은 다른 시인에게서도 많이 찾아볼 수 있을 것이다. 이런 일반적으로 일어나는 발화의 특성이라면 특기할 필요가 없다. 이오덕의 시편에는 그 이상의 강렬한 비시적 충동이 뒷받침되어 있는 것이다.

"아버지!
누가 죽였어요?"

"죽이면 어때?
가자!"
아버지는 어린이의 팔을 잡아당겼습니다.
　　　　　　　　　　　—「참새의 죽음」 부분, 제1부 80~81면

안녕, 안녕, 하고 고급 차가 지나갈 때는
손을 들어 흔들면서
하루에도 몇십 번 제 동무를
"개새끼!" 하고 부르는
너희들은 세상에서 못난 놈들이다.

—「못난 놈들」 부분, 제2부 120면

이 가난한 마을 앞을 지나가는 개 장수의
그 낡은 자전거 위에 철사 그물 속
틀어박혀 웅크리고 엎드리고
먹은 것을 토하고 똥오줌을 질질 싸고
겁에 질린 채 벌벌 떨고 있던
그저께도 내가 본 그 기막힌 목숨들!
그 목숨들의 무서운 부르짖음이 없다면!
높은 기둥에 밧줄을 걸어 목을 조르고
두개골을 내리치는 쇠뭉치를 잡은 인간의
그 피로 물든 손이 없다면!

—「지금 내 앞에는」 부분, 제3부 205면

「참새의 죽음」은 길을 가다 총맞아 죽은 참새를 보고 슬퍼하는 아이와 아버지의 냉정한 반응을 대조시킨 작품인데, 직설적인 대화를 인용하고 죽은 참새의 상태를 자세히 묘사하는 등 극화(劇化)에 치중하고 있다. 또한 이오덕은 아이들의 비뚤어진 세계를 드러내는 데도 가차없다. 일반적으로 동시인들이 금기처럼 생각해 다루지 않거나 다루더라도 어설픈 화해로 결말짓고 마는 아이들의 지나친 장난, 폭력적인 어른 세계가 투영된 모습 등을 날카롭게 잡아내고 비판한다(「못난 놈들」「청소 시간」「그 아이들은 웃었다」 등). 약자를 짓밟고 생명을 학대하는 데 대한 강렬한 분노로, 비유법을 모두 버린 채 그 야만성과 잔인성이 최대한 드러나도록 매우 사실적이고 정밀한 묘사를 추구한다. 「지금 내 앞에는」과 같이 반복되는 적나라한 묘사는 아이들뿐 아니라 성인 독자에게도 충격적이고 부담이 된다.

이러한 비시적, 비동시적인—그러나 이오덕 자신에게는 지극히 시적인 충동은 어디에서 연원하는가?

명령형과 청유형 ─ 의지의 시학

이오덕의 초기 작품인 「진달래」는 1955년 『소년세계』에 발표되었다. 이때 선생의 나이 서른이었고, '이지'라는 필명으로 발표되었다고 한다. 이 작품은 시집에 실리면서 일부 개작되었는데, 주목할 곳은 마지막 7연의 변화다.

> 진달래야
> 무더운 여름이 오기 전에 차라리 시들어지는
> 네 마음, 나같이 약하면서도
> 약하면서도……
>
> ─『소년세계』 1955년 3월호[3]

---

3 김제곤 「동시 '진달래'를 읽고」(겨레아동문학연구회 홈페이지 www.gyure.org '공부방' 게시판, 2003. 9. 20)에서 재인용. 김제곤은 『소년세계』에 실린 시 전문을 들어 보이고, 개작 사실도 밝혀놓았다.

진달래야,

무더운 여름이 오기 전에 차라리 시들어지는

너무나 순직한 어린이 같은 꽃아!

내 마음 속 환히 피어 있거라.

영원히 붉게붉게 피어 있거라.

—『개구리 울던 마을』(1981) 15면[4]

작품의 마지막을 고친다는 것은 논설문으로 치면 결론을 바꾸는 것인데, 바뀐 끝 3행의 변화는 매우 중요하다. 두 연을 비교해보면 빼고 새로 넣은 것이 뚜렷해 개작 의도가 확연히 드러난다. 빠진 구절의 핵심은 "나같이 약하면서도"이다. 즉, 헐벗은 이 땅에 피었다가 쉽게 시드는 진달래꽃의 마음이 '연약하다'는 것, 그리고 그 '마음'의 연약함은 '나의 약함과 같다'는 비유가 빠져버렸다. 새로 넣은 구절의 핵심은 "순직한 어린이 같은 꽃"과 "내 마음 속 환히 피어 있거라"이다. 즉, '순진한 어린이'의 심상이 추가되면서 진달래꽃을 매개로 그것이 '내 마음 속에 영원히' '환하고 붉게' 피어 있으라는 명령, 바람을 표출하였다. 애초의 시구에서 "약하면서도……"라고 마무리한 데에는 '약하지만은 않다'는 의미가 내포되어 있으면서, 진달래를 자신과 동치시켜가는 가운데 조금씩 꿈틀거리고 일어날 듯한 떨림을 주고 있는데, 개작된 시구에 와서는 6연까지 대상으로 관찰

---

4 시집 『별들의 합창』(아인각 1966)을 보면 「진달래」의 집필 시기가 1953년 4월임이 작품 끝에 밝혀져 있는데, 7연의 변화를 포함한 개작은 이 시집에 수록하면서 이루어진 것임을 알 수 있다. 2행의 "시들어지는"은 이 시집에서 "져 버리는"으로 고쳐졌다가 『개구리 울던 마을』에서 다시 "시들어지는"으로 환원되었다. 그리고 3행의 "순직한"은 개정판(1991) 『개구리 울던 마을』에 와서 "순진한"으로 바뀌어 있는데, 본래는 '순직(純直)한'의 뜻으로 쓰였다가 이 말의 쓰임이 생소해지면서 뜻에 큰 차이가 없는 '순진(純眞)한'으로 고친 것이 아닌가 짐작된다.

하던 진달래를 여전히 대상으로 남겨둔 채 화자 자신의 확고한 의지를 투영시켜버린 것이다. 마지막 연에 와서 시의 어조가 변하는 것은 동일하지만, 그것이 주체의 '망설임'에서 '분명한 의지'로 변모하면서 오히려 추상성은 강화되었다.

'─아(어)라' '─거라'와 같은 명령형 어미는 이오덕 동시의 성격을 드러내는 주요한 특징이다.

쉬는 시간이다.
뛰어나가자!
고함을 치고, 뛰고, 뒹굴고,
차라, 차라!
(…)
벌을 서고 꿇어앉았던 다리로
걸상을 받쳐 들었던 팔로
알밤을 얻어먹은 머리통으로
들이받아라!
쥐어질러라!
까라!

— 「쉬는 시간」, 제2부 98면

동무야, 겨울이 어디쯤 가고 있는가?
그것이 궁금하거든 달려오너라.
여기 죽음의 벌판에 살아난 목숨
버들강아지를 찾아오라.
이 땅의 봄을 찾아오라.

— 「버들강아지」, 제3부 219면

그렇다, 우리 모두 지혜를 모아

껍데기만 고운 것은 쫓아 버리자.

비뚤어진 모든 것을 쓸어 버리자.

—「모래밭에 그리는 꿈」, 제3부 222~23면

짐승들아, 이 세상의

모든 짐승들아,

너희들은 일어나라.

일어나 인간을 쳐 없애라.

야만을 무찌르는 거룩한 싸움을

시작하라.

—「염소」, 제3부 237면

　"뛰어나가자" "쫓아 버리자"와 같은 청유형과 "들이받아라" "찾아오라" "일어나라"와 같은 명령형의 사용은 그의 두번째 시집 『탱자나무 울타리』에서부터 더욱 도드라지게 눈에 띈다. 「쉬는 시간」과 「염소」는 1986년 군사독재정권이 아동도서에 민중교육론과 맥락을 같이하는 '민중론'이 침투했다고 공세를 취할 때 사례로 제시되었던 작품들인데, 이른바 '적개심과 대립의식'을 고취하고 있다는 주장이다.[5] 시어로서 명령형이나 청유형이 동원되는 것은 일반적으로 그 자체의 조사(措辭)적 기능을 추구하기보다는 감탄과 영탄, 호소력의 강화, 어조의 다양성 등 정서적 효과를 위해서

----

5 이 탄압의 성격과 의미에 대해서는 이오덕 「박해당하는 어린이와 아동문학」(『삶·문학·교육』, 종로서적 1987)과 필자의 글 「어린이도 알 권리는 있다」(『대학주보』 1986. 5. 19) 참조.

인 경우가 많다. 그러나 위에 든 구절들의 경우는, 그의 시작 전체로 확대시킬 수는 없겠지만, 객체에 대해 오히려 보통의 명령과 청유 이상으로 강력한 명령과 권유를 하고자 동원된 것이라고 볼 수밖에 없다. 그런만큼 명령형의 사용이 한두 번으로 그치지 않고 대부분 되풀이해서 나오게 된다.

이러한 특질에서 확인할 수 있는 것은 발화자의 강력한 의지(意志)이다. 그 의지가 실현될 대상은 학대받는 아이들과 얼어붙은 생명, 죽어가는 목숨들이고, 비뚤어진 이 세상이다.

이오덕 동시의 자리

김상욱 교수는 이오덕 동시 전반을 검토하면서 『탱자나무 울타리』 (1969)부터의 작품들을 두번째 경향으로 분류하였다. 이 경향의 동시들은 "동시에서 요구되는 최소한의 형상화 방법조차 적극적으로 폐기된 채, 정황에 대한 묘사와 감상의 직설적인 토로로 채워져" 있다고 하면서, "우리 동시로서는 처음 마주치는 관념적인 경향이며, 혁명적인 경향"이라고 하였다.[6] 이러한 지적은 앞에서 살펴본바 이오덕 동시의 몇몇 특질 즉 비시적인 것의 충동, 명령형과 청유형을 동원한 의지의 적나라한 표출 등과 통할 수 있는 분석이다.

그러나 이 계열의 작품에 와서 이오덕의 동시 세계가 "이전의 동시와도 어느정도 단절된 것"이고 "다른 동시인들의 작품과도 명확히 다른 것"[7]으로 다가온다는 점에 동의할 때, 이들 작품에서 초기 시와 달리 "형상화의

6 김상욱 「근본적 성찰과 관념적 동요(動搖)―이오덕론」, 한국아동문학학회 주최 '제8회 아동문학연구 발표대회' 발표논문, 2004. 5. 15.〔『한국아동문학연구』 제10호 수록〕
7 같은 글.

방법을 찾기 힘들"뿐더러 형상화 방법이 "적극적으로 폐기"되었다고 보는 것은 적실하지 않은 듯하다. 앞에서 짚어본 것처럼 이오덕은 비시적인 충동들을 수용하는 방식을 그나름으로 찾아나갔으며, 그것들은 결국 시 속에 비시적인 경향으로 남아 있을 뿐 더이상 비동시적인 존재로 규정될 수 없기 때문이다. 더구나 시 일반에 비추어 보았을 때, 비시적이라거나 형상화의 부재라거나 하는 면이 상대적으로 더 확대된 측면도 있을 것이다.

이오덕 동시의 문학사적 새로움, 혹은 그다운 특질이 위에서 본 것과 같은 형태적인 변화로 드러난다 해서 그가 주로 추구한 방향이 형태 파괴나 새로운 시형의 창안이었던 것은 물론 아니다. 시선집 1부의 초기 시편들에서는 물론 2부와 3부의 작품들에서도 앞선 시대나 동시대 작품들과의 친연성이 산견되는데, 이에 대해 시인 자신이 특별한 자의식이 있었던 것 같지는 않다. "이 비 개면/학교 가는 고갯길엔/(…)/새파란 열매들/쳐다보이겠다"로 시작되는 「이 비 개면」은 이수복(李壽福)의 「봄비」(1954)를 비롯해 여러 시인들의 작품에서 종종 보게 되는 "~하면/~하겠다(하것다)"의 구문을 도입한 작품이고, 「구기자밭」은 정지용(鄭芝溶)의 동시들을 연상시킨다. "구기자밭에 불 났다./불 끄러 가자"는 첫 연은 그 발상이 정지용의 「서쪽 하늘」("난리 났나. 불이 났나.")과 통하고, "빨간 모자 불붙을라./분홍 치마 불탈라."는 「산에서 온 새」("산엣새는 파랑치마 입고./산엣새는 빨강모자 쓰고.")와 색채감각뿐만 아니라 '모자'와 '치마'라는 소재까지 일치한다. 산문적 호흡으로 독백체의 자기 토로, 우울한 영탄 등을 이어가는 「도시여, 안녕!」에 오장환(吳章煥)의 「병든 서울」(1945)의 호흡과 환멸을 겹쳐 보는 것도 그리 빗나간 감상은 아닐 것이다.

그렇다면 상투적인 동시다움을 배반하는 그의 '불편한' 동시들은 동시의 미학적 변혁을 직접적인 목표로 추구한 결과라기보다 그 뿌리에 좀더 근원적인 의식이 작용하고 있다고 하겠다. 그것은 시인 자신의 진술을 빌려 말하면, "어린이들의 삶과 운명에 철저히 무관심의 태도를 보이는" 동시와 달리 "철저하게 내가 그때 그때 겪었고 현장에서 관찰한 사실"들을 쓰겠다는 것이고, "가난한 어린이들, 특히 농촌 어린이들이 (…) 땀 흘리고 일하는 생활에 자랑을 가지고 살아가"도록 하고 "불의와 부정을 미워하고 평화를 사랑하는 감정을 불어넣어주"겠다는 것이다.[8] 이러한 창작 동기가 얼마나 절실한 것이었는가는 비시적인 것의 충동을 수용하는 데에서 나아가, 명령형과 청유형에 시인의 의지를 노골적으로 의탁하는 등 시의 기능이 점점 '사상'의 전달에 종속되는 양상으로 흘러갔다는 점에서 확인할 수 있다. 그에게는 이제 세계에 대한 해답이 확보되어 있고, 행동의 방향이 결정되어 있었던 것이다. 따라서 그의 시적 진술의 본질적인 성격은 교술(敎述, didactic)에 가깝다고 보아야 한다.[9]

김상욱은 「시정신과 유희정신」(1974), 「아동문학과 서민성」(1974), 「열등의식의 극복」(1976)에 와서 이오덕이 민중적 민족문학에 대한 '강령적 형태의 인식'을 확보했다고 보고 이를 "70년대 어린이문학 비평이 도달한 정점"이라고 하였다.[10] 그렇지만 김제곤은 「진달래」 읽기와 시집 『탱자나무

---

8 「책 뒤에」, 『개구리 울던 마을』 253~55면 참조.
9 김상욱은 이를 '관념적인 경향'이라고 보았으며, 그 극복의 가능성이 '일하는 아이들'을 제재로 거기에 내재된 희망의 형상화를 통해 열리긴 했지만 "작품은 여전히 관념을 떨치지 못한 채, 방향을 얻었을 뿐 구체성에까지 도달하지 못하였"다고 하였다. "그것은 미완의 혁명이며, 관념 속에서 선취된 희망이었기에, 이오덕은 비평으로 활동의 중심축을 옮겨야 했"다는 해석도 음미해볼 만하다. 그렇다면 이런 가설도 세워볼 수 있겠다. 80년대 이후 동시 창작이 이오덕의 집필활동의 중심에서 밀려나면서 구체성의 차원은 '우리말 바로쓰기'에 대한 집중적인 글쓰기 및 작품비평의 영역에서 또다른 자기 위치를 갖게 되었다. '우리말 바로쓰기'에 대한 글쓰기는 대부분 실제 나타난 사례들을 놓고 낱낱이 검토하고 바로잡는 방식으로 이루어졌으며, 90년대 이후의 비평글에서는 경험주의적 편향이 적지않게 나타난다 (특히 채인선과 임정자, 이상권의 동화에 대한 비판적 지적들). 여기서 구체성이 추상과 길항하는 변증법을 이루어내는 것이 아니라, 원리와 원칙에 종속되는 양상을 보이고 있다.

울타리』의 발문을 근거로, "선생의 문학관이 『시정신과 유희정신』 때 와서야 비로소 완결된" 것이 아니라 "1960년대, 아니 「진달래」라는 작품으로 세상에 얼굴을 내밀던 그때부터 이미 확고하게 형성된 것"이라고 보았다.[11] 비참하고 억눌린 현실에서 동심을 짓밟히고 살아가는 아이들을 보듬고 자기자신을 지켜 살아갈 수 있는 용기를 주려는 시인의 마음은 김제곤이 이야기한 대로 처음부터 마지막까지 변함없었을 터이다. 그러나 그의 동시들이 가장 생기를 띠고 창작된 시기는 60년대 후반에서 70년대 전반에 이르는 기간으로 보아야 할 것이다. 70년대 후반의 작품으로 짐작되는, 동시선집 제3부 뒷부분에 실린 시편들에 와서는 이미 현실의 생생함이 기억과 관념의 언술로 대체되고 있다. 따라서 도시에 와 '성공'을 꿈꾸던 아이가 '거짓의 도시'에 환멸을 느끼고 '고향 산마을'로 돌아가는 「도시여, 안녕!」이란 작품이 시집의 맨 끝에 수록된 것은 매우 의미심장하다. 도시에 "영원히 안녕!"을 고함으로써 현실은 이제 제한된 현실이 되어버린 것이다.

그렇지만 그의 시적 행로가 궁극적으로 시의 성취를 배반하지 않는 것이었음은 이오덕 동시의 특질을 가장 잘 드러내는 「개구리 소리 2」와 같은 뛰어난 작품이 빚어질 수 있었던 데서 확인된다. 김영동이 곡을 붙여 더욱 널리 알려진 이 시는 "너는 울어라"라는 구절이 후렴처럼 반복되면서 부드러우면서도 역동적인 가락을 타고 있고, "퍼런 못자리 물 속에" "신작로를 따라" "온 들판에서" 와자하게 울어대는 개구리 울음으로 아이들의 고단하고 걱정 많은 삶을 어루만져주면서 자연스럽게 울음 속에 희망의 기운까지 서리게 하였다. 또한 그의 유언대로 시비에 새겨진 「새와 산」

10 김상욱, 앞의 글.
11 김제곤, 앞의 글.

의 초월적이면서 초월이 아닌 세계, 놀라운 단순성의 미학에 도달한 것도 바로 이 즈음이었다.

| 한국아동문학연구 제10호, 2004. 5 |

소년에 대한 기대가 넘치는 '작은 어른' 서사

손창섭 소년소설 『싸우는 아이』

기말고사를 앞두고 시험공부를 하는 중학생 아들이 농땡이를 부리지 못하게 감시하다가 『싸우는 아이』를 읽기 시작해, 다음날 오전 버스로 출근하면서 마저 다 읽었다. 책읽기가 느리고 한번에 다 읽는 경우가 드문 나로서는 예외적인 일이다.

그만큼 『싸우는 아이』는 이야기가 골치 아프지 않고 재미가 넘친다. 그 재미는 오롯이 소년소설의 재미. 우리 문학에, 아동문학에 소년소설의 맥이 이렇게 뚜렷하고 작품도 많이 생산되었구나 하는 것을 실감케 된다. 방정환의 「만년샤쓰」(1927)를 시발로 하여 현덕의 「고구마」 「모자」 등과 같은 모범적인 단편들이 나왔고, 이원수의 『오월의 노래』 『해와 같이 달과 같이』를 비롯한 많은 중장편, 권정생의 『몽실 언니』 등 소년소설의 전통은 연면하고 두툼하고 또한 알차다.

줄거리는 주인공 소년 찬수네 가족을 중심으로 전개된다. 내복과 아이들 옷가지를 팔러 다니는 할머니, 회사에 사환으로 나가는 누나, 그리고

248

초등학교 고학년인 찬수 이렇게 세 식구가 가난한 처지에도 여러 사건을 겪으며 꿋꿋이 살아가는 모습이 신파에 흐르지도 않고, 낭만적 동정에 빠지지도 않고 리얼하게 그려진다. 작가는 「비오는 날」 「잉여인간」 등 소설에서 보여준 면모와는 다르게, 관념과 감상과 엄살에서 벗어나 건강한 정신 바탕 위에서 밝고 강건한 필치를 유감없이 발휘하고 있다.

"사월 혁명 때, 자유를 어쩌라고 막 외치며 용감하게 데모를 하던 대학생들의 모습이 눈앞에 선히 (…)'라는 구절로 미루어보면, 1960년대 초반에 쓰어진 작품이다. 필자가 읽은 텍스트는 우리교육에서 2001년 다시 출간한 『싸우는 아이』인데, 아쉽게도 언제 창작되고 발표된 작품인지 밝혀져 있지 않다. 김제곤의 글에 따르면, 1991년 새벗사에서 간행된 『싸우는 아이』에는 장편 『싸우는 아이』와 단편동화 여섯 편이 실려 있는데, 대개 50년대 후반과 61년 사이에 쓰어졌다고 한다.[1] 대부분 잡지 발표작들일 것이므로, 일차적으로 발표지면을 확인해 정확한 발표시기와 창작시기를 밝히고, 작품 분석을 위해서는 개작여부도 살펴볼 필요가 있겠다.

앞부분의 주요사건은 내복 값을 갚지 않고 이사가버린 상진이네와의 사이에 벌어진 다툼이다. 찬수는 할머니 심부름으로 돈을 받으러 가지만, 상진이 어머니는 야단만 치고 쫓아버려서 찬수는 학교에 오가는 길에 상진이한테서 외상값 명목으로 돈을 빼앗는다. 이 일로 상진이 어머니가 학교로 찾아와 문제가 되지만, 담임선생님은 찬수의 사정 얘기를 듣고 교장선생님과 싸우면서까지 찬수의 퇴학 처분에 동의하지 않는다.

---

1 「소설가가 쓴 동화 한 편—손창섭 '싸움 동무'」, 겨레아동문학연구회 홈페이지 www.gyure. org 자료실, 2001. 3. 19. 〔사이트 개편으로 '옛 공부방'으로 이전〕단편동화들은 『장님 강아지』라는 제목으로 역시 우리교육에서 2001년 다시 출간되었는데, 「꼬마와 현주」 「장님 강아지」 「돌아온 세리」 「심부름」 「너 누구냐」 「싸움 동무」 「마지막 선물」 모두 일곱 편이 실려 있다.

다음은 찬수가 누나가 다니는 직장에 누나의 밀린 월급을 받으러 간 이야기. 찬수는 차비가 없어 전차를 억지 승차를 해서 누나 회사에 가 과장으로부터 월급을 받아낸다. 물론 찬수의 힘으로 월급을 받아낸 것은 아니지만, 두려움을 이기며 대차게 세상과 대결하는 찬수의 모습은 전혀 돈 끼호떼의 형상이 아니고 용기있는 소년의 자연스런 형상이다.

"에이, 더러워서. 그놈의 광진사에서 돈 좀 받아 오느라고 생땀을 뺐군."
키다리 사원을 향해 그러고 나서 연방 부채질을 하다가,
"아니, 앤 누구냐?"
비로소 찬수를 발견한 듯이 찬옥에게 물었습니다.
"우리 동생이에요."
찬옥은 조금 볼 부은 소리로 대답했습니다.
"흐음, 고놈 똑똑하게 생겼다."
과장은 감탄하듯 하고 키다리와 무슨 이야기를 시작했습니다.
찬수는 두 주먹을 단단히 쥐고 눈을 부릅뜨고 과장의 옆얼굴을 잔뜩 노려보기는 하였지만 자꾸만 속이 떨렸습니다. 과장은 어딘가 다부지게 생겨서 섣불리 덤벼들 자신과 용기가 나지 않았던 것입니다.
그러자 누나가 재촉했습니다.
"돈 받아 오셨으면 오늘은 제 월급 주세요."
그 말에 과장이 찬옥을 바라보았습니다.
그 때 찬수는 가슴이 막 울렁거리는 것을 참고 용기를 내서 이렇게 따졌습니다.
"우리 누나 월급 왜 안 줘요?"
(…)
"옜다, 만환이다. 나머진 나중에 또 만들어 줄게. 우선 이것만 갖다 써라."

찬옥이 쪽으로 밀어놓고는, 나머지 돈을 도로 꾸려서 책상 서랍에 집어넣은 다음 다시 키다리와 이야기를 계속했습니다.

찬수는 과장이 너무 순순히 나왔기 때문에 좀 맥이 풀렸지만 돈을 받게 되니 아무튼 반가웠습니다. 그러나 가만히 있으면 면목이 안 서는 것 같아서,

"누나, 나머지 돈도 당장 내랄까?"

작은 소리로 물었더니,

"내버려 둬. 나중에 줄 거야, 아마."

찬옥이가 그래서 찬수도 양보하는 척했습니다. (58~62면)

사장은 도망가고 직원들이 자기가 받아갈 월급을 수금해 와야 하는 망해가는 회사에 가서 밀린 월급을 내놓으라고 하는 어린 남매의 상황이 정말 손에 잡힐 듯 생생하고 정밀하게, 간결한 필치로 묘파되어 있다. 용기를 내긴 했지만 다부져 보이는 어른 앞에 어쩔 수 없이 주눅든 찬수의 심리도 구구한 설명 없이 섬세하게 포착되었다. 악덕 기업주가 아닌 또다른 피해자인 과장의 말과 움직임은 매우 간결하게 언급되었을 뿐이지만, 그의 처지나 심사가 마치 현장에 있는 듯 환히 들여다보인다.

그나마 밀린 월급을 받아서 찬수네는 셋방에서 쫓겨날 위기를 넘기는데, 할머니의 행상이 잘 안 되고 누나의 회사도 완전히 망해버려 찬수는 중학교에 진학하기가 어려워진다. 그래서 찬수는 신문 장사도 해보고 아이스케키 장사도 해본다. 그러다가 상진이네 패에게 걸려 실컷 두들겨맞기도 하고, 그중의 한 아이를 만나 복수도 한다. 누나를 취직시키려고 애쓴 것이 잘 되어 찬옥이가 신문사에 사환으로 취직이 되는 좋은 일도 있고, 시장에서 시래기를 줍다가 도둑으로 몰려 경찰서에 잡혀가는 억울함도 당한다.

후반부에서는 옆집 인구네에서 식모를 살며 학대받는 영실이를 빼내는

소년소설 장르는 세상과 맞부딪
쳐 싸우면서 적응해가는 소년들
의 진취적인 의지와 모험을 적
극적으로 옹호할 때 선택된다.
손창섭 소년소설 『싸우는 아이』
의 삽화, 김호민 그림.

이야기가 기둥 줄거리다. 찬수는 할머니가 알려준, 인간다운 대우를 해줄
집으로 영실이를 빼돌리려 하지만, 용기가 없어 망설이는 영실이를 몰래
빼내기란 쉽지가 않다. 그런데 흥미로운 것은 여기서 '4월혁명'이 언급되
고 있는 점이다. 영실이를 새로 소개하기로 한 집을 찾아가니 젊고 예쁜
집주인 아주머니는 이런 말을 찬수에게 들려준다.

    "식모살이를 하든, 애를 보는 아이든 사람에겐 다 자유란 게 있단다. 어디
    서든 있고 싶으면 있고, 그만두고 싶으면 그만두고, 다 본인 마음대로란 말

이다. 그 집에선 너무하는구나."

"그래요, 너무해요. 그러니까 영실이가 불쌍해요. 내가 한 주일도 되기 전에 꼭 데리고 올 거예요."

찬수는 그렇게 장담을 하고 돌아서려 했습니다. 그랬더니,

"일부러 와 주어서 고맙다. 그런 가엾은 애를 빼내 오는 건 좋은 일이니까 잘 해봐라." (152면)

이렇게 부추기는 것이 무리한 오버액션은 아니겠는데,

찬수는 막 신이 나고 부쩍 자신이 생겼습니다.

"사람은 자유다, 자유다."

그렇게 외치면서 집을 향하여 한길을 마라톤 선수처럼 뛰었습니다.

그러한 찬수에게는 사월혁명 때, 자유를 어쩌라고 막 외치며 용감하게 데모를 하던 대학생들의 모습이 눈앞에 선히 떠올랐고, 자기 자신도 갑자기 훌륭해지는 것 같았습니다.

그래서 찬수는 숨이 찬 줄도 모르고 내처 뛰어돌아오면서,

"사람은 자유다. 영실이도 자유다."

연방 그렇게 외쳤습니다. (152~53면)

처럼 흥분해서 관념적인 구호를 부르짖는 것은 작품의 전반적인 톤과 썩 잘 어울리지는 않는다. 집주인의 격려의 말에 의협심 많은 소년다운 공분을 느끼는 것은 그다지 무리해 보이지 않지만, 4월혁명의 대학생 데모대를 떠올리는 것은 어딘지 '외삽(外揷)'된 사고란 느낌을 준다. 왜냐하면 전편을 통틀어 여기에서 유일하게 4월혁명이 언급되기 때문이다. 4·19와 직접 연관성이 있는 삽화나 시대분위기는 나타나지 않는다. (따라서 연재

시기 및 집필시기를 검토해볼 필요가 있다. 연재 도중 4·19의 감격이 있었고, 이로 인해 집필중에 부가되었을 가능성이 있다.)

찬수는 집요한 노력으로 영실이를 그 집에서 빼내는 데 성공하지만, 찬수의 소행임을 눈치챈 인구네 식구들로부터 몹시 시달림을 당한다. 영실이를 도로 찾아오라는 인구 어머니와 인철이의 행패는 극심하기 짝이 없다. 찬수는 조금도 기죽지 않고 돌멩이를 마구 집어던지면서까지 격렬하게 대항하는데, 이 대목에 오면 이 작품의 제목이 어째서 '싸우는 아이'인지 확실하게 실감이 난다. 싸움은 두 가족간의 전투로 확전되어, 온 식구가 나서서 난장판이 되도록 울며불며 혈투가 벌어진다.

결국 영실이가 옮겨간 집 주인 아저씨가 변호사 명함을 내밀고 나서서 사건은 일단락되는가 싶었는데, 인구 어머니가 친정에 가는 며칠간 영실이를 데려다 부엌일을 시키겠다고 하는 요청을 들어준 것이 화근이 되어 영실이가 돌아오지 않는다. 결말은 심약하기만 하던 영실이가 인구 어머니의 친정 집에서 도망쳐나와 변호사 집으로 돌아왔다는 반가운 소식을 그 집 아주머니가 찬수네 식구에게 전하는 것이다. 애초부터 용기있고 당찬 형상으로 등장하여 갈수록 자신과 가족의 운명의 주인공임을 뚜렷하게 보여준 찬수의 모습을 이어서, 심약하고 소극적인 영실이가 외부의 도움 없이 의지적·주체적 행동을 처음으로 보여주는 장면을 짐짓 간접적으로 드러냄으로써 작품은 매우 솜씨있게 마무리된다. 즉 영실이나 찬수나 다같이 전쟁으로 부모를 잃은 세대로서 유대해야 하는 동류항들이고, 그들 자신이 스스로 일어서서 불우한 환경과 싸워 인생을 개척해야 한다는 메씨지를 자연스럽게 담아내고 있는 것이다.

이와같은 줄거리를 통해서 알 수 있듯이, 많은 에피쏘드들이 연쇄를 이루며 잇따라 새로운 갈등을 발생시켜 흥미와 긴장을 지속해주는 것이 이 작품의 특징이다. 또한 여러 조역(助役)들이 평면적으로 등장하지 않고 모두가 뚜렷한 개성을 보여주고 있는 것도 작품에 생동감을 불어넣는다. 대표적인 악인이라고 할 상진이 어머니와 인구 어머니의 형상은 이기적인 민중인물의 전형이다. 외상으로 물건을 사고는 어떻게든 외상값을 안 갚으려고 떼를 쓰는 서민들, 식모를 데려다 노예처럼 부리며 학대하고 제대로 보수도 주지 않으면서 부끄러운 줄 모르는, 약간의 여유가 있는 서민들, 월세가 밀렸다고 세입자를 몰아내는—몰아낼 수밖에 없는, 역시 겨우 살 만한 수준의 서민들이 말하자면 악인의 대표적인 부류지만, 이들이 행사하는 악의 영향력은 겨우 서민들 자신의 테두리에 머무른다. 그중에는 찬수가 세든 미숙이네와 같이 처음에는 세입자를 핍박하다가 차츰 인정과 유대가 돈독해지는 경우가 있는가 하면, 찬수를 기어이 퇴학을 시켜야 한다고 떼를 쓰는 상진이 어머니나 기어코 영실이를 되찾아 빼돌리는 인구 어머니와 같은 좀더 질기디질긴 악인도 있다. 이외에도 찬수를 돕는 친구 광호라든가 상진이를 편역드는 동네 깡패 아이들, 크게 잘못한 것이 없는 찬수를 퇴학시킬 수 없다고 교장의 타협주의에 굴하지 않는 인품과 줏대가 있는 선생님, 영실이를 빼돌리는 찬수를 보고 끈질기게 짖어대는 골목길의 개 등 조연들의 활약은 그때그때 눈부시다.

그러나 무엇보다도 빛나는 것은 찬수의 형상이다. 아니, 찬수는 전혀 영웅화되지 않기 때문에 '빛난다'고 말하는 것이 적절하지 않을지도 모른다. 찬수는 의협심이 많고 자립심이 강하고 의지적인 아이지만, 결코 소년다운 사고와 행동을 벗어나 영웅으로 비약하지 않는다. 또한 이런 작품이 종종 주인공을 도덕적·윤리적 설교의 대리자로 변모시켜감으로써 실패로 귀결하기 십상인데, 찬수는 거의 그런 역할을 맡지 않는다. 물론 의지적이고 꿋꿋하고 물러서지 않는 찬수의 형상 자체가 이 작품의 주제다. 전쟁 뒤의 가난과 고난에서 일어서야 하는 상황에서 찬수의 형상은 너무나도 건강하다. 그는 더 큰 불행의 나락으로 떨어지지도 않는다. 여기에 작가가 그리고픈 희망이 있다.

할머니의 심부름으로 외상값을 받으러 내키지 않는 걸음을 한 찬수는 상진이 어머니에게서 야단만 맞고 돈을 못 받아오자, 친구 광호를 지원자로 삼아 길에서 상진이를 위협해 외상값 명목으로 돈을 빼앗는다. 찬수의 이런 행동은 사실 순수한 도덕적 기준으로는 옹호될 여지가 거의 없다. 그러나 작가는 찬수에게 좀더 절대적인 도덕적 기준에 비추어 반성하도록 유도하지 않으며, 오히려 그런 식의 관념적 기준이란 무의미한 것임을 찬수의 퇴학 문제를 놓고 벌어지는 상진이 어머니와 교장선생, 담임선생의 갈등을 통해 뚜렷이 드러낸다. 찬수에겐 이러한 현실이 있고, 찬수에게 가능하고 절실한 일은 이런 것이라는 작가의 현실주의가 그 이상도 이하도 허용하지 않는 것이다. 찬수는 파는 신문을 사지 않고 여기저기 읽고만 있는 아저씨와도 싸우고, 여러 명의 아이들이 덤벼들어도 맞아서 쓰러질지언정 전혀 무릎 꿇지 않고 싸우며, 힘으로 안 되면 돌멩이를 던져서라도 대항한다. 누나 회사 과장이나 경찰관 같은 물리치기 어려운 어른들 앞에서는 주눅이 들고 때로는 울음보를 터뜨리기도 하지만 그렇다고 초라한 뒷모습을 보이지는 않는다. 그에게는 외부적으로는 패배하지만 내면적으로는 승리한다는 것과 같은 얄팍한 정신주의나 자기기만은 없다. 싸움을 걸어올 때 그 싸움을 피하고 다른 해결책을 구하려는 계산이나 영악함도 전혀 추구하지 않는다.

인구네와 대판 싸우다 귀를 다친 찬수가 병원에 치료를 받으러 가면 광호가 그를 기다린다.

진료실에서 찬수가 치료를 받고 나오면 대합실에서 기다리고 있던 광호는,

"아펐지?"

눈을 동그랗게 뜨고 물었습니다.

"응."

"주사로 찌르지?"

"아니."

"그럼 가는 칼로 째지?"

"아니, 쇠꼬챙이에 솜을 뭉쳐서 막 쑤셔댄다."

"그럼 아프지?"

"응. 얼마나 아프다고."

찬수가 그랬더니 광호는 겁이 난 눈을 해 가지고,

"나 이젠 싸움 안 한다."

그렇게 말했습니다.

둘이는 밖에 나와 걸으면서,

"그렇지만 저 쪽이 먼저 덤비는걸."

찬수가 그랬더니,

"그럼 할수없지. 지는 건 창피하니까. 난 한번도 져보지 않았어."

광호는 어깨를 으쓱하고 뽐냈습니다.

"거 봐. 싸움 안 할래도 자꾸만 싸울 일이 생기는걸 뭐." (193~94면)

요컨대 찬수는 싸움을 피하지 않는다. 상대방이 먼저 덤비고, 자꾸만 싸울 일이 생겨서 싸울 수밖에 없다. 그 이상의 관념적인 철학은 필요없다. 이 소년에게는 '싸울 일이 있을 때 싸우는 것' 그것이 스스로 터득한 생의 윤리다. 이것은 입지전(立志傳)도 아니고 약자의 오기도 아니다. 결말에 가까워지면서 인구네가 다시 영실이를 빼돌린 뒤, 벽과 전봇대에 낙서전을 펼치는 것도 홍미로운 사건이다. "찬수, 영실이 냠냠 고소하다"라는 놀림에 "인구네 사람 도둑놈"이라고 응수한다. 이처럼 찬수의 대응은 줄곧 소년다운 자존심, 소년다운 유치함, 소년다운 의기를 함께 보여주는 건강한 것이다.

찬수의 유력한 조력자로 신문사 사장과 변호사가 등장한다. 이들은 찬수네와는 다른 계층에 속하고, 생활 공간도 분리되어 있다. 실직한 누나를 취직시키기 위해 애쓰는 찬수를 결정적으로 도와준 이는 신문사 사장이다. 누나를 취직시켜야 하는 것은 벌이가 시원찮고 건강마저 나빠진 할머니 때문에 찬수에게는 절박한 생존의 문제이기도 하다. 소년다운 당돌함에다 신문을 팔던 경험을 살려 신문사 사장실에서 사장을 직접 대면할 수 있었던 찬수에게 그만한 정도의 행운을 부여한 것은 힘겨운 생활 속에도 가끔은 찾아들게 마련인 빛으로 받아들일 만하다. 이런 행운을 두고 가진 자의 시혜로 문제를 해소해버리는, 불철저한 작가의식의 소산이라고 확대해석할 필요는 없으리라.

그런데 후반부의 중심갈등인, 영실이를 좀더 대우가 나은 집에서 식모를 살 수 있게 빼돌리려는 찬수의 희망을 실현시켜준 집안이 변호사 집이라는 것은 가벼운 행운 이상이다. 서민층 인물들이 생존과 생활에 매몰되어 같은 계층의 이웃들에게 이기적인 경쟁자의 모습으로만 나타나는 데 비해서, 변호사집 부부는 개인의 인격과 자유를 철저히 존중하는 발언을 하고, 그들 스스로 영실이에게 그런 인격과 자유를 부여하는 역할을 맡고 나선다.

"식모살이를 하든, 애를 보는 아이든 사람에겐 다 자유란 게 있단다. 어디서든 있고 싶으면 있고, 그만두고 싶으면 그만두고, 다 본인 마음대로란 말이다. 그 집에선 너무하는구나."(152면)

"젊고 예쁜" 주인 아주머니는 생존과 생활의 논리를 펴는 것이 아니라, 이처럼 고상한 사상을 가지고 있다. 6·25 때 부모를 잃고 할아버지마저 세상을 떠나 식모살이를 전전할 수밖에 없는 영실이에겐 사실 "있고 싶으면 있고, 그만두고 싶으면 그만둘" 자유가 없다. 그런데 이 주인 여자의 '관념'이 위선이나 방관으로 보이지 않는 것은 실제로 영실이를 데려다 인간적인 대우를 해주는 인물로 그려지기 때문이다. 그 집 주인 아저씨가 변호사라는 사실이 드러나는 것은 찬수가 인구네와 대판 싸운 뒤, 주인 아저씨가 인구네한테 치료비를 물게 하는 조금 뒷이야기에 이르러서다. 그가 변호사라는 사실을 할머니한테서 듣고 찬옥은 찬수에게 "변호사라는 건 말야, 억울한 사람을 위해서 대신 나서서 그 억울한 사정을 풀어 주는 사람이야."라고 설명해준다. 작가는 서민층 사이에서 생겨나는 치열한 경쟁과 돈독한 유대를 동시에 포착해 따뜻한 시선으로 바라보면서도, 한편으로는 선량한 자산가의 너그러움과 근대적 지식계급의 합리성에 커다란 희망을 걸고 있는 것처럼 보인다.

6·25라는 민족 내부의 상잔으로 가정의 골격이 깨어져 경제적 약자로 살아가는 찬수와 영실이 같은 인물들이 스스로 당차게 싸워 자존과 생활을 지키고, 또 사회 전체적으로는 재산과 지식 등을 소유해 힘과 여유를 가진 계층이 이러한 경제적 빈곤층을 포용해 더불어 살아가야 한다는 것은 전후 복구기에 필요한 가장 현실주의적인 상황인식일 것이다. 근대화와 근대정신이 갖는 두 얼굴—특히 그 부정적 폐해는 이미 일찍이 식민지시기 원산총파업과 같은 노동투쟁이 불붙은 것이나 식민종주국의 주구가 된 지식층과 관료층의 행태에서 여실히 드러났지만, 해방과 분단으로 역사의 단층을 통과한 1960년 무렵 남한사회에서는 다시 '합리적 근대'의 건설이 하나의 희망으로 떠올랐던 것이다. '개인의 자유'를 주창하고 이기심이나 주관이 아닌 시시비비에 따라 움직이는 변호사의 인물형상은 바

로 그와같은 기대의 표상이다.

소년소설은 대부분 성장소설의 틀을 갖거나 성장소설적인 요소를 많이 지니게 되는데『싸우는 아이』역시 성장소설이다. '소년 가장'과 다름없는 찬수는 사회와 가정의 보호대상인 '어린이'의 안온한 노예적 위치와는 무관하고, 거친 세상에 출사표를 던진 '작은 어른'이다. 이처럼 '작은 어른' 또는 '작은 어른'을 지향하는 아이의 이야기는 우리 근대 소년소설의 흐름에서 매우 전형적인 것이다. 전쟁과 궁핍, 그에 따른 이향(離鄉) 등으로 보호자가 부재한 상태에서 투쟁과 적응을 통해 사회 속에서 살아가는 길을 터득하는 이야기는『해와 같이 달과 같이』(이원수)『몽실 언니』(권정생)『작은 어릿광대의 꿈』(손춘익) 등 대부분의 소년소설에 공통된 것이다.[2]

"아버지는 사변 때 납치당해 이북에 가시고, 어머니는 폭격에 돌아가신" 찬수가 할머니 밑에서 소년가장과 다름없이 세파를 헤치고 살아가는 이야기 속엔 소년들에 대한 작가의 기대가 담겨 있고, 전쟁으로 인해 깨어진 사회를 복구하려는 의욕이 담겨 있다. 전쟁의 원인을 캐내고 민족과 국토의 분단이 드리운 그림자를 탐색하는 것이 이 작품의 주조음은 아니다. 그러나 불행과 가난에 압살당하지 않고 꿋꿋하게 대결하는 자립 의지를 찬수와 영실에게 부여한 것은 작가가 소년의 성장에 대해 순수하고 깊은 믿음과 사랑을 품고 있지 않았다면 불가능한 일이다.

김제곤은 앞서의 글에서 손창섭의 소설과 동화(소년소설)를 비교하여 이

---

2 그러나 경제개발이 완료되고 '일하는 아이들'의 서사가 후퇴하면서, 1990년대 이후 작품활동을 시작한 세대에게서는 이러한 '작은 어른'의 서사를 찾아보기 어렵게 된다. 즉 성장소설 유형의 전형적인 소년소설이 약화되고,『누가 호루라기를 불어줄까』(이상락)『열 평 아이들』(원유순)『가만 있어도 웃는 눈』(이미옥) 등에서 보듯 '학교 서사' 혹은 '가족 서사'로 대체되는 것이다.

렇게 말한다. "소설 속 어른은 세상과의 싸움에서 늘 지거나 상처받고 때로는 그 싸움을 피하는 데 견주어, 동화 속 동심은 세상과의 싸움에 꿋꿋이 맞서며 결국 그 싸움에서 이기고 만다." 상처 속에 칩거하고 병적 우수와 절망에 젖어 있는 손창섭 소설의 인물들과 달리, 그의 소년소설의 주인공들은 밝고 진취적이다. 어째서일까? 소년소설이기 때문이다. 소년소설 장르는 현실과 맞부딪쳐 싸우면서 적응해가는 소년들의 진취적인 의지와 모험을 적극적으로 옹호할 때 선택된다. 가까운 미래에 사회의 주인이 될 존재로서 소년에게 온전한 인격을 부여할 때 소년소설은 성립한다. 개개인을 챙겨 건사할 준비가 안 된 낙후된 사회로부터 무시당하고 박대받는 찬수와 영실이와 같은 소년들에게 오히려 희망의 짐을 지우는 것, 그리하여 세상을 조금만 알고 있는 소년 독자들에게 건강한 환상을 심어주는 것, 그것이 가령 『싸우는 아이』와 같은 뛰어난 소년소설이 하는 몫이다.

| 어린이문학 2001년 9월호 |

더불어 사는 세상을 만들어가는 교육소설

고은명 장편동화 『후박나무 우리 집』

1

『후박나무 우리 집』(창작과비평사 2002)은 차분한 작품이다. 좀더 극적이고 과장된 제스처를 보일 만도 한데, 겉넘지 않고 서두르지 않고, 침착하고 밀도있게 서술돼 있다.

창작과비평사에서 운영하는 '좋은 어린이책 원고 공모' 제6회 당선작인 이 작품은, 책 뒤표지에 "학급과 가정이라는 친숙한 분위기에서 일상적으로 벌어지는 남녀 차별의 문제점을 어린이 눈높이에서 차분히 깨닫게 하는 가운데 남녀가 친구처럼 살아가는 세상이 오기를 바라는 마음을 산뜻하게 드러낸 작품"이라고 심사평이 인용돼 있다. 이 작품의 주제를 말하자면 이 평이 매우 적확하다.

그런데 남녀 차별의 문제점을 예각적으로 부각하지는 않은 것 같다. 물론 대가족 속의 어린이 주인공의 시선으로 일상적인 이야기를 통해 풀어간 것은 큰 특장이다. 여성 차별의 문제점이 그다지 박력있게 독자에게 다가오지 않는 것은 왜일까? 그것은 아마도 서술자인 연하가 이 차별을 현재 강하게 당하는 주체가 아니기 때문일 것이다. 어린이문학에서 이런 차별을 지나치게 앞으로 끌어내는 것은 '운동권 문학'의 도식성, 혹은 카프계 동화의 '구호주의'를 되풀이할 수 있다. 그렇지만 연하가 좀더 사태의 중심에 놓여 있었다면 주제의 실감은 한층 커졌을 것이다.

또하나, 화자인 연하가 상당히 높은 수준의 사색을 보여준다는 점이다. 이것은 곧 작가의 사색의 투영인데, 미술시간의 다툼 뒤에 선생님이 하는 훈계, 그리고 결말에서 할아버지의 반성과 그에 따른 실천 등이 너무 '높은 수준'이라서 긴장이 다소 풀리게 된다. 이러한 '높은 수준'의 발언과 실천이 사실 연하의 의식과 멀리 떨어져 있지 않다는 것이 작품의 품격을 높이는 요인이 되기도 하지만, 연하의 의식과 현실(선생님, 할아버지 등이 포함된) 간의 괴리와 갈등이 약화되기 때문에 작품의 박진감을 떨어뜨린다. 그렇지만 할아버지 생신날 일 안하는 고모들을 연하가 질타하고 나서 이어지는 할아버지, 할머니, 아버지, 어머니 등의 사려깊은 발언과 행동, 연하의 계속된 고민 등은 가슴에 뭉클하게 다가오고 감동적이다. 이렇게 이성적인 가족을 그려 보이는 것도 참으로 소중한 일이다.

2

이 작품을 책에서는 표지 등에서 '장편동화'라고 표시했는데, '소년소설'이라고 해야 더 맞을 것 같다. 장르 문제를 본격 거론한 원종찬은 현실성이 강한 계열을 연령 수준에 따라 '사실동화'와 '소년소설'로 구분하는데,[1] 사실 연령 수준에 따라 어린 연령에 맞는 작품은 '동화', 좀더 높은 연령에 맞는 작품은 '소설'(아동소설이라는 의미겠지만)이라고 부르는 것이 타당한지는 의문이 없지 않다. 일반적인 어감으로는 '소설'을 낮은 연령에 맞는 작품에 적용하기는 어려운 것이 사실이다. 그런데 '동화'와 '소설'의 구분을 연령 수준에 따르고 동화를 공상동화와 사실동화로 나누면, 대상 연령에 따라 장르 구분을 한 것이 되고 만다. 따라서, 아동문학의 산문을 동화, 소설, 동극으로 크게 나눈 것(원종찬 「동화와 판타지 (1)」 48면 도표)은 장르 구분과 연령 구분이 섞여 있는 꼴이 된다.

오히려 ①공상동화와 판타지(판타지소설)를 묶은 장르 ②사실동화와 소년소설을 묶은 장르 ③동극──이렇게 장르를 구분하고, 연령에 따른 구분인 공상동화–판타지소설, 사실동화–소년소설은 그 하위 분류가 되어야 하지 않을까.(서정–서사–극의 체계로 보면 ①②를 묶어 아동서사로 놓고, 그 아래 분류로 ①과 ②를 놓아야 하겠다.) 그렇다면 ①을 통칭하는 장르 명칭이 있어야 하고, ②를 통칭하는 장르 명칭이 있어야 한다. 사실 ①을 일반적으로 동화라고 부르는 예도 있다. 따라서 연령 구분에 따르자면 유년동화–소년동화, 유년소설–소년소설과 같이 이름을 붙이는 것이 더 타당할지도 모른다. 이러한 혼선은 신문·잡지, 출판, 문단 등에서 일상적인 언어습관이 어린이문학의 서사장르를 통칭할 때 '동화'라는 표현을 주로 사용하는 데에서 오는 것 같다. 즉 일상적인 언어사용에서는 통칭 용어가 필요한데, 통칭 용어가 다시 하위분류 용어로 동원되다 보니 생기는 혼선이다. 또한 '소설'이란 장르는 일반 문학론에서 사실적(寫實的)인 작품으로 제한되지 않는다는 점에서 '동화'와 '(소년)소설'의 구분이 혼란스러울 여지도 있다.

책에 이 작품을 '장편동화'로 표기한 것은 단편이 여럿 들어 있는 작품

---

1 "'공상동화'와 '판타지', 그리고 '사실동화' '소년소설'의 구분은 대상 연령과 관계된다." 원종찬 「동화와 판타지 (1)」, 『어린이문학』 2001년 7월호 44면.

집과 구분해 '장편'임을 밝히는 실용적 목적이 앞서서일 것이다. 사실 소년소설과 장편동화의 구분은 모호한데, 원종찬의 분류를 따르더라도 고학년 대상의 사실적인 작품이니까 장르로서는 '소년소설'이 되어야 한다. 실용적으로는 소년소설집이라는 용어가 요즘에는 안 쓰이고 거의 모두 동화집이라는 용어를 붙이며, 이 작품처럼 소년소설에 해당하더라도 주인공이 험한 사회와 부딪치는 모습이 강하게 부각되지 않는 작품은 '장편동화'로 붙이는 경우가 많다. 이것은 그때그때 시대 분위기와도 관계있는데, 가령 1960년대 말에는 '시대소설' '순정소설' '명랑소설' '과학소설' '흥미소설' 등 소설이란 용어를 많이 썼으나,[2] 요즘은 취향이 더 어린 쪽으로 기울어서인지 '소설'이라는 용어는 어린이책에 잘 붙이지 않는 경향이다.

3

『후박나무 우리 집』에서는 시간의 불일치가 상당히 느껴진다. 여기엔 내가 이 작품의 저자를 알고 있기 때문에 저자와 관련된 작품 외적인 정보가 독서에 개입해서 그런 점도 있을 것이다. 그런데 꼭 그 때문만은 아닌 것 같다.

나는 처음 작가가 자신의 어린시절로 시간 배경을 잡고 작가의 경험을 주인공에게 투영해 소설화했을 것이라는 짐작을 했는데, 그렇지 않고 시

---

2 한낙원 과학소설 『금성 탐험대』(三志社 1969) 뒤에 붙어 있는 '한국소년소녀명작선집' 소개를 보면 정비석의 『의적 일지매』는 시대소설로, 김내성의 『쌍무지개 뜨는 언덕』은 순정소설로, 최요안의 『억만이의 미소』는 명랑소설로, 오영민의 『처음부터 끝까지』는 흥미소설로 관사가 붙어 있다. '동화'로 붙어 있는 것은 마해송의 『비둘기가 돌아오면』(모래알 고금)이 유일해서 '걸작동화'라고 되어 있다.

『후박나무 우리 집』의 삽화, 김윤주 그림.

간 배경이 최근이다. 학급 홈페이지 얘기가 나오는 것을 보면 최근도 아주 최근이다. 즉 현재 독서 시간과 작품의 시간 사이에 물리적 시차로는 별로 갭이 없다.

그런데, 나로서는 여러 장면에서 물리적 시차를 느꼈다. 연하가 사는 박우물 거리는 "과거와 현재가 공존하는 곳"으로 "다른 한쪽은 아빠가 어렸을 때와 별로 달라지지 않았다"고 하는데(42면), 21세기 초현대 도시 속에 자리한 그 오래된 소읍 같은 광경들이 이상했다. 물론 이런 지역이 현재 서울에 존재할지 모른다. 그런데 그 거리 풍경이나 연하네 집에 사는 여러 가구, 연하네 가족 이야기 들이 좀더 조밀하게 그려질 때면 나는 20년 전이나 30년 전 이야기를 듣는 것 같은 느낌을 받는다. 치밀하게 관찰되어 그려진, 겨울을 앞두고 창호지를 새로 바르는 장면도 그렇다. 나도 시골 출신으로, 특히 팽팽하게 마른 새로 바른 문에 꽃잎을 넣은 것이 비쳐 보일 때의 그 아름다움을 이 장면에서 다시 생생히 되새기게 되었다. 그런데, 이런 풍습은 시골에서도 80년대까지 거의 다 없어졌다. 옛날 흙집이 불편하다고 주거가 대부분 개량되었고, 창호지를 바르는 문은 찾아보기 어렵게 되었다. 요즘 창호지를 바른다면, 옛 주거를 보존하고 있어서 그렇든 창호지 문을 좋아해서 일부러 보존하였든 그것은 매우 이색적인 일이다. 이러한 시차의 감각이 거의 나타나지 않는 대목들은 작가 자신의 경험이 직접적으로 전이된 부분이 아닌가 싶다.

4

"엄마 생각에 요즘 연하는 매사에 여자이기 때문에 손해본다고 생각하는 것 같아, 그렇지 않니? 물론 아직까지 남자와 여자는 평등하지 않아. 하지만 세상엔 남자와 여자뿐만 아니라 다른 면에도 평등하지 않은 게 아주 많아. 지은 엄마나 승찬 엄마가 편하게 사는 것처럼 보이는 건, 부부가 평등하기 때문이라기보다 부자이기 때문일 거야. (…) 지난번 수현 아빠가 술 취해서 그러신 것도 결국은 가난하기 때문인 거고. 엄마가 보기엔 여자로 사는 것보다 가난하게 사는 게, 또 장애를 가지고 사는 게 훨씬 불평등하게 보이는데, 네 생각은 어떠니?"

정말 엄마의 생각은 옳은 것 같았습니다. 하지만 나도 할말이 없는 건 아니었어요.

"엄마 말씀은 알겠어요. 하지만 더 불평등한 게 있다고 해서 여자라서 손해 보는 걸 참아야 하는 건 아니잖아요. 엄마는 사랑으로 아빠의 모든 것을

받아들였다고 하시는데, 그러면 아빠도 엄마가 힘들지 않게 최선을 다해야 하는 거 아니에요?" (143면)

이렇게 이어지는 연하와 엄마의 대화, 그리고 마지막 장에서 할머니 생신에 할아버지 주도로 가족여행을 가고 할아버지가 제사 축소를 선언하고 하는 것은 말하자면 이런 갈등을 풀어가는 가장 모범이 되는 인식과 실천방법의 제시다. 어린이에게 읽히는 작품으로서는 문제의 근원을 더 깊이 파고들어가고 갈등을 더 전면에 노출하는 것이 부적절할 수 있고, 가능성과 희망을 제시하는 것이 더 필요한 일일 수 있다. 하여튼 이 작품은 그 강한 주제의식에도 불구하고, 공격적이고 단선적인 페미니즘에 젖어 있지 않다. 차이를 지닌 사람들이 평화롭게 더불어 사는 삶을 추구하고, 가족과 이웃 속에서 그 길을 찾고 있다. 이런 점을 보건대, 이 작품은 아이와 어른, 남자와 여자로 이루어진 가족이 읽고 깨우칠 '교육소설'로 손색없다. 많은 작품들이 나와도 사실 교육적 의미를 두루 갖는 작품을 찾기는 쉽지 않다. 이 작품처럼 좀더 분명하게 교육적인 메씨지가 담겨 있으면서, 실질적으로 교육적인 효과를 발휘할 수 있게 설득적이고 내용이 깊이가 있다면 그런 면모도 매우 소중한 것이다.

작품에 나오는 여러 인물들과 에피쏘드들이 흩어지지 않고 불필요한 군더더기가 별로 없다는 것도 이 작품의 미덕이다. 우리 아동문학이 잘 다루지 못한 주제에 도전해 잘 소화했으며, 작품을 끌어가는 필력도 뛰어나다. 다만 전반부에 인물과 배경을 두루 더듬어나가는 서술은 다소 지루한 점이 있고, 화자의 구어체가 장편 서사에 잘 어울리는지 작가가 더 숙고해보아야겠고, 지나친 높임말 사용이 거슬리는 대목이 더러 있었다.

| 김이구의 문학마을 http://kimigoo.byus.net '문학포럼' 게시판, 2002. 5. 23 |

동화로 꾸는 꿈

김영현·김남일의 장편동화

1

작가라면 누구나, 아니 작가가 아니라도 어린이를 사랑하는 마음을 가진 사람이면 누구나 동화를 쓸 수 있을 것이다. 그러나 누구든지 다 동화를 쓰고 발표하는 것은 아니다. 동화작가라면 응당 동화를 쓰고 발표하겠지만, 최근 동화작가 아닌 시인·소설가들이 쓴 동화책 간행이 이어지고 있다.

장편동화로는 『사평역에서』 『서울 세노야』의 시인 곽재구씨가 『아기참새 찌꾸』를 내놓았고 소설가 임철우씨가 『황금동전의 비밀』을(이상 국민서관), 시인에서 소설가로 재등단해 활발하게 활동해온 윤후명씨가 『너도밤나무 나도밤나무』(민음사)를 발표했다. 촉망받는 소설가이자 『겨울 바다』라는 시집도 낸 바 있는 김영현씨가 『똘개의 모험』을, 소설가 김남일씨는 『떠돌이꽃의 여행』을 지난 연말 간행했으며(이상 국민서관), 장편 『심야의 정담(鼎談)』의 신상웅씨는 『울지 마, 별이 뜨잖니』(웅진출판)를 내고 있다. 한편 동화집으로 『초식(草食)』 『광화사』의 소설가이자 시인인 이제하씨가 자신이 직접 삽화를 그린 『느림보의 다섯 가지 수수께끼』(현암사)를 선보였고, 『월식(月蝕)』 『침엽수 지대』의 시인 김명수씨는 『해바라기 피는 계절』(창작과비평사)을 내놓고 있다.

이 책들은 우리 아이들에게 권할 만한 유익한 동화일 뿐 아니라, 이 시인·작가들의 문학세계를 알고 사랑해온 여러 어른 독자들에게 관심의 대상이 되고 푸근한 읽을거리로서의 즐거움도 준다.

시인·작가들의 이와같은 동화 발표가 유별난 일이랄 것은 없겠지만, 김영현·곽재구·임철우·김남일 같은 작가들이 대거 동화 창작에 뛰어들고 있는 현상은 이들이 80년대 민족·민중문학의 전개에서 중요한 문학적 실천을 수행한 작가들이라는 점에서 주목할 필요가 있다. 대개 동화를 읽을 만한 어린 자녀를 두고 있는 이 작가들은 신세대 독자들과 호흡을 같이 하면서 그들을 동화문학의 세계로 이끌어들인다. 어린이책의 선택에서 부모가 차지하는 위치를 생각할 때 30대 무렵의 신세대 부모들과 공감대를 형성할 수 있는 이 젊은 작가들의 존재는 기존의 아동문학에 아쉬움을 느끼는 새로운 독자들—부모와 어린이—의 요구에 다가갈 수 있는 무한한 가능성을 지니고 있다.

들끓는 80년대를 고통과 싸움 속에 보내며 문학의 참다운 힘에도 눈떠온 이들은 진보적 이념의 세례를 받으며 치열한 고투를 통해 남다른 문학세계를 구축해온 역량을 바탕으로 우리 아동문학에 새로운 활력을 불어넣을 가능성을 보여주고 있다. 아동문학 분야가 일반 문학의 영역에서 소외되어온 풍토에서 새롭게 비평적 관심을 환기할 수 있고, 아이들의 '재미없는 읽을거리'가 아닌 '재미있는 문학'으로서 동화의 위치를 다시 생각케 하는 사회적 계기를 마련해준다.

이 네 작가가 나란히 내놓은 장편동화들을 펼쳐보면 각각 색다른 설정으로 재미나게 이야기를 꾸며놓았다. 한 아기참새의 성장과 세상 배우기를 그린 『아기참새 찌꾸』, 전자오락기 속으로의 여행을 통해 문명 내지 인간성 비판을 행하는 『황금동전의 비밀』, 공주개미를 만나려는 일개미의 용기와 깨달음에 찬 역정을 그린 『똘개의 모험』, 이름없는 꽃의 편력을 통해 세상 보여주기를 꾀하는 『떠돌이꽃의 여행』.

동식물의 의인화와 꿈이라는, 동화에서 자주 등장하는 기법을 채용한 이 작품들은 현실에 대해 '무언가 전하고 싶어하는' 작가들의 넘치는 욕구가 면면마다 흠씬 배어 있다. 본문에 아름다운 색그림을 다양하게 활용하고 타자체 활자를 썼으며, 화려한 양장본으로 나온 것도 이 책들의 특색이다.

2

김영현과 김남일은 80년대를 민주화운동과 문학운동의 소용돌이 속에서 치열하게 살아온 작가들이다. 이들은 공통적으로, 현실사회의 첨예한 문제를 다루면서도 생경한 주장이나 관념에 떨어지지 않고 단단하고 세련된 작품세계를 구축해낸 뛰어난 작가로서 독자와 평단의 주목을 받아왔다. 이들의 근작인 두 권의 동화책을 읽어보기로 하자.

김남일의 『떠돌이꽃의 여행』은 식물학자에 의해 'PXT600-713장'이라 이름 붙여지는 꽃을 매개로 하여 '발전된 과학사회'인 우리 시대의 모양을 두루 그려 보이면서 작가의 세계이해를 드러낸 작품이다. 전반부는 동포와의 전쟁에서 부상한 병사 이야기, 무슨 산이든 '정복'해야만 직성이 풀리는 등산가 이야기, 분석 연구를 좋아하는 식물학자, 비료회사의 지원을 받아 인공적으로 만들어진 '세상에서 가장 아름다운 꽃' 베쓰의 이야기가 떠돌이꽃과의 만남을 통해 전개된다. 후반부에서는 새로 생긴 아파트단지에 사는 아이 한길이를 중심으로 신도시 개발에 밀려나는 달동네의 모습을 그리면서 헌책방 할아버지와의 만남, 시를 못 쓰고 술만 먹게 된 시인 아저씨, 직업병에 걸린 꽃분이 언니의 죽음 등 우리 역사와 현실에 얽힌 얘기들을 슬프지만 아름다운 필치로 들려준다.

이와같은 소개에서도 드러나듯이 작가는 떠돌이꽃이라는 매개물을 설정하여 현대사회의 발전이데올로기가 가져오는 인간파괴·생명파괴의 이야기를 다양한 상상력으로 직조하는 것이다. 이 동화의 재미는 사람들의 오도된 '집념'과 '욕망'이 우스꽝스러운 것이고, 과학과 발전이 모든 것을 해결해주고 모든 계층을 두루 행복하게 하는 것이 아니라는 점을 부드럽게, 해학적으로 제시하는 데 있다. 가령 '이름없는 꽃'에 대해 피나는 연구 결과 과학자가 밝혀낸 것은 이렇다. "놀랍게도 이 꽃 속에는 타타민산이 다른 어떤 성분보다 지배적이었습니다. 그것은 이 꽃 속의 다른 여러 가지 성분, 가령 볼록타루산이나 아미미산, 그리고 7DLL이나 K+303, 씨그마 9HJ, 파이포아니코루미고나다사이트만과 같은 성분과 절묘하리만치 배합되어 있어 (⋯)"(72면).

한편 김영현의 『똘개의 모험』은 작가가 "나는 똘개를 통해 내가 바라본 세상, 내가 살아오면서 느낀 세상의 이야기를 쓰고 싶었"고 "그것은 아름다웠던 어떤 사랑과 그 사랑을 뛰어넘는 더 큰 사랑의 이야기"라고 밝히고 있는 서사적 품격의 동화다. 이 작품은 일종의 성장소설로도 읽힌다.

일개미 똘개는 공주개미와의 우연한 눈마주침에서 전율을 느끼고 "여왕님이나 수캐미나 병정개미를 보세요. 그들은 일하지 않아도 얼마나 멋진 생활을 하고 있어요?" 하면서 집을 떠난다. 그리하여 겪게 되는 숱한 간난신고를 똘개가 용기와 지혜로 물리치며 넓은 세상을 배우고 깨달음을 얻는 과정이 박진감있게 펼쳐진다. 흰개미들과의 전투에서 큰 공을 세운 똘개는 장군이 되고 공주를 다시 만나지만 수개미대신들의 모함으로 쫓

시인·작가들이 나란히 내놓은 동화들을 보면 각기 색다른 설정으로 재미나게 이야기를 꾸며놓아 즐거움을 준다. 김영현 장편동화 『똘개의 모험』의 삽화, 황성순 그림.

겨난다. 그후 똘개는 고행 끝에 '현명한 개미'를 만나 가르침을 얻은 뒤, 병들고 가난한 개미들을 돕게 되는데 "바로 그 점이 수상하"다는 이유로 여왕개미 앞에 붙잡혀온다. 그를 의심하는 수개미대신들 그리고 여왕개미와 공주개미가 보는 앞에서 똘개가 "여러분이 달고 있는 그 허영의 날개보다 백 배나 천 배나 아름다운" 마음의 날개를 펼쳐 힘없고 가난한 형제들 속으로 날아가는 마지막 장면은 코끝이 찡한 감동을 준다.

흰개미들에게 붙잡혀 노예생활을 하다가 탈출을 결심하면서 "난 노예로 사느니 차라리 죽는 길을 선택하겠소"라고 선언하는 똘개의 말에서는 70년대 반독재투쟁 때 많이 부르던 "무릎 꿇고 살기보다 서서 죽길 원하노라"는 홀라송을 상기케 된다. 작품 곳곳에 이렇게 70년대 민주화투쟁에 나서 고초를 겪은 작가의 이력이 엿보이는 것도 이 동화를 읽는 재미의 하나다.

여기서 몇마디 사족처럼 덧붙이자면, 이 두 장편동화는 동식물을 의인화한 작품이다. 그런데『떠돌이꽃의 여행』에서는 주인공(?) 꽃이 한겨울에도 피어 있는 꽃으로 나오는 등 우리가 상식적으로 아는 식물의 생태와는 부합하지 않는 면이 없지 않다. 일년 내내 피어 있는 그러한 꽃 같은데, 이것이 일년초인지 다년초인지, 그 생태는 어떤지, 꽃봉오리가 맺고 씨가 생기고 하는 과정들도 담아주었으면 훨씬 그럴듯한 꽃의 여행이 되지 않았을까. 또 한길이가 해마다 다녀온 시골 외갓집이 신도시 건설로 사라진 걸 한길이가 몰랐다가 충격을 받는 것으로 되어 있는데(157면 이하) 그만한 신도시 건설이 하루아침에 이루어질 순 없는 일이고, 한길이가 꾸는 시골 외갓집 꿈의 추억은 작가 김남일의 추억이지 한길이의 추억은 아니라는 느낌이다.

『똘개의 모험』에서는 똘개가 사막을 건너는 것으로 되어 있는데, 개미의 눈으로 본 사막이라기보다 인간의 관점에서 본 사막처럼 묘사하고 있어 개미가 어떻게 사막을 건널 수 있는지 의심이 든다. 그리고 첫 장면에서 똘개가 마을에서 공주개미 행렬을 만나는 것으로 되어 있지만 작품 전체로 판단컨대 공주개미 행렬이 똘개가 사는 마을을 지나가는 일은 공간적으로도 그렇고 다른 이유로도 일어날 수 없는 일로 볼 수밖에 없다. 검은 털로 뒤덮인 애벌레였다가 호랑나비가 된 '떠벌이' 얘기는 유명한『꽃들에게 희망을』(트리나 포울러스)에서 차용한 것이 아닌가 싶다. 그리고 꼭 결점이랄 수는 없지만 장면장면이나 서술·묘사의 분위기가 석가모니와 예수의 수행(修行)이라든가 다른 문학작품, 영화의 장면을 연상케 한다는 점도 지적해야겠다.

그러나 이 작품들은 정확하면서 때로는 시적 향기가 넘치는 언어로 이 작가들이 간절히 품고 있는 아름다운 세계에의 꿈을 보여주고 있어, 독자들은 부박하고 거친 이 세상에도 따스한 가슴을 나눌 이웃들이 있고 함께 고민하는 문학자들이 있다는 희망을 갖게 된다. 똘개가 본 "가난하지만 아름다운 개미들이 살고 있는 바로 지상의 등불"로.

> 나이가 들면 우리도 알지.
> 사랑의 아픔이 지나가면
> 우리에겐 사랑할 것이 너무도 많음을.
> 공주님, 울지 마세요.
> 사랑이란 서로 마주보는 게 아니라
> 서로 같은 방향을 보는 것이니까.
> 당신의 눈길 속에
> 나의 눈길이 있으니까. (『똘개의 모험』 263면)

이러한 작가들의 동화 쓰기가 더욱 깊어져 현대의 명작동화들을 쑥쑥 낳아놓기를 고대한다.

| 길을 찾는 사람들 1993년 3월호 |

제4부
동화 창작,
어떻게 해야 하나

주제를 위해 이야기를 짜맞추다 보니, 장면들이 토막
나 있고 보조인물들은 맡은 역할만 하는 소도구로 떨
어진다. …… 여태까지 동화다운 말, 동화다운 기법,
동화다운 착상으로 여겨져온 것들을 답습하지 말아야
겠다.

문학은 평균치가 아니다
2005년 신인들의 작품세계

1

문학예술은 평균치로 하는 것이 아니다. 박수근과 이중섭을 평균한다고 고도의 예술작품이 탄생하는 것이 아니며, 아예 평균하는 것 자체가 불가능한 일이다. 문학도 어떠한 삶들의 평균으로 탄생하는 것이 아니고, 수많은 작품들의 평균으로 빚어낼 수 있는 것도 아니다. 뛰어난 작품의 뛰어난 점만을 합칠 수 있는 것은 더더구나 아니다.

올해에도 신춘문예 발표들을 보며, 전국적인 보급망을 가진 일간지에서 아동문학에 귀중한 지면을 배정해주는 것이 고맙다는 생각을 했다. 좌우로 시원하게 펼쳐진 넓은 지면에 당선 동화가 실리고 당선소감과 심사평도 함께 실려 있다. 아동문학 작품이 이렇게 전국적인 지면을 타는 일은 참으로 희귀하기만 하다. 연례행사나마 이런 대접이 퍽이나 고마운 한편으로, 365일 숱한 지면에 쓸데없는 기사들을 낭비하지 말고 일주일에 한번씩만이라도 동화, 동시를 실어주지! 그러면 신문이 훨씬 더 문화적인,

국민적인 기여를 하게 되는데! 하는 불평이 치솟는다.

신춘문예 무용론도 시시때때로 고개를 들고, 이른바 등단제도란 결국 기존 예술규범에의 투항을 의미하는 것일 수도 있기에, 이러한 등단제도로 화려하게 등단하는 '신인'이란 기껏해야 '낡은 신인'일 수밖에 없는 모순의 존재라는 냉소도 가능하다. 그러나 문학판의 실정은 그나마 기성 제도 속에서 그것을 뚫고 나오는 새로움을 기대할 수밖에 없고, 문학적 재질은 유전되는 것도 전수되는 것도 아니라는 데 역설적으로 '가느다란' 희망을 걸어봐야 하는 것이다.

   2

평균치의 아동문학이 무엇인지는 나도 알 수 없다. 그렇지만 일반적으로 신춘문예는 평균치의 아동문학을 생산한다. 그것은 높은 경쟁률과 투명한 심사를 거쳐 작품이 선발됨으로써 일정 수준 이상으로 인정받게 된다는 것, 그럼에도 해마다 한 편 정도의 비율로도 살아남는 작품이 없다는 것을 뜻한다.

임선아의 「민지가 웃던 날」(조선일보 1월 1일자)은 매우 안정돼 있는 작품이다. 아빠가 교통사고로 죽고 엄마가 재혼해 '희망의 집'에 사는 민경과 민지 자매의 이야기다. 언니 민경이 1인칭 화자로 나오고, 이야기의 초점은 민지에게 맞춰져 있다. 아빠 엄마를 잃은 뒤 말을 잃어버리고 아이들과 싸우기 일쑤인 민지가 동물병원에 자원봉사를 나가면서, 예전에 기르던 토토를 닮은 강아지를 보자 애틋한 정을 느낀다. 민경이 희수와 강아지 병이 나으면 동물병원에서 다시 못 보게 될 것이라는 말을 하고 있을 때 민지가 갑자기 달려나가더니 돌아오지 않는다. 민경은 민지를 찾아 헤맨 끝에 창고에서 강아지를 안고 있는 동생을 발견한다.

　민지는 글썽이는 눈으로 나를 바라보았다.
　"언니. 나 이 강아지 키우고 싶어."
　민지가 말을 했다. 정말 오랜만에 민지 말소리를 들었다.
　나는 가슴이 떨려 말이 나오지 않았다. 그냥 민지 품안에 있는 강아지를
어루만지며 고개를 끄덕였다. 민지도 강아지를 쓰다듬으며 웃었다.

　앞에서 말한 대로 이야기의 초점은 민지에게 가 있다. 자매이지만 민경
은 실상 관찰자, 화자로 동원되어 있다. 아이들의 처지는 아버지의 교통사
고, 어머니의 재혼이라는 간단한 진술로 규정해버리고, 그 아이들을 동물
에 자기 심정을 의탁하는 모습으로 그려가고 있다.

　강아지를 안으며 희수가 말했다.
　"불쌍해. 다리를 다쳤나봐. 얘 눈 참 예쁜데, 왜 버렸을까?"
　"어른들은 나빠. 자기들 맘대로 키우다가, 맘에 안 든다고 버리고."
　희수에게 대답하고 나니, 울컥 가슴 깊은 곳에서 어떤 덩어리가 올라오며
눈물이 날 것 같았다. 엄마와 헤어지던 날을 떠올리면 그러는 것처럼 말이
다. 희수도 나와 비슷한 기분이었나 보다.

　강아지라는 익숙한 소품, 그리고 익숙한 상황, 예상할 수 있는 어른에
대한 비난 발언과 자기 처지의 투사, 되풀이돼온 모범답안적인 감정의 묘
사가 이어진다. 물론 거친 솜씨는 아니다. 앞에서 결말을 인용했지만, 작
품 전체가 이와같은 흐름으로 일관하고 있다. 작품이 상황과 구성의 완결
성을 추구하여 상당한 성공을 거두었지만, 아이들 감정의 한 자락이라도

과연 깊숙이 건드린 문장 하나를 찾아냈는지는 의문이다. 그만한 고투의
혈흔이 남아 있지 않다.

　이해든의 「노랑제비꽃」(한국일보 1월 3일자)은 병원 입원실에서 만난 두 아
이가 헤어지기까지 며칠 동안 정을 나누는 모습을 자잘한 사건들을 통해
그려 보이고 있다. 코에 산소호흡기를 걸고 커다란 주사를 맞는 '꼬마' 은
아를 보고 호준은 "산소호흡기를 해도 예쁜 애는 처음 본다"고 생각하고,
은아도 호준에게 마음이 쏠린다. 큰 주사를 맞을 때나 약을 먹을 때면 은
아는 호준을 바라보고, 호준이 "엄지손을 들어주면 아프면서도 꾹 참"지만
호준이 나가면 꼭 운다.

　은아의 손에 이끌려 밤에 몰래 야생화 꽃밭으로 나간 호준은 야생화들
을 보면서 은아에게 꽃이름을 읽어주다가 들어오는데, 이 밤외출로 은아
는 병세가 나빠져 중환자실에 있게 된다. 호준도 몸이 더 아파 퇴원이 미
뤄졌는데, 자기만을 보고 싶어한다는 은아를 호준이 중환자실에서 만나게
된다.

　　"오빠, 노랑제비꽃 이쁘지?"
　이상하게 다른 꽃 이름은 엉터리로 부르면서 노랑제비꽃은 잘 말한다.
　　"응, 이뻐."
　　"나 그 꽃, 가지면 안 돼?"
　　"돼."
　　"언제 가져?"
　　"너 여기서 나오면."
　이제 그만 나가란다. 꼬마 눈에 또 눈물이 고인다. 병실로 돌아와 이불을
뒤집어쓴다. 찔끔찔끔 눈물이 나온다. 꼬마가 불쌍하다. 나 때문에 꼬마가
거기 간 거다. 누가 나를 부른다. 운 것을 들키기 싫은데 또 부른다. 꼬마 엄

수백대 일의 치열한 경쟁을 뚫고 살아남았다 해서 당선 작품들의 수준이 보장되는 것은 아니다. 2005년 문화일보▲와 동아일보▼ 신춘문예 당선작이 실린 지면.

마다. 이불을 걷는다.

이 다음 이야기는 호준이 컵라면 그릇과 숟가락을 갖고 나가 노랑제비꽃을 캐서는 환자복 속에 숨겨와 은아에게 선물하는 것으로 전개된다. 들킬까 몰래 노랑제비꽃을 숨겨와서 다음날 퇴원할 무렵 은아에게 선물하게 되는 과정이 단조롭지 않고, 작은 행동들이 꽤 섬세하게 포착되어 있다. 대화와 지문이 모두 단문이지만, 아이의 심리와 자잘한 행동들을 구체적으로 손에 잡히게 그리는 역량을 보여준다. 그렇지만 작가가 다소 의도적으로 쓴 듯 보이는 은아의 서툰 말("나 그 꽃, 가지면 안 돼?" "언제 가져?" "내가 갖는다고 했는데……" 등)은, 어린아이의 때묻지 않은 재치있는 자기표현이라기보다는 그야말로 서툰 표현의 수준에 머물렀다.

심사평에서도 지적했듯 이 작품은 "같은 처지의 어린이들이 서로 의지하고 위로하는 모습을 순수하고 아름답게 묘사했"다고 하겠다. 아이들의 감정과 행동거지가 오롯이 작품의 중심이 되어 있는 것도 돋보이는 점이다. 짧지 않은 분량을 흐트러짐 없이 이끌고 간 힘도 느껴진다.

또 하루가 지났다. 놀이방이 궁금하다. 꼬마를 바라본다. 자고 있다. 모두 잠들었다. 나만 깨어 있다. 가만히 일어난다. 그래도 침대가 삐거덕거린다. 옷을 찾아 입는데, 꼬마가 눈을 뜬다.

큰 자동차를 탔다. 덜커덩 소리가 너무 크다. 내려서 그네를 탄다. 삐걱삐걱 아픈 소리가 난다. 어른들이 깨면 큰일이다. 꼬마도 걱정되는지 내 손을 잡아 끈다.

극단적인 단문의 연쇄다. 이 경우는 더 심한 대목을 뽑은 것이지만, 거의 전편이 이런 단문으로 이뤄져 있다. 문장이란 호흡이다. 이런 단문은 오히려 숨차고, 기껏해야 실수하지 않으려는 문학지망생의 안간힘으로 보인다. 의도된 단문이라면 그 빗나간 의도를 버려야겠고, 습관이라면 문장 공부를 다시 해야 할 것이다. "히히 다시 한번 말하지만 나는 천재다" 같은 치기를 끼워넣은 것은 미숙함으로밖에 보이지 않는다. 또하나, 호준이는 산소호흡기를 꽂아야 하고 코도 손도 자유롭지 못하다고 첫머리에 선언했는데, 내내 호준의 그런 상태는 조금도 드러나지 않는다. 병실에서 비슷한 또래의 아이에게 관심이 가는 것은 당연한 일로 볼 수도 있겠지만, 은아가 왜 호준에게 집착하기 시작했는지도 살짝 드러났어야 하지 않을까.

3

김경림의 「알갱이 요정의 첫번째 임무」(문화일보 1월 1일자)는 말하자면, 요정이 화자라는 점에서 특색이 있다. 이것은 일종의 '동화적 상상력'이라 볼 만하다. 이 요정이란 어떤 존재인가?

나는 아이들이 아끼는 장난감에 마음이 되어 깃드는 '알갱이 요정'입니다. 천사들이 날갯짓을 할 때 그 광채 부스러기에서 때때로 생겨나는 너무나 작은 존재이지만 나름대로는 중요한 임무를 띠고 있지요. 아이들이 사랑하는 곰돌이나 장난감 자동차에게 말을 걸었을 때 그것들이 마음도 가지지 않은, 단지 헝겊이나 플라스틱일 뿐이라면 얼마나 쓸쓸한 일일까요? 그런 쓸쓸한 일이 생기지 않도록 하는 게 우리 알갱이 요정들의 임무죠.

이 요정이 한나와 두리 남매가 갖고 노는 돋보기에 떨어져 두 아이 이야기를 들려준다. 엄마가 병원에서 치료를 받는 동안 시골 증조할머니가 올라와 돌봐주는데, 한나와 두리는 지구를 지킨다고 자동차들의 수상한 점을 수첩에 적는 놀이도 하고, 큰 아이들이 돋보기를 가져다 신문지에 불을 붙이자 동네 아줌마들한테서 불을 낸 범인으로 몰리는 수난을 겪기도 하면서, 엄마가 얼른 병이 낫기를 기도하고 '노할머니'가 얼른 시골로 가버리라고도 기도한다. 엄마가 하루 집에 왔다 가고, 시골에서 할머니가 올라와 증조할머니와 교대하고, 남매의 '지구 지키기'는 계속된다는 것이 이야기의 큰 줄기인데, 알갱이 요정이 이 모든 일을 보여주고 들려주는 '리포터' 역할을 맡고 있다.

이 '리포터' 요정이 너무 만능이다. 장난감에 깃든 마음이라고도 하였지만, 아이들과 아무런 소통을 하는 존재가 아니고 오로지 독자만을 상대로 아이들의 생활과 행동을 알려주는 역할을 한다. 그래야 하니 요정은, "돋보기가 된 후로 사람들 속마음이 훤히 들여다보이는 거 있죠?"라고 고백하고 편리한 대로 갖가지 목소리를 내는 것이다.

"정말 네가 그랬냐?"
5학년 형의 엄마가 다그치자 그 형은 아니라고 고개를 흔들었습니다.
"우리 애는 아니라는데?"
짜증스런 아줌마의 목소리에 한나는 비겁한 5학년 형을 뚫어질 듯 쏘아보았습니다. 그 자리에 역성 들어줄 엄마가 계시지 않다는 사실이 서럽기만 했습니다.
"얘네 엄마 요즘 병원에 들어가 있잖아……"
"그렇다고 애들을 이렇게 방치해서야 돼? 누가 화상이라도 입었음 어떡하고?"
엄마들은 쯧쯧 혀를 차면서 목소리를 줄이는 척만 했지, 한나와 두리에게

다 들리도록 쑤군거렸습니다. 엄마들은 아이들을 데리고 그 자리를 떴습니다. 나는 너무 화가 나서 숨까지 가빠졌습니다. 냉랭한 눈으로 돌아서며 쟤들하고는 놀지 마, 하는 엄마들 마음이 다 보였기 때문입니다. 어쩌면! 말로는 불쌍하다면서 한나와 두리에게 마치 위험 팻말이라도 붙인 것처럼!

이럴 때 보면 사람들은 꼭 '동물의 왕국'에 나오는 동물 같습니다. 동물들은 약한 동물을 기막히게 알아보니까요. 병들거나 약하다 싶으면 은근히 따돌리거나 쫓아냅니다. 사람들이 동물처럼 그래서는 안 되는 거 아녜요?

사건을 전달하는 서술자로서 장면을 사실적으로 그려 보인 뒤, 거기에 스스로 흥분하고 분노하고 참견하고 나서는 논평과 훈계까지 덧붙이는 것이 이 만능 요정의 실체이다. 제목을 '알갱이 요정의 첫번째 임무'라고 한 것을 보면 작가는 알갱이 요정이 등장하는 일련의 작품을 구상한 듯한데, 중요한 것은 요정을 '마음대로 써먹는 편리한 리포터'로 부릴 것이 아니라 뚜렷한 개성을 지닌 캐릭터로 생명을 부여해야 한다는 것이다. 실상 이 작품에서 알갱이 요정이란 결국 병원에 입원한 엄마가 집에 남은 아이들을 보는 애틋한 심정이 투사된 서술자이고, 울림을 주는 대목도 바로 그 '엄마의 시선'이 두드러진 대목들이다.

한나와 두리는 노할머니가 타신 택시가 까만 점이 되어 보이지 않을 때까지 손을 흔듭니다. 나도 눈물이 나와서 눈이 다 흐릿해지려는데 한나와 두리가 갑자기 문방구로 뛰어갑니다. 어어? 노할머니가 지금하라고 주신 돈으로 수첩을 사네요? 나도 지구를 지키는 놀이를 무척 좋아하기는 하지만 한나와 두리는 참 해도 너무합니다. 노할머니 때문에 울고불고한 지 십분도 채 안 됐잖아요?

"오늘은 305동을 조사한다!"

한나로부터 새로운 임무가 주어지자 두리가 옷소매로 나를 반짝반짝하도록 닦습니다. 둘은 바람소리가 나도록 달리기 시작합니다. 나는 아직도 좀 슬픈데 둘 다 어느새 노할머니를 까맣게 잊었나 봐요. 내가 이 배신자들하고 한 팀이라니…….

끝 장면인데, 시골에서 할머니가 추수를 끝내고 오고 증조할머니가 돌아가게 되자 아이들이 그동안 싫어했던 증조할머니와 헤어지는 것을 슬퍼하는 장면 다음에 이어진다. 방금 전까지 슬퍼하다가 금세 자신들의 놀이로 신나게 복귀하는 아이들다움을 발랄하게 그린 것인데, 아이들의 행동에 대한 요정의 해설이 도를 지나쳐 군더더기가 되고 있다. "노할머니 때문에 울고불고한 지 십분도 채 안 됐잖아요?" "나는 아직도 좀 슬픈데 둘 다 어느새 노할머니를 까맣게 잊었나 봐요. 내가 이 배신자들하고 한 팀이라니……"와 같은 것은 독자가 행간에서 느껴야 할 것들인데 다 말해놓고 있을뿐더러, 느껴도 좋고 안 느껴도 좋은 지점까지 느낄 것을 강요하고 있다. 이러한 군더더기 논평들이 작품 전체에 걸쳐 대목마다 따라붙고 있다.

그리고 화자가 아이이거나 이 작품의 요정처럼 아이의 자리에서 서술할 때, 단순한 묘사 기능을 하는 문장에서조차 꼬박꼬박 높임말 표현을 쓰는 것이 타당한지는 생각해볼 일이다. 높임이나 낮춤 표현은 '관계'의 반영인데, 가령 위 인용문에서 "노할머니가 타신 택시" 같은 표현은 화자와 독자와의 관계 외에는 다른 관계가 별로 개입되어 있지 않은만큼 군이 높임 표현을 써야 하는지 의문이 든다. 독자 연령층을 낮게 상정할수록 존대 표현의 빈도가 높아지는 경향이 있는데, 일상 어법에서도 묘사나 서술 표현에서는 군이 높낮춤 표현을 쓰지 않으니 높임 표현이 절제돼야 한다. 실상 연달아 나오는 존대, 극존대 표현은 읽는이로서는 매우 거북한 노릇이고, 글의 리듬을 해치기도 한다. 또 이 작품에서 요정 화자가 증조할머니라고 했다가 아이들의 말투를 따라서 노할머니라고 바꿔 부르는데, 노할머니가 증조할머니를 가리키는 일반적인 대명사가 아닌 이상 적절치 않은 호칭이다. 또 할머니를 굳이 친할머니라고 두 차례 쓴 것도, 증조할머니가 친증조할머니가 아니라면 몰라도 불필요한 친절이다.

박영희의 「깜상이와 자전거」(동아일보 1월 1일자)는 신춘문예로나 동화로나 색다른 작품이 아닐까. 체육을 못하고 자전거를 못 타는 아이가 나오는데, 주제는 뜻밖에 '인식론적인 깨우침'으로 귀결한다. 말하자면 철학적이고 관념적이다. 체육시간이 싫고 운동에 소질이 없는 유나는 자전거를 타고 바람처럼 달리고 싶어 무릎이 깨져가며 열심히 자전거를 배워보는데, 실패만 거듭하게 되자 자신은 자전거를 탈 수 없다고 연습하기를 포기한다. 어느날 어머니가 시장에서 강아지를 한 마리 주워 온다. 강아지 깜상이가 텃밭을 헤집고 다녀 묶어놓았는데, 마구 뛰어오르던 깜상이는 점차 뛰어오르지도 않고 줄의 한계 안에 적응해 꼬리만 살래살래 흔들게 된다. 그런 깜상이의 모습에 갑갑함을 느낀 유나는 슬그머니 강아지의 목줄을 풀어주어본다.

"먹고 싶으면 빨리 이쪽으로 오라니깐. 줄이 안 매여 있단 말이야!"
유나의 목소리가 커져갑니다.
깜상이가 깽깽대는 소리도 점점 커져갑니다.
"아유, 바보 같은 것! 줄도 안 매여 있는데, 한 발짝만 떼면 되는데. 한 발짝만 떼어보라니깐!"
마침내 유나는 고함을 지르고 말았습니다.
"한 번만 해봐! 한 발짝만 떼어 보라구! 한 번만!"
그런데 갑자기, 신경질적으로 소리를 치던 유나의 눈에 무엇인가가 언뜻 비쳤습니다. 마당 구석에 세워 둔 자전거였습니다. 여전히 앞으로 나서지 못하고 허공만 긁어대는 깜상이의 모습 뒤로 그토록 폼 나게 달려 보고 싶었던 자전거가 잠자듯이 벽에 기대 서 있었습니다.

　유나는 잠시 멍한 듯 앉아 있더니 갑자기 벌떡 일어나 마당을 가로질러 달려나갔습니다. 그리고는 자전거 핸들을 부여잡았습니다.

　"엄마! 나 자전거 타러 가요. 자전거 타는 법 배워 올 거라구요! 오늘은 꼭 타고 만다구요!"

　유나는 무어라 외치는 엄마의 목소리를 뒤로하고 부리나케 대문을 나섰습니다.

　그제서야 깜상이도 유나를 따라 뛰쳐나갔습니다.

　즉 자전거 타기를 배우다 스스로 포기한 유나, 줄의 한계에 적응해 자유를 주어도 줄 밖으로 뛰쳐나오려고 시도하지 않는 강아지, 이 두 가지 이야기를 결합해놓았다. 유나는 A라는 문제를 유사한 B라는 경험을 통해 해결하는데, 그 방식은 '경험을 통한 갑작스런 깨우침'으로 나타난다. 이 깨우침은 유나에만 국한되는 것이 아니고 "깜상이도 유나를 따라 뛰쳐나가"는 장면으로 열려 있다. 그런데, 구체적이고 사실적인 묘사로 전개되고 있음에도 유나의 변화 발전의 계기는 현저하게 '의식'의 문제로서 드러난다는 점에서 이를테면 이 작품의 '참신함'이 있다 하겠다. 두 개의 중심 이야기가 충분히 녹아들지 못하고, 갈라짐과 이어붙임이 뚜렷이 보인다는 점도 결국 주제가 관념으로 남아 있다는 증표가 된다.

　이 작품에는 비유를 동원한 문장들이 자주 보인다.

　넘기는커녕 구름판 앞에서 발 한 번 구르고는 한밤중에 거울에서 제 얼굴 보고 놀란 사람마냥 우뚝 서 버렸습니다.

피구시합을 할 때도 <u>폭탄이라도 피하는 양</u>, 내내 비명을 지르는 <u>쥐처럼</u> 도망만 다니다가 머리에 공 한 방 맞고 찔끔찔끔 울기 일쑤입니다.

<u>미꾸라지 손가락 사이로 빠지듯</u> 좁은 골목길을 요리조리 달리는 친구들을 보면

유나의 <u>소망은 넘어가는 해마냥 점점 희미해져 갔고 실망의 그림자는 점차 짙어져 갔습니다.</u>

유나는 아버지가 운동복으로 갈아입는 기미를 보이자 갑자기 소파에서 돌아누우며 <u>소금 빠진 찌개마냥</u> 대답합니다. (밑줄은 인용자)

이와같은 비유는 전반부에 집중돼 있고, 후반부에 가면 그다지 두드러져 보이지 않는다. 즉 전반부 서술을 하면서 의식적으로 비유를 찾아 써서 표현을 강화하려고 했지만, 작품 전체에 일관해서 이를 지키지는 못한 결과다. 그런데 이런 비유들이 그다지 효과적이지 않다. 비유란 본질적으로 A가 아닌 것을 가져와 A를 나타내려는 것이기 때문에, 몸에 푹 배어서 나오거나 고도의 감각으로 포착되지 않으면 오히려 표현이 어지러워지고 안 쓰니만도 못하기 십상이다. 위 밑줄 그은, 묘사를 대신하는 비유들이 과연 좀더 실감나는 표현으로 다가오는 효과를 내는지 의심스러운데, 초점 인물인 유나의 감수성과 잘 통하는 비유도 아니고 문장 속에 녹아 있지도 않으며 작품 전체의 문체와 어울리지도 않는다. "소금 빠진 찌개마냥"은 '심드렁하게' '싱겁게'를 뜻할 텐데, 이런 생뚱맞은 비유보다 적절한 꾸밈말이 오히려 더 낫지 않을까. "소망은 넘어가는 해마냥 점점 희미해져 갔고 실망의 그림자는 점차 짙어져 갔습니다."는 기본적으로 미숙성을 드러내는 관념적인 문장일뿐더러, 동화에 쓰일 적절한 표현도 아니다.

4

방미진의 「술래를 기다리는 아이」(서울신문 1월 4일자)는 늘 술래가 되는 아이와 눈이 잘 안 보이는 아이의 만남과 교감을 그린 작품이다. 문장에 무리가 없고 흐름도 자연스러운데, 나무를 끌어안고 파도소리를 듣고 떨어지는 나뭇잎을 물고기라 하고 창문에서 여러 영상을 보며 요술거울이라 하는 것이 눈이 잘 안 보이는 아이에게는 자연스러운 현상인 것 같으면서도 왠지 이 아이를 조금은 이승의 아이 같지 않게 만든다. 사실적인 묘사와 일상적인 언어의 대화로 진행되는데도 두 아이가 사회에서 분리되어 있는 느낌을 주는 것은 어쩐 일일까. 결함 또는 장애가 있는 아이끼리 서로 잘 통할 수 있긴 하겠지만, 꼭 이런 식의 만남이 아니면 이야기를 끌어갈 수 없는 것인가. 서로 만나고 소통하는 장면을 보여주기 이전에 늘 술래가 되는 '결함'이, 눈이 잘 안 보이는 '장애'가 실제로 어떤 것인지 탐구하는 일이 먼저여야 한다. 소통과 화해는 여기저기서 말하고 있지만, 문학이 남달리 할 수 있는 몫은 오히려 결함과 장애가 존재하는 양상을 스스로 깊이 탐구해 느끼고 또 느낄 수 있게 해주는 데 있다.

신춘문예 당선작들을 놓고 어떤 경향을 말하는 것은 난센스지만, 올해 당선작들은 생활적인 소재들을 다루고 있고 또 어떤 식으로든 어려운 처지에 있는 아이들을 주목하고 있다는 데에서 공통점을 찾을 수 있다. 「깜상이와 자전거」를 제외하면 이런 아이들의 처지는 '의식적으로' 주목된 소재일 수도 있는데, 이런 결과는 올해의 '심사의 경향'을 뜻한다고 보는 것이 더 타당할지도 모르겠다.

신춘문예라는 수백대 일의 치열한 경쟁, 그러나 이를 뚫고 살아남았다 해서 당선 작품들의 수준이 보장되는 것은 아니고 겨우 보편적인 독서의 대상, 비평의 대상이 되는 차원에 진입한 것일 뿐.

아아, 기교밖에는 말할 수 없는 시대. 기교의 연찬으로도 길을 찾을 수 있건만, 기교로든 정신으로든 물고기가 물을 나와 비상하는 길을 트는 자 정녕 없는 것인가.

| 시와 동화 2005년 봄호 |

창안하는 즐거움

『어린이문학』 2002년 11월호의 동화

1

지난 한글날 즈음에 나온 신문기사들에 통신언어의 언어파괴를 우려하는 목소리가 높았다. 채팅 등 통신 언어에 발달되어 있는 뱡つㅏØㄱØ=ㅣ(반가워요), g네시㉺ㄴ(게시판), ズ1λざ웁ㅎF_しち흐ㅁつㅉヴ훗(지성 오빠 너무 멋져요) 같은 '외계어' 수준의 '새 언어'와 ^.^(행복한 웃음), ^o^~~♬(신바람 났을 때), &:-)(곱슬머리), 〈,-?(파이프 물고 윙크) 같은 이모티콘(emoticon, 표정 문자) 들을 보면 나는 참 기발하다는 생각이 먼저 든다. 이런 희한한 말들을 왜 '발명'해낼까? 그것은 즐거움 때문이 아닐까. 이미 있는 틀을 훌훌 벗어나, 끝없이 자유롭게 새로운 것을 마구 만들어보는 즐거움.

글을 쓰는 일 역시 창안하는 즐거움이 따라야 한다. 그 보람은 물론 '외계어'나 이모티콘을 만들어내는 것과는 다르다. 그렇지만, 그렇게 기발하고 남다르고 희한하고 웃기고 놀라운 것을 창안하려는 '마인드'가 너무 부족한 것도 우리 창작계의 약점이다. 창안하는 즐거움 없이 쓰기 위해 글을 쓰고 있다면 쓰는 사람 자신부터 얼마나 지루하고 고될 것인가.

작품을 쓸 때 우리는 기발한 통신언어와 이모티콘을 사용하지 않는다. 오히려 눈에 잘 띌 만한 것들은 이것저것 다 버리고 난 뒤에야 겨우 찾아낸 언어로 쓴다. 그리고 그 속에는 다른 데서는 얻을 수 없는 삶에 대한, 사회에 대한 새로운 관찰과 발견, 통찰이 담겨야 한다.

글을 써 발표하면 다른 사람들에게 읽는 수고를 끼치게 된다. 그렇다면 내가 쓰는 글이 사람들에게 그만한 수고를 끼치게 할 가치가 있을까를 생각해야 한다. 그 글을 읽는 사람이 아무 보람과 즐거움을 얻을 수 없다면, 쓰는이도 읽는이도 그 글을 쓰고 읽을 것이 아니라 동네 가게에 가서 비디오라도 한 편 빌려다가 뒹굴면서 보는 편이 나을 것이다.

2

이번호 '이달의 동화' 응모작은 모두 일곱 편이었다. 편수가 적어 읽기가 수월했지만, 이것이 일시적인 현상이 아니라면 걱정스러운 일이다. 작년과 99년 '이달의 동화' 평을 맡았을 때보다 올해 응모작품이 편수나 의욕면에서 모두 뒤처진다. 여러 잡지나 출판사에서 신인을 뽑는 제도가 많이 생겨나 분산되기 때문인지 아니면 사람들이 다시 동화에 매력을 잃어가고 있는 것인지 모르겠다.

배봉기 선생님의 소감을 전자우편으로 청해서 들으니 거의 내가 읽은 느낌과 일치했다. 짤막한 평이지만 핵심을 잘 짚어 평하셨기에 내 생각도 더 정리해볼 수 있었다.

「미미가 치마를 입게 된 사연」(김현숙)은 딸만 셋인 집에서 남자처럼 자란 미미의 이야기다. 늘 바지만 입고 다니고, 반 동무들과 말타기를 하며 놀고 사내애처럼 사고를 치니, 앞집 아줌마가 엄마에게 성전환 수술 이야기를 꺼낼 정도다. 그런데 학원에서 여자아이처럼 뜨개질을 하는 준서를 만나고 미미는 자기도 남의 시선에 휘둘리지 않겠다는 생각을 한다. 그리고 자기를 사내아이 같은 스타일로 키운 엄마가 실은 자기가 바지 입는 걸 좋아하는 줄 알고 바지를 입혀 왔다는 것을 알고는 새로 산 빨간 원피스를 입고 학원에 간다. "구준서 때문도 아니고 앞집 아줌마 때문도 아니고 나 심미미가 오늘은 치마를 입고 싶기 때문이다."

할머니와 이웃으로부터 늘 아들이었더라면 하는 섭섭한 소리를 들으며 자란 미미가 자기 정체성을 찾아가는 과정을 그렸다. 사회에서 형성된 사내아이와 여자아이를 가르는 표지(치마/바지, 운동/뜨개질, 활달/얌전 등) 들을 버리고, 정말 자기가 입고 싶은 옷을 입고 좋아하는 것을 하고 당당해지자는 이야기다. 그래서 미미가 치마를 입는 것도, 집안과 이웃의 눈길 때문에 사내아이처럼 자란 데서 그 반동으로 여자아이의 표지를 찾는다는 의미가 아니라, 치마든 바지든 자기가 입고 싶은 옷을 입는다는 의미로 하는 행동이다. (남자가 뜨개질을 하는 것은 허용되지만 치마를 입으면 정신나간 사람이 된다는 점에서, 미미의 이러한 선택도 사실은 제한된 범위에서 이루어지는 것이라 하겠다.) 전통적인 남아선호 관념과 사회적으로 형성된 남녀 개념의 제약에서 해방되어 참 자아를 찾아가는 것이 이 작품의 주제다.

이러한 주제는 머릿속으로 생각해보는 것은 어렵지 않으나, 작품으로 실감나게 표현해 공감을 얻어내기는 힘들다. 글쓴이는 몇개의 사건을 적절히 짜넣고 인물들의 연관된 생각을 잘 끄집어내, 무겁지 않게 읽히도록 하였다. 이만큼 써내기도 쉽지 않은 일이다. 그렇지만 주제를 위해 이야기를 짜맞추다 보니, 장면들이 토막나 있고 보조인물들은 맡은 역할만 하는 소도구로 떨어진다. 특히 준서의 뜨개질과 가훈 소개는 이야기를 짜맞추었다는 느낌을 많이 준다. 글쓴이는 작품이 논리를 인물과 사건으로 대치한 것을 넘어서야 한다는 것, 작가가 꼭두각시 극의 조종자가 되어서는 실감을 획득할 수 없다는 점을 깊이 생각해봐야겠다. 오히려 유머와 재치가 넘치는 발랄한 명랑소설로 더 나아갔더라면 신선하지 않았을까 싶기도 하다.

이 작품에는 앞선과거형 '-었었(았었)-'을 쓴 서술이 몇 군데 나온다.

(1) 어렸을 때부터 엄마는 선미에게는 늘 예쁜 옷을 사다 주면서 나에게는 청바지나 남자아이들 옷 같은 것을 사다 줬다. 엄마는 늘 내 머리도 남자아이처럼 짧게 자르려고 했다. 모르는 사람들이 나를 보며 '어머, 얘는 아들인가 봐요?'라고 해도 엄마는 아니라고 하지도 않고 그냥 웃기만 <u>했었다</u>. 엄마는 사람들이 나를 아들로 착각하는 것이 싫지 않은 것처럼 <u>보였었다</u>. 그래서 나는 엄마 아빠를 위해서 더 남자아이처럼 행동을 <u>했었다</u>. 내가 아들 노릇을 해야 할 것 같아서 말이다.

(2) 아직 5월인데도 학원은 무척 더웠다. 잠바를 입고 있으려니 땀이 막 났다. 어쩔 수 없이 잠바를 벗어 의자에 걸었다. 누군가 치마 바지를 보고 놀리지 않을까 <u>걱정했었는데</u> 아이들은 아무런 관심도 없었다. 쑥스러운 마음이 드는 건 나 혼자만의 생각인 모양이다.

(3) 나는 엄마 팔짱을 끼며 물었다. 전부터 엄마 마음이 <u>궁금했었다</u>. 늘 마음 속에서만 맴돌던 걸 내뱉고 나니 가슴이 두근거렸다. (밑줄은 인용자)

글을 쓰는 중에 배달된 어린이신문 『굴렁쇠』 10월 9일 한글날치를 보니, '제대로 된 말글 정책'을 촉구하는 기사가 머리에 나왔고, 안쪽에는 "굴렁쇠는 이렇게 우리 말을 살리려고 한다!"고 밝힌 기사를 실었다. 우리말을 살려 쓰고 잘 가꾸는 지름길은 이와같이 스스로 앞장서서 자신이 쓰는 말부터 고쳐 써서 많은 사람들이 자연스럽게 몸에 익히도록 하는 것이다. 그 뜻과 실천방향에 나도 전적으로 공감하며 『굴렁쇠』에 박수를 보낸다. 다만, 거기서 예로 들어 보인 말 가운데에는 쓰임새를 좀더 두루 살펴서 다루었으면 하는 생각이 드는 것도 더러 있었다.

> '지난적'(과거)을 두 번 겹쳐 말하는 '완료시제'를 쓰지 않습니다. 그러니까 '사랑했었다' 하지 않고 '사랑했다' 또는 '사랑한 적이 있다' 합니다. (3면)

영어 말법인 '–었었다'를 쓰지 말고 다른 표현으로 써야 한다는 것이다. 그렇다면 동화 공부를 하는 분의 작품에 나오는 이 '–었었–'에 대해서 나는 뭐라고 말할 것인가. 논란이 있으니까 '–었었–'을 아예 쓰지 않고 뜻에 딱 맞는 다른 표현을 찾아보는 것도 좋겠지만, 나는 '–었었–'을 꼭 쓰지 말아야 한다고는 생각지 않는다. 「미미가 치마를 입게 된 사연」에 나오는 '–었었–'을 보면 '–었–'과 마구 혼동하거나 단순히 중복해 쓰고 있지는 않다. 글쓴이가 단순과거형으로는 다 담아지지 않는 의미, 내용을 나타내기 위해 의식적으로 '–었었–'을 쓸 자리를 구별하고 있는 것이다. 그렇지만 작가가 이런 구별 의식을 가졌다 해서 반드시 '–었었–'의 사용이 잘 되어 있다고 할 수는 없다.

(1)에서는 "어렸을 때부터"로 시작해 앞선 과거를 서술하고 있는만큼 굳이 세 번에 걸쳐서 '–었었다'를 써야 할까? 앞의 두 번은 그냥 "웃기만 했다" "보였다"로 하고, 문맥이 그 다음 문장에서 전환되는 세번째 "~행동을 했었다"만 '–었었다'로 하는 것이 의미상의 변질도 없을뿐더러 더 짜임새 있는 글흐름을 이룰 것 같다. 세번째까지 모두 바탕서술체인 '–었다'로 해

도 뜻이 통하지 않는 것은 아니나, '–었다'만으로는 그동안 '남자아이처럼 행동하'고 '아들 노릇을 해'온 것을 이제 억울해하고 회의하기 시작하는 미미의 깨달음이 제대로 드러나지 않는다.

　(2)의 "걱정했었는데"도 "걱정했는데"로 써도 의미상의 변화가 거의 없을 것 같다. 잠바를 벗어 의자에 걸 때 비로소 걱정을 한 것이 아니라, 치마 바지를 입고 나올 때부터 걱정이 시작되어 쭉 걱정하고 있음을 나타내기 위한 것으로 보인다. 그렇지만, 전에는 걱정했는데 지금은 안하는 듯한 느낌이 들기도 한다. 오히려 그냥 "걱정했는데"로 쓰는 것이 치마 바지를 입고 나와 학원 강의실에 들어온 지금까지 죽 놀리지 않을까 걱정해온 것으로 읽힐 듯싶다.

　(3)의 '~궁금했었다'는 잘 맞게 쓰였고 짧은 문장이 잇따르면서도 변화의 느낌을 준다. 엄마 마음에 대한 궁금증이 이전에 시작되었으나 그동안 표출하지 못했던 사실과 심리가 다음 문장과 결합하면서 잘 드러난다. '궁금했다'만으로도 사실 관계는 말할 수 있으나, 그 '궁금한 상황'이 (발화시보다) 앞선 과거의 일인지, 지금(발화시에) 비로소 인지되어 서술되는 것인지 구별되지 않는다. 더구나 '전부터 엄마 마음이 궁금했는데 차마 물어보지는 못했다'는 심정까지도 비추어 보일 수는 없다.

　나는 '사랑했다'와 '사랑했었다' '사랑한 적이 있다'가 다 다르다고 생각한다. 물론 바꿔 쓸 수 있는 경우도 있다. 그러나 말해지는 순간의 그 섬광은 말을 바꾸면 사라진다. 그때는 처음부터 다시 말을 시작해야 한다.

　국어학 연구를 조금 들여다보니, 일반이론으로 잘 설명이 안되는 우리말의 시제 표현을 해명하기 위해 다른 범주들이 관련됨을 밝히기도 하고, 범주를 넓히거나 새로운 설명방식을 찾아 풀이하기도 하였다. '–었었–'의 경우도 시간의 선후성을 나타내는 대과거나 과거완료 등으로만 간주해서는 충분히 설명될 수 없다고 보고 있다. '–었(았)–'의 표기 형태 자체가 19세기 말에 성립했다고 하며, '-었었-'의 생성도 이와 거의 동시라고 하니 이를 상세하게 밝혀볼 필요도 있겠다. 근대 문장의 가장 보편적인 서술체로 자리잡은 것이 바로 '-었(았)다'체이다. '-었다'체는 과거시제와 형태가 같지만, 서술시제로서는 '지나간 일'로서의 과거가 아니다. 서사(敍事)라는 건물을 세우기 위해 닦아놓은 기초와 같은 것이다. 또는 서사라는 기차가 달리는 레일과 같은 것이다. 이 과거형 서술체는 현재형 서술과 유기적으로 결합해 좀더 현재성을 강화하기도 한다. 그러나, 현재형이라고 해서 그것이 '현재 벌어지고 있는 일'도 아니요, 과거형이라고 해서 묵은 사실인 것도 아니다. 그것은 서술양식 즉 서사를 구성하는 미학원리의 하나다.

이렇게 과거형(완결법)이 바탕 서술체로 선택되면 그보다 앞서 일어난 일들을 서술할 필요가 있을 때 어떻게 해야 할까? 그 경우도 역시 대개는 '-었다'로 갈음하지만 사건, 발화, 인지의 시간이 얽혀 있는 것을 충분히 드러내기에 '-었다'만으로는 때로는 너무 단조롭고 모자람을 느끼게 된다. 나는 이런 문체상의 효용이 '-었었-'의 쓰임새를 발달케 하는 주요한 계기가 된 것으로 생각하고 있다.

나는 언어이론을 깊이 알지 못하지만 그동안 여러 종류의 글을 읽은 경험을 바탕으로 갖게 된 생각을 적어두는 것도 쓸데없는 일은 아닐 것 같아 몇마디 말을 보탰다. 글공부를 하는 분들에게 이런 문제들에 대해서도 가볍게 지나치지 않아야겠다는 마음가짐이 일어났으면 하는 바람에서.

3

「바다로 간 끝동이」는 냇물에 떨어져 바다로 간 오동나무 잎의 여행을 담은 의인동화다. 잎이 물을 따라 흘러가면서 보고 듣는 것들을 통해 주로 환경파괴 문제를 메씨지로 전하고 있다. 이야기를 무리없이 전개했으나, 이런 설정의 작품은 워낙 많이 씌어져와서 새로움이 없다. 자기만의 발견, 자기만의 목소리가 담겨야 하지 않을까.

「집 없는 개 뽈뽈이」와 「석이네 괭이네」는 전에도 투고된 적이 있는 작품이다. 작품을 좀더 익히고 보완해서 다시 보내보는 것은 좋은 공부가 되지만, 지난 평을 보니 작품의 경개가 확 달라진 것 같지는 않다. 「집 없는 개 뽈뽈이」는 묘사력이 뛰어나고 서민적인 냄새가 물씬 풍기는 것이 특장이다. 그런데 시장 사람들의 반응이 잡다하고, 결국 또 개 잡는 이야기로 흘러가버리니 식상하다. 어린이문학은 아이들이 신나게 읽을 놀잇감도 되어야 한다는 것을 생각하면, 이 작품은 뭔가 거북한 점이 있다. 이야기를 풀어가는 방식에서 뽈뽈이와 강아지를 좀더 주인공으로 끌어내고, 생생하지만 자극적인 말들은 제대로 골라내고 다듬었어야 한다. 손창섭의 『장님 강아지』(우리교육 2001)에 실린 작품들이나 현덕의 「고구마」 같은 작품들을 차분히 읽어보기 바란다.

「석이네 괭이네」는 제목 그대로 쌍둥이 석이네와 쌍둥이 괭이갈매기 새끼를 대비시켰다. 인간들의 낚시질과 아이들이 하는 가벼운 장난 같은 것이 자연의 동물들에게 얼마만한 비극을 가져다주는지 섬뜩하게 대조법으로 드러낸다. 그러나 문장도 거친 대목이 많고, 구성도 의도가 앞서 있다. "앗! 그러나 괭돌이마저 …" "아아! 엄마 갈매기는 입에 거품을 물고 뒤로 쓰러집니다." "깜박 까먹었는지 …" "목젖이 터져라 괭돌이는 …" 이런 표현들이 심사숙고해서 나온 것인지 되돌아보기 바란다. 아이들에게 상투적인 생명사랑 임무를 맡겨 익숙한 이야기틀로 가지 않은 것이 글쓴이의 의도인지 미숙함인지 모르겠으나, 작품의 독자인 아이들이 자신과 동일시할 수 있는 인물들을 그저 대상으로 바라보게 그려놓은 것은 어린이를 독자로 삼는 어린이문학의 특성을 잘 체득하지 못해서인 듯하다.

「은행나무 네 그루」는 포도나무 집에서 태어난 자매가 집을 떠나 바깥 세상으로 나갔다가 다시 태어난 곳으로 귀소(歸巢)하는 이야기를 줄기로 삼고 있다. 사람이 나고 성장해서 한 생애를 살았을 때 어딘가 자기를 품어주는 아늑한 곳으로 돌아가고 싶은 것은 보편적인 심정일 것이고, 이 작품은 그곳을 태어나고 부모가 있는 옛집으로 설정하였다. 마치 한 편의 전설처럼 읽힌다. 문장력이 있고 서술도 차분하지만 아이들에게 왜 이런 얘기를 들려주고자 하는지 내 독해력으로는 잘 알 수가 없다. 너무 동화다운 동화를 의식해도 문제지만, 동화란 무엇인가에 대한 그 나름의 깊이있는 탐구를 거치지 않으면 진짜 동화다운 작품이 나올 수 없는 것이다.

「엄마 잃은 비둘기」는 엄마 말을 안 듣고 찻길에서 놀다 엄마를 잃은 비둘기 이야기다. 저학년 어린이들에게 맞는 소재일 텐데, 줄바꾸기가 알맞게 되어 있지 않아 너무 빽빽하고 어휘 선택도 들쭉날쭉 고르지 않다. 글로 읽히는 동화는 그때그때 말로 들려주는 이야기와는 어떤 점에서 달라야 하는가를 먼저 생각하기 바란다.

「성빈이 방에는 도깨비가 산대요」는 원고지 네댓 장 분량의 짧은 유년동화다. 방을 어질러놓아 장난감을 잃어버리는 것을 도깨비가 훔쳐간다고 엄마와 아이는 얘기하는데, 생일 선물을 도깨비가 가져갈까봐 걱정하는 성빈이에게 엄마는 제자리에 놓여 있는 물건은 주인이 있다는 걸 알고 가져가지 않는다고 말해준다.

성빈이는 걱정스럽게 자기 방을 들여다봤어요.
정말 엉망인걸요. 온통 장난감이 흩어져 있네요.
"엄마, 내가 장난감 통에 장난감을 넣어 놓으면 어때요? 안 오겠지요?"
"그럼. 이 방은 아주 멋진 왕자님이 산다고 생각할 거야."
성빈이는 신나게 장난감 상자에 흩어진 장난감을 담았어요.

성빈이 방의 도깨비는 어떻게 되었을까요? 제자리에 정리하기를 싫어하는 다른 친구들의 방에 놀러 갔대요.

여기서 "아주 멋진 왕자님"이라고 하지 않고 다른 무엇은 없을까? 일상에서 일어나는 일을 정리한 것 이상의 다른 발견, 값진 생각을 담아주지 않으면 글은 여러가지 소비재 중 하나에 머물고 만다는 점을 말해두고 싶다.

이런 짧은 유년동화는 한 편만으로는 글의 수준을 가늠하기 힘들다. 물론 아주 뛰어난 작품을 짧다고 해서 그냥 보아 넘기는 일이야 없겠지만, 일반적으로 적용할 수 있는 판단 기준을 세우기란 쉽지 않다. 아이가 스스로 읽는 것에 초점을 둘지, 부모나 교사가 읽어주는 효과를 중시할지, 그림과 결합되어 전달되는 점은 얼마나 따져봐야 하는지 등도 간단치 않을 것 같다. 원고지 다섯 장이 채 안 되는 이태준의 「엄마 마중」「꽃 장수」 같은 작품이 투고되었다면 그 작품을 선뜻 뽑을 수 있을 것인가.

간혹 그림책 원고나 아주 짧은 유년동화가 투고되기도 하지만 그동안 뽑힌 예는 거의 없는 듯하다. 짧은 분량으로 역량 파악이 힘들고 어디까지가 문학적 판단의 영역인지도 경계가 뚜렷하지 않기 때문일 것이다. 그렇다면 이 분야의 원고는 따로 모아서 전문 심사위원에게 일정기간씩 평가를 맡기는 것이 이쪽에 관심을 둔 분들에게도 더 힘이 되지 않을까 싶다.

| 어린이문학 2002년 11월호 |

글쓰기의 기초와 상황의 진실성

『어린이문학』 2001년 2월호의 동화

1

가수 태진아의 히트곡에 이런 구절이 있다. "사랑은 아무나 하나? 눈이라도 마주쳐야지."

글은 아무나 쓰나? 그렇다. 오늘날 글은 아무나 쓴다. 과거에 교육받을 기회가 적어 문맹률이 높고, 산업이 발달하지 않아 필기구와 종이를 구하기조차 어려웠던 시절엔 아무나 글을 쓰지 못했다. 글을 쓰는 것은 하나의 특권이었다. 오늘날은 어떤가. 사랑은 아무나 하는 게 아니고 눈이라도 마주쳐야 하지만, 글은 누구나 쓸 수 있다. 매일 아침 배달되는 신문에 끼여 오는 광고지 뒷면에 써도 되고, 인터넷 게시판에 하염없이 써내려가도 된다. 정말로 아무나 글을 쓰는 시대가 왔고, 그 아무나가 쓴 글을 무시할 수 없는 시대가 왔다.

그럼에도 글은 아무나 쓸 수 없다. 아니, 아무나 써도 좋지만 준비가 필요하다. 초중등 학교에서 국어교육을 통해 배우는 것으로도 기초적인 준비는 충분하고도 남지만, 실제로 기본을 갖추고 글을 쓰는 사람은 많지 않다. 그러고 보면 학교 교육의 내용과 방식이 잘못되어 있는지도 모른다. 글쓰기에 관심있는 사람이라면 학교 교육 밖에서도 얼마든지 글쓰기의 기본을 배울 수 있다.

누구나 다 아는 사실이지만, 글읽기는 예나 지금이나 변함없이 글쓰기의 기초를 닦는 지름길이다. 그럼에도 글읽기를 통해 충분히 터득할 수 있는 기초를 갖춘 사람은 의외로 많지 않다. 내가 여기에서 말하는 기초는 그야말로 기초다. 한글맞춤법을 잘 지키고 띄어쓰기를 정확하게 할 것. 문장부호를 바르게 사용할 것. 단락에 대한 의식을 갖고 줄바꾸기를 적절하게 할 것. 낱말의 의미를 바로 알고 정확한 어휘를 사용할 것. 문장과 문맥이 앞뒤가 맞게 쓸 것 등. 잘 쓴 글을 주의깊게 읽어보면 이런 사항을 충분히 몸에 익힐 수 있다. 그런데 교정과 편집이 엉망이고 정성들여 만들어지지 않은 책이라면 좋은 원고라도 그 내용이 제대로 독자에게 전달되지 못한다. 좋은 원고로 정성들여 만든 책을 찾아 주의깊게 읽어보자.

투고된 작품들을 보다 보면 특히 줄바꾸기에 대한 인식이 부족함을 느낀다. 줄바꾸기는 단락을 조직하고 문장의 호흡을 생성하는 중요한 수단이다. 기성 작가의 작품에서도 한두 문장을 쓰고 습관적으로 줄을 바꾸는 경우를 종종 보게 된다. 그리하여 의미는 연쇄를 이루지 못하고, 자기 나름의 개성적인 문체를 찾아보기 어려워진다.

동화는 일차적으로 아이들을 독자대상으로 삼고 있지만, 성인문학과 마찬가지로 '상황의 진실성'을 확보해야 한다. 즉 작품 내적인 논리가 형성돼야 하고, 그 논리 속에서 모순됨이 없어야 한다. 풀어 말하면, 작품을 읽으면서 '어, 이건 이상한데' 싶은 대목이 나와선 안된다는 것이다. 구연(口演)의 경우 그때그때의 감흥에 따라 과장도 할 수 있고 부분의 흥미를 위해 전체적인 논리의 일관성을 깨뜨릴 수도 있다. 그러나 개인이 문자로 창작하는 문학작품의 경우 언제나 되돌아가 읽는 것이 가능하므로 그와 다른 특성이 요구된다. 꼼꼼히 읽고 따져볼수록, 감탄을 일으킬 만큼 어긋남이 없이 딱 맞아들어가는 치밀함을 갖춰야 한다. 이것은 단순히 충실한 사실성을 의미하는 것은 아니다. 작중 상황이 실제 현실의 논리와 부합해야 하는 것이 기초가 되지만, 작품이 갖고 있는 내적인 논리에 어긋나지 않으면 '상황의 진실성'은 획득될 수 있다. 사실동화에서 토끼가 갑자기 말을 한다면 모순이 되지만(사실동화의 논리가 깨어지지만), 앨리스가 토끼구멍을 통해 떨어진 이상한 나라에서는 생쥐가 말을 하고 토끼가 트럼펫을 불어도 상관없는 것이다. 즉, 작품 내적 논리가 형성되면 오히려 그 내적 논리에 부합하는 일이 일어나야 상황의 진실성이 훼손되지 않는 것이다.

그런데 많은 동화작품에서 '상황의 진실성'을 깨뜨리는 크고작은 어긋남들을 보게 된다. 현실에 대한 관찰력과 사고력이 부족한 데서 생겨난 자잘한 실수에서부터, 작품 구성력과 조직력이 부족한 데서 연유한 부실함, 동화장르에 대한 잘못된 이해와 무리한 판타지 요소의 도입에 따른 황당한 사태들까지 그 양상은 실로 다양하다. 아동문학 비평이 취약하고 상호 토론과 비판이 활성화되지 못한 풍토도 이러한 실태를 제대로 파악하고 인식하여 질적 전환을 이루는 것을 막아왔다.

2

이번 달에는 모두 열세 편의 작품을 읽었다. 지난해〔2000년〕최대의 화제작이었던 『마당을 나온 암탉』의 작가 황선미씨와 함께 읽고 의견을 교환하였다. 개별 작품에 대한 판단은 대체로 일치하는 느낌이었고, 책에 실릴 작품을 고르는 데도 별다른 이견은 없었다.

전체적으로 아쉽게 느껴졌던 점은, 작품을 쓰고자 하는 의욕과 열의에도 불구하고 동화의 특성을 깊이 고민하지 않았거나 피상적으로 생각하는 데 머물러 있는 경우가 많았지 않았나 하는 것이다. 또한 소재나 서술에서 개성적이고 독창적인 접근이 부족했고, 나만의 것을 보여주려는 도전의식도 약하였다. '이달의 동화'가 아마추어 필자들의 작품을 소개하는 장인 동시에, 신인작가를 발굴하는 등용문 역할도 하고 있는만큼 이런 아쉬움을 떨칠 수 없었다.

「우는 하회탈」「가족 사진」「장미 꽃길」은 사실동화 혹은 생활동화에 속할 텐데, 「우는 하회탈」(정경숙)이 단연 뛰어나다. 실업자인 아버지는 은태네 가게에 나가 일하며 일자리를 구하러 다니는데, 가게에서 물건이 계속 없어지자 은태 아버지와 동네 사람들로부터 의심을 산다. 나(해솔이)는 아버지를 의심하지 않지만, 새벽녘에 가게에 도둑이 든 날 마침 아버지가 쇠고기를 사오자 그만 믿음이 흔들리게 된다. 그런데 아버지가 가게에서 물건을 훔친 중학생 아이를 붙잡게 되어 동네사람들의 의혹이 풀리고 가게 앞에서 삼겹살 잔치가 벌어진다. 일요일, 부엌으로 들어오던 아버지가 넘어지면서 들고 온 봉지에서 가게 물건이 쏟아져 나오자, 아버지는 변명을 하지 못하고, 언니와 나는 아버지가 훔친 물건들을 가게에 갖다 놓는다. 그때 은태네 식구들이 들어오고, 웃으려 애를 쓰는 아버지 얼굴이 "마치 우는 하회탈 같았다."

치밀한 구성과 안정된 문장이 돋보이는 「우는 하회탈」의 강점은 감출 것과 드러낼 것을 효과적으로 조절할 줄 안다는 것이다. 아버지가 도둑이 아닌지 의혹의 눈초리를 던지는 은태와 은태 아버지, 동네 사람들의 태도와 분위기를 적절히 묘사하고 있으며, 아버지를 바라보는 해솔이의 심리가 상황에 따라 변화, 반전하는 양상을 솜씨있게 그려낸다.

"아빠, 은태네 가게에 어제 도둑이 들었대. 알아?"

아빠는 고기를 씹다 말고 나를 뚫어지게 보았다. 그리고 낮은 목소리로 말했다.

"응, 알고 있어. 들어오다가 은태 아버지를 만났어."

나는 아빠 눈을 피해 고기를 보았다. 그리고 다시 물었다.

"은태 아빠가 뭐라 그래?"

"그냥 도둑 들었다구. 내일 일거리 없으면 가게로 나와 달라구."

"그래?"

얼굴을 들었다. 아빠와 눈이 마주쳤다. 속이 뜨끔했다. 얼른 고개를 숙였다. 나는 무슨 맛인지도 모르면서 열심히 고기를 씹었다.

이 장면에서 아버지가 가게 돈을 훔친 것인지 여부는 독자들 역시 판단하기가 힘든데, 사실은 돈을 훔친 아버지와(아버지가 가게 물건을 훔쳤음이 드러나는 결말부에서도 아버지가 돈을 훔쳤다고는 직접적으로 서술되지 않는다), 아버지를 향한 의심으로 마음이 흔들리는 해술이가 내심을 드러내지 않고 자신을 은폐하면서 서로를 탐색하는 심리전을 벌이고 있다. 간결하게 처리된 대화와 몇가지 동작 묘사 속에 이러한 심리전을 담아낼 수 있는 역량은 대단한 것이다. (도둑을 맞은 것은 그날 새벽이므로, "어제 도둑이 들었"다고 한 것은 틀린 표현이다.)

앞부분에 아버지에 대해서 "하회탈처럼 웃었다. 내가 가장 좋아하는 웃음이다"라는 표현을 배치하고 결말에서 어색한 웃음을 웃으려는 아버지를 '우는 하회탈'로 변용시킨 기교도 만만치않아 보인다.

그럼에도 이 작품에서 무언가 공허함이 느껴지는 것은 왜일까. 감출 것을 감추고 드러낼 것을 잘 드러냈음에도 불구하고 정작 중요한, 아버지가 도둑질을 한 동기에 대해서는 심층적인 탐색이 없기 때문이다. 아버지의 도둑질 여부에 대한 해솔이와 주변 인물들의 반응에 초점을 두다 보니, 정작 중요한 도둑질의 동기는 너무 가볍게 처리되었다. 가난한 살림에 생활이 어렵고 아이들이 안쓰러워 그랬다는 평범한 동기 이상의 무엇이 나타나 있지 않고, 그것조차 절실하게 드러나지 않는다. 뻔한 동기를 신파적으로 과장하지 않은 점은 좋으나, 정작 중요한 아버지의 형상에 대한 탐구는 미흡하다. 그리고 문장도 너무 단문 위주로 끌고 나갔다.

「가족 사진」 역시 궁핍한 처지의 인물을 그렸다. IMF 구제금융 사태 이후 우리 문학에 '실직과 가난의 탐구'가 새삼 주제로 떠올랐는데, 아동문학에서는 이런 현상이 더 뚜렷하다. 남편의 실직으로 아이들을 시골로 보내고 다른 집 아이들은 봐주는 '아줌마'가 중심인물이다. 아이의 돌날에 시골에 가서 아이의 돌상도 차려주고 가족사진을 찍고자 하지만, 시간이 늦어 기차를 놓치고 대합실에서 눈물을 떨군다. 이런 상황 자체는 적실하게 그려져 있지만, 세부적인 설정은 실감이 약하다. 시골에 가면 다음날은 아이를 돌봐주지 못하는만큼 일하는 집에 미리 양해를 구하지 않았을까, 시간이 늦을 것 같으면 남편과 연락하면 될 텐데 요즘 그 흔한 핸드폰은 안 가지고 있는 걸까, 이런저런 의문이 생긴다. 이렇게 의문이 발생하다 보면 '상황의 진실성'은 약해지게 마련이다. 그리고 인물을 '아줌마' '아저씨'로 지칭한 것도 어색하다. 어떤 아이의 시점인가 싶은데, 그냥 3인칭 대명사이다. 좀더 욕심을 내자면, 이런 이야기를 통해 깊이있는 인간적 진실 혹은 사회적 진실의 일단을 보여줄 수 있어야 한다.

「장미 꽃길」은 '사회운동가'인 아버지를 그리고 있어서 흥미롭다. 요컨대, 사회시간 수업에 아버지가 참가해 직업에 대한 이야기를 하면서 딸로서 사회운동가인 아버지를 이해하고 자랑스럽게 여기게 된다는 내용이다. 선생님과 명식이는 반 아이들에게 꽃길을 가꾸는 아버지의 봉사활동과 노점상을 위한 서명운동 등 사회운동에 대해서 말해준다. 사회운동가도 '직업'이 될 수 있고, 사회운동가는 봉사활동도 하는 훌륭한 사람이라는 것을 작품을 통해 알려주고자 하는 의도일까? 일종의 '운동권 교훈주의' 작품이 아닌가 싶다.

3

「짝꿍 반지」「금별이는 내가 찾을 거야」「엄마와 숨바꼭질」은 사실동화 의 틀 속에 비현실 혹은 판타지를 삽입한 작품이다. 우리 아동문학의 주류 는 사실주의 동화라고 할 수 있을 터인데, 최근 판타지에 대한 관심과 열기 는 자못 뜨겁다. 그렇지만 현실의 이야기와 판타지를 결합하는 것은 대단 히 어려운 일이다. 양자를 아우르는 작품 내적인 논리를 만들어야 하는데, 대개는 이러한 논리를 형성하는 데 실패하고 있다. 판타지를 삽입하는 것 은 작품을 풍부하게 하고 상상력을 극대화할 수 있지만, 필연성이 없는 판 타지의 도입은 작품을 망치는 지름길이 되기도 한다. 판타지의 삽입을 넘 어 판타지 장르로 나아가는 것은 개인의 역량뿐 아니라 문화적인 풍토의 뒷받침이 있어야 하므로 더욱 간단치 않은 문제다.

「짝꿍 반지」는 못생긴 딸이 어머니만 우선시하는 아버지에 대해 푸념을 쏟는 것으로 시작한다. 약간 심사가 뒤틀린 여자아이의 불평은 상당히 실 감나게 이어진다. 밸런타인데이에 남자아이에게 줄 짝꿍 반지를 구하러 다니던 '나'는 남자아이가 끼지 않으면 새까맣게 되어 손가락을 조이는 반 지를 어떤 할머니에게서 얻게 된다. 그러나 남자아이는 그 반지를 받지 않 고, 속상한 '내'가 아버지에게 반지를 던지자 반지는 아버지의 손에서 오색 찬란한 빛을 뽐는다. 비현실적인 대목이 삽입된 부분은 할머니의 '없는 게 없는 반지가게'에서 무지갯빛 반지를 사는 장면이다. 다른 부분은 모두 일상적인 현실원리에 따라 사건이 일어나지만, 신기한 반지를 얻게 하려고 이러한 비현실적인 장면이 필요했던 것이다. 문장력과 구성력이 좋고 반지가게 장면도 별 무리가 없어 보인다. 그런데, 이러한 활기있는 이야기의 결론이 상투적인 '아버지의 사랑의 확인'에 머문 것이 아쉽다. 작품에 드러난 아버지의 행동에서도 내심 깊은 곳에서 우러난 사랑을 전혀 읽어낼 수 없었다.

「금별이는 내가 찾을 거야」는 '꿈'이라는 장치를 통해 환상을 삽입한 작품이다. 이런 방식은 예로부터 너무도 흔하게 동원되었다. 지난해 11월호에 발표된 김경성의 「빠알간 장미」를 보니, 현실과 꿈을 번갈아 교차시켜 사건의 진전과 해결을 꾀하는 수법을 택하고 있다. 꿈을 꾸는 것은 한 사람만이 아니고, 꿈에서 일어난 일이 현실로 틈입하기도 한다. 이 작품도 역시 비슷한 기법을 취하고 있는데, 서사의 줄기가 튼튼하지 못하고 전개가 무척 산만하다. 따돌림을 당하거나 용기가 없는 아이를 주제로 하는 것도 이런 작품들의 공통점이 아닌가 싶다. 그런만큼 주제를 깊이있게 다루고 얼마나 효과적으로 환상이라는 장치를 주제와 결합시켰는지, 작가의 역량이 작품의 성패를 좌우하는 관건이 된다.

「엄마와 숨바꼭질」은 유년동화다. 가사에 지친 피곤한 엄마는 아이들이 놀아달라고 하자 이불로 변해서 장롱에 숨고, 의자로 변하거나, 인형이 되어 침대에서 자고 있기도 하다. 그런데 이것은 결말에 아이들이 꾼 꿈으로 처리되어 있다. 채인선의 「학교에 간 할머니」 「우리 모두 다른 사람이 되었어요」나 김옥의 「모래마을 아이들」 「문이 열리면」 같은 잘된 작품들을 들여다보면, 환상과 현실은 자연스럽게 결합해 하나의 세계를 이루어낸다. 환상을 끼워넣고 더구나 꿈으로 처리하는 기법은 아주 초보적이고 상투적이다. 동화의 세계는 훨씬 무궁무진하다.

4

전설과 설화를 재료로 하여 쓴 작품이 여러 편인 것을 어떻게 보아야 할까? 글쓴이가 어떤 소재를 동원했는지 밝히지 않으면 이런 작품이 어느정도 독창적인지 판단하기가 어렵다. 때로는 완전히 지어낸 이야기도 있을 것이다.

「여자농부 아랑이」「미륵불의 아들」「이무기 샘」은 모두 불교적인 색채가 짙은 설화를 모티프로 하고 있다. 「여자농부 아랑이」와 「이무기 샘」은 각기 쌀바위와 이무기 샘에 얽힌 전설의 요소도 갖고 있다. 각각의 작품들이 얼마큼 설화와 전설을 변용하고 재해석했는지는 원화(原話)를 알 수 없는 처지에서 따져볼 도리가 없으므로, 작품 자체의 됨됨이와 울림을 중심으로 살펴보자.

「여자농부 아랑이」(김희경)는 원고지 팔구십 매 분량의 긴 작품인데, 균형을 잃지 않고 이야기를 잘 끌고 나갔다. 동자승에게서 땅문서를 받은 거지 부부가 쌀바위 논에 와 농사를 지으면서 여러가지 사건이 벌어진다. 신화나 민담이 흔히 그렇듯 이 이야기에도 금기(禁忌)와 위반의 모티프가 전반부에서 중요한 역할을 하고 있다. 쌀바위를 건드리지 말라는 동자승의 당부를 저버리고, 남편은 욕심 때문에 쌀바위를 없애려 든다. 벙어리 아내와 딸 아랑의 만류를 뿌리치면서, 쌀바위를 없애기 위해 동네 사람들을 동원하고 급기야 폭약을 장착해 폭파해버린다. 쌀바위가 깨지자 아랑의 아버지는 금덩이를 얻지만, 바윗덩어리는 동자승의 모습이 되어 피를 흘리며 숲으로 사라지고 그때부터 불행이 시작된다. 벙어리 아내는 깨어져 날아간 바윗돌에 맞아 죽었고, 아랑의 아버지는 금덩이를 갖고 집을 떠난다. 아버지가 돈을 날리고 병들어 돌아오자 논을 팔아야 했고, 점백이 아저씨는 쌀바위 논과 아랑 부녀를 구경거리로 만들어서 돈을 번다. 가을날 며칠간 내린 비로 구경꾼들의 발이 묶이고 식량이 바닥나자, 성난 구경꾼들이 아랑이네로 몰려오고 아랑이는 큰 솥에 밥을 지어 그들을 먹인다.

　　"동자승아, 동자승아. 쌀바위 고개에 욕심쟁이는 이제 없어."
　　동자승이 웃었습니다.
　　"아랑아, 쌀바위 논 주인이 누구지?"
　　"쉬운 걸 물어보면 되니? 일하는 사람 거지."
　　"땀 흘려 일한 사람만이 그 열매를 가질 수 있는 거야."
　　하더니 동자승은 눈을 꼭 감았습니다.
　　"동자승아, 동자승아……"
　　아랑이가 아무리 불러도 돌이 된 동자승은 꼼짝도 안합니다. 숲길을 내려오는 아랑이 몸에서 동자승한테서 나오던 빛이 조금씩 새어나왔습니다.

　　재물에 대한 욕심은 인간을 파멸시키고, 땀 흘려 일한 사람만이 그 열매를 가져야 한다는 주제가 결말에 집약된다. 서두에 나왔던 "일하는 사람이 주인"이라는 동자승의 메시지가 커다란 의미함축을 갖고 되풀이되면서 아랑에게 전수될 뿐 아니라, 동자승의 존재 자체가 아랑으로 전이되고 있다.
　　이 작품에 나타난, 인간의 욕심과 이기심이 야기하는 여러가지 사태들은 음미해볼 만하다. 여기에 어떤 새로움이 있다고 보기는 어렵지만, 상당히 무게있는 울림으로 다가온다. 긴 서사를 이끌어가는 조직력과 구성력은 인정할 만하지만, 글의 상태는 아직 충분히 다듬지 않았거나 미처 살을 다 못 붙인 단계인 듯 보인다. 제목의 '여자농부'란 표현도 어색하다.
　　「미륵불의 아들」은 다시 쓴 불교 설화다. 시작도 "아주 오랜 옛날 옛적에 …"로 되어 있다. 사냥꾼이 뱀의 알을 깨뜨리다 뱀에 물려 죽은 뒤 뱀으로 다시 태어나고, 뱀이 토끼를 물어 죽인 뒤 얼어죽어서 토끼로 다시 태어나고, 토끼가 꽃을 꺾고 뜯어먹다 죽어서 꽃으로 다시 태어나고…… 이렇게 윤회가 되풀이되는데, 늑대로 태어나서 아이를 잡아먹을까 하다가 미륵불 앞에 있는 음식을 먹어 비로소 윤회에서 벗어난다는 이야기다. 생명을 존중하고 살생을 금하는 불교적인 사상이 담겨 있는데, 문장이 유려할 뿐더러 꼬리를 물고 이어지는 이야기를 무리없이 전개했다. 그런데, "장난삼아" 알을 깨뜨리고 "장난삼아" 독이 든 꽃을 먹었다든가, 뱀이 겨울잠을 자다가 "눈이 펑펑 쏟아져" 얼어죽었다(눈이 많이 와서 얼어죽을 리는 없다)는 디테일은 좀더 걸러졌어야 하지 않을까. 이 이야기를 아이들에게 들려주어야 할 현재적인 의의가 무엇일까?

「이무기 샘」은 이무기 샘과 이무기 천의 유래담의 형태를 취한다. 말하자면 전형적인 전설인데, 마을의 평안을 위해 처녀를 바쳐왔던 이무기를 물리치는 이야기다. 사냥꾼을 사서 이무기를 없애겠다고 하면서 김부자는 주민들을 착취하지만 사냥꾼은 실패하고, 그 뒤에 탁발승이 와서 뜨거운 돌로 연못을 메우게 해 이무기를 물리쳐준다. 민중의 염원과 불교적 색채가 섞여들어간 용소(龍沼) 전설이다. 그런데 이런 전설의 평범한 재화(再話) 이상의 어떤 의미를 찾기 어려운 작품이다.

「지혜로운 쉬파리」는 짤막한 '이솝 우화' 한 편을 보는 것 같다. 물에 빠진 토끼 시체에 구더기가 있으므로, 토끼가 물에 빠져 죽은 게 아니라 살쾡이가 잡아먹고 물에 빠뜨린 것임을 쉬파리가 밝힌다는 추리적 내용이다. 재미난 읽을거리는 될지언정 문학적 감동을 일으키지는 않는다.

5

「노래를 잃어버린 까치」는 문제작이다. 까치 처녀 까순이의 이야기를 통해 일제시대 정신대에 끌려간 조선 처녀의 운명을 그렸다. 무거운 주제를 동화의 틀 속에 담아보려는 노력이 진지하게 드러나 있고, 문장도 유려하며 힘이 있다. 그런데 전반적으로 무리가 많다. 까치 처녀 까순이 대신 조선 어느 마을의 '순이'를 대입해도 될 정도로, 상황이 식민지 조선과 일본의 관계를 그대로 옮겨놓았다. 결혼을 앞두고 까마귀 군인에게 잡혀가는 까순이, 먼 곳으로 끌려가 밀집한 둥지에서 억지로 짝짓기를 당하는 까순이, 병들고 지쳐서 돌아오자 해치는 까순이를 받아들이지만 자신은 더러운 까치라고 하면서 멀리 떠나가는 까순이……

까치나라와 까마귀나라가 설정돼 있지만 벌어지는 상황은 새들의 나라에서 일어날 수 있는 일이 아니다. 새들의 나라에서는 새들 나라다운 상황과 사건이 일어나야 하는데 그렇지 않다. 이웃 섬의 까마귀나라 군인들이 배를 타고 와 식량을 약탈하고, 어린 암까치들을 잡아 배에 태우고 간다. 까마귀들이 왜 날아다니지 않고 배를 타고 다닐까? 일제와 식민지 조선의 관계를 대입하다 보니, 이렇게 얼토당토않은 일이 벌어진다. "까순이와 남은 까치들은 함께 모여 무작정 걸어 바닷가로 나왔다. 거기서 지나가는 배를 얻어 타고 까치나라로 돌아갈 작정이었다." 어째서 날개 달린 짐승이 먼 거리를 걸어가고 얻어 탄 배는 또 왜 갈매기나라의 배인지 희한하다. 심지어 트럭까지 등장한다. 그냥 정직하게 정신대에 끌려간 조선 처녀의 이야기를 그렸으면 좋았을 것을, 무리하게 의인동화를 시도하였다. 새들의 나라에서 벌어지는 이야기를 통해 정신대 문제를 담아내려면, 완전한 새들의 나라를 창안하여 거기서 일어날 법한 이야기를 구성해야 한다.

「신부님, 어디 가세요?」는 유머러스한 이야기를 담은 생활동화다. 배탈이 난 신부님이 밤중에 김장독을 변기로 잘못 알고 변을 보았는데, 그것이 '우리 집' 김장 맛이 최고가 된 유래라는 줄거리다. 한 편의 재미있는 소화(笑話)를 소개한 것으로 포근하게 읽히는데, 그 이상의 욕심은 내지 않았다.

그림책 텍스트인 「이빨 뽑는 날」은 제목 그대로 아이의 흔들리는 이를 빼는 이야기다. 장면장면을 나누어 서술했고, 표현도 정리되어 있다. 그러나 너무 흔한 소재인데다, 아이의 이를 이 사람이 흔들어보고 저 사람이 흔들어보고 줄줄이 따라나선다는 설정 역시 많이 보아온 것이다. 독창성을 보여주지 못하고 있는 셈이다.

각 작품마다 내 나름으로 조목조목 장단점을 짚어보았는데, 앞에서 말한 대로 글쓰기의 기본을 잘 갖춘 글이 많지 않았고 동화의 특성과 향기를 잘 살린 작품도 많지 않았다. 물론 수련중인 예비작가들에게 모든 것이 충분히 갖추어지지 않았음을 타박하고자 함은 아니다. 몇몇 작품에서는 상당한 역량이 발휘되고 있었고, 무언가 만들어내려는 의지와 가능성을 보여준 작품도 있었다. 아무쪼록 작품이 주는 감동은 어디서부터 오는 것인지를 다시 한번 생각해보기로 하자.

| 어린이문학 2001년 2월호 |

제대로 표현하기

『어린이문학』 1999년 6월호의 동화

1

동화 쓰기도 소설 쓰기와 다를 바가 없다. 특별히 창작에 관심을 두지 않아도 우리는 교육과정 중에 좋은 단편소설에 관해 많이 배우고, 또 웬만큼은 작품을 읽게 된다. 문학에 별 취미를 못 느끼는 사람들도 아마 다들 한두 편의 인상적인 단편에 대해 기억하고 있을 것이다. 문학 창작에 뜻을 둔 이들은 더 말할 필요도 없이 잘 쓴 단편소설이 어떤 것인지 나름대로 감득하고 자기 관점도 갖고 있을 터이다. 단편동화 작법도 기본적으로는 단편소설 작법과 다르지 않다. 그렇지만 단편소설이 아니고 동화가 되어야 하니까 동화가 무엇인지도 알아야 한다.

문학은 표현이다. 표현이 되어야 알맹이도 생긴다. 제대로 표현이 되지 않으면 표현하고자 했던 내용도 사실상 없는 것이거나 부실한 것이 되고 만다.

최근 소개된 린드그렌의 작품들(『난 뭐든지 할 수 있어』, 강일우 옮김, 창작과비평사 1999)을 읽으면서 나는 감탄을 금치 못했다. 표현을 할 수 있다는 것은 머릿속에서 혹은 가슴속에서 떠오르려 하는 것, 싹이 트고 있는 것, 형태를 얻지 못한 것 들에 몸을 주어 비로소 존재케 하는 것이다. 몸을 얻지 못하면 내뿜은 담배연기처럼 흩어져 사라지고 만다. 그것도 자기 몸이어야 한다. 그렇지 않으면 미운 꼴이 되고, 문학적 표현이 아니라 그냥 말들의 수선스런 집합, 읽는 사람이 쑥스러워지는 말들의 불편한 동거가 된다. 린드그렌의 단편들은 대개 매우 적실한 표현을 얻어, 보태고 뺄 것이 별로 없었다. 그런데 표현이 되느냐의 여부는 기교의 문제가 아니라, 사실상 통찰의 깊이에 좌우된다. 적실한 표현이 생성된다는 것은 그만한 내용이 생성된다는 것이요, 표현할 의미있는 내용이 있다는 것은 오로지 표현됨으로써만 증명되는 것이 문학의 세계다.

「메리트 공주님」은 자기에게 관심을 보였던 아이를 구하고 대신 죽은 메리트라는 평범한 여자아이의 이야기다. 순진하고 어리숙하기까지 한 메리트는 자기에게 선물을 주었던 요나스 페터를 아이들의 놀림감이 되도록 늘 따라다니다가, 봄날 산비탈에서 굴러내려오는 바위가 도마뱀을 관찰하던 그 아이를 향해 다가오는 것을 보고 몸으로 막아 죽는다. 이런 이야기를 다루면 너무 상투적이거나 작위적으로 되기 쉽고, 더구나 희생하는 아이의 감정은 아주 유치한 것으로 그려지기 십상이다. 뻔한 신파가 되거나, 소박한 미담에 머물기도 한다. 그러나 이 작품에서 메리트가 요나스 페터에게 느끼는 감정과 그를 향한 지속적인 관심은 그런 수준과는 전혀 다르다. 메리트의 마음이 어떠한지 직접 설명되는 일은 전혀 없고 메리트의 행동과 주변 아이들의 반응 등을 통해 드러날 뿐인데, 몸을 던진 메리트의 희생이 너무나 순수하고 깨끗한 마음에서 우러나온 것임은 백마디 천마디의 설명보다 더 절절히 독자의 가슴에 와 닿게 표현되어 있다. 그것도 딱 그만한 아이 또래의 마음으로 드러나 있지, 무슨 관념적인 숭고함이나 희생정신 같은 그런 쪽으로는 조금도 기울어져 있지 않다.

바위는 요나스 페터에게까지 굴러가지는 않았습니다. 한 여자아이의 조 그맣고 연약한 몸뚱이가 바위를 멈춰 세웠던 것입니다. 그렇게 보잘것없는 것 때문에 바위가 멈춰 서다니 참으로 이상한 일이었습니다. 아마도 그 조그 만 몸뚱이가 누워 버린 바로 그 자리에 뾰족한 돌멩이가 하나 솟아 있었는지 도 모릅니다. 그래서 바위를 붙들어 놨는지도요. (17면)

메리트가 땅에 묻혀야 하는 날입니다. (…) 반 아이들은 '영혼의 고향과 안 식처'를 낭랑한 목소리로 불렀습니다. 아이들은 메리트가 죽어서 너무 슬펐 습니다. 그러나 모든 일이 끝난 뒤에 아이들은 요나스 페터가 발견한 새 둥지 를 보러 학교 뒤에 있는 장작더미로 갔습니다. 아, 거기에는 밝은 갈색의 알 이 다섯 개나 든 예쁜 새 둥지가 있었습니다. 아이들은 새 둥지가 얼마나 예 쁜지 좀더 자세히 보려고 서로 머리를 들이밀었습니다. 그러면서 메리트에 대한 생각은 희미해져 갔습니다. (끝대목, 19~20면)

바위가 멈춰 선 것이 아이의 희생 때문이 아닐지도 모른다고 쓰는 작가 의 필치는 아주 냉정한 듯이 보이지만, 그렇다고 앞서 "조그맣고 연약한 몸 뚱이가 바위를 멈춰 세웠'다고 한 희생의 의미를 부정하는 것이 아니다. 오 히려 조그만 아이가 바위를 멈추게 해서 요나스 페터를 구했다고 단정하는 것보다 훨씬 더 의미의 파장이 겹으로 퍼져가게 하고, 아이의 희생 자체보 다 희생에 이르게 한 마음——인간됨 쪽으로 주제의 초점을 옮겨가게 한다.
메리트의 죽음의 이유를 반 아이들이나 다른 주위 사람들은 잘 알지 못 한다. 아이들은 "너무 슬펐"지만 곧 잊어버리고 새 둥지를 찾아 아이들다 운 관심사에 빠져든다. 메리트의 죽음의 의미를 아는 독자들로선 이러한 상황들이 너무나 아쉽고 안타깝게 느껴지기도 한다. 그렇게 메리트라는 평범한 아이는 너무도 빨리 그 존재마저 잊혀진다. 그러나 이 작품은 '메리트 공주'를 영원히 잊혀지지 않게 그려놓고 있는 것이다.

린드그렌 동화의 아이들은 정말 아이답게 행동한다. 아이스러운 것이 아니라, 아이로서 느끼고 행동한다. 「난 뭐든지 할 수 있어」의 로타는 쓰레기 봉지 대신 빵 봉지를 버리기도 하고, 온 도시에 없는 크리스마스 트리용 전나무를 얻게 되는 행운을 만나기도 한다. 「봐, 마디타, 눈이 와!」에서는 썰매를 몰래 탔다가 집에서 멀리 벗어나버린 리사베트가 눈속을 헤매는 위험에 처했다가 간신히 집에 돌아오는 이야기가 그려진다. 「누가 더 높은 데서 뛰어내릴까?」에서 서로 매사에 치열하게 경쟁하던 알빈과 스티그는 결국 다리가 부러져 병원 침대에 나란히 누워 있게 된다. 「벚나무 아래에서」에는 엄마를 집시들의 딸이라고 생각하는 안네의 몽상이 잘 담겨 있고, 「펠레의 가출」에는 부모에게 섭섭함을 느낀 꼬마 펠레의 귀여운 반항심리가 유머러스하게 그려져 있다. 그렇게 작품 속에는 아이들다운 아이들이 살아 움직이고 있다.

부모가 사라져버린 아이를 찾으러 나간 사이 리사베트가 돌아오고, 아이를 찾지 못해 절망적인 심정으로 귀가한 부모는 한 침대에서 붙어 자고 있는 두 자매를 발견한다. 「봐, 마디타, 눈이 와!」의 결말은 물론 부모의 감격에 겨워하는 모습을 보여주지만, 이렇게 아이의 시선으로 돌아온다. "달랑 한 아이가 있는 것과 두 아이가 있는 것은 정말 큰 차이가 있으니까요." 그토록 찾아 헤맨 아이가 어느새 집에 돌아와 있으니 그 얼마나 반갑고 기쁠 것인가 운운하는 것보다 훨씬 강렬하고 적실한 표현이며, 동화다운 유머도 담겨 있다.

2

　모두 열일곱 편의 단편동화를 건네받아 검토하였다. 표현과 짜임에 무리가 없고 나름의 솜씨도 발휘된 작품들이 보이기도 했지만, 전체적으로 창작의 기본이랄 수 있는 요건들에서 상당히 미흡하다는 아쉬움을 느낄 수밖에 없었다.

　우선 정확한 문장을 썼는지 철저한 점검이 되어 있지 않은 작품이 많았다. 그리고 오늘 우리의 절실한 얘기를 쓰고자 하는 도전정신이 약하고, 안에서 치밀어오르는 하고 싶은 얘기도 별로 갖고 있지 않구나 하는 느낌이었다. 몇몇 작품은 동화의 특성을 깊이 고려하지 않은 듯했고, 살아 움직이는 아이의 형상을 담은 작품이 별로 눈에 띄지 않았다. 아이들의 현실에 대한 관심과 예리한 관찰이 의외로 부족하다는 생각이 들었다.

　여섯 편을 고르기로 하면서 「왕땅콩 갈비 게으름이 욕심쟁이 봉식이」와 「사고 많은 곳」 「도망자 고대국」을 그중에 포함시키기로 정하는 데는 그래도 수월했다.

　「왕땅콩 갈비 …」(김리리)는 부정적인 별명이 여럿 붙은 봉식이가 착한 아이가 되어 그 별명들을 떼어버리는 이야긴데, 반복적인 이야기구조를 잘 활용했고 문장에도 군더더기가 없다. 봉식이가 착한 아이가 되는 것도 무슨 교훈을 주자는 의도로 읽히지 않아 좋다. "복수에 칼을 갈며"는 "복수의 칼을 갈며"로 써야 바르다.

　「사고 많은 곳」(김경성)은 차들이 빨리 달리는 도로에 있는 가로등들을 주인공으로 하여 세태의 일면을 잘 잡아내었다. 가로등 사이의 대화도 생동감이 있고, 가로등들이 느끼는 무서움도 잘 표현되었다. "차들은 모두 죽음을 향해 달리는 셈입니다. 자기만 죽는 것도 아니고 다른 것들에게도 피해를 준다는 걸 왜 모를까?"는 가로등의 생각이기보다 작가의 말에 더 가깝지 싶다. 그리고 제목을 너무 성의 없이 붙였다. (이 작품의 착상이 얼마나 독창적인 것인지 모르겠다. 아동문학 장르들 특히 동시나 단편동화의 경우 비슷한 착상에서 씌어진 작품들을 많이 볼 수 있는데, 그런만큼 자신의 눈으로 얼마나 섬세하게 표현했느냐가 더욱 중요해진다.)

「도망자 고대국」(김영주)은 거친 면이 있지만 생기 발랄한 작품이고, 통념상 문제아에 가까운 고대국이란 아이의 형상이 잘 부각되었다. 교과서를 제대로 안 챙겨오지만 난롯불을 잘 피우는 고대국은 아이들에게 미움만 받는 아이는 아니다. 오락실에 간 고대국을 데려오러 간 아이들이 고대국과 오락 시합을 하는 것도 아이들답다. 오락실에 선생님이 나타나는 장면 등 뒷부분에선 생략이 심하다. 그리고 단문이 많은 것도 초고를 충분히 다듬지 못한 탓은 아닌지?

「촐랑이」「야옹이와 검둥이」는 동물 이야기를 솜씨있게 잘 다루었고 묘사력이 돋보인다. 그런데 언제 씌어도 좋은 이야기가 아닌가 싶다.

「물 따르는 아이」(김종필)는 뚜렷하게 오늘의 현실에 눈을 돌린 작품이다. 새벽 인력시장에 모인 구직자의 행렬, 그들에게 컵라면을 나눠주는 부녀의 모습을 생생하게 그린 첫 장면은 상당히 밀도가 있고, 실업문제가 심각한 IMF 관리체제하 우리 현실의 단면을 잘 포착했다. 그런데 첫 장면 이후 작품은 나아가지 않고 오히려 후퇴해서, 하나네 부녀가 왜 구직자들에게 라면을 공급하게 되었는가를 밝혀준다. 그 밝히는 방식도 지리할뿐더러 결국 착한 사람들이 안타까운 마음에서 시작한 봉사라는 것 이상의 이야기는 아닌데, 그렇다면 간단하게 몇줄 설명으로 넘어가고 더 진전된 내용을 담았어야 했다. 끝까지 읽고 나면 어려운 현실은 희미해지고, 하나가 참 좋은 일을 하는 아이라는 것만 강조되어 있다. 결국 문제의 본질에 대한 접근은 대단히 미흡한 글이 되고 말았다.

「아버지의 얼굴」(정란희)은 소재나 작품 전개가 자주 보아온 동화 형식이다. 그렇지만 작품을 끌고가는 지은이의 역량을 느낄 수 있었다. 수남이와 아버지의 성격이 좀더 잘 살아났으면 훨씬 나은 작품이 되었을 것이다. 아버지의 얼굴이 불에 덴 것처럼 심하게 일그러졌다고 했는데, 막상 독자들에게는 어떻게 일그러진 것인지 영상으로 떠오르지 않는다. "집을 돌아가며 연습하기로" "힘을 차릴 수 없었습니다" 등은 다듬어지지 않은 문장이다. 아버지가 창너머에서 수남이와 현주의 긴 대화를 듣는 것도 자연스럽지 않다. 갈등의 해소로 마무리되는 결말도 상투적이다. 정말 뛰어난 표현을 얻으면 표현된 내용이 새로워진다는 것에 대해 잘 생각해보자.

「토끼와 절구통」(전정애)은 요즘에는 퇴색해버린 민간전승을 빌려왔다. 결국 어떻게 실감을 얻고, 지은이에게 옛이야기 틀을 빌려올 절실한 이유가 있었는지가 관건이 된다. 달나라의 토끼가 다시 방아를 찧어 지구로 쌀가루를 내려보내도록 계수나무가 망원경을 만들어준다는 발상은 재미있다. 그런데 망원경으로 지구에서 벌어진 어느 비참한 광경을 보고 토끼가 일을 하기로 마음을 바꾸는 주요 대목이 별로 실감나게 그려지지 않았다. 토끼가 쌀가루를 내려보내는 것은 지구에서는 아마 눈 내리는 것일 텐데, 무슨 빈곤 구제가 되는지 모르겠다. 그리고 달에 관한 일반화된 과학적 지식과 맞지 않는 점들은 글쓴이가 어떻게 생각하고 있는 것인지?

글쓴이의 의욕적인 자세가 느껴지고 실제적인 현실감각이 좀더 담겨있다고 생각되는 위의 「물 따르는 아이」「아버지의 얼굴」「토끼와 절구통」 세 편을 여섯 편을 고르는 데 포함시켰다.

짝짓기를 위해 태어난 물로 돌아오는 두꺼비의 이동을 그린 「다다의 여행」은 잘 읽힌다. 도로가 나고 아파트가 서는 바람에 두꺼비의 여행은 순조롭지 못하다. 두꺼비 다다가 "사랑 찾아 간단다" 하고 노래부르는 것은 동화에 걸맞지 않고, 다다가 비비를 기다린다는 것만 말하고 있지 정작 기다려야 할 필연성은 나타나 있지 않다.

「털모자를 쓴 할머니」도 더 다듬으면 좋은 작품이 될 수 있는 가능성을 보여준다. 어린이집 아이들이 양로원을 방문해 할아버지 할머니들을 위로하고, 아이 부모들이 노인들을 위해 도움을 베푼다는 내용이다. 이런 미담이 감동을 주려면 뭔가 남다른 통찰을 담아야 하고 훨씬 더 섬세한 표현이 따라줘야 한다. 성희가 아주 어린 아이는 아닌 것 같은데, 엘리베이터에서 똥을 싸 할머니가 돌봐줬다는 것 등 자연스럽지 않은 대목들이 많다.

「민들레 꽃밭」은 그림동화를 생각하고 지은 글로, 아이를 재울 때 나누는 아빠와 아이의 대화로 엮어졌다. 깔끔하게 정리되어 있는데, 그림책을 만들면 아이들을 재울 때 읽어주기에도 적합할지는 잘 모르겠다. 「웃음」은 짤막한 유년동화다. 창욱이란 아이가 바지가 뜯어진 줄도 모르고 입고 다니던 친구가 생각날 때마다 웃음을 터뜨리다 아버지에게 야단맞는 이야기다. 그냥 우스개로 볼 만한 내용이지, 무슨 의미있는 아이의 일상이 담긴 것 같지 않다.

「낚시」는 벽에 걸린 그림과 현실을 넘나들며 작품이 전개된다. 이런 모티프는 「전우치전」 등 옛 글에 자주 등장하는 것이다. 그런데 살아가는 자세를 문제삼는 이 글은 동화로 씌어졌다기보다 소설에 가까운 우화다. 「갇혀 버린 이긴다 장관님」도 우화인데, 전쟁과 무기의 노예가 되어버린 인물을 그렸지만 동화적인 표현을 잘 살려 쓰지 못했다.

「생쥐 이야기」는 집안에 출몰하던 생쥐를 내쫓았는데, 보금자리를 빼앗긴 그 생쥐 생각이 가끔 난다는 내용이다. 아이에게 들려주는 어투로 씌었다. 묘사가 생생하지만 뻔한 내용에 머물렀다. 자기가 찾은 자기만의 이야기를 해야 하지 않을까. 405호이면 아파트 4층인데, 구멍이란 구멍은 전부 정신없이 막았다는 말이 잘 이해되지 않는다. "대문 밖으로" "오층 계단으로" 등이 같이 쓰이는 등 그 살던 건물이 어떤 구조인지 알 수 없게 되어 있다.

「큰 물통 바다」는 시골에서 도시로 이사온 집안의 아이들을 그렸다. 피아노가 없어 촌뜨기라고 놀림을 받는 처지의 아이들을 너무 어둡지 않게 그렸는데, 전체적으로 정리가 덜 된 작품이다. "학교는 그리 멀지 않았지만 입학하는 학생들이 어찌나 많았는지 또 선생님들도 많았고 상미보다 어머니가 더 놀랐습니다."와 같은 문장은 몇개의 문장으로 나누어 써야 한다. "제비꽃, 토끼풀꽃, 할미꽃, 애기똥풀, 한쪽에는 엉겅퀴도 피어 있"다고 했는데, 이 꽃들이 같은 시기에 모여 필 수도 없고 그렇게 나열해서 쓸 필요도 없다.

「날개 달린 할아버지」는 제대로 쓰면 중편이나 장편이 되어야 할 내용이다. 이것은 작품의 초안을 잡아놓은 것이지 완성된 작품이 아니다. 출판사에 다니는 어머니, 은행에 다니지만 돈을 안 가져오는 아버지, 사업을 하다 부도를 내어 같이 살게 된 할아버지 할머니, 비뚤어져가는 수연이 등으로 이루어진 가족엔 갈등들이 많다. 풍부하게 스토리를 꾸밀 수 있다는 데서도 역량을 엿볼 수는 있겠지만, 결국 얼마나 설득력있고 실감있게 풀어내느냐가 중요하다.

장황하게 평을 했지만, 짧은 한 편의 작품을 두고 이러쿵저러쿵 품평을 하는 것이 참으로 무모한 일이란 생각이 든다. 따라서 개별작품에 대한 구체적인 이야기도 좀 일반적인 이야기로 돌려 이해해주시기 바란다.

동화 혹은 어린이문학에 대해 갖고 있는 기성관념들을 많이 씻어내야겠다. 여태까지 동화다운 말, 동화다운 기법, 동화다운 착상으로 여겨져온 것들을 답습하지 말아야겠다. 자기 식대로 보고 자기 식대로 씀으로써 자신의 동화세계를 만들어야 한다.

동화 창작에 대한 열정에 비해 정작 아이들이 처한 현실(가정환경, 교육환경, 교우관계, 문화환경 등등)이나 아이들의 심리, 고민, 소망 등을 애정을 갖고 들여다보려는 열정은 뜻밖에도 옅기만 한 것 같다. 창작에 대한 열정이 아이에 대한 사랑과 치열한 현실탐구로 나아가지 않고서는 정말 좋은 동화를 쓸 수 없다는 것을 말해두고 싶다.

| 어린이문학 1999년 6월호 |

일본에서 온 '몽실 언니'

"제가 꼭 몽실이처럼 생겼습니다."

지지난해〔2000년〕 1월 일본 코오베(神戶)에서 만난 변기자(卞記子) 선생은 쎄미나에서 발표하던 중 웃으면서 자신의 모습이 몽실이를 꼭 닮았다고 말했다. 그 말을 듣고 새삼 바라보니, 복스런 얼굴에 좀 펑퍼짐한 스타일의 아줌마인 변기자 선생은 과연 '몽실 언니' 같기도 했지만, 몽실 언니를 아무도 직접 본 사람은 없으니 얼마나 근사할지는 확인할 수 없는 일이었다.

이제 현대의 고전이 된 권정생 선생의 소년소설 『몽실 언니』의 눈물겨운 주인공 몽실이의 모습은 아마 키가 크지는 않고, '몽실이'라는 어감으로보아 좀 몽실몽실 둥그스름하게 생겼을 것이라 연상이 되기는 한다. 그런데 몽실이를 닮았음을 자처하는 이분의 말에서 나는 문득 그런 '물리적인닮음'보다 훨씬 깊게 몽실이를 껴안고 동질성을 느끼고 있음을 토로한 게아닐까 하는 생각이 들었다.

변기자 선생은 2000년 『몽실 언니』를 일본에 번역 소개한 재일동포 번역가이자 동화작가다. 요즘이야 일본 출판계에서도 계속된 불황을 겪으면서, 오히려 더 활성화된 한국의 어린이책에 눈을 돌려서 대형 베스트셀러나 작품성으로 성가가 높은 화제작 중심으로 번역 출판에 나서고 있지만, 이삼년 전까지만 해도 전혀 상황이 달랐다. 대중출판 혹은 상업출판의 관심은 전무하다시피 했고, 소개된 양도 미미했다. 그런 가운데 다소나마 주요작품이 번역 출판될 수 있었던 것은 몇몇 '별스런' 분들이 한국 아동문학을 착실하게 연구하고 소개하는, 남들이 알아주지 않고 돈도 안 되는 일을 변함없이 지속해온 덕분이었다. 당시 코오베에서 열린 한일 아동문학 교류모임인 쎄미나도 그런 분들이 주선한 행사로, 변기자 선생 등은 멀리 토오꾜오에서 달려오고, 일본의 '어린이회' '어린이번역회' 회원들과 한국의 겨레아동문학연구회 회원들이 함께 만나서 서로 힘을 북돋울 수 있었다.

지난 9월말 변기자 선생을 서울에서 다시 만났다. 함께 온 동화작가 이경자(李慶子) 선생도 코오베에서 만났던 분이다. 두 사람은 출판문화회관에서 열린 '한일 아동문학 교류 쎄미나'에서 인사말을 하면서, 몹시 상기되어 떨리는 목소리로 한국 땅을 밟은 벅찬 감격을 표했다. 비행기를 타면 두 시간 만에 날아오는 지척의 땅인데, 무엇이 그다지도 감격스러울까? 내가 이분들을 알고 만나게 된 것은 아동문학에 관심을 가진 분들이라는 점 때문이었지, 재일동포로서 어떤 처지에 있고 어떤 고민을 갖고 있는지는 전혀 염두에 두지 않았었다. 그동안 한국땅을 한번도 밟아보지 못했고, 오려고 해도 올 수 없었다는 것도 이번에야 알았다. 어떻게 이럴 수가 있는가! 우리 아동문학을 연구하는 일본사람들은 마음만 먹으면 언제고 횡하니 한국으로 날아와 자료도 찾고 어울려 밥도 먹고 술도 마시는데!

"저의 아버지는 1940년 3월 스물일곱살 때 일본으로 건너갔습니다. 쉰두살로 별세하실 때까지 다시는 이땅을 찾아올 수 없었습니다. 아버지 대신에 제가 이땅을 찾아오게 된 것은 감개무량한 일입니다." 이경자 선생의 이 말처럼 부모 세대가 식민지 시절에 일본땅을 밟아, 변기자 선생 같은 분은 환갑을 넘겨서야 겨우 아버지의 고향땅을 찾게 된 것이다. 부모 세대는 그에 고향땅을 다시 보지 못하고 눈을 감았고.

이분들이 한국(남한)에 올 수 없었던 것은 일본 패전 직후 조선인으로 국적이 회복된 뒤 북한으로도 남한으로도 국적을 바꾸지 않았기 때문이라고 한다. 그들은 식민지배를 벗어나 비로소 조국을 찾은 뒤, 그 조국이 두 개로 갈라진 것을 받아들일 수 없었다. 아니, 어떻게 받아들여야 하는지 알 수 없었을지도 모른다. 이런 처지는 한반도 남북에 거주하여 자의든 타의든 남이나 북에 분명하게 소속된 사람들과는 다르다. 그들에게 조국은 얼마나 배타적이고 이기적이고 잔혹했던 것인지. 이제라도 아버지의 고향을 밟아볼 수 있게 된 것이 그나마 세상이 바뀌었기 때문이라고 해야 할까.

인간은 참으로 어리석고 세상은 참으로 냉정하다. 아직도 이땅엔 이런 장벽이 많고, 가고 싶은 곳을 못 가게 하고 만나야 할 사람을 못 만나게 만드는 그 장벽을 우리는 쉽사리 허물지 않는다. 변기자 선생은 이번 첫 한국 방문에 아버지의 고향 대구와 『몽실 언니』의 작가 권정생 선생이 계신 안동, 그리고 '종군위안부' 김학순 할머니의 무덤이 있는 '망향의 동산'을 다녀왔다고 한다. 이제부터는 일본에서 날아온 '몽실 언니'가 마음껏 우리 아동문학을 사랑할 수 있고, 갈라진 조국의 틈바구니에서 더이상 가슴 아파하는 일이 없을 거라고 믿어도 될 것인가?

| 대산문화 7호, 2002. 11 |

아는 만큼만 말하자

「황소와 도깨비」「왕치와 소새와 개미」 유감

1

이상(李箱)의 '유일한 동화'로 알려진 「황소와 도깨비」(『매일신보』 1937. 3. 5~9)란 작품이 있다. 그런데 이 작품이 일본 작가 토요시마 요시오(豊島與志雄)의 「천하제일의 말(天下一の馬)」(『赤い鳥』 1924년 3월호)을 번안한 것이고, 번안자 또한 이상이라고 볼 수 없다는 주장이 제기되었다.

일본에서 유학하고 있는 김영순(金永順)씨는 『창비어린이』 2003년 겨울호에 두 작품을 비교하고 작품이 발표된 정황을 검토한 글 「황소와 도깨비」는 이상의 창작인가」를 발표하였다. 이 글을 읽어보면 이와같은 '주장'이 여러가지 다른 견해가 제출될 수 있는 것 중의 하나인 그런 차원에서의 '주장'이 아니라, '사실 기술'의 차원임을 곧바로 알 수 있다.

「황소와 도깨비」는 가교와 다림 출판사에서 그림책으로 나와 있고, '천재 작가 이상이 쓴 유일한 동화' 등으로 표지에 이상의 작품임이 강조되어 있다. 인터넷 서점의 독자 리뷰에도 이러한 부제에 끌려 책을 선택했다는 독후감이 올라와 있으며, 권장도서 소개와 해설 등에도 한결같이 이상의 작품이라는 점이 강조되고 있다.

「황소와 도깨비」는 왜 이렇게 '이상의 (유일한) 창작동화'로 오인되었는가. 김영순씨의 검토에 따르면 1956년 임종국이 엮은 『이상전집』(태성사)에 이상의 작품으로 처음 수록되었다고 하는데, 그 뒤 줄곧 이상의 작품임이 의심된 적이 없었던 것으로 보인다. 조금만 주의해서 살펴보면 「황소와 도깨비」를 이상의 작품이라고 하기엔 어딘가 이상하다는 것을 알 수 있는데, 그 많은 연구자들이 그동안 이런 상식적인 점검을 하지 않았다는 것은 우리 연구 풍토가 얼마나 허술한가를 단적으로 보여주는 사례이다.

사실 사사로운 감정으로는 나도 「황소와 도깨비」가 이상의 창작동화였으면 좋겠다. 「오감도(烏瞰圖)」와 「날개」의 작가가 이런 우화를 썼다는 것이 흥미롭기도 하고, 여러가지 형식실험을 보여준 모더니스트의 의식 한 켠에 이런 동화적 감수성과 관심이 있었다는 것이 어떤 면에서는 오히려 당연하다는 생각이 들 때도 있었다. 더구나 이 작품이 일본작가 작품의 번안작이라는 사실은 우리 근대문학이 일본문학의 절대적인 영향 아래 있었다는 것을 다시 환기시켜주기 때문에 실망스럽기도 하고, 이런 것을 굳이 밝혀야 하나 하는 '애국적인' 마음이 들기도 한다.

그렇지만 모래 위에 쌓은 성이 오래 버틸 수 없듯이, 기본적인 사실관계가 잘못된 연구는 그 사실관계가 밝혀지는 순간 헛수고가 되어버린다. 아니, 단순한 헛수고로 그치는 것이 아니라, 그 가짜 사실관계를 생산하고 그에 의거해 각종 담론을 생산하는 것 자체가 하나의 '산업' 내지 '장삿속'이었음이 폭로되는 것이다. 그런데 더욱 갑갑한 것은 이러한 '폭로' 뒤에도 사실관계는 쉽사리 바로잡히지 않고 '장삿속'은 여전히 새로운 '장삿속'을 낳는 황당한 풍토 때문이다.

필자가 갖고 있는 몇가지 이상 문학 관련 책들이 있다. 그 중 김주현의

『이상 소설 연구』(소명출판 1999)를 보면 그동안의 이상 문학 연구의 문제점을 상당히 치밀하게 밝혀내고 있다. "선행 연구자들이 밝혀놓은 사실들을 이후 연구자들이 잘 알지 못하고 심지어 실증적 연구를 자처하는 사람들마저 선행 연구의 잘못을 그대로 수용하거나 기존의 연구와 동일한 주장을 되풀이하고 있다"(382면)고 하면서 '텍스트부터 잘못되어 있다' 자료가 총체적으로 부실하다'는 것을 상세히 기술한다. 김주현의 검토를 보면, 심지어는 김해경(金海慶)이나 송해경(宋海卿)의 이름으로 발표된 글까지 뚜렷한 근거도 없이 이상의 글로 보고하고 해석하는 사태까지 벌어졌음을 알 수 있다.

그런데 「황소와 도깨비」에 대해서 김주현은 『매일신보』 연재 첫회만 필자가 김해경(金海卿)으로 되어 있고, 2~5회에는 김해경이 아닌 김해향(金海鄉)으로 되어 있는 사실을 확인했으면서도 "교열자가 실수한 것으로 보인다"고 하였다. 물론 실수 가능성도 있지만, 첫회에 실수한 것을 다음 회부터 바로잡는 것이 상식적으로 보아 자연스러운 일이지 첫회에 바로 된 것을 뒤에 네 번 연속 실수했다는 것은 잘 납득되지 않는다.

『이상 소설 연구』 뒤에 실린 '작품 목록'을 보면 또 금방 눈에 띄는 사실이 있다. 「황소와 도깨비」를 소설에 포함시켰는데(이것은 발표 당시부터 '동화'로 명기되어 있으므로 '소설'에 포함시켜서는 안된다), 목록을 살펴보면 발표 당시의 필명 사용이 일목요연하게 드러난다. 소설은 김해경(金海卿)이란 본명으로 발표된 작품이 없고, 1934년부터는 필명도 '이상(李箱)' 한 가지만을 썼다. 시작품 역시 1931년 『조선과 건축(朝鮮と建築)』에 일본어로 발표한(7, 8, 10월호) 작품들만 김해경으로 되어 있을 뿐, 1932년 이후에는 모두 '이상'으로 발표되었다. 수필 또한 이상이란 필명으로 1934년 이후부터 발표되었으며, 어떤 글이든 김해경(金海卿)으로 발표된 글은 더 찾아볼 수가 없다. 신문사 입장에서도 '이상'의 이름으로 나가는 것이 독자의 눈길을 끄는데, 사용하지도 않는 본명 김해경을 굳이 써야 할 필요는 없었을 것이다. 김영순씨는, 1936년 토오꾜오로 가서 1937년 2월 니시간다(西神田) 경찰서에 구금되었다가 건강 악화로 풀려나온 이상의 행적으로 보아서도 이상의 번안이 아닐 것으로 추정하고 있다.

그렇다면 「황소와 도깨비」를 이상과 연결시킬 수 있는 근거는 연재 첫 회에 이상의 본명과 일치하는 김해경(金海卿)으로 필자가 표기되어 있다는 것뿐이다. 이를 바탕으로 할 수 있는 추정은 '이상의 번안 작품일 가능성이 전혀 없지는 않다'는 정도가 아닐까.

일반독자나 연구자들이 가장 널리 활용하는 텍스트는 문학사상사판 『이상문학전집』(1991)일 것이다. 필자도 이 전집을 사서 이상 작품을 읽어 왔는데, 여기 실린 「황소와 도깨비」 뒤에 붙인 '해제'에 "도깨비로 표상되는 기적을 도입하여 동화적 분위기를 조성한 발상법이 돋보이는 이 작품은 이상이 쓴 유일한 동화이다"(김윤식 엮음 『이상문학전집 2』 초판 3쇄, 1996, 234~35면)라고 해놓았다. 이 해제에 이상의 평론으로 같이 언급한 「현대미술의 요람」은 김주현이 밝혔듯 필자인 김해경(金海慶)을 이상으로 볼 분명한 근거가 없는데, 이처럼 해제 자체가 '추정'을 '사실'로 기술하고 있으니 참으로 큰 문제다. '무식한' 독자 대중과 출판계에서는 이를 근거로 「황소와 도깨비」를 '이상의 유일한 동화'로 철석같이 믿고 있는 것이다. 「황소와 도깨비」를 이상의 작품으로 확정할 근거가 없는 상태에서는, 이상의 작품일 가능성이 있는 작품으로 분류해서 '부록'으로 싣는 것이 적절했을 터이다.

물론 이와같은 나의 관찰과 풀이는 「황소와 도깨비」가 번안 작품임이 밝혀졌기 때문에 비로소 구체화된 것이다. 이상의 창작동화로 믿고 「황소와 도깨비」를 처음 읽었을 때 든 느낌은 이상 문학세계의 본류와는 매우 다르다는 것이었다. 정말 '이상'이 쓴 '창작' 동화일까라는 의심이 없지 않았다. 그렇지만 이상의 작품으로 그의 문학세계 속에서 이해해야 하니, 식민지 지식인의 비애와 우울의 한켠에 그로부터 벗어난 이런 동화적 공간이 있었구나 하고 짜맞춰 해석해보았다. 결국 이상의 문학세계를 왜곡한 것이고, 한바탕 몽상에 지나지 않았다.

우리 근대문학사의 여러 정황은 때로는 연구자의 대단한 상상력을 요구하기도 하지만, 그때 요구되는 상상력은 사실을 밝혀내는 상상력이어야지 사실을 왜곡하고 부정하는 상상력이어서는 안된다. 과감한 추론이 해석의 지평을 넓혀주는 긍정적 작용을 하지만, 사실관계를 명확한 근거가 없이 추론으로 엮어놓아서는 안된다.

2

얼마전 채만식(蔡萬植)의 동화에 그림을 그려 큼지막한 그림책으로 『왕치와 소새와 개미』라는 책이 나왔다(최민오 그림, 다림 2003). 이 책은 여러 신문에 크게 소개되었고, 『창비어린이』 겨울호의 「설문조사로 본 2003년 '올해의 어린이책」에서도 그림책 부문의 "가장 좋았던 책" 6위로 꼽히는 등 주목받은 책이다.

그런데 왜 제목이 '왕치와 소새와 개미'인가? 내 기억으로는 분명히 '왕치와 소새와 개미와'인데. 확인해보니 1941년 4월호 『문장(文章)』지에 「왕치와 소새와 개미와」로 처음 발표되었고, 『채만식전집』 제8권(창작과비평사 1989)에도 발표 당시 제목대로 실려 있다. 무엇을 근거로 작품 제목을 바꾸었는지 모르겠다.

'왕치와 소새와 개미와'란 제목에서 마지막의 '와'는 어법상 필요없거나 잘못 쓰인 것이라는 견해가 있을 수 있다. 작품 내용도 왕치, 소새, 개미 세

동물의 특징이 생겨난 유래담이므로 '왕치와 소새와 개미'가 더 알맞다고 볼 여지도 있다. 하지만 이런 견해가 일반적인 공감을 얻을지 의문이거니와, 대체로 공감을 얻는 경우라 할지라도 작고한 작가의 작품 제목을 바꿀 근거는 되지 않는다. 원래 작가가 '왕치와 소새와 개미'라고 써야 할 것을 '~개미와'라고 쓴 것인지, 아니면 굳이 '~개미와'로 쓸 이유가 있었던 것인지, 또는 당시의 언어 관습으로는 여럿을 나열할 때 끝에 '와'를 붙이는 것도 자연스러워서 그렇게 된 것인지 지금 명확히 가리기는 어렵다. 나열할 때 맨 뒤에도 '―와(과)'를 붙이는 것은 일본어투인바 이를 그렇게 의심해볼 수 있으나, 채만식의 다른 작품들의 제목을 보면 나열할 때 뒤에도 '―와'를 붙인 경우는 전혀 없으니 부당한 의심이라 할 것이다.

'왕치와 소새와 개미와'란 제목이 주는 느낌은 '~개미'로 딱 끝막음해버리는 경우와는 다른 점이 분명히 있다. '~개미와' 다음에 '―와 또 다른 것' '―와 함께 즐겨보자' 등과 같이 다른 말을 더 나열하거나 호응시켜볼 수 있고, 그냥 여운만을 느껴볼 수도 있다.

채만식이 쓴 동화는 「왕치와 소새와 개미와」이지 「왕치와 소새와 개미」는 아니다. 이 작품을 그림책으로 만들면서 옛말 등을 현대적으로 바꾸었음을 책 끝에 밝히고 있지만, 제목을 칼질한 이유는 나와 있지 않다. 이 작품의 본래 제목을 돌려주어야겠다.

3

잘못과 부실이 드러나도 그것이 현장에 반영되는 데는 시간이 걸린다. 윗사람이나 스승의 눈치를 보기만 하는 사례도 적지않다. 아예 불감증이라서 너는 너대로 놀아라, 나는 나대로 논다 하는 경우도 있다. 오히려 잘못을 밝힌 것을 못마땅해하는 적반하장도 있다.

아는 만큼 말하고 상식을 존중하면 「황소와 도깨비」나 『왕치와 소새와 개미』 같은 사례는 잘 생겨나지 않을 것이다. 앞으로 새로 찍어 나오는 『황소와 도깨비』 책에는 글쓴이가 누구로 표시되고 작품 소개는 뭐라고 실릴 것인가? 『왕치와 소새와 개미』는 원 제목을 찾을 것인가? 『이상문학전집』의 밝혀진 오류들은 바로잡힐 것인가?*

여기엔 좀더 신중하게 검토해서 판단할 부분도 남아 있다. 비용과 품이 많이 들어서 곧바로 바로잡기 어려운 대목도 있다. 그렇다고 피하고 무시해버릴 일은 아니다. 내가 바라는 것은 성실한 연구자의 의미있는 노고를 허무하게 만들어버리는 무신경을 버리자는 것, 책에 나와 있는 대로 믿을 수밖에 없는 일반 독자들에게도 그 성과를 제대로 전달해주기 위해 성의를 다하는 모습이다.

| 겨레아동문학연구회 www.gyure.org '산문' 게시판, 2004. 1. 7 |

---

* 〔붙임〕 2004년 3월 일본 아톤(ア一トン) 출판사에서 『황소와 도깨비』가 번역되어 나왔다. 그런데 이미 번안작이고 필자가 이상이라는 근거가 없음이 밝혀졌는데도, 출판사와 역자는 이를 반영하지 않은 채 책을 냈다.

부록

어린이도 알 권리는 있다

아동문학의 올바른 시각을 위하여

1

최근 몇년간 우리 민족문화의 얼굴은 권력의 탄압으로 볼썽사납게 일 그러져버렸다. 출판, 민중미술, 민중교육, 민주언론 및 공연예술에 대한 탄압 등 문화의 전국면에 걸쳐 자행된 탄압의 양상은 그대로 이 시대의 한 문화사를 구성한다.

이 일련의 문화 탄압의 불똥이 아동문학 내지 아동도서에 튀겨간 것이 이른바 "아동도서에도 민중론 침투"의 보도였다. 일컬어 민간자율 심의기 구라는 한국도서잡지주간신문윤리위원회가 불건전 아동도서를 적발했다 는 내용이다.

심지어 아동문학에까지 '에비'가 침투했으니 경계하라는 대국민 경고 다. 이는 물리적인 직접적 탄압이 효과를 거두기 어려운 경우는 '민간' '자 율'이라는 이름을 빌려 우회적인 방법을 동원하겠다는 것으로, 지난해 연 말 개편된 동기구가 관계 당국의 시녀역을 수행한 것에 불과하다.

2

　문제의 발단이 된 금년 1월초의 보도들을 살펴보면 "동화나 동시집 등 일부 아동도서에 계층간의 갈등이나 대립의식을 고취하는 불온내용이 담겨 있어 어린이 정서에 큰 위협이 되고 있다"고 하면서 이오덕 동시집 『개구리 울던 마을』(창작과비평사 1981)에 실린 동시 등을 그 예로 들고 있다.(『경향신문』 1986년 1월 11일자)

　즉 「쉬는 시간」이라는 작품에는 "쉬는 시간이다. 벌을 서고 꿇어앉았던 다리로, 걸상을 받쳐들었던 팔로, (중략) 들이받아라, 쥐어질러라, 까라! 까라! 까라!" 는 등 "적개심과 대립의식을 고취하는 내용"을 담고 있다는 것이고, 그밖에도 「닭」「염소」라는 작품과 『꽃 속에 묻힌 집』(이오덕·이종욱 엮음, 창작과비평사 1979)의 「동화」(김진영 동시), 『아기도깨비 루루의 모험』(이현주 동화집, 웅진출판사 1985) 중 「벌거숭이 산맥」을 문제삼고 있다. 이에 대해 위원장 정원식 교수는 "특히 민중문학에서나 볼 수 있는 빈부간의 갈등, 반항 또는 저항·대립의식을 부각시킨 작품은 비판능력이 부족하고 감수성이 예민한 어린아이들이 접했을 때 어린이들이 파괴적이고 공격적인 성격으로 변할 수도 있다"고 하였다는 것이다.

　이렇게 재단해내고 있는 심의 검열은 합리적이고 공개적인 심의과정을 거친 것이 아니라 부분인용에 의한 왜곡 조작이며 "작품 자체를 문제시하는 것이 아니라 특정 작가·출판사를 공격한다는 의미가 더 크게 내포되어" 있는 것으로, "민중예술에 돌려질 화살을 독자의 반응이 비교적 민감한 아동문학으로 돌린" 부당한 권위남발에 지나지 않는다고 비판되었다.(『말』 제5호, 「어째서 아동문학마저 탄압하는가」) 또한 "계층간의 갈등이 심한 것이 사실이라면 심한 그 자체가 문제"이지 아동문학에서 그런 문제를 다루어선 안

된다는 규정이 있을 수 없으며, "올바른 역사의식을 아동들에게 가르치는 것은 대단히 중요한 일"이라고도 지적되었다. (『광장』 1986년 5월호, 송현의 글)

실제로 『개구리 울던 마을』이나 『아기도깨비 루루의 모험』을 읽어본 사람이면 누구나 아이들에게 이 책들을 권하고 싶은 느낌을 받을 것이다. 우리들은 통념상 이원수·윤석중 등 몇을 빼고는 국내 창작 중에 읽힐 만한 작품이 전혀 없다고 여겨 아이들에게 세계명작을 주로 권하고 있다. 그러면 이 세계명작들이란 우리의 주체적 안목으로 비판을 거쳐 받아들인 것인가?

자주 추천되는 『톰 쏘여의 모험』 『보물섬』 『로빈슨 크루소』 등 대부분의 작품이 서구의 열강들이 식민지를 확대하던 시기에 씌어진 것으로 인종에 대한 편견에 차 있으며 겉보기와 같이 좋은 영향을 주는 것도 아니라는 지적도 나와 있다. (『글쓰기 교육』 제12호, 이주영의 글) 어른들이 어려서의 자신의 독서체험에 의존해 파악하고 있는 것보다 현재의 우리 아동문학의 수준은 많이 나아간 점이 있다. 가령 위에 든 『개구리 …』는 주로 농촌 아이들의 생활 현실과 정서를 때로는 예쁘게, 때로는 활달하게, 때로는 직정적으로, 주로 아이들의 목소리를 빌려 담아내고 있으며, 동화집 『아기도깨비 …』는 표현이 다소 거친 대목들이 보이지만 사실적인 묘사를 주로 하여 때로는 풍자나 우의(寓意)를 쓰며 아이들의 문제, 사회문제를 다루고 있다.

지배이데올로기가 양산한 편견들에 물들어 자기의 눈으로 세계를 보지 못하는 어지러운 작품들과 비교할 때, 기본적으로 인간성에 대한 믿음과 사랑에 뿌리를 두고 문제되는 현실에 접근해 들어가고 있는 이 작품들은 우리 아동문학 작품으로서 최고작은 아닐지라도 어디에 내놓아도 부끄럽지 않은 수준이다. 실제로 우리 아동문학을 찬찬히 훑어보면 아이들에게 올바른 가치관을 심어주고 바람직한 정서를 길러줄 작품들이 적지않은 것이다.

3

　이상의 문제들이 아동도서, 아동문학, 독서의 영향 등 광범위한 영역에 걸친 것이라면, 도서잡지주간신문윤리위의 매도에 뒤를 이어 같은 맥락에서 제기된 『월간문학』지의 「오늘의 아동문학 그 방향과 문제」는 "밝고 맑게 키워야 할 어린이의 의식에 민중문학 논리의 계급의식이라 할까, 삶의 현장성 문제가 삼투되면서 무서운 아이로 만들어지는 것을 걱정한 나머지"(1986년 3월호 12면) 기획된 것이다.

　유경환·김종상·송명호씨 및 익명의 사회자가 토론한 이 권두 정담은 아동문학에서의 사실주의와 판타지 문제, 농경문화시대에 익숙한 생활감각에서 탈피하지 못했다는 문제 등 간혹 진지하게 검토해야 할 문제들을 비치기도 하지만, 실제로는 전혀 토론이 이루어지지 않고 주관적인 아동관 내지 아동문학관의 표명으로 일관되어 있다.

　참석자들은 "삶을 아름답고 고귀한 것으로 인식시켜주"고 "부조리와 비리에 가득 찬, 허위와 거짓뿐인 세상도 있다는 것은, 커진 뒤에 판단하게 해도 늦지 않다"거나 "저명한 세계 아동문학이란 예외없이 이상주의요, 또한 낭만주의에 속했"다거나 하는 대목들같이 일반 상식인의 입장에선 더욱 납득하기 어려운 주장만을 펴면서, "계급주의 아동문학이 횡행"하고 "작가의 의도나 사상을 어린이에게 주입시키려는 욕심이 드러난"다고 구체적인 예증 없이 매도한다. 여기서 확인할 수 있는 것은 아동문학계 내부에서 현실인식의 문제, 창작방법상의 문제로 닥친 과제들은 피상적으로 지나치는 한편 민중운동에 대한 당국의 억압에 편승해서, 민족현실을 외면하고 있는 기존의 황폐한 아동문학계의 상황을 은폐해버리려는 태도이다.

4

위에서 살핀 것처럼 조작된 비방과 무논리로 아동문학의 발전을 가로
막는 사태가 자꾸 벌어지는 까닭은 진정 아동문학을 걱정하는 내부의 목
소리가 없어서이다. 아동문학은 성인문학보다 훨씬 어려운 양식이라고 내
세운다거나, 나는 이렇게 아름다운 세계를 제시해주고 있다고 자부한다거
나 하는 것은 아무런 도움이 되지 않는다.

소품도 예외가 아니거니와 특히 장편 작품엔 우리 시대의 삶과 역사를
엄밀하게, 뚜렷한 작가적 안목으로 파악할 수 있는 능력이 꼭 필요하다.

필자가 최근에 읽은 『텃밭에 감자꽃』이란 장편 소년소설은 일제시대부
터 70년대까지를 시대배경으로 하고 있다. 일제시대 장수바위에 빌어 태
어난 칠성이라는 아이가 일본을 알아야 일본을 몰아낼 수 있다고 공부하
러 떠난 후 해방이 되었고, 훗날 장군이 되어 돌아와 마을 개발에 돈을 대
고 팔았던 마을사람의 텃밭도 찾아준다는 줄거리이다.

그런데 일본을 물리치겠다고 공부하러 간 칠성이는 일본을 물리치는
데 일조를 하기는커녕 해방이 되고도 오래 지나서야 불쑥 찦차를 타고 돌
아왔고, 마을 개발 때문에 터진 사건으로 팔게 되었던 텃밭을 다시 찾는다
는 결말도 마을사람의 노력이 아니라 순전히 장군의 호의로 이뤄지고 있
을 뿐이다.

장수바위 전설의 재해석이나 미군 병사, 북괴군 병사에 관련된 묘사 같
은 민족사·민중사적 해석을 요하는 문제에 걸리는 부분들은 더욱 의혹을
자아낸다. 상도 여러 가지 탄 이 작품의 작가가 과연 자신이 쓰고 있는 것
에 대한 자기인식이 조금이라도 있는 것인지 의심스럽다.

이와 반대로 역사성의 도입을 훌륭하게 성공시켰다고 평가받는 『몽실

언니』(권정생) 같은 걸작도 있다. "아동문학에 있어서 철저한 민중성을 획득해내고 있"으며, "줄거리 자체의 다양한 변화와 밀도있는 긴장감으로 흥미를 잃지 않게 해주"는(위기철의 서평, 『창작과비평』 57호 294~95면) 이 작품은 우리 아동문학의 폭과 깊이를 훨씬 더하고 있다. 실제로 중요한 일은 문학적 실천을 통해 이와같은 수준높은 작품을 가려내는 작업일 것이다.

5

민중문학 논의가 민중문학론 등의 역사적 전개에 따른 문학 내부의 모색에서 나왔고 현재 주도성을 획득해가는 과정에 있다면, 아동문학 쪽에서는 아직 제대로 된 형태로 그 방향을 설정하는 논의가 전무하다시피 한 형편이다. 아동문학이 그 나름의 특수성을 가지고 있다고 하더라도 그것이 기본적으로 인간의 삶과 현실을 다루는 문학인 한 일정한 세계관을 드러내는 것임은 두말할 나위 없는 일이다. 따라서 단순한 유희문자가 아니라 가치있는 문학작품이 되려면 바른 역사인식과 진보적인 인간관이 전제되어야만 한다.

사실주의냐 판타지냐 의인화냐 하는 문제로 왈가왈부하는 것은 그 기법을 통해 무엇을 드러내고, 과연 어울리는 문학적 형상화를 달성하였는가 하는 점에서 검토되지 않으면 내용 없는 논의에 머물 뿐이다.

아동문학 비평이 할 일은 이런 점들을 규명하고 방향을 설정하는 일이다. 그리하여 아동문학의 이론을 세우고 궁극적으로는 민중문학·민족문학론과 만나야 한다. 무크지 『살아있는 아동문학』(인간사 1983)이 자체 비판을 통해 이러한 노력을 시도한 적이 있으나 아직은 그러한 움직임이 영성하기 그지없다.

관과 연결된 무슨 윤리위니 하는 기구들이 창조적 문화에 대해 정치적이랄 수밖에 없는 재단을 마구 해대는 사태는 아동문학계 내부 논의로 단호히 배격해야 한다. 그리고 무엇보다도 우리 역사와 현실을 똑바로 보고 어린이의 삶에 접근해서 정말 어린이들에게 좋은 양식이 될 감동적인 작품을 생산해내는 데 진력하는 것이 아동문학가들의 가장 중요한 임무일 것이다. 그를 위해 아동문학가들은 자신들만의 폐쇄된 울타리를 떨치고 좀더 넓은 세계로 나와 이 시대의 문제를 함께 고민해야 한다.

| 대학주보(경희대) 1986. 5. 19 |

소외와 부재 현상의 극복

아동문학의 반성

1. 글머리에

'세계 아동의 해'를 맞아 그동안 해저에 앙금처럼 누워 있던 아동문제들이 부상하고, 각계로부터 메스가 가해지게 되었다. 유엔의 영향력은 이제는 이런 방향에서만 크게 작용하는 듯싶다. 어쨌든 어른의 세계에 자신의 영토를 침식당하고 제물로 바쳐져온, '어른의 아버지'인 어린이들이 겨우 지금에서라도 조명을 받아서 그 무수한 상혼들을 드러내게 된 것은 다행한 일이 아닐 수 없다. 그러나 이러한 바람직한 움직임이 한여름의 '지나가는 비'나 연예가의 스캔들과 같은 길을 가서는 안되고, 지금까지의 방심과 그릇된 관심을 반성함과 동시에 어린이들이 상투어대로 '나라의 기둥'답게 '씩씩하게' 자랄 수 있는 환경을 조성하는 계기로서 더욱 넓고 깊게 그 뿌리를 내려야 할 것이다.

2. 최근의 논쟁

아동문학이 안고 있는 문제점이 아동문학에 관계하는 사람들간에는 쎄미나와 토론, 지상(紙上, 誌上) 논쟁 등을 통해 드물지 않게 다뤄져왔지만 그것이 일반대중에게 널리 알려진 적은 거의 없는 것 같다. 『조선일보』〔1979년〕 5월 2일, 8일, 16일자의 윤재근(尹在根)씨와 이영호(李榮浩)씨의 주고받기는 그 방면에 특별히 주의를 쏟지 않던 사람들에게도 읽힘에 뜻이 있지만 한편 널리 알려짐과 지면의 제약으로 논의에 구속을 받는 한계도 지녔다.

아동문학의 시평(時評)격인 윤재근씨의 첫 글은 ①아동문학이 소외되어가고 있고 그 책임은 일차적으로 아동문학가들의 것이다. ②오늘날 아동문학이 얕보이게 된 근본원인은 빛나는 전통의 동요(童謠)를 무시하는 경향에 있다. ③동심의 재인식이 절실하다는 내용으로 되어 있다.

그에 대한 이영호씨의 반론은 ①아동문학 인구의 급증과 저력있는 아동문학인의 활발한 활동으로 소외·얕봄의 적신호가 걷히고 있다. ②윤재근씨가 극찬한 고전적 동요는 실제 별볼일 없는 것으로 평가받고 있다. ③아동문학가는 오늘날 동심에 근거해서 작품을 쓴다. ④3일자 김한씨의 철학빈곤, 좁은 시야 등 문제점 지적에 대한 반박이 그 내용이다. 윤재근씨는 재반론에서 글 모르는 어린이들이 동요에서 크게 감동을 받게 되고, 그러한 동요는 시공을 초월하여 생명을 지니므로, 아동문학의 가장 값진 양식은 바로 동요이며 동요가 아동문학의 근본이 되어야 한다, 아동문학은 먼저 글을 모르는 어린이에게 문학을 접해주어야 되는 사명이 있다고 주장한다. 그리고 동심에 대한 자신의 설명을 길게 덧붙이고 있다.

윤재근씨의 글들은 아동문학, 동심이라는 전체를 그것을 구성하는 부분들과 조화되게 다루고 있지 못하다는 인상을 준다. 단적으로 말해 동요를 지나치게 중시하고 있으며, 동심을 미화하여 가상적 주관적으로 상정해버린다. 동요가 무시되고 있다는 관찰은 바른 것이지만 그것이 아동문학을 얕보이게 하는 근본원인이란 진단을 그대로 수긍할 수 없다. 아동문학을 누가 얕보는지도 잘 밝혀져 있지 않은데, 동요가 아동문학의 여러 장르 중 하나일 뿐인 이상 동요가 무시됨에서 아동문학의 소외가 유래했다는 말은 설득력을 지니지 못한다. 동화, 소년소설, 동극의 침체가 동요를 얕보기 때문에 그렇다고 볼 수는 없다. 물론 전혀 영향이 없다고는 못하겠지만, 동요 무시는 주로 동요 창작의 위축을 가져오고 동시의 건전한 발달에 해를 끼치는 정도일 것이다. 「형제 별」 「반달」 등이 동요의 고전이라면 마해 송씨의 작품들은 동화의 고전이라 할 수 있다. 그리고 「반달」 등의 널리 불린 노래들은 그 시대의 상황과 분리되어 논해져서는 안되는 것이다. 오늘날엔 훌륭한 동요도 필요하지만 좋은 동시, 동화, 소설 등이 더 많이 창작되어 어린이들에게 읽혀져야 한다. 아동문학이 동요에 매달려 노래가사를 제공하고 유희에 봉사하는 데 그쳐서는 안될 것이다.

상술(上述)한 재반론의 요약에서 우리는 씨가 얼마나 동요에 큰 비중을 두고 있는가를 다시 확인하게 되는데, 오늘날 무작정 쏟아져나오는 유행가에 오염당한 어린이들을 생각할 때 그것은 충분히 가치있는 발언이긴 하면서도 자칫 아동문학의 문제가 다만 동요에서 시작하여 동요로 끝난다는 착오를 부를 우려가 있다. 실제 그 문제점들의 배후에는 몹시 복합적이고 다양한 원인들이 즐비하게 널려 있다.

윤재근씨는 또 동심에 대하여 이렇게 진술한다. "삶의 모순이 대립되어 있는 것이 아니라 이미 통일되어 산다는 것은 착하고 진실하고 아름답다고 믿는 세계이다." "어른은 분별의식을 탐하게 되고 삶의 진·선·미를 상대적으로 보려고 하여 삶의 '고(苦)'를 스스로 당한다. (…) 그러나 '동심'에는 그 '고'가 없다. 모든 사물이 착하고 옳고 아름답게 만난다."

　이것은 하나의 관념놀이가 아닐까. 씨는 동심을 '어린이다운 마음바탕'이라 했는데 그렇다면 아동문학은 어린이다움과 답지 않음을 다 지닌 어린이의 어린이다움 즉 "빈 거울처럼 맑고 깨끗한" '동심'에만 근거를 두고 그것을 언어로써 형상화하고 거기에만 봉사해야 하는가. 어린이는 그러한 관념 속의 미화된 동심만 갖고 있지 않고 따라서 아동문학이 그것에만 관련을 맺어서는 안되는 것이다.

　이오덕(李五德)씨의 『이 아이들을 어찌할 것인가』(청년사 1977)에서 우리는 순박하다고 대부분이 믿고 있을 농촌 아이들이 어떻게 병들고 왜곡된 마음을 갖고 있는지 전율하며 읽게 되는데, 타락한 문화 속의 어린이들에게 씨의 동심에 기반을 둔 문학이 호소력을 지니고 감동을 줄지 매우 의심스럽다. 이 말은 타락한 문학을 제시해야 한다는 뜻이 아니라, 현실을 무시하고 관념의 동심에 지배되어 창작이나 비평에 임할 때, 방향을 잘못 잡아 불행히도 무력하고 무익한 활동에 함몰되고 말 위험이 있음을 경고하는 것이다.

　이영호씨의 소론(所論)은 책임회피적이란 느낌을 준다. 동요가 노랫말의 위치에서 벗어나 시로 꽃피었다고 했는데, 오늘의 동시는 아이들에게 읽히지 않을 뿐 아니라 난해하고 깊이가 없으며 모작(模作), 표절작, 아류가 횡행하는 아름답지 못한 정황을 나타낸다. 아동문학의 침체와 소외는 그 책임의 큰 부분을 아동문학가들에 두고 있는데도 그에 대한 언급이 없다. 불성실하고 부적절한 평론 등을 거부하는 건 당연하겠지만 평가되는 걸 마땅치 않아하지 말고 피상적인 이해를 타파시키는 데 유효하도록 관심을 이끄는 태도를 취해야 할 것이다.

3. 아동문학의 문제들

릴리언 H. 스미스는 그녀의 저서 『아동문학론』(1953)의 서문에서 아동문학도 일반문학의 당당한 일부분이고 다른 장르의 문학과 동일한 비평기준 밑에 놓여 있다고 하였다.

아동문학과 성인문학(편의상 구분하여)은 다같이 문학이라는 전체집합의 부분집합인데, 우리나라에서 이러한 사실은 심하게 망각되고 있는 것 같다. 보통 문학이라고 말할 경우 아동문학이 그 속에 포함되는 경우는 극히 드물다. 이와같은 판단착오에서 아동문학을 얕본다는 관찰이 나타나는 풍토가 마련되었고 성인문학에 비해 위축되고 성과 없는 아동문학의 초라한 몰골을 노정(露呈)하게 된 듯싶다.

오늘의 아동문학이 자리한 위치의 좌표들을 읽어보면 아동문학이 어린이들로부터 소외되어 있으며 우수한 작품이 별로 생산되고 있지 않음을 알 수 있다. 이오덕씨는 「열등의식의 극복」(『시정신과 유희정신』, 창작과비평사 1977)이란 평론에서 아동문학의 커다란 문제점으로 "아동이 읽지 않는 아동문학이 되어 있는 일" "아동문학으로서의 치명적인 문제점을 문제점으로 보지 않고 있는 상당한 수의 아동문학 작가가 있다는 사실"을 들고 있다. 그는 동시가 감각 기교에 빠지고 성인시의 겉모습을 흉내내는 것, 동화가 무국적·무생활의 장식적인 것이 되는 현상, 평론에 나타나는 비뚤어진 작가의식 등 제반 부정적인 실상이 민족의 일반적인 열등의식과 일반문학에 대한 차등의식으로부터 연유한다고 진단하는 통찰력을 보인다.

사회적인 요인으로 물질주의의 팽배가 어린이들이 작품과 접할 기회를 감소시키고, 만화와 상업주의 잡지들은 아동문학에서 그나마의 독자를 앗아간다. 아이들의 책상엔 기껏해야 위인전이나 세계명작 전집물이 장식품으로 반듯하게 꽂혀 있을 뿐이다. 아이들에게 우리나라 작가의 창작물을 사주고 읽게 하는 부모들은 찾아볼 수 없다. 아이들이 읽는 책은 여전히 저질 만화와 외국 작품들, 부실한 전기물, 광고와 난잡한 그림으로 채워진 잡지 따위에 머물러 있다. 이러한 경향은 질 낮은 문화들이 범람하는 탓이지만 재미있는 작품을 써내지 못한 작가들의 책임 또한 큰 것이다. 아이들은 재미있는 책을 읽을 때는 밥 먹는 것조차 잊어버리게 되는데, 이러한 아이들을 매료시킬 작품이 창작되지 않고 아이들에게 아무런 감동을 못 주거나 반감을 갖게 하는 동시와 동화 들이 발표되었다.

작가들이 안일한 매너리즘에 젖어들도록 더욱 조장한 것은 평론 활동의 부재 현상이다. 제대로 비평적 안목을 갖춘 평론가도 없고, 단평 같은 것은 객관적 시각에서 씌어지지 않고 있다. 몇사람의 원로급 작가들에 의해 신인 등단이 이뤄지는 까닭으로 새바람을 몰고 올 정말 신인은 나타나지 않는다.

또한 아동문학에 대한 학문적 접근과 체계적 정리, 이론서의 출판 등이 아주 미미한 상태다. 이재철(李在徹)씨의 『한국현대아동문학사』(일지사 1978) 정도가 괄목할 만한 업적일 뿐 그림 형제처럼 우리의 옛이야기를 채집 정리한 사람도 없고, 찰스 램과 메어리 램 남매가 셰익스피어의 작품을 어린이가 읽을 수 있게 다시 쓴 것처럼 「홍길동전」이나 「허생전」 등을 훌륭하게 번안한 이도 없다.

4월 17일자 중앙일보에 이상금(李相琴)씨는 통계를 들어 외국작품 번역물의 범람과 우리나라 아동문학계의 취약성을 지적하고, 학부모의 명작이나 외국 작품에 대한 편견, 교사 도서추천 금지 등으로 인한 독서지도의 부재, 비평 부재를 거론하면서 어린이들이 풍부하고 자유롭게 독서할 수 있는 여건 조성과 그들의 정신세계에 참으로 사랑받을 수 있게 부각되는 한국의 아동상의 제시를 촉구하고 있다.

이상으로 아동문학의 문제점들이 대부분 열거된 듯한데 이것은 한마디로 말해 소외와 부재이다. 아동문학의 문학으로부터의 소외, 아동으로부터의 소외, 사회 관심으로부터의 소외, 그리고 작품 부재와 평론 부재와 연구 부재와 이론 부재. 이러한 제 현상이 극복되기 위하여는 많은 사람의 활발한 참여와 진지한 노력이 있어야만 할 것이다. 타락한 사회, 타락한 문화 속에서는 어느 것 하나 타락하지 않을 수 없지만, 새 세대에 관계하는 아동문학이 고통을 견뎌내고 바르고 꿋꿋하게 뻗어간다면 이 시대를 개선 또는 혁신하는 데 매우 중요한 일익(一翼)을 담당하게 될 것은 명약관화한 일이다.

4. 진보를 위하여

그 동기야 무엇이든 아동문학의 문제가 매스컴에 오르내리고 이제껏 무심하던 사람들의 신경에도 가 닿는 것은 환영할 현상이다. 이러한 기운은 아동문학을 꾸짖고 난도질하는 데로 가서는 아니되며, 저널리즘의 상업성에 호도됨이 없이 바른 비판과 진정한 격려를 제공해주어야 할 것이다. 윤·이 양씨의 논쟁은 그러한 방향에서 긍정적으로 이해되어야 하겠고, 공개석상이나 개인간의 만남에서 그리고 각종 지면을 통해서 제반 문제를 해결하기 위한 논의가 보다 활발하게 이루어져야 한다.

윤씨의 관심과 공부는 시에 대한 것이고 이영호씨는 일선의 동화작가라는 위상차가 두 분의 논의에 장애가 된 듯한데, 「반달」 등 동요에 대한 평가의 상이함은 아동문학이 더이상 방치되어선 안되겠다는 느낌을 불러일으킨다.

정상적이고 속도 빠른 발전이 있기 위해선 아동문학 전반에 능력있는 사람들이 대거 참여하여야 하겠다. 그리고 무엇보다도 훌륭한 작가가 나타나 태양처럼 빛날 뚜렷한 작품들을 어린이들 앞에 내놓아야 할 것이다. 그러한 발전의 일부로서 수필 분야의 개발이 있어야 할 것 같고, 외국의 우수한 현대 작품들이 잘 번역되어 소개되어야겠고, 옛날이야기나 위인전 등에 훨씬 더 전문적인 접근이 있어야 되겠다.

5. 어린이와 우리

이 글을 쓰기 위해 도서관에서 책 목록을 뒤졌으나 별로 쓸 만한 참고서적을 찾아내지 못하였다. 이것은 대학에서의 아동문학에 대한 무관심을 증거한다.

나는 장황하고 근거 제시가 빈약하며 추상적인 이 글이 많은 오류를 지녔으리라 생각하면서 대학생들로부터 아동문학에의 관심을 환기하는 데 그 쓰는 뜻을 두고자 한다.

아동문학의 문제는 더욱 표면화되어 공개적으로 취급되어야 하겠고 그와 함께 환부에 과감한 수술이 행해져서 건실한 아동문학이 뿌리를 내려야 하겠다. 그리하여 각 장르마다 알찬 열매가 주렁주렁 달리는 흐뭇한 장관을 반드시 보게 되어야 할 것이다.

| 대학신문(서울대) 1979. 5. 28 |

찾 아 보 기